KB074601

현산어보를 찾아서 2

현 산 어 보 를   찾 아 서   2

유배지에서 만난 생물들

1판 1쇄 펴낸날 2002년 12월 5일
1판 7쇄 펴낸날 2016년 12월 27일

지은이 이태원
그린이 박선민
펴낸이 정종호
펴낸곳 (주)청어람미디어

편집 윤정원
디자인 조혁준
마케팅 김상기
제작·관리 정수진
인쇄·제본 한영문화사

등록 1998년 12월 8일 제22-1469호
주소 03908 서울시 마포구 월드컵북로 375, 402호(상암동)
전화 02)3143-4006~8
팩스 02)3143-4003
이메일 chungaram@naver.com
블로그 chungarammedia.com

ISBN 978-89-89722-17-9 03810
     978-89-89722-15-2 (전5권)

현산어보를 찾아서 2

유배지에서 만난 생물들

이태원 지음

청어람미디어

그동안 이우성, 임형택, 정민 등에 의해 『자산어보玆山魚譜』의 '자玆'를 '현'으로 읽어야 한다는 주장이 꾸준히 제기되어 왔다. 정약전은 책의 서문에서 "흑산이라는 이름은 어둡고 처량하여 매우 두려운 느낌을 주었으므로 집안 사람들은 편지를 쓸 때 항상 黑山을 玆山이라 쓰곤 했다. 玆은 黑과 같은 뜻이다"라고 하며 玆山이란 이름의 유래를 밝힌 바 있다. 비록 '玆'을 '자'로 읽는 것이 일반적이긴 하지만, '玆'이 '黑'을 대신한 글자라면 『설문해자說文解字』나 『사원辭源』 등의 자전에 나와 있듯이 '검을 현玄' 두 개를 포개 쓴 글자의 경우, 검다는 뜻으로 쓸 때는 '현'으로 읽어야 한다는 것이 현산어보설을 주장하는 이들의 논리였다. 나는 이들의 주장이 옳다는 근거를 하나 더 제시하면서 '자산어보'를 '현산어보'로 고쳐 읽기를 감히 제안한다.

정약전이 말한 집안 사람은 다름 아닌 다산 정약용이었다. 정약용은 〈9일 보은산 정상에 올라 우이도를 바라보며九日登寶恩山絶頂望牛耳島〉라는 시에 "黑山이라는 이름이 듣기만 해도 으스스하여 내 차마 그렇게 부르지 못하고 서

신을 쓸 때마다 '玆山'으로 고쳐 썼는데 '玆'이란 검다는 뜻이다"라는 주석을 붙여놓았다. 정약용이나 정약전이 '玆'을 '자'로 읽었는지 '현'으로 읽었는지에 대해서는 그들의 발음을 직접 들어보기 전에는 알 수 없는 일이다. 설사 '玆'의 정확한 발음이 '현'이라 해도 그들이 '자'라고 읽었다고 한다면 그뿐이기 때문이다.

그런데 신안군 우이도에서 구해본 『유암총서柳菴叢書』라는 책에서 이 문제를 해결해줄 만한 결정적인 단서를 발견했다. 이 책의 저자 유암은 우이도에 거주하면서 정약전의 저서 『표해시말』과 『송정사의』를 자신의 문집에 필사해놓았고, 정약용이나 그의 제자 이청과도 친밀한 관계를 유지했던 것으로 추정되는 인물이다. 정약전이나 정약용이 흑산도를 실제로 어떻게 불렀는지 알려줄 수 있는 사람이란 뜻이다. 『유암총서』중 「운곡선설」항목을 보면 "금년 겨울 현주玄洲에서 공부를 하게 되었는데"라는 대목이 나오며, 이 글의 말미에서는 "현주서실玄洲書室에서 이 글을 쓴다"라고 하여 글을 쓴 장소를 밝혀놓고 있다. 현주는 흑산도를 의미한다.* 흑산을 현주라고 부른다면 玆山도 당연히 현산이라고 읽어야 할 것이다. 玆山이란 말을 처음 쓴 사람이 정약용이고, 그의 제자 이청이 절친한 친구였다는 점을 생각해볼 때, 유암이 흑산을 현주로 옮긴 것은 정약용이 흑산을 玆山이라고 부른 것과 결코 무관하지 않을 것이다. 아마도 유암은 이청으로부터 흑산도를 현산이라고 부른다는 말을 전해듣고 현주라는 말을 사용하게 되었으리라. '玆山魚譜'는 '현산어보'였던 것이다.

---

* 예전에는 우이도를 흑산도나 소흑산도라고 부르기도 했다.

차
례

왜 『현산어보』인가 ——————————— 5

조 망 대 에 서
순둥이를 바라보며 ——————————— 12
제사를 지내는 수달 ——————————— 16
주희의 자연학 ——————————— 19
성리학을 넘어서 ——————————— 24
과학이 발달하지 못한 이유 ——————— 29
조망대에 올라 ——————————— 32
아이들의 글 읽는 소리로 귀양살이의 외로움을 달래고 ——— 34
복성재의 아이들과 섬마을 사람들 ——————— 37
동백나무 옆에서 ——————————— 40
겨우살이를 닮은 해조류들 ——————— 43

쌍 둥 이 박 물 학 자
한국의 파브르 ——————————— 52
정약전과 석주명 ——————————— 58
그가 에스페란토를 외친 이유 ——————— 62
우리의 것이 세계적인 것이다 ——————— 67
실학과 조선학 ——————————— 69
막걸리 한 말과 바꾼 여 ——————————— 71
며느리밥풀꽃의 전설 ——————————— 74

해 변 을 거 닐 며 ②

사리의 바람 ——————————————————— 80

굴통호의 비밀 ——————————————————— 82

사람 죽어도 모르게 시원하다 ——————————— 86

이상한 갑각류 ——————————————————— 89

소 ——————————————————————————— 95

바위 틈에 그려진 산수화 ——————————————— 99

작은 생명체들을 찾아서 ——————————————— 105

정약전에게 현미경이 있었다면 ———————————— 111

바위 위의 느림보 ——————————————————— 114

멸 치 가 문 의 족 보

멸치 아궁이 ——————————————————— 120

불을 밝혀 멸치를 잡다 ——————————————— 123

바다를 가득 메운 물고기 ——————————————— 128

두통을 일으키는 물고기 ——————————————— 130

꽁치? 꽁멸? ——————————————————— 134

밴댕이와 반지 ——————————————————— 138

웅어가 다시 돌아오는 날 ——————————————— 144

잘 라 도 죽 지 않 는 생 물 들

돼지갈비와 개고기 ——————————————————— 152

패류의 왕 ——————————————————————— 155

눈과 귀에 좋은 전복 ——————————————————— 161

전복의 적 ——————————————————————— 166

팔이 다섯 개인 놈과 세 개인 놈 ——————————— 171

별, 부전, 단풍, 제비와 불가사리 ——————————— 175

닭이 먼저인가, 달걀이 먼저인가 ——————————— 178

삼천 개의 다리를 가진 괴물 ————————————— 181

불가사리의 친척 ——————————————————— 187

바다의 인삼 ——————————————————————— 192

해삼 일족의 이단아들 ——————————————————— 195

위 험 한 바 다

사리의 해녀들 ——————————————— 200

어부지리의 전설 ——————————————— 204

물할망과 위험한 물고기들 ————————————— 208

바다의 괴물 ——————————————————— 211

바다 속의 현자 ————————————————— 218

서양의 문어와 동양의 문어 ——————————— 222

상 어 박 물 지

포악한 바다의 살인자 ——————————————— 226

모래 피부를 가진 물고기 ————————————— 231

상어 발생에 대한 연구 ——————————————— 236

상어의 천적 ——————————————————— 240

기름이 많은 상어 ————————————————— 243

진짜 상어 ——————————————————— 247

게를 잡아먹는 상어 ——————————————— 252

다른 상어를 물어 죽이는 상어 —————————— 255

죽상어 ———————————————————— 259

머리가 연장을 닮은 상어 1 ————————————— 262

머리가 연장을 닮은 상어 2 ————————————— 266

모질고 독한 놈 ————————————————— 271

공포의 세우상어 ————————————————— 275

한국의 식인상어 ————————————————— 280

껍질로 칼을 갈다 ————————————————— 283

고양이를 닮은 상어 ——————————————— 288

은빛 상어 ——————————————————— 293

환도상어와 총저리 ———————————————— 296

갑옷 입은 상어 ————————————————— 299

상 어 를 삼 킨 물 고 기

대면의 정체 ——————————————————— 308

할배 떴다 ——————————————————— 311

환상의 물고기 ——————————————— 316

아가미와 코 ——————————————— 319

만백성이 즐기는 물고기 ——————————————— 321

보신탕보다 민어찜 ——————————————— 326

우럭과 검처귀 ——————————————— 329

조피볼락과 또 다른 검처귀들 ——————————————— 333

북제귀의 정체 ——————————————— 335

두꺼운 입술과 엷은 입술 ——————————————— 338

붉은 볼락, 불볼락 ——————————————— 342

쏘는 물고기, 손치어 ——————————————— 344

뱀을 닮은 고둥 ——————————————— 347

낚 싯 대 를 드 리 우 고 2

수제비와 해파리 ——————————————— 354

위험한 해파리 ——————————————— 361

한천을 닮은 물고기 ——————————————— 366

최초의 강태공 ——————————————— 368

악마의 물고기 ——————————————— 372

아구찜의 역사 ——————————————— 376

보들레기 이야기 ——————————————— 378

알을 품는 물고기 ——————————————— 382

보리짱뚱어와 홍달수 ——————————————— 385

골망어의 정체 ——————————————— 388

외눈박이 물고기의 사랑 ——————————————— 391

비목어를 부정하다 ——————————————— 397

눈이 한쪽으로 몰린 이유 ——————————————— 400

최고의 횟감 ——————————————— 404

식해와 식혜 ——————————————— 406

새끼를 낳는 물고기 ——————————————— 409

찾아보기 ——————————————— 413

조
망
대
에
서

순둥이를 바라보며

아침 식사 후 마당가에 앉아 볕을 쬐고 있을 때였다. 평상 밑 그늘에서 더위를 피하고 있던 박도순 씨네 개가 이쪽을 가만히 쳐다보고 있었다. 살짝 웃어 보였더니 무슨 신호라도 받은 양 슬그머니 일어서서 다가왔다. 그리고는 잠시 눈치를 살피다 발등에 머리를 올려놓고 눈을 감았다.

"우리집 순둥이여."

박도순 씨의 목소리였다. 순둥이는 주인의 목소리를 듣더니 꼬리를 흔들며 달려갔다. 그런데 걷는 품이 뭔가 이상했다. 자세히 보니 발목 중간쯤에 기다란 발톱이 달린 발가락이 늘어져 있는 것이 아닌가. 순둥이의 발가락은 여섯 개였다. 그러나 발가락이 여섯 개든 일곱 개든 무슨 상관인가. 순둥이는 이름처럼 순하고 정이 가는 개였다.

다양한 계층과 부류의 사람들이 있는 것처럼 개들의 팔자도 각양각색이다. 식용으로 쇠창살 안에 갇혀 사는 개들이 있는가 하면, 호텔이나 온천을 들락거리고 미용실에서 멋을 내는 개들도 있다. 사람들의 반응도 다양하다.

개는 동물일 뿐이니 소나 돼지와 마찬가지로 먹을 수 있다는 주장과 그렇지 않다는 주장이 팽팽하게 맞선다. 집에서 키우는 개는 애완용으로 사랑을 쏟지만, 밖에 나가서는 보신탕을 앞에 두고 입맛을 다시는 이중적인 사람들도 있다. 과연 개만 특별한 동물이고 다른 동물들은 그만 못한 존재일까? 개가 특별한 이유는 지능이 높고 사람처럼 감정을 가지고 있기 때문이라고 주장하기도 한다. 그렇다면 다른 동물들은 어떤가? 지능이 개보다 떨어지고 감정도 없다는 말인가? 지능이 떨어지고 생각하는 능력이 부족하면 존중받을 만한 가치도 없는 것일까?

이러한 논쟁은 사람들 사이의 관계로도 확장된다. 세상 사람들을 귀한 부류와 비천한 부류로 나눌 수 있는지, 또 그렇다면 그 기준은 무엇인지에 대해 질문을 제기할 수 있는 것이다. 이러한 고민들은 사회 체제에 대한 새로운 관점과 비판을 불러일으킬 수 있기 때문에 지배층과 그들에 대항하려는 이들에게 있어서 매우 중요한 문제가 된다. 동서양을 막론하고 하등한 생물에서부터 가장 귀한 존재인 황제나 국왕에 이르기까지 기준을 잡아 서열을 나누려는 시도가 줄기차게 이어져온 것도 이러한 이유 때문이었다.

사실 주변의 동식물이나 사람들을 바라보는 관점은 각자가 속한 부류와

처해 있는 상황에 따라 달라지는 것이다. 새나 짐승들이 배고픈 민중들에게는 훌륭한 영양식일 뿐이지만, 불교 신자들에게는 자비를 베풀어야 할 대상이 된다. 한 사회의 지배층

● 순둥이의 발가락 순둥이는 주인의 소리를 듣더니 꼬리를 흔들며 달려갔다. 그런데 걷는 품이 뭔가 이상했다. 자세히 보니 발목 중간쯤에 기다란 발톱이 달린 발가락이 늘어져 있는 것이 아닌가. 순둥이의 발가락은 여섯 개였다.

은 피지배층이 스스로의 위치에 만족하고 현재의 체제에 영원히 순종하며 살아가길 바라지만, 피지배층은 자신들의 열악한 위치에 만족할 수 없어 체제의 변화를 요구한다. 정약전의 생각은 어떠한 것이었을까? 사대부로 태어나 선진적인 학문을 갈구했던 그에게 조선의 백성들과 흑산도의 생물들은 어떤 의미로 다가왔던 것일까?

조선은 성리학이 지배하던 사회였다. 따라서 당시 우리 나라의 선비들에게 세상을 어떻게 바라봐야 할 것인가에 대한 관점과 논쟁거리를 제공한 사람 역시 주희일 수밖에 없었다. 주희는 성리학을 집대성한 철학자로만 알려져 있지만, 당대 최고 수준의 자연과학자이기도 했다. 자연과학적 지식을 바탕으로 유교·불교·도교를 통합하여 신유학을 완성하려는 거대한 작업을 시도한 사람이 바로 주희였다.

주희는 자연계에서 일어나는 모든 현상을 '리理'와 '기氣'의 작용으로 설명하려 했다. 우주의 생성에서부터 계절의 변화와 생명의 탄생에 이르기까지 모든 자연 현상은 기의 변화에 의해 일어나는데, 그 변화의 일정한 규칙과 패턴을 주희는 '리'라고 생각했다. '기'를 물질과 에너지의 세계로 본다면 리는 이들이 작용하는 방식 내지는 규칙에 해당한다. 사실 이렇게만 보아서는 리와 기를 탐구하는 것이 현대의 자연과학이 추구하는 바와 그리 다를 것이 없다. 그러나 정작 주희가 지향했던 것은 자연법칙에 따라 움직이는 차가운 세계가 아니라 윤리학이 지배하는 '인간적인' 세계였다. 주희는 자연법칙을 알아내기 위해서가 아니라 윤리학의 세계를 완성하기 위해 자

● 주희 주희는 성리학을 집대성한 철학자로만 알려져 있지만, 당대 최고 수준의 자연과학자이기도 했다. 자연과학적 지식을 바탕으로 유교·불교·도교를 통합하여 신유학을 완성하려는 거대한 작업을 시도한 사람이 바로 주희였다.

연학적 지식을 끌어들였고 '이기론'으로 둘을 통합했다. '리'를 윤리에, '기'를 자연학에 대비시키고 리에 훨씬 큰 힘을 실어주었다. 결국 '리'는 인의예지를 담는 본질적인 지향점이 되었고, 모든 자연 현상은 인을 이루기 위한 수단으로 전락하고 말았다.

주희의 새로운 시도에 의해 사회성과 윤리성은 인간뿐만 아니라 동식물과 무기물을 포함하는 전 우주의 보편적 이념이자 의미로 승격되었다. 길가에 구르는 돌멩이, 잡초 하나도 윤리성을 담고 있어야 했고, 학자들은 이를 찾아내려 노력했다. 그리고 사람을 비롯한 모든 생물들은 리를 실현할 수 있는 능력에 따라 서열화되었다.

제사를 지내는
수달

대둔도의 장복연 씨는 재미있는 이야기를 들려주었다. 수달이란 놈이 마을 앞 바닷가에 사는데 매우 영악하다고 했다. 가두리에서 물고기를 키우면 꼭 큰 놈만 골라서 훔쳐먹는데, 먹은 후에는 약을 올리기라도 하는 것처럼 먹다 남은 물고기의 잔해를 가두리 널판 위에 가지런히 놓아두고 간다는 것이었다. 수달은 잡은 먹이를 땅에 파묻어 놓는 습성이 있으므로 충분히 있을 법한 이야기다. 그런데 과거 중국 사람들은 이러한 행동을 수달이 조상에게 제사를 올리는 것이라고 해석했다. 이렇게 해서 수달은 조상을 공경하는 도덕성을 지닌 생물이 되었다. 이러한 예는 수달에만 그치지 않는다. 벌과 개미는 지도자를 중심으로 뭉치므로 임금에게 충성하는 덕이 있고, 호랑이나 이리는 부모가 자식을 돌보는 자애의 마음이, 물수리는 부부간의 절도가 있다는 생각이 보편화되었다. 옛사람들은 자각적인 활동과 본능적인 행위를 뚜렷이 구분하지 않았기에 동물들의 특정한 행동을 도덕적인 것으로 해석했던 것이다.

주희의 견해에 따르면 하찮은 동물들도 모두 우주를 지배하는 이념, 즉 리를 부여받았기 때문에 나름대로의 윤리성을 가질 수 있었다. 그렇다면 같은 리를 부여받은 동물과 인간은 본질적으로 같은 존재일까? 주인을 잘 따르고 마음이 너그러운 순둥이를, 혹은 조상에게 제사를 지내는 수달을 인간과 같은 존재로 봐야 할 것인가? 주희는 이를 다음과 같이 이해했다.

　짐승들에게도 사람들과 똑같이 리가 있지만, 형체와 기의 제약 때문에 본연의 리가 제대로 드러날 수가 없다. 기질의 특성이 좋지 못한 동식물은 리가 제대로 드러날 수 없어 도덕적 지각이 부족하며, 바른 기를 가진 인간은 리가 막힌 곳 없이 잘 드러나 보다 완전한 도덕성을 나타낼 수 있다. 따라서 동물들은 사람만 못하다. 동물들 가운데 윤리성을 보이는 것도 있지만 이는 리의 일부가 드러나는 것일 뿐이다. 이 모든 것이 리가 드러나는 것을 제한하는 기질의

● 수달

특성 때문에 일어나는 현상이다.[※]

생물들마다 제각기 기질의 특성이 다르다면 리를 충분히 실현할 수 있게 하는 기질의 특성에 따라 생물의 등급을 나눌 수 있게 된다. 이는 아리스토 텔레스가 생물의 계층을 나눈 것을 떠올리게 한다. 주희는 아리스토텔레스 만큼 세분화하지는 않았지만 대체로 식물보다는 동물, 동물보다는 인간을 윤리성을 실천하는 데 뛰어난 존재로 보고 이를 수직적으로 배열했다. 생물 을 배열하는 기준은 윤리적 이념을 얼마나 온전히, 그리고 충분히 실현할 수 있느냐에 있었고, 이 기준은 우주의 탄생에서부터 우주에 존재하는 만물 하나 하나에까지 확대 적용되는 것이었다.

※ 예를 들면, 사람의 머리는 하늘을 닮아 둥글고 발은 땅을 닮아 편평한데, 이렇게 반듯하고 곧게 섬으로써 천지 의 바른 기를 받을 수 있지만 동식물은 그렇지 못하다. 동물은 옆으로 누워 기어다니고 식물은 동물의 머리에 해 당하는 뿌리를 아래쪽으로, 꼬리에 해당하는 가지와 잎을 위로 뻗치고 있기에 기질의 특성이 사람만 못하다.

주희의 자연학

거대한 기의 덩어리가 회전하기 시작하면서 하늘과 땅이 분리되었다. 그리고 음양의 두 기운과 오행의 조화가 생명을 탄생시켰다. 지구라는 거대한 솥에서 생명은 발효하기 시작했다. 누룩이 술을 빚어내듯 생명의 씨앗이 영글어갔다.

사태는 밀을 가는 맷돌과 같다. 밀가루가 맷돌 주위로 계속 흘러나오는 것은 천지의 기가 끝없이 돌고 돎으로써 사람이나 기타 생물을 계속 낳는 것과 같다. 그 가운데는 거친 것도 있고 섬세한 것도 있다. 생명에는 치우친 것과 바른 것, 정밀한 것과 조악한 것이 있다.

주희가 상상했던 우주와 생명 탄생의 그림이다. 기의 물질적인 변화에 의해 자연스럽게 생겨난 생물은 음양의 힘을 받아 암·수 두 가지 성을 만들어낸다. 그리고 성이 만들어진 이후에는 교미를 하고 새끼를 낳아 자손을

● **우주의 탄생** 거대한 기의 덩어리가 회전하기 시작하면서 하늘과 땅이 분리되었다. 그리고 음양의 두 기운과 오행의 조화가 생명을 탄생시켰다. 지구라는 거대한 솥에서 생명은 발효하기 시작했다. 누룩이 술을 빚어내듯 생명의 씨앗이 영글어갔다.

퍼뜨린다. 한번 결정된 성질은 자손에게로 이어져 생물종은 저마다의 독특한 성질을 가지게 된다.

우주 탄생에서부터 원시적 생명체의 발생에 이르기까지 주희의 생각은 현대 과학자들의 주장과 그리 다르지 않다. 주희는 생물과 무생물이 똑같은 자연법칙에 의해 지배된다고 보았으므로, 생명 현상을 과학적으로 탐구할 수 있는 이론적 바탕을 든든하게 갖추고 있는 셈이었다. 그러나 주희나 그의 제자들은 전염병을 일으키는 것이 작은 미생물이라는 사실도, 유전의 본질이 DNA 분자라는 사실도 알아내지 못했다. 사실 알아내지 못했다기보다도 알아내려는 시도조차 하지 않았다는 설명이 옳다. 이들에게는 자연에 숨어 있는 법칙을 찾아내는 것보다 올바른 윤리가 지배하는 세상을 건설하는 일이 더욱 중요했다. 물질은 단순한 물질이 아니었고, 생명도 윤리성이 구현되는 도구로서만 가치를 가졌다.

주희는 왜 그토록 힘을 기울여 전혀 무관한 것처럼 보이는 자연학과 윤리학을 통합하려 했던 것일까? 사람들은 흔히 윤리적이어야 한다는 것을 저항 없이 받아들이지만, 왜 윤리적이어야 하는지에 대해서는 심각하게 고민하지 않는다. 종교인들은 그 권위를 신에게서 찾지만, 세상의 궁극적인 이치를 탐구하는 철학자들에게는 이것이 간단한 문제가 아니다. 자신을 만족시킬 만큼 세련되고 설득력 있는 설명이 필요한 것이다. 기층 민중들도 덮어놓고 윤리의 덕목을 받아들이지는 않는다. 자신에게 신선한 충격을 주고 압도할 만한 힘을 가진 근거를 바란다. 주희가 살던 시대는 공자와 맹자처럼 단지 착하게 살라고 말하는 것만으로는 영악해진 사람들을 설득하기가 힘든 때였다. 오래 전 한나라가 유학을 국가 통치의 주된 이념으로 삼았지만, 성현의 말은 아직 사회 구석구석으로까지 파고들지 못했고, 많은 사람들은 일반인이나 정치인이 지켜야 할 윤리의 규범들을 조목조목 나열한 공맹의 말보다는 중국 전래의 도교나 인도로부터 들어온 불교에 더욱 큰 매력을 느끼고 있었다. 도교와 불교가 대자연 속에서 살아가는 인간들의 욕망과 본질적인 속성에 대해 보다 체계적이고 마음에 와 닿는 설명을 들려주었기 때문이다.

주희는 도교와 불교에 대항하기 위해서 유학을 보다 체계화시키고 범위를 확대하여 전체를 설명할 수 있도록 다듬으려 했다. 그리고 우주의 탄생으로부터 생명의 발생을 거쳐 윤리성의 실현에 이르는 장대한 과정을 하나의 이론으로 일관성 있게 설명함으로써 자신의 말에 권위를 부여하려 했다. 그는 도교와 불교의 도움을 받아 우주의 구조를 세련되게 정리했고, 정확한 역법을 제시했으며, 기상과 지질 현상, 생명 현상을 설명했다. 이로써 우주는 거대한 법칙을 실현하는 무대이고, 인간을 포함하여 그 무대에 서 있는 모든 구성 요소에는 하나의 공통된 법칙이 관통하고 있다는 사실을 보일 수 있었다. 주희는 그 법칙에 인의예지라는 윤리적 이념을 대응시켰다. 이제 윤리가 곧 진리요, 법칙이 되었다. 그렇다면 사람들은 의심 없이 우주 만물에 적용되는 법칙을 따라야 마땅하지 않겠는가. 이것이 자연학과 윤리학을 결합시킨 주희의 의도였다. 그리고 이러한 시도는 어느 정도 성공을 거두어 성리학은 오랫동안 중국 사회와 동아시아를 이끄는 지배적인 이념이 된다.

　도교와 불교에서는 사람과 자연의 비차별성을 내세우며 꾸밈이 없을 것, 자연스러울 것을 강조한다. 그러나 주희는 사람과 자연은 물론이고 사람들 사이에도 마땅히 차별성이 존재한다고 주장했다. 당시 주희가 생각한 이상 사회는 평등 사회가 아니라 사대부 계층을 중심으로 하는 신분제 사회였다. 자신의 본분에 맞는 권력과 책임을 가진 사람들이 저마다의 역할을 다하며 살아가는 세상이었다. 주희는 이런 세상의 정당성을 설명하기 위해 자연을 위계화하고 이를 사회 모델의 이론적 근거로 삼았다. 동식물에 위계가 있으니 당연히 사람들 사이에도 위계가 있어야 하지 않겠느냐는 식의 논리였다. 다양한 동식물들이 살아가는 자연계는 그 자체가 연구의 대상이 아니라 사람들의 사회를 설명하고 유지하기 위한 도구가 되어야 했다.

　여기에서부터 문제가 생기게 된다. 주희는 인간과 동식물이 같은 원리에 의해 움직이며 같은 리를 품고 있다고 주장했지만, 이제 다시 동식물의 차이를 강조해야 한다. 이를 설명하기 위해 그는 '공통된 리'가 아닌 '기질적 차이'를 내세웠다. 동물과 사람은 태어날 때부터 물려받은 기질이 다르기 때문에 차별성이 생길 수밖에 없으며, 사람들도 저마다 기질이 다르기 때문에 리를 발현시킬 수 있는 능력의 차이를 보이게 된다는 것이었다.

　주희의 사상은 기존의 사회 질서를 유지하려는 수구 세력의 입맛에 잘 들어맞는다. 처음부터 좋지 않은 기질을 타고난 사람은 그만큼 리를 실현할 가능성도 줄어들게 된다. 이러한 태생적 한계는 평생 그 사람을 옭아맬 것이다. 지배 계층에게는 자신의 지위를 보장하고 사회를 안정화시키는 훌륭한 수단이 되지만, 그렇지 못한 피지배 계층에게는 불리한 사회구조를 고착화시키는 끊을 수 없는 족쇄가 되는 것이다. 국가간의 관계에 대해서도 마찬가지다. 고상한 기질을 타고난 중국인은 그렇지 못한 주변의 이민족들에 비해 언제나 우월하다. 따라서 모든 세계의 중심인 중국이 주변 국가들을 지배하고 교화시켜야 한다. 이것이 중화사상의 본질이었다.

그러나 시대의 흐름에 따라 윤리의 기준도 변한다. 세계에 대한 지식의 폭이 넓어지고, 합리적이며 실증적인 사고의 중요성이 강조됨에 따라 조선 후기의 지식인들은 서서히 신분제와 중화 사상의 허구성을 꿰뚫기 시작했다. 중국인 이외의 인종들은 영원히 야만인일 뿐인가? 사회의 대다수를 차지하는 백성들은 타고난 능력의 한계로 인해 뜻을 펴보지도 못하고 속박된 삶을 살아가야만 하는가? 기질이라는 것은 순둥이가 부모에게서 물려받은 여섯 발가락처럼 도저히 벗어날 수 없는 굴레로 작용하는 것인가? 정약전과 정약용을 비롯한 조선 후기의 실학자들은 그렇게 생각하지 않았던 것 같다.

※ 노자와 장자는 간섭보다 무위자연을 주장했지만, 주희는 이러한 견해에 찬동할 수 없었다. 기질적 차이가 이미 사람들의 능력과 한계를 결정짓기 때문에 가만히 내버려둔다면 사회는 비효율적이고 혼란과 갈등만이 판치는 곳이 되고 말 것이며, 이를 극복하기 위해서는 엄격한 윤리가 필요하고, 이를 강제할 사회적 위계가 존재해야만 한다고 생각했다. 결국 주희의 결론은, 사람들이 기존의 사회 질서 속에서 주어진 저마다의 분수에 맞게 살아가야 한다는 것이었다. 주희는 이러한 논리를 중국과 주변 국가들과의 관계로까지 확장했다. 당시 중국은 북방민족의 기세에 눌려 본토의 상당 부분을 잃고 남쪽으로 밀려나 있는 비참한 상태였다. 구겨질 대로 구겨진 자존심을 회복하기 위해서는 이론적으로라도 이민족을 짓밟고 자민족을 높여야 했다. 주희는 중국 이외의 국가들을 좋지 않은 기질을 가지고 태어난 야만국으로 보았고, 심지어 "사람과 짐승 사이에 놓인 존재이며, 교화시키기가 지극히 어렵다"라는 극언도 서슴지 않았다.

성리학을 넘어서

만약 기질의 차이를 타고나는 것이라면 세상은 너무나 불공평하다. 또한 사람을 칭찬하거나 비난하는 것도 무의미한 일이 된다. 나쁜 사람은 나쁜 기질을 타고났기 때문에 그렇게 된 것이고, 성인은 원래부터 노력을 하지 않고도 선해질 수 있는 사람이다. 책망할 이유도 칭찬할 이유도 없다. 오직 운에 따라, 어떤 기질을 부여받는가에 따라 성인과 악인이 결정되는 것이다.

정약용은 인간의 도덕적 한계를 부인했다. 나쁜 기질과 좋은 기질이 사람의 도덕적 한계를 결정하는 것이 아니라 맹자가 주장한 것처럼 모든 사람에게 완전한 도덕적인 가능성이 주어져 있다고 생각했다. 계급이나 직위, 직업이나 국적에 관계없이 인간이라면 모두 똑같은 윤리적 가능성을 가지는 것이었다. 정약용은 맹자와 마찬가지로 사람이 원래 선한 존재라고 주장했다. 이는 사람들이 측은지심惻隱之心, 수오지심羞惡之心, 시비지심是非之心, 사양지심辭讓之心을 가진다는 사실로 증명될 수 있었다.* 악한 행동은 선천적으로 타고나는 것이 아니라 잘못된 욕망이나 습관, 상황 때문에 후천적으로

* 맹자의 '사단설四端說'을 말한다.
"사람이면 누구에게나 남의 고통을 외면하지 못하는 마음이 있다고 말하는 이유는 다음과 같다.
만약 어떤 사람이 막 우물에 떨어질 듯한 어린아이를 보게 된다면, 반드시 깜짝 놀라고 측은하게 여기는 생각이 들어 아이를 구하려고 할 것이다. 이것은 어린아이의 부모와 교분을 맺기 위해서가 아니고, 마을 사람이나 친구들로부터 칭찬을 듣기 위해서도 아니며, 모른 척하고 넘어갔다가 남들이 욕할까 두려워서도 아니다.
이것으로 볼 때 측은하게 여기는 마음(측은지심)이 없다면 사람이 아니고, 수치를 알고 악을 미워하는 마음(수오지심)이 없다면 사람이 아니며, 사양하고 겸손하는 마음(사양지심)이 없다면 사람이 아니다. 또한 옳고 그름을 판단하는 마음(시비지심)이 없어도 사람이라고 할 수 없다"(『맹자』「공손추公孫丑 상上」).

생겨나는 것이며, 바르게 교정하고 행동한다면 정화될 수 있는 것이고, 그렇지 않다면 더욱 나빠질 수도 있는 것이다. 중요한 것은 개개인이 어떻게 행동하고 실천하느냐의 문제였다.

정약용은 이 같은 자신의 생각을 '성기호설性嗜好說'로 정리했다. 꿩이 산에 살기를 좋아하는 것이 꿩의 성이요, 벌이 여왕벌을 중심으로 모여 사는 것은 벌의 성인 것처럼 사람은 특히 선을 좋아하고 악을 부끄러워하는 성향을 가지고 있다. 이것은 태어날 때부터 주어진 자연적인 기호이다. 그러나 선을 향한 기호가 실제의 선을 담보해주지는 않는다. 사람이 선한 행동을 하는가 악한 행동을 하는가는 결국 개인의 자유의지에 의해 결정될 뿐이다. 따라서 선을 행하면 그의 공이 되고, 악을 행하면 그의 죄가 된다. 정약용의 말에 따르면 인간에게는 이성과 자유가 주어져 있기에, 행위의 성과에 대한 가치평가를 내릴 수 있고, 모든 책임은 자신에게로 돌아가게 되는 것이었다. 이제 더 이상 자신의 운명을 과시하거나 혐오할 필요가 없었다. 신분이 낮다고 해서, 중국의 주변국이라고 해서 더 이상 자괴감을 가질 필요가 없었다. 중요한 것은 신분이나 국적이 아니라 어떤 행동을 하느냐에 따른 실천의 문제였다.

정약용은 따로 존재하는 리를 인정하지 않았다. 이상적인 선이란 아무 소용없는 것이었다. 자기 밖의 권위나 미리 설정된 규범보다는 스스로의 내면에 숨어 있는 본성에 귀를 기울이고 그에 따라 행동해야 했다. 실천이 동반되지 않는다면 이상적인 선도 존재 가치가 없었다. 사람을 사랑하지 않으면서 인을 외치고, 상대방에게 예의를 보이지 않으면서 예를 말할 수는 없지 않은가. 그런데 현실적인 여러 가지 문제나 실생활에서의 도덕 실천은 뒷전으로 밀어놓은 채 이상적인 선을 외치며 공리공론만 일삼는 학문 풍토는 분명 크게 잘못된 것이었다. 정약용은 이 같은 신념으로 당시 집권층의 정치적 무능과 부패를 격렬하게 비판했다.

정약전은 흑산도에서 '성기호설'에 대한 편지를 받아보고 동생의 놀라운 안목과 학문적 성취에 칭찬을 아끼지 않았다.

항상 맹자의 성선설에 대해 의문을 가지고 있었는데, 맹자는 오로지 선 일변으로만 주장하여 사람들을 권장한 것으로 생각했네. 성性이 기호嗜好에 있다고 한 자네의 말을 듣고 나니, 구름을 헤치고 하늘을 보는 듯 맹자 7편 중에 성을 논한 부분들이 얼음 풀리듯 환히 이해가 되었다네. 맹자가 진실로 우리의 스승임을 알겠으니 이보다 기분 좋은 일이 어디 있겠는가. 아, 성이 기호인 것을 누구나 일상으로 말하지만, 그 본의를 풀기 위해서는 반드시 자네의 손을 기다려야 했으니 하늘의 도움이 아니겠는가?

정약용은 인간의 마음을 본연지성과 기질지성으로 이원화하여 설명하려한 주희의 성리학적 인성론을 자신 있게 부정했다. 그리고 정약전은 그의 의견에 전폭적인 지지를 보내고 있다. 두 형제는 오랫동안 동아시아의 사상사를 지배해왔던 주희의 성리학에 용감하게 도전장을 내밀었던 것이다.

더 나아가 정약용은 리가 우주 전체에 통해 있다는 생각 자체를 받아들이지 않았다. 우주를 구성하는 법칙과 인간 정신을 결정하는 법칙, 동물의 성질을 결정하는 법칙은 전혀 다른 것이었다. 특히 인간은 하늘의 명, 신적인 존재로부터 특별히 도덕적 가능성을 부여받았기에 다른 사물과 비교 자체가 불가능한 존재였다. 당연히 사람과 동식물을 같은 연장선 위에 놓고 비교하는 것도 인정할 수 없었다. 동물을 '더 윤리적이다', '덜 윤리적이다'라고 나누는 것은 의미 없는 일이었다. 정약용은 주희와 달리 동물의 윤리성과 도덕적 지각력을 부정했다. 벌이 여왕벌을 위해 충성을 바친다고 해서 그 행위를 도덕적 선으로 볼 수 없으며, 범이 사람을 잡아먹는다고 해서 그 행위를 도덕적 악으로 단죄할 수 없다. 행위 그 자체가 자연 현상의 일부이므로 도덕적으로는 전혀 의미가 없기 때문이다. 선과 악은 오직 이성과 자유의지가 주어져 있는 인간에게 속한 것이었다.*

정약용에게는 사람에 대한 학문과 자연에 대한 학문이 전혀 다른 것이었고, 이는 종교적 신념과 자연 현상을 분리시켜 생각하기 시작한 베이컨이나 근대 과학자들의 태도와도 일치하는 바였다. 정약전은 이런 관념에 더욱 철저했던 것 같다. 정약용의 우화시에서 나타나는 교훈적인 동물들에 비해 『현산어보』에 나타나는 동물들은 철저히 대상적이고 객체적이다. 정약전은 홍어의 예를 제외하고는 어떤 동물에도 윤리적 가치를 부여하지 않았다. 정약전에게 과학은 단지 과학이고, 철학은 단지 철학일 뿐이었다. 생물들은 중요한 탐구 대상이었지만 숨겨진 리를 찾기 위해서가 아니라 그 자체가 직

---

* 정약용은 동물이 보이는 행동을 본능적 행동으로 이해했다. 이는 현대 생물학자들의 관점과 일치한다. 인간과는 달리 동물은 고정된 방식에 따라 행동하니 윤리를 논한다는 것은 부질없는 짓이다. 닭이 새벽에 울고, 개가 밤에 짖으며, 소가 떠받고, 벌이 왕을 호위하는 것은 오랜 세월을 이어온 그들만의 습관이며, 어디서나 똑같은 행동을 보이니 본능적인 행동이 틀림없다. 윤리라는 것은 우주의 본질이나 동식물 속에 숨어 있는 의미가 아니라 오직 인간에게만 의미를 가지는 덕목일 뿐이었다.

접적인 관심의 대상이었다. 그리고 생물의 특징들은 모두 문학의 재료가 되거나 식용 또는 약용으로 사람들의 실생활과 연관된다는 점에서만 가치를 가졌다. 『현산어보』는 이러한 관점 아래에서 씌어졌기에 자연과학적인 속성이 농후한 특별한 책이 될 수 있었던 것이다.

과학이 발달하지 못한 이유

주희는 사람이 따라야 할 윤리적 이념을 인간 이외의 동식물, 나아가서 전 우주가 실현해야 할 이념으로 확장시켜 버렸다. 윤리적 이념이 보편적이라는 점을 내세워 자신이 믿는 가치의 정당성을 주장하기 위해서였다. 그 결과 모든 사물과 현상은 스스로의 존재 가치를 잃어버리게 되고 만다. 자체의 특성과 원리보다는 인간이 만들어낸 윤리와 어떤 식으로 연결되는지만이 중요한 의미를 가질 뿐이었다.

어떤 학자들은 주희의 학설을 동양의 과학이 낙후하게 된 원인이라고 주장하기도 한다. 강제언은 『조선의 서학사』에서 이렇게 진단했다.

고대에 있어서는 서양보다 탁월했던 동양의 과학기술이 왜 근세에 와서 낙후하게 되었는가. 그것은 한마디로 말하여 도리와 물리를 분리시키지 못하고, 오히려 도리에 물리를 종속시킴으로써 물리의 자립적인 발전을 저해시킨 데 있다고 생각한다. 즉 격물궁리를 도학적인 내성에 왜소화시키고 말았다는 말이다.

동양에서는 종교적인 윤리와 자연 법칙을 분리하여 생각함으로써 근대 과학을 발달시킬 수 있었던 서양과는 달리 인간의 윤리를 전 우주의 보편적 특성이자 본질로 파악해 버림으로써 자연을 있는 그대로 연구하려는 노력이 쇠퇴해버렸다는 것이다.

사실 주희도 리를 찾기 위해서는 자연을 탐구하라고 말하며 자연 탐구의 중요성을 주장한 적이 있다.* 그러나 그 제자들은 이보다 훨씬 확실하고 쉬운 방법을 택했다. 애초부터 맑은 기를 타고나 완전히 윤리적인 성인의 말씀을 좇거나 그들의 기록인 경전을 연구함으로써 리를 탐구하려고 했던 것이다. 성인들이 남긴 몇 줄의 글만으로 그 참뜻을 파악하기란 매우 어려운 일이다. 그리고 성인이 정말로 완벽한 존재인지도 의심해보지 않을 수 없다. 과연 실존했던 인물인지, 실존했다 하더라도 후대의 사람들에 의해 지나치게 신격화되거나 윤색된 것은 아닌지 어느 누구도 확언할 수 없다. 이러한 방법은 애초부터 한계를 가질 수밖에 없는 것이었다.

조선의 성리학자들도 이들과 다를 바 없었다. 진리를 자신의 밖에 있는 무언가에 부여함으로써 도덕적인 자기 실천보다는 그 기준을 찾는 일에 관심을 집중했고, 이는 예송논쟁과 심성론, 이기론 등의 비현실적인 논쟁들로 이어졌다. 자연과 현실에 대한 문제가 관심 밖에 있다보니 과학의 발전이란 요원한 것일 수밖에 없었다.

* 주희나 주희의 제자들이 자연을 탐구하는 데 힘을 기울였다 하더라도 목표가 자연 속에서 윤리성을 찾아내는 데 있는 한 과학적인 결론을 이끌어내기는 힘들었을 것이다. 또한 이들이 자신의 기호에 들어맞는 자연법칙을 찾아내었다 한들 과연 사람들이 이로부터 윤리적 행동의 당위성을 깨달을 수 있었을지조차 의심스럽다. 나는 대학 시절 '변증법적 유물론'을 읽으면서 사유 체계의 명확함에 감동했지만, '사적 유물론'을 접하고는 고개를 갸우뚱거리지 않을 수 없었다. 자연의 진화 법칙이 이러하다. 역사의 발전 단계가 이러하다. 그런데 그게 어쨌단 말인가. 자연의 진화가, 역사의 발전 단계가 이러하기 때문에 사람도 마땅히 그 법칙을 따라야 한다? 게다가 마르크스는 이 법칙을 따르면서 살아가는 것이 진정한 자유라고 했다. 몇 달 간을 고민하고 또 고민했지만 결국 그 논리를 이해할 수 없었다.

　주희의 철학이 중국과 조선의 운명에 큰 영향을 미쳤다는 것은 분명하지만, 여기에 모든 책임을 떠넘겨서는 안 될 것 같다. 문제를 단순화하는 것은 자칫 잘못된 결론을 이끌어낼 위험이 있기 때문이다. 단지 한 사람의 철학이 과학의 발전을 그토록 좌지우지할 수 있는 것일까? 서양의 기독교는 갈릴레이의 종교재판에서 볼 수 있듯 성리학 못지않게 자연과학의 발전을 저해했지만, 다른 한편으로는 과학 발전에 긍정적인 역할을 수행하기도 했다.

　그렇다면 무엇이 문제인가. 자연과학을 발달시킬 수 있는 환경과 토양의 중요성을 놓쳐서는 안 될 것이다. 주희는 당시 어느 누구보다도 과학적이고 합리적인 사고를 가졌지만 근대적인 자연과학을 이끌어내지는 못했다. 그에게 필요했던 것은 다양한 정보와 지식, 또 정보와 지식을 저장하고 교류할 수 있는 환경, 이를 바탕으로 새로운 이론과 지식을 축적해나갈 수 있는 사회 · 문화 · 경제적인 조건들이었다. 주희에게 고대 그리스의 다양한 이론들이 소개되었더라면, 당시의 사회가 농업을 기반으로 한 신분제 사회가 아니라 자유로운 상공업자들의 사회였더라면, 그의 제자들이 마음껏 자연과학을 연구하며 생활할 수 있는 공간이 마련되어 있었더라면, 또 그러한 연구가 사회적으로 정당하게 평가받을 수 있는 분위기가 조성되었더라면, 그가 똑같은 결론을 내리고 똑같은 삶을 살아갔을까? 아마도 그렇지 않았으리라고 본다.

조망대에 올라

집 뒤쪽에 있는 언덕에 이상한 비석 같은 것이 서 있었다. 쌍안경을 꺼내어 살펴보았더니 시야에 조망대眺望臺라는 글자가 들어왔다. 아무래도 정약전과 관련된 비석인 것 같아 박도순 씨에게 물어보았다.

"정약전 선생이 생전에 자주 올라가 볕을 쬐면서 마을을 내려다보던 곳이라는 이야기가 있지라. 복성재가 여름에는 시원한데 겨울에는 추워요. 바람이 세서 지붕이 다 일어나버리제. 그 자리가 청늦바람에 도굿통 자빠진다 안 그라요. 늦 아요? 늦바람 마파람할 때 서쪽을 늦이라 그라제. 청늦바람이 센디, 진짜로 그 마당에 놓여 있던 도굿통이 자빠졌다니께 알 만하제라."

비석이 서 있는 자리에는 원래 커다란 돌이 세워져 있었는데, 지금은 어느 집 담을 쌓는 데 들어가 흔적조차 찾아볼 수 없다고 한다. 돌로 된 중요한 유물들은 모두 이렇게 어느 집 담벼락이나 주춧돌이 되어 사라져간다. 당장 가는 길을 물어 조망대를 찾아나섰다.

● 멀리서 바라본 조망대 집 뒤쪽에 있는 언덕에 이상한 비석 같은 것이 서 있었다. 쌍안경을 꺼내어 살펴보았더니 시야에 조망대라는 글자가 들어왔다.

개울을 따라 올라가다 보니 조망대 아래쪽으로 샛길이 하나 나 있었다. 사람 하나 겨우 지나다닐 만큼 좁은 오솔길에는 산딸기 덩굴이 우거져 발걸음을 옮길 때마다 사납게 다리를 할퀴었다. 한동안 사람의 발길이 미치지 않았던 모양이다. 조망대에 서 있는 조잡한 시멘트 비석에는 '손암 학동원 조망대'라는 글씨가 씌어 있었다. 정약전이 학동원學童園, 즉 복성재를 바라보던 곳이라는 뜻이다. 여러 가지 의문이 떠올랐다. 정약전이 실제로 이곳에 올라왔을까? 올라왔다면 그 이유는 무엇 때문이었을까? 조망대에 서 있었다던 돌에 어떤 글자가 새겨져 있었던 것은 아닐까? 거의 닳아 없어졌기 때문에 마을 사람들은 몰랐지만, 정약전은 비석에 새겨진 글자를 발견하고 나름대로 비문의 비밀을 풀어보고자 했던 것이 아닐까? 의문은 꼬리를 물었지만 상상의 나래만 펼칠 뿐 정작 사실을 확인할 길은 어디에도 없었다.

● **조망대** 조망대에 서 있는 조잡한 시멘트 비석에는 '손암 학동원 조망대'라는 글씨가 씌어 있었다. 정약전이 학동원, 즉 복성재를 바라보던 곳이라는 뜻이다.

아이들의 글 읽는
소리로 귀양살이의
외로움을 달래고

정약전은 조망대에서 무엇을 보았을까? 고개를 돌리면 왼쪽으로는 바다가, 오른쪽으로는 인가 사이를 비집으며 골짜기를 따라 올라가는 개울이 보인다. 산으로 가로막혀 이 위치에서는 부모님이 계시는 북쪽도, 동생이 있는 남서쪽도 제대로 보이지 않는다. 눈앞에 옹기종기 모여 앉은 집들을 바라볼 때면 외딴 섬마을에 유배당한 자신의 처지가 더욱 섧게 느껴졌을 것이다. 정약전은 섬에 유배당한 후 주량이 더욱 늘었다고 한다. 해가 떠올랐다가 서산 끝으로 뉘엿뉘엿 넘어가기 시작하면 복성재에는 그늘이 지고 조망대 쪽은 양지가 된다. 정약전이 조망대에 올라왔다면 오후 늦게쯤이었으리라 짐작된다. 학동들 앞에서 약한 모습을 보이기 싫었기에 매일같이 홀로 이곳에 올라 복성재를 바라보며 술잔을 기울였을 것이다.

 정약전이 유배지에 처음 도착했을 때의 착잡한 심정은 정약용의 글을 통해 짐작해볼 수 있다.

● 조망대에서 바라본 마을 고개를 돌리면 왼쪽으로는 바다가, 오른쪽으로는 인가 사이를 비집으며 골짜기를 따라 올라가는 개울이 보인다.

산꼭대기 쓸쓸하게 사십 채 있는 인가
비뚤어진 거적문이 지다 남은 꽃 속에 있네
물을 마실 샘이라곤 도무지 없어서
성 위에다 줄 매달고 수차를 쓰리라네

조해루 용마루에 석양빛이 붉을 무렵
관리가 나를 몰아 성 동쪽에 나왔더니
시냇가 자갈밭에 오막살이 한 채 있고
농부가 있었는데 바로 그 집 주인일레

새로 짠 생선기름 온 집안이 비린 냄새
들깨도 안 심는데 참깨가 있을손가
김 무침 접시에선 머리카락 끌려나오고
가마솥에 지은 돌벼밥 모래가 있네그려

　장기 유배 시절의 정약용과 마찬가지로 사리 마을에 처음 도착한 정약전
은 지루함과 외로움, 풍토병과 음식 때문에 고생이 심했을 것이다. 정약용
의 시는 형의 마음을 그대로 대변하는 듯하다.

　밥 먹고는 잠을 자고 잠을 깨면 배가 고파

배고프면 술 찾는데 금사주金絲酒*를 데우라지
도무지 소일을 할 만한 것이 없고
이웃 영감 때로 와서 장기 두는 게 고작이야

봄을 나자 습증이 중풍으로 변했는데
북녘 태생이 남쪽 음식에 적응을 못해서지
비방인 창출술을 먹었으면 좋겠는데
약솥 들고 종은 와서 고향을 묻네그려

이 인생 그르친 것 책인 줄은 잘 알기에
여생 동안은 맹세코 그 은정 끊으렸더니
아직도 마음속엔 그 뿌리가 남아 있어
이웃 아이 책 읽는 소리 누워서 듣노라네

※ 술에 달걀을 풀어 삶은 것.

복성재의 아이들과
섬마을 사람들

실제로 어디를 조망했는지 밝힐 수도, 굳이 그럴 필요도 없겠지만 어쨌든 여기에서 복성재가 잘 보이는 것만은 사실이다. 정약전이 이 양지바른 언덕에 올라 가장 많이 바라보았을 곳이 복성재 사촌서당이었으리라는 것 역시 분명하다. 불확실한 미래와 유배 생활의 설움을 그나마 달래준 것은 작은 눈망울을 반짝이며 자신을 의지하듯 바라보는 섬마을 아이들이었으리라. 정약전이 섬을 떠난 지 60여 년이 지나 흑산도에서 유배 생활을 한 면암 최익현의 말을 들어보면 당시 정약전의 심정을 짐작할 만도 하다.

다시 대흑산도에 들어가서 서재를 정돈하고 현판을 일신당이라 했다. 마침 예닐곱 동자들이 조석으로 와서 글을 물으니 심히 귀양살이에 위로가 되었다.

아이들을 가르친다는 것은 미래와의 대화이다. 힘겨운 유배 생활 속에서

◉ 조망대에서 바라본 복성재 실제로 어디를 조망했는지 밝힐 수도, 굳이 그럴 필요도 없겠지만 어쨌든 여기에서 복성재가 잘 보이는 것만은 사실이다.

아이들의 눈망울은 희망적인 무언가를 떠올리게 하지 않았을까?

흑산도의 향학열은 이상할 정도로 높았다. 예로부터 식자층의 유배자들이 많았으니 이들의 영향일지도 모르겠다. 어쨌든 최익현도 섬마을 사람들의 학문에 대한 관심에 깊은 인상을 받았던 것 같다.

아, 이 고장은 서울에서 수천 리나 떨어진 날씨가 무더운 바다 가운데 있기 때문에 직방의 판도에는 그 존재가 그리 중시되지 않는 듯하지만, 마을 사람들에게 물어보니 모두가 임진왜란과 병자호란에 흘러들어온 구족들이었고, 그 풍속도 상고하건대 소박하고 검약하여 사치스러운 태도가 없을 뿐 아니라 서당을 세워 교육에 힘써서 준수한 사람들이 많았다. 그리고 그 밖에도 산수, 어가의 즐거움과 분전, 도사의 비축으로 이미 스스로 자족하고 탄식하거나 원망하는 소리가 없으니, 아름다운 고장이 아닌가?

근세에 와서는 풍속이 달라지고 퇴폐해져서 무릇 가르치고 배우는 것이 다만 어떤 일의 계교와 이해의 쟁탈이나 알게 하고 윤상 본연의 선에 대해서는 돌이켜 찾으려는 생각조차 않게 하므로, 하늘과 땅이 폐색되어 어진 이가 숨고 삼강이 무너졌으며, 구법이 폐하게 되었다. 여기에다 노불(도교와 불교)과 서교(천주교)가 들어와서 나라 전역에 가득 차니, 연원 있는 문벌과 의관을 갖춘 양반들이 그 풍속을 사모하여 그 말을 외고 그 의복을 입지 않는 이가 없다. 그러면서도 아무런 수치심을 가지지 않는 것이 천하의 풍조인데, 지금 이곳 사람들은 몸에는 우리 나라의 베를 입고 머리에는 명나라 관을 쓰며, 글은 공자·맹자가 아니면 읽지를 않고 말은 충신하지 않으면 물리쳐서 사람으로 쳐주지 않으니, 선왕이 사람을 길러낸 효험을 여기에서 더욱 증험할 수 있다. 이들과 저들을 비교할 때 우열과 득실을 논하면 누가 낫겠는가. 이는 진실로 존숭할 만한 것으로 민멸되어서는 안 되는 것이다.

아, 이 지방 사람들이여 힘쓸지어다. 『시경』에서 "하늘이 모든 백성을 내시니 / 사물이 있으면 법칙이 있도다. / 백성들이 타고난 상성이 있어 / 미덕을 좋아하네"라고 하였으니, 당초에 고금과 원근의 차이가 있는 것은 아니므로 이 오성 오륜을 따라 찾아 살펴서 자기를 반성하여 스스로 새롭게 하고 거주지의 선악과 세속의 저앙低昻으로 마음이 동하지 않는다면, 흑산도가 비록 누추한 지역이지만 후일에 양복陽復의 기본이 되지 않는다고 누가 말하겠는가?

〈사촌서당기〉를 떠올리게 하는 내용이다. 시대의 차이는 있지만 정약전도 이러한 분위기 속에서 마을 사람들의 환영을 받았을 것이다. 호탕하여 사람을 대함에 있어 눈치를 보지 않고 거리낌이 없었던 그의 성격은 뱃사람의 기질과도 잘 맞아떨어졌을 것이다. 때문에 그가 아우 정약용을 만나기 위해 우이도로 다시 돌아가려 할 때 섬사람들이 배를 동원하여 힘으로 막아서기까지 했던 것이다.

동백나무 옆에서

시원한 바닷바람이 불어오면서 주위의 나뭇가지와 풀잎들을 흔들어댄다. 지금 내가 보는 풍경과 정약전이 살았던 시절의 풍경은 전혀 다른 모습일 것이다. 그러나 밭과 개울, 집이나 사람이 모두 변해버렸어도 주변에 피어 있는 풀꽃들은 예전 모습 그대로이리라. 달맞이꽃이야 우리 나라에 들어온 지 100여 년 남짓한 귀화식물이니 예외로 치더라도 등골나물, 며느리밥풀꽃의 물결과 담쟁이, 두릅나무의 가시와 싱그러운 푸른빛은 예나 지금이나 똑같은 모습으로 숲에 생기를 불어넣고 있다. 조망대 뒤쪽에는 콩짜개덩굴로 뒤덮인 커다란 가시나무 한 그루가 서 있었다. 꽤 수령이 되어 보이는 나무라 정약전의 모습을 기억하고 있을지도 모르겠다. 정약전을 내려다보았을 때보다 얼마나 더 자랐을까?

가시나무 주변에는 동백나무 숲이 우거져 있었다. 옛 당산림의 흔적이다. 섬사람들의 소박한 신앙이 숲을 지켜온 것이다. 정약전

● 조망대 뒤쪽의 가시나무 꽤 수령이 되어 보이는 나무라 정약전의 모습을 기억하고 있을지도 모르겠다. 정약전을 내려다보았을 때보다 얼마나 더 자랐을까?

은 이 숲을 거닐면서 나무를 만져보기도 하고, 꽃구경도 했을 것이다. 동백나무들은 가지마다 온통 탐스러운 열매를 달고 있었다. 정약전은 동백열매를 보면서 고향에 두고 온 부인을 생각하지 않았을까? 젊은 시절 동백기름을 곱게 바른 부인의 머리칼에 대한 기억이 그의 목을 메게 하지 않았을까? 숲은 당산림이란 이유로 오랫동안 지켜져 왔지만 정작 당집은 몇 해 전 서양 종교의 등쌀에 뜯겨버리고 말았다. 수호자를 잃은 숲의 운명이 또 어떻게 변해갈지 가늠하기 힘들다.

　쨱쨱거리는 직박구리의 울음소리에 정신을 차렸다. 시끄럽게 떠들어대며 숲속을 바쁘게 날아다니는 직박구리는 동백나무와 떼어놓을 수 없는 관계를 맺고 있다. 동백나무는 곤충들이 활동하기 힘든 겨울철에 꽃을 피우기 때문에 곤충 대신 새를 불러모아 꽃가루를 옮기는데, 이때 매파 역할을 하는 녀석들이 바로 이 직박구리다. 우중충하고 크기만 한 직박구리보다 더욱 매력적인 심부름꾼도 있다. 이름도 동백을 닮아 동박새라 불리는 조그만 새

● 마을 뒷산의 **당산림** 가시나무 주변에는 동백나무숲이 우거져 있었다. 옛 당산림의 흔적이다. 섬사람들의 소박한 신앙이 숲을 지켜온 것이다.

● **동백꽃과 동박새** 동백나무는 곤충들이 활동하기 힘든 겨울철에 꽃을 피우기 때문에 곤충 대신 새를 불러모아 꽃가루를 옮기는데, 이때 매파 역할을 하는 녀석들이 바로 이 직박구리다. 우중충하고 크기만 한 직박구리보다는 더욱 매력적인 심부름꾼도 있다. 이름도 동백을 닮아 동박새라 불리는 조그만 새가 그 주인공이다.

가 그 주인공이다. 동박새는 풀빛 몸체에 하얀 눈테가 예쁜 동화 속 그림같이 생긴 새다. 동박새는 사람이 이름을 붙여주기 전부터 헤아릴 수 없이 오랜 세월을 동백나무와 함께 살아왔다. 동박새는 내년에도 동백꽃이 피면 어김없이 날아와 꿀을 빨고 꽃가루를 옮겨주며 동백나무 가지 사이를 누비고 다닐 것이다. 인간 세상은 하루가 다르게 변해가지만, 지금 이 풍경은 수십 수백 년의 세월을 거슬러 그저 조용히 자리를 지키고 있을 뿐이

다. 그들의 모습을 변화시키기에 몇 백 년의 세월은 찰나에 불과한 것이다. 정약전에 대한 기억을 간직한 이 숲이 영원히 지금 모습 그대로 살아남기를 기원한다.

◉ **열매를 가득 매단 동백나무** 동백나무들은 가지마다 온통 탐스러운 열매를 달고 있었다. 정약전은 동백열매를 보면서 고향에 두고 온 부인을 생각하지 않았을까?

겨우살이를 닮은 해조류들

동백나무 열매를 바라보다가 재미있는 것을 발견했다. 동백나무의 연회색 줄기 위에 뭔가 이질감을 느끼게 하는 물체가 붙어 있었다. 동백나무겨우살이였다. 자세히 보니 대부분의 동백나무가 동백나무겨우살이의 피해를 입고 있었다. 중부 지방에서도 참나무류에 기생하는 겨우살이를 쉽게 발견할 수 있지만, 동백나무겨우살이는 동백나무가 자라는 남쪽 지방에서만 관찰할 수 있다. 박도순 씨는 이것을 동백나무 수염이라고 불렀다.

"우리는 그걸 동백나무 수염이라 그래요. 수염이 많이 달리면 동백떡이 잘 된다고. 동백떡이 뭐냐 하면 말이지. 열매는 아녜요. 열매는 동백이라 그러고 그건 떡이라 그라지라. 보얗게 해가지고 떡 같은 게 달리는데 맛 좋아. 귀해여. 여는 나무는 열고 안 여는 나무는 안 열어. 요렇게 뭉쳐가지고 하얀게 열리는데 굉장히 맛있어요. 잘 익으면 먹지라."

정약전도 이 식물을 알고 있었을 가능성이 크다. 겨우살이류는 대체로 중요한 한약재로 이용되었다. 한의학에 어느 정도 조예가 있었던 그가 동백나

● **동백나무겨우살이** 동백나무의 연회색 줄기 위에 뭔가 이질감을 느끼게 하는 물체가 붙어 있었다. 동백나무겨우살이였다.

무에 달려 있는 동백나무겨우살이를 놓쳤을 리 없다. 정약전이 겨우살이를
잘 알고 있었다는 사실은 다음 항목에서 잘 드러난다.

[석기생石寄生 속명 둠북斗音北]

크기는 3~4치 정도이다. 뿌리에서 많은 줄기가 뻗어나온다. 줄기는 또 갈라져 가
지가 되고 여기에서 다시 잎이 난다. 나기 시작할 때는 편평하고 넓적하지만, 다 자란
놈은 둥글고 속이 약간 빈 것처럼 보인다. 얼핏 보면 기생寄生과 유사한 점이 있다. 빛
깔은 황흑색이고 맛은 담박하여 국을 끓이면 좋다. 자채(김)보다 위층에서 자란다.

"둠북… 나물도 해먹고 제사에 많이 쓰지라."

정약전은 석기생의 속명을 '둠북'이라고 밝혔는데, 박도순 씨도 '둠북'이
라는 이름을 그대로 쓰고 있었다. 도감으로 확인한 결과 역시 둠북은 뜸부
기였다.

뜸부기는 갈조식물 뜸부기과의 바닷말로 서·남해안의 조간대 상부에서
많이 찾아볼 수 있다. 곧게 서서 자라며 몸길이는 5~15센티미터 정도이다.
가지는 여러 갈래로 갈라지는데 위쪽으로 갈수록 약간 납작해지며, 다시 끝
부분은 불룩해져 공기주머니를 이룬다.

정약전은 뜸부기를 사용해서 국을 끓인다고 했다. 실제로 지금도 뜸부기
를 식용하고 있는 곳이 많다. 박도순 씨는 뜸부기를 제상에 올린다고 했다.
해조류를 제상에 올리는 경우가 흔치 않은지라 의아해했는데 우이도의 박

● 탐스럽게 익은 동백떡 "동백떡이 뭐냐면 말이
지. 열매는 아녜요. 열매는 동백이라 그러고 그건
떡이라 그라지라. 보얗게 해가지고 떡 같은 게 달
리는데 맛 좋아. 귀해여. 여는 나무는 열고 안 여
는 나무는 안 열어. 요렇게 뭉쳐가지고 하얀 게
열리는데 굉장히 맛있어요."

화진 씨가 그 이유를 설명해주었다.

"제상에 둠북이가 안 올라가면 귀신이 안 온다 그라제. 둠북이가 발이 넓고 가지가 많이 퍼졌어라. 그래서 귀신이 많이 와서 여럿이 나눠먹을 수 있다고 해서 제상에 올리지라."

석기생이란 이름은 무슨 뜻일까? '기생'은 겨우살이 종류를 일컫는 말이다.※ 한의학에서는 겨우살이류를 모두 기생목寄生木으로 분류한다. 뽕나무에 기생하는 것을 상기생桑寄生, 버드나무에 기생하는 것을 유기생柳寄生이라고 하는 식이다. 석기생은 '돌에 붙어 있는 겨우살이처럼 생긴 해조'라는 의미에서 붙여진 이름으로 생각된다.※※

정약전은 섬가채를 설명할 때도 석기생을 비교의 중심축에 놓았다.

가지 끝부분이 불룩해지면서
공기주머니를 이룬다.

가지가 여러 갈래로 갈라진다.

곧게 서서 자란다.

● 뜸부기 *Pelvetia wrightii* (Harvey) Yendo

납작한 뿌리로
바위에 달라붙는다.

※ 본문에는 '기생과 유사하다(似寄生)'라는 표현이 나온다. 정문기 역『자산어보』와 정석조 저『상해 자산어보』에서는 이것을 '기생하는 것 같다'라고 해석했다. 그렇지만 문맥상 기생을 생물체로 보는 것이 더 타당하다고 생각된다.
※※ 석기생이 겨우살이와 비슷해보인다는 표현은 매우 적절한 것이다. 갈라져 가지가 나고 잎이 생기는 방식이나 잎이 편평하고 둥글어 보이는 것이 겨우살이의 모습을 떠올리게 하기 때문이다.

[섬가채蟾加菜 속명 섬가사리蟾加士里]

뿌리 · 줄기 · 가지의 모습이 석기생과 비슷하며 모두 섬세하다. 깔깔하여 만지면 소리가 난다. 빛깔은 붉다. 햇볕에 오래 말려두면 노랗게 변한다. 매우 끈끈하고 매끄러우며, 이것을 이용하여 풀을 만들면 밀가루로 만든 것과 다름이 없다. 종가채와 같은 수층에서 자란다. 일본인은 종가채와 이것을 사기 위해 상선을 보낸다. 배와 비단[布帛]에 풀을 먹이는 데 사용하는 사람도 있다고 한다.

이청의 주 이시진은 "녹각채鹿角菜는 바다의 석벽에서 자란다. 길이는 3~4치 정도이고, 굵기는 철선鐵線과 같다. 끝이 아Y자 모양으로 갈라져 사슴 뿔처럼 보이며, 빛깔은 자황색이다. 물에 오랫동안 담가두면 아교와 같이 변한다. 여인들이 이것을 사용해서 머리를 빗으면 머리칼이 잘 붙어서 흩어지지 않는다"라고 했다. 『남월지南越志』에서는 후규候葵를 녹각이라고도 부른다고 했다. 이로써 종가채와 섬가채가 모두 녹각채임을 짐작할 수 있다.

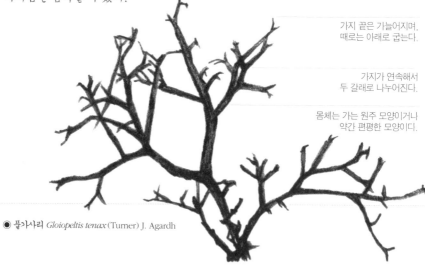

가지 끝은 가늘어지며, 때로는 아래로 굽는다.

가지가 연속해서 두 갈래로 나누어진다.

몸체는 가는 원주 모양이거나 약간 편평한 모양이다.

● 풀가사리 *Gloiopeltis tenax* (Turner) J. Agardh

정약전은 섬가채가 햇빛에 오랫동안 노출되면 노랗게 변하면서 매우 끈끈해진다고 설명했다. 해조류 중에서 특히 점성이 강한 것이라면 풀가사리를 들 수 있다. 풀가사리는 조간대 상부의 바위 위에서 여러 개체가 무리지어 자라는 적황색의 해조류다. 몸체는 가는 원주 모양이거나 약간 편평한 모양의 가지가 계속 나누어지면서 퍼져나가는 구조로 되어 있다. 풀가사리류는 모두 먹을 수 있고, 우수한 접착 재료로 쓰인다. 이청은 이시진의 말을 인용하여 여인들이 풀가사리를 이용해서 머리를 빗는다고 설명했는데, 옛날부터 여자들이 해조로 만든 풀을 머리에 젤처럼 발랐다는 사실이 재미있다.

정약전은 조족초도 석기생의 일족으로 보고 있다.

[조족초鳥足草 속명을 그대로 따름]
조족초는 석기생 종류이다. 줄기와 가지는 가늘다. 미역 아래층의 물이 깊은 곳에서 자란다.

조족초를 글자 그대로 해석하면 새발초가 된다. 새발은 조간대 하부 약간 깊은 곳의 바위에 붙어 자라는 우뭇가사리과의 해조류다. 몸체는 원주 모양이고 풀가사리와 비슷한 방식으로 가지가 여러 차례 나누어진다. 정약전이 조족초를 석기생의 일종으로 분류한 것도 이 때문인 것 같다. 가지 주위에는 작은 반원형의 잎이 빽빽하게 겹쳐 있고, 잎과 잎 사이에는 해면이 붙어 있어 만져보면 스펀지와 비슷한 촉감이 난다.

그런데 왜 하필 해조류에 새발이라는 이름을 붙인 것일까? 뜸부기는 새와 무관한 이름이지만, 새발은 정말 새와 관련이 있다. 새발을 가만히 들여다보면 줄기에 작은 잎들이 비늘처럼 겹쳐 나 있는 모양이 실제로 새의 다리와 비슷하다는 사실을 깨닫게 된다. 일본에서도 새발을 '도리아시とりあし (새발)'라고 부른다는 사실이 재미있다.

정약전은 조족초의 줄기와 가지가 가늘다고 했다. 그런데 이 말은 약간 통통한 듯한 느낌을 주는 새발의 모습과 어울리지 않는다. 어찌 된 일일까? 정약전은 조족초가 석기생 종류라고 했다. 그렇다면 가늘다는 것도 단순히 "석기생에 비해 상대적으로 가는 편이다" 정도로 해석해도 무리가 없을 것

가지 주위에는 반원형의 잎이 빽빽하게 겹쳐 나 있다.

잎과 잎 사이에는 해면이 붙어 있어 스펀지와 비슷한 느낌이 난다.

가지 나누기 방식은 풀가사리와 비슷하다.

● 새발 *Acanthopeltis japonica* Okamura

같다. 실제로 새발은 뜸부기에 비하면 몸체가 가는 편이다.

　한편 박도순 씨의 작은어머니는 새발갱피라는 이름을 알려주며 이 해조류의 발이 가늘다고 설명했다. 갱피를 비슷한 부류에 속하는 해조류의 일반 명칭이라고 보면 새발갱피는 새발초라고도 해석할 수 있다. 그런데 막상 도감을 펼쳐놓았을 때 박도순 씨의 작은어머니가 가리킨 종은 전혀 엉뚱하게도 돌가사리과의 주름진두발이었다. 주름진두발은 몸체가 엷은 막질로 이루어져 있으며, 여러 차례 가지를 나누어 부채처럼 펼쳐진 몸꼴을 하고 있다. 이 종은 새발과는 달리 새의 다리와 별로 닮은 구석이 없다. 어쩌면 가지 끝이 잘게 갈라진 모습이 새의 발가락처럼 보인다고 해서 새발이란 이름

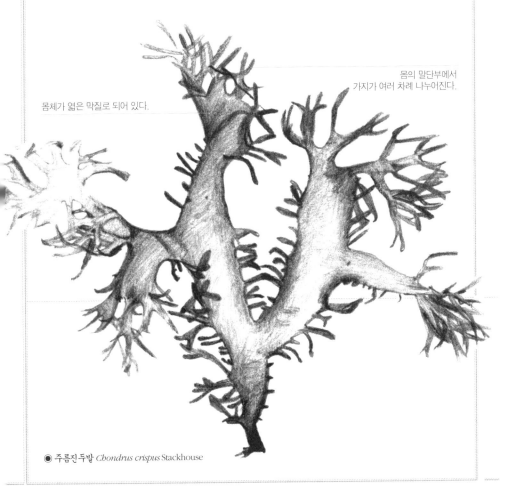

몸의 말단부에서
가지가 여러 차례 나누어진다.

몸체가 엷은 막질로 되어 있다.

● 주름진두발 *Chondrus crispus* Stackhouse

이 붙여졌는지도 모르겠다.

어쨌거나 이렇게 새발이라는 이름을 가진 종이 여럿 존재한다면, 정약전이 말한 조족초의 정체는 더욱 모호해진다. 박도순 씨나 사리 마을 사람들은 새발이란 이름을 알지 못했다. 새발초가 정확히 어떤 종인지 알기 위해서는 흑산도에서도 같은 방언이 존재하는지 더 확인해볼 필요가 있을 것 같다.

정약전은 조족초가 미역보다 하층에서, 섬가채는 종가채와 같은 수층에서 자란다고 밝혔다. 다른 항목에서도 해조류가 자라는 지대를 상하 관계에 따라 나누어 비교하고 있는 모습을 볼 수 있다. 조간대 지역은 썰물 때 물 밖으로 드러나므로 주기적으로 고온, 건조 등의 혹독한 조건에 노출된다. 따라서 조간대에서 살아가는 생물들은 자신이 견딜 수 있는 영역에서만 한정적으로 분포하게 된다. 이때 한 생물종의 서식 영역을 결정하는 가장 중요한 요인은 해수면으로부터의 높이다. 조간대 하부의 생물보다는 오랜 시간 동안 혹독한 환경에 노출되는 조간대 상부의 생물이 환경 변화에 더 잘 견딜 것은 뻔한 이치다. 결국 조간대의 생물들은 높이에 따라 해수면과 평행한 띠 모양으로 분포하게 되는데, 생물학자들은 이를 대상분포라고 부른다. 정약전은 해조류의 대상 분포를 정확히 파악하고 있었다는 점에서 오늘날의 해양생물학자들에 비해 손색 없는 이해력과 통찰력을 보여준다.

쌍둥이 박물학자

한국의 파브르

청띠제비나비 세 마리가 편대비행을 하고 있었다. 짙은 칡꽃 향기에 취한 듯 이리저리 몸을 휘날리다 날렵한 동작으로 덩굴 위에 내려앉는다. 제비처럼 검은 몸체와 재빠른 비행 속도, 날개에 새겨진 청색 무늬 때문에 청띠제비나비라는 이름이 붙었다. 부메랑 모양의 형광 무늬가 햇빛을 받아 아름답게 빛난다. 역시 우리 나라에서 가장 아름다운 나비 중의 하나라고 불릴 만하다. 청띠제비나비는 따뜻한 곳을 좋아하므로 남부 지방을 중심으로 분포한다. 정약전은 흑산도 유배 생활 중에 처음으로 이 나비를 보았을 것이다. 그 화려한 자태를 보고 감탄하지 않았을 리 없지만 어보를 만드는 데 너무 열중했던 탓일까. 아쉽지만 그의 글 어디에서도 이 나비를 언급한 흔적을 찾아볼 수 없다.

우리 선조들은 나비에 관심이 많았다. 나비 모양의 노리개를 만드는가 하면 부채, 병풍, 자기에도 나비를 그려넣었다. 그리고 문사들은 일

● **청띠제비나비** 제비처럼 검은 몸체와 재빠른 비행 속도, 날개에 새겨진 청색 무늬 때문에 청띠제비나비라는 이름이 붙었다. 부메랑 모양의 형광 무늬가 햇빛을 받아 아름답게 빛난다.

찍부터 나비를 시와 문의 소재로 삼았으며, 평민들은 나비를 주인공으로 한 민요를 만들어 불렀다.

나비야 청산을 가자
호랑나비야 너도 가자
가다가 길 저물거든 꽃잎 속에서 자고 가자
꽃잎이 푸대접하거든 잎에서라도 자고 가자

사람들은 나비를 보고 한해의 운세를 점치기도 했다. 이른 봄 처음 본 나비가 흰색이면 재수가 없고, 노랑나비나 호랑나비를 보면 좋은 조짐이라고 생각했다. 나비가 불에 뛰어드는 것을 보면 내기에 지고, 나비를 만진 손으로 눈을 비비면 눈이 먼다는 금기도 지금까지 전해온다.

우리 나라의 역사적 인물 중에서 나비에 가장 큰 관심을 기울였던 사람이라면 '남나비'라고 불리던 남계우南啓宇(1811~1888)를 들 수 있다. 그는 어릴 때부터 나비를 채집하고 그리기를 즐겼다고 한다. 한번은 지금의 한국은행 부근에 있던 자신의 집에 나비가 한 마리 날아들어 왔는데, 이를 쫓아 동대문 밖까지 10리 길을 뛰어다녔다는 일화가 있을 정도이니 그 정성을 짐작할 만하다. 남계우는 일평생 나비와 곤충들만을 그렸고, 특히 나비 그림을 잘 그려 일세를 풍미했다.

● 여러 가지 나비문양
우리 선조들은 나비에 관심이 많았다. 나비 모양의 노리개를 만드는가 하면 부채, 병풍, 자기에도 나비를 그려 넣었다.

그는 나비 그림을 그릴 때 나비를 실제로 잡아서 창窓에 대고 그 위에 종이를 놓은 후 목탄으로 윤곽선을 따서 채색을 했다고 한다. 이렇게 그려진 그림은 매우 사실적이어서 지금도 그의 그림을 살펴보면 나비가 어떤 종류인지, 어떤 계절에 발생한 것인지, 암놈인지 수놈인지까지 감별해낼 수 있을 정도이다. 외국의 화가나 생물학자들이 그린 나비 그림에 비해서도 전혀 손색이 없다. 사실주의 회화관을 가졌던 정약용이 남계우의 그림을 보았다면 그냥 넘어가지 않았으리라. 물론 정약용이 아니었더라도 당대 사람들은 남계우의 그림에 격찬을 아끼지 않았다. 그러나 남계우가 그린 나비 그림의 생물학적 가치를 최초로 지적한 사람은 따로 있었다. 한국이 낳은 세계적인 나비학자 석주명石宙明이 바로 그 주인공이다.

석주명은 우리 나라에서 프랑스의 파브르와 같은 의미를 가지는 큰 학자다. 그는 조선 왕조의 몰락을 앞둔 1908년 평양에서 태어났다. 그리고 일본의 농고를 졸업한 후 중등학교 교사 생활을 하면서 나비에 관심을 기울이기 시작했다.

● **남계우의 호접도** 남계우는 정약전이 유배 생활을 하고 있던 1811년에 태어나 나비 그림으로 일세를 풍미한 화가였다. 남계우는 평생 나비와 곤충만을 그렸는데 특히 나비 그림을 많이 남겼다.

석주명은 자신이 직접 전국 각지를 누비고 다니거나 때로는 조수와 학생을 동원하기도 하면서 엄청난 수의 나비 표본을 모았다. 교사직을 그만둔 후에도 경성제국대학 부속 제주도 생약연구소 소장, 국립과학박물관 동물학 부장을 역임하면서 평생 75만 마리의 나비를 수집하여 연구했다. 이는 개인의 업적으로는 유래를 찾기 힘들 만큼 대단한 것이다.

석주명은 힘들게 모은 표본을 세심하게 연구하여 평생 100여 편이 훨씬 넘는 논문을 쉬지 않고 발표했다. 그중에서도 가장 유명한 것이 나비의 개체변이에 대한 연구 논문이었다. 「조선산 배추흰나비의 앞날개의 변이」라는 제목의 이 논문은 일본의 곤충학 교과서에 수록되었을 뿐만 아니라 세계적으로도 높은 평가를 받았다. 당시 일본 학계에서는 자신이 발견한 나비에 새로운 이름을 붙여 신종으로 발표하는 일이 다반사로 일어나고 있었다. 책상머리에 앉아서 외부 사람들이 보내오는 소수의 표본을 관찰하여 무늬 수나 날개 길이 · 색깔 · 띠 따위의 형질이 조금씩만 달라도 새로운 종이라고 주장하기 일쑤였다. 새로운 종을 발견한다는 것은 개인적인 명예였기 때문에 이러한 방식은 통

● **나비학자 석주명** 석주명은 우리 나라에서 프랑스의 파브르와 같은 의미를 가지는 큰 학자다.

레로 인식되는 분위기였다. 그러나 석주명은 이를 용인하지 않았다. 석주명은 사소한 개체변이가 곧 다른 종임을 나타내는 것은 아니라고 주장했다. 워낙 많은 개체를 관찰했기에 이런 특징들이 각각 하나의 종을 나타내는 것이 아니라 한 종에서 일어난 단순한 개체변이의 양상임을 알아낼 수 있었던 것이다.

다윈이 세계를 누비며 다양한 생물을 관찰한 결과 진화론을 태동시킨 것

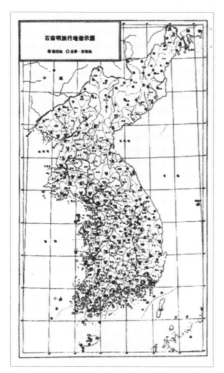

처럼 석주명은 엄청나게 많은 나비를 수집하고 정리하면서 개체변이에 대한 개념을 정립해냈다. 석주명은 크기와 색깔이 다양한 배추흰나비 167,847마리의 앞날개 길이를 일일이 자로 재어 그래프를 그렸다. 그 결과는 하나의 봉우리를 가진 깨끗한 정상분포곡선으로 나타났다. 이

◉ 『한국산접류분포도』 한국 나비 250종이 분포하는 지역을 한국 지도와 세계 지도 한 장씩에 일일이 점을 찍어 표시한 『한국산접류분포도』는, 분포지도를 만들어 다양한 나비 종 사이의 관계를 파악하고 진화적 계통을 세우려 한 그의 노력의 결정판이었다.

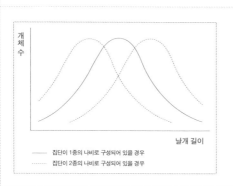

◉ 배추흰나비 앞날개 길이의 변이곡선 석주명은 크기와 색깔이 다양한 배추흰나비 167,847마리의 앞날개 길이를 일일이 자로 재어 그래프를 그렸다. 그 결과는 하나의 봉우리를 가진 깨끗한 정상분포곡선으로 나타났다. 이런 형태의 곡선이 나타난다는 사실은 그 집단 전체가 한 가지 종으로 구성된 집단임을 보여준다. 만약 두 종류의 나비가 섞여 있다면 그래프에서 두 개의 봉우리가, 세 종류가 섞여 있다면 세 개의 봉우리가 나타날 것이다.

런 형태의 곡선이 나타난다는 사실은 그 집단 전체가 한 가지 종으로 구성된 집단임을 보여준다. 만약 두 종류의 나비가 섞여 있다면 그래프에서 두 개의 봉우리가, 세 종류가 섞여 있다면 세 개의 봉우리가 나타날 것이다. 석주명은 이런 방법으로 일본인들이 마구잡이로 나누어놓은 신종들이 사실은 단일 종의 개체변이일 뿐임을 증명했고, 조선산 나비에 대한 수백 개의 잘못 붙여진 이름들을 없앨 수 있었다.

석주명은 여기에서 만족하지 않았다. 영국에 본부를 둔 왕립아시아학회 한국지회의 의뢰를 받아 완성한 『조선산접류총목록』은 석주명을 세계적인 학자의 반열에 올려놓게 했으며, 한국 나비 250종이 분포하는 지역을 한국 지도와 세계 지도 한 장씩에 일일이 점을 찍어 표시한 『한국산접류분포도』는, 분포지도를 만들어 다양한 나비 종 사이의 관계를 파악하고 진화적 계통을 세우려 한 그의 노력의 결정판이었다.

정약전과 석주명

석주명은 1949년 8월 흑산도를 방문했다. 대흑산도, 홍도, 하태도, 가거도 등 흑산 부근의 여러 섬들을 찾아다니며 곤충상을 조사하는 도중이었다.

 석주명은 흑산도가 예로부터 유배지였다는 사실을 알고 있었으며, 그의 유고인 『세계박물학연표』에 정약전과 『현산어보』에 대한 항목을 실어놓기도 했다. 그러나 흑산도를 방문하는 동안 정약전과 『현산어보』에 대해 특별한 기록을 남기지는 않았다. 국학에 깊은 관심을 가졌던 석주명이 정약전과 그의 업적에 대해 언급하지 않았다는 것은 이상한 일이다. 아마도 흑산도를 방문할 당시에는 정약전에 대해 잘 알지 못했던 것이 아닌가 짐작해본다.

 정약전과 석주명. 100년이 훨씬 넘는 터울을 두고 흑산도를 찾은 두 사람은 해양생물과 나비로 관심 분야가 서로 달랐지만 의외로 닮은 점이 많다. 우선 정약전과 석주명은 시대를 앞서간 생물학자였다. 두 사람은 자연과학에 대한 개념조차 희박했던 이 땅에서 그것도 각기 천주교 박해가 피바람을 불러일으키던 시대와 일본이 폭압적인 식민통치를 펼치던 참혹한 시대를 살

* 석주명은 대흑산도에서 총 26종의 나비를 채집했는데, 흑산군도의 대표적인 나비로 역시 청띠제비나비를 들고 있다.

아가면서 생물학이라는 새로운 분야를 개척했다.※

정약전은 외딴 섬 흑산도에서 힘든 유배 생활을 하면서도 해양생물을 분류하고 생태를 연구함으로써 한국 생물학사에 길이 빛날 『현산어보』를 완성했다. 가끔 전해져 오는 몇 권의 책이나 편지를 제외하고는 외부로부터의 어떤 도움도 받을 수 없었던 정약전에 비해 석주명은 부유한 집안에서 태어나 가족들과 주변의 도움을 받아가며 보다 나은 여건 속에서 연구를 계속할 수 있었다. 생계를 꾸려나가면서 연구 생활에 몰두할 수 있는 직업이 있었고, 국내외의 여러 학자들과 정보를 교류할 수 있었다. 또 처음부터는 아니지만 미국의 박물관들과 영국의 왕립아시아학회가 그를 후원하기도 했다. 그러나 석주명이 살았던 시대가 일제 강점기였음을 생각해볼 때 식민지 백성이 불리한 경쟁 상황을 극복하고 세계적인 학자로 성장한다는 것 역시 쉬운 일은 아니었다.

석주명은 경솔한 연구 태도를 철저히 배격하고 실증적인 자료에 바탕을 둔 연구를 강조했다. 평생을 산과 들에서 나비를 채집하는 데 보냈고, 채집 여행에서 돌아오면 밤낮없이 표본들을 조사하는 작업에 파묻혔다. "자료를 정리하느라 새벽 두 시 이전에는 자본 일이 없다", "한 줄의 논문을 쓰기 위해서 5만 마리의 나비를 만져본 일이 있다"라는 석주명의 회고담은 그의 일생을 대변하는 것이다. 석주명의 경험적이고 실증적인 연구 태도는 조선 후기의 실학자들을 떠올리게 한다. 정약전도 그들 중의 한 사람이었다. 정약전은 고문헌과 그 문헌에 붙여진 다른 학자들의 주석에만 의존하던 과거의

※ 사실 이들의 연구는 생물학이라고는 하지만 비교적 쉽게 접근할 수 있는 분류나 생태 연구 정도로, 높은 수준의 실험 장비나 전문 지식을 요구하는 분야는 아니었다. 그러나 이것은 시대적인 한계였으므로 두 사람의 업적을 평가절하할 수는 없다.

학풍을 과감히 벗어던지고 어부들과 몸을 부대끼며 직접 생물을 관찰하고 연구했다. 석주명이 참고할 만한 전문 서적조차 없이 일단 채집부터 시작해야 했던 것처럼 정약전도 과거의 불확실한 기록과 현지인들의 도움에만 의지하여 선구자적인 연구를 시도해야 했다.

석주명은 특히 우리말에 관심이 많았다. 각시멧노랑나비, 유리창떠들썩팔랑나비, 무늬박이제비나비, 시골처녀나비. 이름만으로도 생긴 모습이 떠오르고 흐뭇한 미소를 짓게 하는 우리말 이름들이 모두 석주명의 작품이며, 그가 붙인 나비의 이름 가운데 70% 이상이 지금도 그대로 쓰이고 있다. 생물에 제대로 된 이름을 지어 붙이는 것은 쉬운 일이 아니다. 좋은 이름은 우리말에 대한 애정과 다방면에 걸친 폭 넓은 지식, 재치와 풍부한 감성이 뒷받침되지 않고서는 결코 만들어질 수 없는 것이다. 석주명은 각 지방의 방언과 옛 문헌들에 대해 해박한 지식을 가졌기에 좋은 이름을 지어 붙일 수 있었다. 일본이나 중국 이름을 그대로 사용하거나 영어권의 단어를 그대로 번역한 생물 이름들이 판치는 이때 석주명의 노력은 시사하는 점이 많다. 이런 관점에서 보면 『현산어보』의 가치가 더욱 크게 느껴진다. 정약전이 『현산어보』에 남긴 흑산 방언들을 통하여 우리는 과거 선조들의 지혜와 숨결을 느껴볼 수 있으며, 또한 이를 바탕으로 현재 쓰이고 있는 바다 생물 이름들의 의미를 추적해내거나 새로운 이름을 붙이는 데 활용하는 일도 가능해진다.

무엇보다도 정약전과 석주명은 다재다능한 학자였다는 점에서 일치한다.

이들은 자연, 언어, 민속, 역사, 음악 등 거의 모든 분야에 관심의 손길을 뻗쳤으며, 흑산도의 생물상과 민속, 언어를 담고 있는 『현산어보』와 제주도의 자연과 방언, 민속, 지리, 음악을 망라한 『제주도총서』는 두 사람의 성향을 단적으로 보여주는 대표적인 저서들이다.

그가 에스페란토를 외친 이유

석주명은 남의 나라 식민지로 전락한 조국의 상황을 늘 안타깝게 여겼다. 그리고 당시의 지식인들 대부분이 인정했듯이 이렇게 된 책임을 서양과학의 발달 정도에 돌렸다. 석주명은 이미 과학이 세상을 지배하고 있다고 생각했다. 과학이 발달한 나라는 국력이 강성해서 약한 나라를 식민지로 삼으며 그렇지 못한 나라는 비참한 운명을 겪게 된다. 따라서 남의 나라 식민지가 되는 운명을 겪지 않고 강한 나라가 되기 위해서는 과학을 발달시킬 수밖에 없고, 이를 위해서는 개개인이 과학적 태도를 가져야 한다는 것이 석주명의 생각이었다.

이 세계는 벌써 과학이 지배하고 있다. 과학이 발달한 나라는 강하기도 하려니와 그 나라의 민도民度도 높다. 민도가 높은 것은 국민이 과학적 태도를 갖기 때문이다. 즉 옳은 과학적 태도를 가질수록 민도가 높아지는 것이다. 그리고 우리가 갈망하는 민주주의도 사람들이 옳은 과학적 태도를 갖고 민도가 높아져야만 실현할 수 있는 것이다. 내 생명이 귀하니만큼 다른 사람의 생명도 그만큼 귀할 것이라, 내 의견을 세우고 싶으니만큼 다른 사람도 자기의 의견을 세우려고 할 것이라고 생각하게 되면 자연히 의논하고 토의해서 결정하게 될 것이며, 결코 독단이란 것은 있을 수가 없을 것이다. 그것이 과학적 태도이며 틀림없는 민주주의이다. 우리가 단독으로는 살 수가 없고 사회 생활을 할 수밖에 없는 이상, 우리는 이 과학적 태도 내지 민주주의 원칙하에 살아야 평화를 향락할 수가 있는 것이다.

일평생 과학자로서의 길을 걸은 석주명은 과학의 발달을 위해서 무엇보다도 중요한 것이 정보의 습득이라는 사실을 이해했다. 세계가 점점 정보화시대로 접어들고 있으며, 정보 교류에 뒤떨어지게 되면 무한경쟁 사회에서 살아남을 수 없다는 사실을 예감하고 있었다.

이제 손쉽게 백 년 전의 세계와 현재의 세계를 비교해보자. 현재의 지구는 전체가 백 년 전의 우리 조선의 일군一郡에서 더 클 것이 없다. 우리는 현재 자기가 있는 장소에서 불과 수십 시간 내에 지구상 어디에든 다다를 수 있으니, 다시 생각하면 백 년 전의 우리 조선의 군郡 하나보다도 더 작다고 할 수 있다. 더욱이 라디오의 발달로 인해서 우리가 앉아서 세계 각국의 동정을 단시간 내에 알 수가 있는 것을 생각할 때에는 그저 입만 벌어진다.

 정보화 세계에서 살아남기 위해서는 외국어 능력이 꼭 필요하다. 오늘날 영어를 배우려는 눈물 어린 노력들이 이러한 사실을 대변해준다. 그러나 석주명은 상황을 보다 주체적인 입장에서 바라보았다. 미국과 일본을 비롯한 서방 선진국들이 높은 과학 수준을 보유하고 있고 국민들의 과학적 태도도 높이 평가할 만하지만, 국제 생활에서의 태도는 저급한 것이라고 생각했다. 그들이 평등한 입장에서 서로를 대하는 것이 아니라 항상 자기 중심적으로 상황을 끌고가려 했기 때문이었다.

 흔히 강국들은 민족간의 문화의 교류 운운을 잘하지만 자국어를 강요하고 있는 한 소기의 목적은 절대로 달성할 수 없다. 평등이 없는 곳에 평화가 있을 리는 없다. 국제 생활에 있어서는 언어의 평등이 최대의 요소임을 알아야 한다. 한편은 편리하고 다른 편은 불편한데 그 사이의 평등이니 평화를 운운하는 것은 어떤 부자가 자기 집 종과 평등이니 평화를 운운하는 것과도 같다.

 석주명은 약소민족 국가들이 강대국에 맹종하여 앞다투어 그들의 언어를 배우려는 태도를 비판했다. 많은 사람들이 앞으로 영어나 러시아어가 지구 전역을 지배하는 언어가 되리라 예측하고 있었다. 실제로 그렇게 될 가능성도 많았다. 그렇지만 석주명은 이것이 결코 바람직한 일은 아니라고 보았다. 석주명은 대신 국제 공용어로 에스페란토*를 사용할 것을 제안했다.

---

* 에스페란토(Esperanto)는 1887년 자멘호프(1859~1917)가 창안한 국제 보조어다. 러시아의 지배를 받고 있던 폴란드의 비알리스토크에서 태어난 자멘호프는 유대인, 폴란드인, 독일인, 러시아인들이 갈등과 불화를 겪고 있는 이유가 서로 다른 언어를 쓰기 때문이라고 판단하고, 모든 사람들이 쉽게 배울 수 있는 국제 보조어를 고안해냈다. 여러 언어의 공통점과 장점만을 모아 예외와 불규칙이 없는 문법과 알기 쉬운 어휘를 기초로 한 언어 에스페란토를 창안한 것이다.

우리는 후진국민으로, 또 약소민족으로 강대국어를 필요한 만큼 배우면서 우리 자손에게 이런 참혹한 일을 되풀이시키지 않기 위해서라도 에스페란토 하나를 더 배워서 1민족 2언어주의자가 됩시다. 국내에서는 자국어, 국외에서는 에스페란토로 서로 통하도록 노력합시다.

각 나라가 자국어와 함께 누구나 쉽게 배울 수 있는 에스페란토를 사용한다면 후진국 사람들이 선진국 여러 나라의 언어를 익히는 비효율적인 노력은 없어질 것이고, 선진국이나 후진국이나 공평한 입장에서 정보를 교류할 수 있을 것이라고 생각했던 것이다.

석주명은 린네의 학명이 전세계 생물학자들의 언어 소통을 원활히 했다는 사실에 깊은 인상을 받았다. 세계 곳곳의 사람들이 저마다의 이름으로 특정 생물을 부르지만, 생물학에서의 공통된 언어인 학명을 쓴다면 누구나 그 생물이 어떤 종류인지 쉽게 알 수 있다. 석주명은 범위를 넓혀 모든 학술 용어를 에스페란토로 하고 연구 논문에 에스페란토 요약문을 붙이자고 제안했다. 실제로 그의 제안은 받아들여졌고, 한동안 에스페란토는 외국 학자들과의 연구 논문 교류에 폭넓게 활용되었다. 짧은 기간이었지만 세계 각국의 의학자와 자연과학자들이 에스페란토로 서로 자료를 교환하고 논문을 발표함으로써 얻은 이익은 대단히 컸다. 석주명은 곧 에스페란토가 힘을 얻어 국제 공용어가 될 것으로 보았고, 에스페란토를 통해 국제무대에 당당히 나서겠다는 자신감을 감추지 않았다.

※ 에스페란토는 어떠한 언어 사용자에게도 언어적 우위를 주지 않는다는 이상적 평화주의에 입각하여 만들어졌다. 이러한 생각을 집약한 것이 1민족 2언어주의다. 이것은 같은 민족 내에서는 고유의 민족어를 쓰고 다른 민족과의 교류에 있어서는 중립적이고 배우기 쉬운 에스페란토를 사용하자는 뜻이다. 그래서 에스페란토 사용자들은 영어·러시아어 등의 언어가 '국제어' 라는 이름 아래 타민족에게 강요되는 현재의 상황을 날카롭게 비판한다. 민족 사이의 교류에 특정한 강대국의 민족어를 사용한다면 이것은 평등한 교류가 아닐 뿐만 아니라 약소국의 국민들에게 자국어에 대한 수치와 모멸감을 느끼게 만들 수도 있기 때문이다.

우리 조선 민족은 현하 약소민족이라고는 하지만, 단일민족이요 전통이 있는 민족이요 세계적으로 볼 때에는 그리 작지 않은 민족이니, 조선의 인텔리층은 이 점에 유의하야 조선의 국어 내지 문화의 권위를 수호하며 동시에 세계 문화와 세계 평화에 이바지하도록 노력하여야겠다. 또 사실 우리 민족은 이 에스페란토운동에는 적당한 지위에 놓여 있으니 이 기회를 놓쳐서는 안 된다.

조선의 인텔리층이여, 멀지 않은 장래에 우리 땅의 금강산에서 만국대회를 열 것을 꿈꿔보는 것도 망상은 아닙니다. 새로운 문화의 빛이 동편 하늘에서 떠오를 것도 꿈꿔보십시다.*

---

* 한국은 현재 아시아 에스페란토운동의 중심에 서 있다. 1994년 제79차 국제에스페란토 대회가 서울에서 개최되었으며, 1995년 제80차 대회에서는 한국이 회장국으로 선출되기도 했다.

우리의 것이
세계적인 것이다

석주명의 자신감은 국학의 중요성에 대한 확고한 신념과 세계에 대한 보다 거시적인 안목을 바탕으로 한 것이었다. 석주명은 유학을 가라고 권유하는 주변 사람들을 향해 다음과 같이 항변했다.

나는 나의 여태까지의 학문을 정리 중에 있고, 또 다음 계단을 위하여 정리하지 않으면 아니 될 형편이다. 나는 이후에 외국엘 간대도 먼저 나의 학문, 즉 우리 강토를 중심으로 한 학문을 정리해 가지고, 남에게서 배우는 것만큼 나도 남에게 가르칠 준비가 안 되면 떠날 마음이 없다. 우리나라가 아무리 후진국가라고 할지라도 우리 땅의 자료를 계통 세우면 그것으로 선진국민이라도 가르칠 수가 있는 것이다.

석주명은 외국의 정보를 능동적으로 받아들이는 한편, 우리의 문화를 정리하여 외국에 알림으로써 국제사회에 능동적이고 주체적으로 동참할 것을 주장했고, 직접 우리 나라의 말, 풍속, 지리를 연구함으로써 자신의 생각을 실천에 옮겼다. 전공인 생물학에 있어서도 마찬가지였다. 그에게는 이 땅에 살고 있는 생물 하나하나가 우리 나라의 향토색을 반영하는 것이었고, 세계 무대로 나설 수 있게 하는 도구였다.

국학이란 국가를 주체로 한 학문이니 국가를 가진 민족은 반드시 국학을 요구하는 것이다. 종래로 국학이라면 한문책이나 보고 읽는 것으로 생각하는 사람이 많았지만, 국학이란 인문과학에 국한될 것이 아니고 자연과학에도 관련되는 것으로 더욱이 생물학 방면에서는 깊은 관련성을 발견할 수 있다. 조선에 많은 까치나 맹꽁이는 미국이나 소련에도 없고, 조선 사람이 상식하는 쌀은 미국이나 소련에서는 그리 많이 먹지를 않는다. 그러니 자연과학에서는 생물학처럼 향토색이 농후한 것은 없어서 조선적 생물학 내지 조선 생물학이란 학문도 성립될 수가 있다.

우리의 것을 통해 학문의 세계를 넓혀가려는 석주명의 시도는 비교적 성공적이었던 것으로 평가받고 있다. 공정한 평가도, 풍족한 지원도 받기 힘들었던 일제 식민통치하에서 세계의 학자들과 경쟁하기 위해서는 자신이 살고 있는 땅, 자신이 가장 잘 알고 있는 우리 것에 대한 연구가 최선의 선택이었고, 석주명은 그 선택을 성공적으로 이끌어냈던 것이다.

실학과 조선학

국학에 대한 연구의 연원은 꽤 오랜 것이다. 조선 후기 실학자들은 중국 중심의 세계관에서 벗어나 우리의 땅, 우리의 학문, 우리의 예술에 관심을 기울이기 시작했다. 정약전도 이러한 시대적 분위기에 힘입어 우리 땅 흑산도에 사는 생물을 연구하고 『현산어보』를 저술할 수 있었다.

석주명은 정약전을 비롯하여 앞서 살았던 실학자들의 정신을 충분히 계승하고 있었다.* 그는 자신의 나비 연구를 국학과 연결시켰다. 나비에 관한 우리말의 변화를 살피고 나비와 관계된 역사적 인물과 기록들을 발굴했다. 그리고 이를 정리하여 대중에게 소개했다. 석주명은 이런 과정을 통해 나비라는 생물에 대한 선조들의 관념을 파악할 수 있었고, 생물에 대한 전통적인 탐구의 역사를 재구성할 수 있었다.

『현산어보』의 의미도 같은 측면에서 살펴볼 수 있을 것 같다. 서양에 비해 높은 수준의 학문과 업적이 아니었더라도 상관없다. 『현산어보』를 통해 우리 생물학과 자연과학의 시초를 찾아보고 이런 책이 나오게 된 시대 상황을

* 이러한 노력이 석주명 한 사람에 의해서만 행해진 것은 아니었다. 1930년대 중반부터 우리 나라 일부 지식층들 사이에서는 조선의 문화를 탐구하고 이를 학문적으로 체계화하려는 이른바 '조선학운동'이 활발하게 일어나기 시작했다. 석주명은 이러한 시대적 분위기 속에서 정인보를 비롯한 여러 국학자들과의 학문적 교류를 통해 국학에 대한 관심을 높여가게 된다.

재구성할 수 있다면, 정약전과 창대가 전하는 200년 전 흑산 섬사람들의 생활과 언어, 풍속을 생생하게 체험하고 우리 자신의 것에 대해 더 자세히 알 수 있는 기회로 삼을 수 있다면 그것만으로도 충분하다. 그리고 한 걸음 더 나아가 책 속에 담긴 내용으로부터 고유의 향토색을 잘 살려낸다면 이를 국제적인 경쟁력을 갖춘 문화상품으로도 발전시켜 나갈 수 있을 것이다. 석주명이 말한 국제화의 의미도 이런 작업들이 아니었을까?

석주명은 한국전쟁이 한창이던 1950년에 마흔두 살이라는 아까운 나이로 세상을 떠났다. 생전에도 그랬지만 사후에도 세상 사람들은 석주명을 기억하고 인정했다. 석주명은 1964년 정부로부터 건국공로훈장을 추서받았으며 1970년 동아일보사가 각계 인사들에게 의뢰하여 선정한 한국 근대 인물 100인 중 과학 분야의 공로자로 뽑히는 영광을 얻었다. 그리고 1998년에는 4월의 문화인물로 선정되었다. 그러나 같은 자리에 서 있어야 할 정약전은 여전히 대중적인 조명을 받지 못하고 있다는 사실이 늘 안타깝게 느껴진다.

막걸리 한 말과
바꾼 여

조망대에서 내려오니 할머니가 마당 양지바른 곳에 앉아 미역을 다듬고 있었다. 인사를 드리고 옆에 앉아 가만히 작업하는 것을 구경했다. 할머니는 한참 동안을 묵묵히 미역만 다듬다가 불쑥 한마디를 내던진다.

"뭐하러 이렇게 힘든 공부를 해."

"재밌어서 하는 건데요, 뭘."

사리에서 미역 말고 또 어떤 해초가 나냐고 묻자 할머니는 망설이지 않고 우뭇가사리를 꼽았다.

"우무를 천초라고 하제. 우무는 깊은 데 살아. 해녀들이 잠수해서 걷어내. 우무가 젤로 돈을 많이 받제. 묵도 만들어 묵고."

여름철 시원한 콩국수에 들어가는 젤리질의 면발이 우무다. 집에서 콩국수를 먹을 때면 언제나 외할아버지 이야기가 화제로 떠오르곤 한다. 어머니가 아직 어린 소녀였을 적의 일이다. 여느 집과 마찬가지로 용돈은 꿈도 꾸지 못할 시절이었기에 군것질거리나 학용품을 사려면 이만저만 눈치가 보이는 것이 아니었다. 이러한 문제를 해결해주는 것이 바로 해변에 나가 우뭇가사리를 주워 모으는 일이었다. 우뭇가사리는 비교적 높은 값에 거래되었으므로 시장에 내다 팔면 제법 재미가 쏠쏠했다. 외할아버지는 용돈을 주시지 않는 대신, 이렇게 과외로 벌어들이는 수입에는 일절 관여하지 않으셨을 뿐만 아니라 외삼촌들과 어머니가 모아 온 우뭇가사리를 잘 말린 후 직접 내다 팔아 각자의 몫만큼 나누어주시기까지 했다고 한다. 무서운 아버지의 또 다른 일면이었다.

우뭇가사리만큼 비싸지는 않지만 뜸부기, 불등가사리, 톳나물 등도 어민들에게 꽤 짭짤한 수익을 안겨준다. 그런데 요즈음 사리 마을에서는 미역을 제외하고는 해조류에서 별 재미를 못 보고 있었다. 할머니는 이내 불평을 털어놓았다.

"둠북이 많이 났는데 어느 해 파도가 많이 치더니 담부터 보이덜 않어. 톳도 되덜 않어. 톳… 긴 건 아주 길어 2미터, 3미터 넘게 자라. 무쳐 먹으면 아주 맛있제. 그란데 사리 껀 다른 데보다 늦게 자란다고 수매를 안 해줘. 다른 데서 이만큼 길 때 사리 껀 쪼끄매니깐."

사리는 파도가 센 곳이다. 뜸부기가 사라진 것은 꼭 큰 파도 때문만은 아닐 것이다. 선착장이나 방파제의 설치 같은 여러 가지 변화들이 알게 모르게 해조류의 생장과 번식에 영향을 미쳤을 것이다. 바다는 마냥 넓고 깊은 것 같지만 조그만 변화에도 쉽게 상처를 입는 유약한 면을 보이기도 한다.

할머니는 해조류에 관련된 재미있는 이야기 한 토막을 들려주었다.

● 무성하게 자란 톳나물 "톳도 되덜 않어. 톳… 긴 건 아주 길어 2미터, 3미터 넘게 자라. 무쳐 먹으면 아주 맛있제."

　"불등이나 톳은 얕은 데도 많아. 값 많이 받을 때는 킬로에 삼만 삼천 원까지 나왔어. 그란디 소사리에 이것들 많은 여를 막걸리 한 통에 팔았어. 고기 잡으러 갔다오다가 술이 그렇게 먹고 싶었던 게지. 후손한테 욕먹을 일이여."

　돈이 되는 해조류를 두고두고 키워내는 여를 한순간의 호기로 날려버렸다니 아쉬울 만도 하다.

전설 며느리밥풀꽃의

한마디씩 주고받던 이야기는 할머니의 회고담으로 이어졌다. 옛 흑산도에서 보냈던 고된 인생살이가 깊게 파인 주름살 사이로 주마등처럼 펼쳐지고 있었다.

할머니는 대흑산도 옆 대둔도 도목리에서 태어났다고 한다. 아들이 즐비한 집안에서 막내딸로 태어나 귀염을 독차지하며 자라다가 식구 많은 집에 시집와서부터 고생길이 시작되었다.

"장남 집안 뒷바라지에 어떻게 살아왔는지 모르겠어. 감자, 고구마, 보리밥, 그것도 없어서 못 먹었어. 미역 바구니 머리 이고 샛길로 십리 고갯길을 넘어 진리까지 다녀오던 길, 고생 고생 말도 못해. 한번은 잘못해서 불씨를 꺼뜨렸는데 시누가 화로를 집어던져 버렸어."

흑산도에는 논이 없다. 섬 전체가 산지이고 논농사를 지을 만한 평지가 없기 때문이다. 그나마 진리, 죽항, 읍동, 사리 등지에 남아 있던 약간의 다랑논도 들쥐와 병충해 때문에 사라진 지 이미 오래다. 정약전이 정약용에게 보낸 편지에는 몇 번씩이나 육류에 대한 그리움을 호소하고 있는데, 이는 흑산도에 쥐의 천적이 될 만한 산짐승들이 없었음을 의미한다. 쥐가 번성할 수밖에 없는 조건이었다. 멸구와 같은 해충은 더욱 무서운 적이었다. 상어나 고래기름을 뿌려 방제하려고도 했지만 큰 효과를 보지 못했고, 육지에서 멀리 떨어진 외딴 섬까지 농약이 보급되는 것보다 병충해의 종류가 늘어나는 속도가 더욱 빨랐다. 결국 흑산도는 쌀 한 톨 나지 않는 곳이 되어버렸고 논도 사라지고 말았다.

논이 없었기 때문에 농경이란 밭농사를 위주로 한 것이었다. 그러나 이마저도 여의치 않았다. 밭은 경사가 심한 곳에 위치하여 세찬 바람이 몰아치거나 비가 올 때면 표토가 흘러내려 토질이 쉽게 척박해졌다. 예전에는 이런 밭에서 보리나 고구마를 재배하여 근근히 삶을 꾸려갈 수밖에 없었다. 흑산도에서 밭농사는 모두 여자들 차지였다. 아침에 일어나면 남자들은 바다로 고기를 잡으러 가고 여자는 밭으로 갔다. 땅을 일구는 일조차도 여자들이 하기 일쑤였다. 그러나 빈약한 식사와 고된 노동, 시댁 식구들과의 갈등보다 더욱 힘든 것은 조용하다가도 언제 사랑하는 이를 데려가버릴지 모르는 저 시퍼런 바다였다.

"남편이 물길, 기상에 훤했제. 똑같이 나가도 누구보다 많은 고기를 잡아와서 다른 사람들이 따라가려고 난리였제. 그러다 자녀교육 때문에 자리 잡으려고 하다가 돌아가시고. 내가 딸이 넷이고 아들이

● **박도순 씨의 어머니** 한마디씩 주고받던 이야기는 할머니의 회고담으로 이어졌다. 옛 흑산도에서 보냈던 고된 인생살이가 깊게 파인 주름살 사이로 주마등처럼 펼쳐지고 있었다.

하나요. 하나는 물에 빠져 죽었어. 어른들 다 나가 있으니께 찾으러 나왔다가 빠진 게지. 밤에 찾아다니다 못 찾았는데. 다음날 떠올랐어."

사람을 삼킨 바다는 태연하지만 사랑하는 이를 바다에 잃은 가족들의 가슴에는 치유할 수 없는 상처가 남는다. 할머니는 흑산 여인들의 고달프고 한 맺힌 삶을 풍수적으로 해석하고 있었다.

"저그 저 뒷산이 악산이여. 호랑이가 아구질을 하는 형상이라는디 그래서 여그 여자들이 다 억척이여. 열아홉 살에서 스무 살에 혼자되어도 다 재가를 안 하고 수절을 해. 흑산도 아가씨들이 다 살림 잘하고 야무져. 인심이 좋고 사람이 다 좋아라. 총각도 여그서 한번 찾아보지 그래?"

뒷산의 동백나무 숲에 대해 이야기하자 할머니는 머리를 매만지며 동백기름 짜는 이야기를 해주었다.

"동백기름 만들 때는 열매를 깨서 씨를 골라낸 다음, 기름을 짜서 머리에 바르제. 옛날엔 내가 참 머릿결이 좋았는데. 다들 어쩌면 이렇게 머릿결이 곱누 하고 부러워했제."

안타까운 듯 수줍은 듯 미소를 지으며 자꾸만 머리를 매만지고 있었다. 할머니는 뒷산에 흐드러지게 핀 며느리밥풀꽃처럼 그렇게 힘든 인생을 살아왔던 것이다.

● 마을 뒷산 옥녀봉 "저그 저 뒷산이 악산이여. 호랑이가 아구질을 하는 형상이라는디 그래서 여그 여자들이 다 억척이여. 열아홉 살에서 스무 살에 혼자되어도 다 재가를 안 하고 수절을 해."

〈며느리밥풀꽃〉

송수권

날씨 보러 뜰에 내려
그 햇빛 너무 좋아 생각나는
산부추, 개망초, 우슬꽃, 만병초, 둥근범꼬리, 씬냉이, 돈나물꽃
이런 풀꽃들로만 꽉 채워진
소군산열도, 안마도 지나
물길 백 리 저 송이섬에 갈까

그중에서도 우리 설움
뻣물까지 녹아흘러
밟으면 으스러지는 꽃
이 세상 끝이 와도 끝내는
주저앉은 우리를 다시 일으켜 세우는 꽃
울 엄니 나를 잉태할 적 입덧나고
씨엄니 눈돌려 흰 쌀밥 한 숟갈 들통나
살강 밑에 떨어진 밥알 두 알
혀 끝에 감춘 밥알 두 알
몰래몰래 울음 훔쳐먹고 그 울음도 지쳐
추스림 끝에 피는 꽃

● 며느리밥풀꽃
울 엄니 나를 잉태할 적 입덧나고
씨엄니 눈돌려 흰 쌀밥 한 숟갈 들통나
살강 밑에 떨어진 밥알 두 알
혀 끝에 감춘 밥알 두 알

며느리 밥풀꽃

햇빛 기진하면은 혀 빼물고
지금도 그 바위섬 그늘에 피었느니라

해
변
을

거
닐
며

2

사리의 바람

박도순 씨가 걱정스러운 표정으로 담 너머 해변 쪽을 바라보고 있었다. 파도가 심상치 않았다. 밀려오는 파도가 선착장 위쪽을 연신 핥고 지나갔다. 바위에 부서진 파도는 미세한 포말이 되어 사리 마을을 안개처럼 감싸고 있었다.

"우린 저걸 깽끄리라고 하지. 파도 부스러기 말이요. 깽끄리가 일어나면 집이 다 젖어버려. 문 단속 잘해야지요."

"파도가 세네요. 태풍이 오려나봐요."

"이 정도는 아무것도 아녀. 파도가 진짜 심하게 치면 저 앞에 섬 보이지라? 저 가운데 섬이 완전히 물에 잠겨요. 그 위에 있는 나무가 안 보여. 그러면 큰일 나는 거지."

가운데 섬의 높이는 거의 10미터가 넘었다. 박도순 씨의 말이 이어졌다.

"태풍 영향 안 받는데도 이래요. 여그 사람들은 이런 걸 인사만 하고 간다 그래. 진짜 덮치면 엄청나제. 옛날에는 집 이렇게 못 지었어요. 지붕이 날아

● **성난 파도** 파도가 심상치 않았다. 밀려오는 파도가 선착장 위쪽을 연신 핥고 지나갔다. 바위에 부서진 파도는 미세한 포말이 되어 사리 마을을 안개처럼 감싸고 있었다.

가버리고 엄청났어요. 전부 나지막해서 머리 숙이고 들어가야 했지라. 여기 사람은 그라지라. 파도가 좀 자다 싶으면 이번에는 지나가면서 인사도 안 하고 가네. 한 집 들렀다 가면 난리 나제. 인사만 하고 가도 이 난린데 진짜로 나 간다 그라믄 어떻게 되겠어요? 사라호 그 태풍이 진짜 엄청났지요. 그때 큰 배를 파도가 이렇게 싣고 와서 이 집 뒤에 있는 집을 덮쳤지라. 나도 봤응께. 옛날에는 엄청났을 것이여. 지금은 일기예보가 있어 대피라도 하지만."

　실제로 얼마 후인 8월 말에는 태풍이 인사만 하고 가지 않았다. 흑산 기상대에서는 풍속이 관측 이래 최고 기록인 초속 58m/s를 기록했다. 살인적인 풍속은 철로 된 송신탑을 구부려놓을 정도였다. 이웃 장도와 영산도의 배들은 대부분 파손되고 가두리 양식장도 거의 전파되었다. 다행히 박도순 씨와 마을 사람들은 미리 배를 안전한 곳으로 옮겨놓고 대비를 한 덕에 큰 피해를 입지는 않았다고 한다.

● **구부러진 송신탑** 실제로 얼마 후인 8월 말에는 태풍이 인사만 하고 가지 않았다. 흑산 기상대에서는 풍속이 관측 이래 최고 기록인 초속 58m/s를 기록했다.

굴 따개비의 비밀

여전히 파도가 몰아치고 있었지만 물이 빠져나가기를 기다려 다시 해변으로 나섰다. 방파제 아래쪽에서부터 관찰을 시작했다. 조심스레 아래쪽의 바위 위로 발을 내딛었다. 해변을 거닐 때는 바위가 생각보다 미끄럽다는 점에 주의해야 한다. 물이 묻어 있거나 녹조라도 끼어 있으면 더욱 위험하다. 더구나 해변에는 날카로운 돌이나 굴 껍데기가 많으므로 한번 넘어지면 큰 상처를 입을 수 있다.

해변에서 흔히 볼 수 있는 것으로 조무래기따개비라는 동물이 있다. 크기가 작아서 다른 따개비의 새끼로 잘못 아는 경우가 많지만, 사실은 전혀 별개의 종이다. 조무래기따개비는 빽빽한 군집을 이루어 바위 표면을 온통 덮어버리는 성질이 있는데 나는 이런 바위를 좋아한다. 따개비가 신발 밑창에 스파이크처럼 박혀 미끄러질 염려가 없기 때문이다. 맨발로 밟고 다니면 지압이 되어 기분도 상쾌해진다. 사리 바닷가의 바위 위에도 조무래기따개비가 가득 붙어 있었다.

● 바위 표면을 덮고 있는 조무래기따개비 해변에서 흔히 볼 수 있는 것으로 조무래기따개비라는 동물이 있다. 크기가 작아서 다른 따개비의 새끼로 잘못 아는 경우가 많지만, 사실은 전혀 별개의 종이다.

조무래기따개비는 썰물 때 뚜껑을 야무지게 닫고 건조를 잘 이겨내므로 조간대의 가장 높은 곳까지 분포한다. 이러한 성질을 알면 조간대를 거닐면서 밀물이나 썰물의 범위를 쉽게 추측할 수 있다. 조무래기따개비가 분포하는 곳까지 물이 들어온다고 생각하면 거의 틀림없다.

조무래기따개비에 비해 검은큰따개비는 조금 더 깊은 곳에 살고 덩치도 훨씬 더 크다. 검은큰따개비를 찾아보려고 여기저기를 들쑤시고 다녔다. 파도를 피해가며 꼼꼼히 살피다가 마침내 몇 개체를 발견할 수 있었다. 정약전이 '굴통호' 라고 말한 생물이 바로 이것이다.

[통호桶蠔 속명 굴통호屈桶蠔]

큰 것은 껍질의 지름이 한 치쯤 된다. 입이 둥글고 통처럼 생겼으며, 뼈와 같이 단단하다. 높이는 수치, 두께는 서너 푼 정도이다. 아래에는 바닥이 없으며, 위쪽은 뾰족한데 꼭대기에 구멍이 나 있다. 돌벽에 붙어 있는 뿌리에는 바늘이 간신히 들어갈 정도의 구멍이 빽빽하게 뚫려 있어 마치 벌집과 같다. 껍질 속에는 덜 된 두부 같은 내장과 고깃살이 들어 있다. 고깃살 위에는 중들이 쓰는 뾰족한 모자 같은 것이 얹혀 있다. 모자는 두 조각으로 나누어져 있는데, 조수가 밀려오면 이것을 열고 물을 받아들인다. 통호를 따려는 사람은 쇠송곳[鐵錐]으로 이를 급히 내리친다. 그러면 껍데기는 떨어지고 고깃살만 남게 되는데 이것을 칼로 떼어낸다. 만약 내려치기 전에 통호가 먼저 알아차리면 차라리 부서질지언정 떨어지지 않는다.

◉ 검은큰따개비 조무래기따개비에 비해 검은큰따개비는 조금 더 깊은 곳에 살고 덩치도 훨씬 더 크다.

* [편주] 방언으로는 곡갈曲葛이라고 한다.

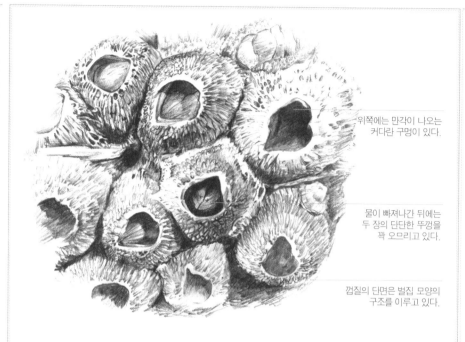

위쪽에는 만각이 나오는 커다란 구멍이 있다.

물이 빠져나간 뒤에는 두 장의 단단한 뚜껑을 꽉 오므리고 있다.

껍질의 단면은 벌집 모양의 구조를 이루고 있다.

따개비에 대해 잘 알지 못하는 사람에게는 정약전의 설명이 수수께끼 같은 문장처럼 보일 수도 있을 것이다. 그렇지만 따개비를 직접 관찰하고 채취해본 사람들에게는 고개를 끄덕이게 하는 훌륭한 묘사가 된다. 문장을 하나씩 풀어보기로 하자.

정약전은 큰 따개비의 지름이 한 치, 높이가 수치쯤 된다고 했다. 크기로 보아 이 종은 사리에서 관찰한 검은큰따개비가 틀림없다. 둥글고 통과 같이

● 검은큰따개비 *Tetraclita japonica* Pilsbry

● 따개비의 아랫면 돌벽에 뿌리를 붙이고 있는 따개비를 떼어내어 뒤집어보면 아래쪽에 뻥 뚫려 있는 구멍이 보인다. 정약전은 이를 바닥이 없다고 표현했다. 꼭대기에 나 있는 구멍은 위에서 말한 입이다. 돌에 붙어 있던 단면에는 자잘한 구멍이 빽빽하게 배열해 있어 꼭 벌집처럼 보인다.

생긴 입이라고 표현한 것은 따개비 위쪽의 둥글게 패인 부분을 말한다. 아래는 바닥이 없고 위는 약간 뾰족한 데다 꼭대기에 구멍이 있다는 것도 정확한 설명이다. 돌벽에 뿌리를 붙이고 있는 따개비를 떼내어 뒤집

어보면 아래쪽에 뻥 뚫려 있는 구멍이 보인다. 정약전은 이를 바닥이 없다고 표현했다. 꼭대기에 나 있는 구멍은 위에서 말한 입이다. 돌에 붙어 있던 단면에는 자잘한 구멍이 빽빽하게 배열해 있어 꼭 벌집처럼 보인다. 비슷한 질량이라면 속이 꽉 찬 종이보다 속이 빈 벌집 구조의 골판지가 강하다. 따개비도 껍질의 외벽을 벌집 모양으로 만들어 최소한의 자원으로 최대의 효과를 거둘 수 있도록 하는 전략을 택한 것이다. 따개비 껍질을 떼어낸 자리를 보면 정약전이 '덜 된 두부 같은 내장과 고깃살'이라고 표현한 것이 '중들이 쓰는 고깔[尖巾]'을 머리에 얹고 붙어 있는 모습을 확인할 수 있다.

● 뚜껑을 닫고 있는 검은큰따개비 구멍 안쪽으로 들여다보이는 반으로 갈라진 구조가 '곡갈'이다.

사람 죽어도
모르게 시원하다

정약전이 따개비의 부착면 구조까지 자세히 묘사할 수 있었던 것은 당시 따개비 채취가 활발했고, 이를 곁에서 직접 관찰할 수 있었기 때문일 것이다. 이를 확인이라도 하듯 본문에서는 따개비를 채취하는 장면을 실감나게 묘사하고 있다. 그런데 따개비를 어디에 쓰려고 채취한 것일까? 가끔 바다낚시에서 따개비를 낚시 밑밥으로 사용한다는 정도는 알고 있었지만, 다른 용도에 대해서는 들어본 적이 없었다. 그런데 얼마 전 PC통신 대화방에서 따개비에 얽힌 추억을 이야기하는 사람을 만났다.

함성주(산국펀들)　덩수라고 아십니까?
함성주(산국펀들)　바위에 붙어 사는 놈인데요…
함성주(산국펀들)　삿갓조개?
이태원(baubau)　산 모양으로 생긴 거요?
함성주(산국펀들)　예. 여럿이 뭉쳐 사는 녀석들요.

함성주(산국핀들)　화산처럼.

이태원(baubau)　완전히 고정되어 있나요?

함성주(산국핀들)　예.

이태원(baubau)　따개비네요.

함성주(산국핀들)　그거 국 끓여 먹으면 사람 죽어도 모르게 시원합니다.

이태원(baubau)　아, 따개비를 먹는군요.

이태원(baubau)　따개비를 식용한다는 게 잘 알려져 있지 않죠?

함성주(산국핀들)　저희 섬에서는 일상적인 일이라… 잘 모르겠습니다.

함성주(산국핀들)　낫으로 채취합니다.

이태원(baubau)　보통 낫이요?

함성주(산국핀들)　예…

함성주(산국핀들)　껍질 안에 삿갓 모양으로 또 있죠?

함성주(산국핀들)　그것을 여름에 끓여 먹습니다.

　함성주 씨는 신안군 재원도 출신인데, 그곳에서는 따개비를 당연하다는 듯이 식용하며, 최고의 음식으로 여기고 있다는 것이었다. 흑산도에서도 마찬가지였다. 박도순 씨는 따개비의 맛을 극찬했다.

　"굴통 그거, 봄이랑 요즘 여물 때요. 따 가지고 와서 그냥 끓여 먹지라. 맛있지, 시원하고. 우리 부락에서 나는 것 중에 제일 맛있는 거여. 껍데기 벗겨 먹는 게 귀찮아서 그렇지. 술 해장에 좋제. 간에 좋다고 옛날에 많이 먹었소."

따개비를 채취할 때, 사리에서는 낫보다는 주로 칼을 사용한다고 했다. 무겁고 뭉툭한 칼로 내리친 다음, 돌벽에 붙어 있는 살을 떼어낸다는 것이었다.

박도순 씨가 말하는 '굴통'은 정약전이 속명으로 밝힌 '굴통호'와 같은 말이다. 지금도 따개비를 '굴등'으로 표기한 책들을 흔히 볼 수 있다. 이때의 굴등도 굴통과 같은 의미일 것이다.* 나무 속이 저절로 썩어 텅 비게 된 것을 구새 먹었다고 이야기한다. 구새 먹은 통나무를 구새통이라고 부르는데, 구새통이 바로 굴통과 같은 말이다. 구새통이나 굴통은 모두 굴뚝을 의미하기도 한다. 본래 굴뚝을 만들 때 구새 먹은 나무, 즉 구새통을 많이 사용했기 때문이다. 따개비를 들여다보며 속이 빈 나무 등걸을, 그리고 새까맣게 그을린 굴뚝을 떠올려본다.

---

* 통호桶蠔나 굴통호屈桶蠔에 쓰인 통桶이라는 한자를 보면 굴통이 본래 뜻에 가까운 이름이 아닌가 하는 생각이 든다. 따개비의 모양이 바로 통처럼 생겼기 때문이다. 정약전도 따개비를 "입이 둥글고 통과 같이 생겼다"라고 표현하고 있다.

이상한 갑각류

정약전은 삿갓조개와 따개비를 약간 혼동한 것 같다. "만약 내려치기 전에 통호가 먼저 알아차리면 차라리 부서질지언정 떨어지지 않는다"라는 문장은 삿갓조개류를 묘사한 것이 분명하다. 삿갓조개는 배 밑이 빨판으로 되어 있어 주변에서 조그만 충격이 가해져도 바닥에 딱 달라붙어 버린다. 따라서 삿갓조개를 채집할 때에는 칼이나 드라이버 같은 것으로 갑자기 떨어뜨려 달라붙을 여유를 주지 말아야 한다. 그러나 따개비는 처음부터 바위 표면에 완전히 고정되어 있으므로 달라붙는다든지 떨어진다든지 하는 표현 자체가 어울리지 않는다. 이 종이 삿갓조개가 아닌 따개비를 묘사한 것임은 "모자는 두 조각으로 나누어져 있는데, 조수가 밀려오면 이것을 열고 물을 받아들인다"라고 한 문장에서 더욱 분명해진다. 만각蔓脚으로 플랑크톤을 잡는 것은 따개비의 특징이며, 삿갓조개와는 전혀 무관한 행동이기 때문이다.

따개비를 삿갓조개와 혼동하는 것은 지금도 자주 행해지는 실수이다. 어떤 해양잡지를 보니 〈삿갓조개의 위험〉이라는 기사가 실려 있었다. 고래의 몸에 다닥다닥 붙은 삿갓조개가 다이버들의 몸에 스치게 되면 매우 위험하다는 내용이었다. 그러나 삿갓조개는 살갗에 닿는다고 해서 위험할 정도로 껍질이 날카롭지 않다. 고래에 붙어 있는 것은 삿갓조개가 아닌 따개비다. 한글학회에서 펴낸 『우리말큰사전』에는 따개비가 조개류라고 설명되어 있다. 사실 따개비는 삿갓조개를 포함하여 그 어떤 조개류와도 전혀 무관한 생물로 절지동물의 일종이다. 사전은 많은 사람들이 참조하는 중요한 문헌이기에 이러한 실수는 하루빨리 시정되어야 할 것이다.

따개비는 몸이 단단한 석회질의 껍질로 덮여 있다. 정약전과 여러 사람들이 따개비를 조개류로 오인한 이유도 여기에 있다. 고착 생활을 위해 적응한 따개비의 독특한 형태가 조개류라는 오해를 불러일으키게 한 것이다. 따개비는 절지동물 중에서도 게, 새우 등과 함께 갑각류에 속하는 생물이다. 그런데 움직임이 활발한 게나 새우와 따개비 사이에 도대체 어떤 공통점이 있다는 것일까? 겉모습이 전혀 다른 동물들의 근연 관계를 따질 때에는 몸의 내부 구조와 발생 과정을 살펴야 한다. 겉모습은 쉽게 변하지만 몸속 구조는 원래의 형태대로 남아 있는 경우가 많으며, 알에서부터 발생하는 과정은 그 생물의 족보를 더욱 확실하게 보여주기 때문이다. 따라서 겉보기는 달라도 내부 구조가 유사하고 비슷한 발생 과정을 거친다면 같은 무리의 동물이라고 할 수

● 따개비가 만각을 휘두르는 모습 물속에 잠겨 있는 따개비를 가만히 관찰해보면 껍질 입구에 있는 뚜껑이 열리고 그 속에서 넝쿨 같은 것이 나와 바닷물 속의 무언가를 잡아채는 듯한 동작을 반복하는 모습을 볼 수 있다. 이 넝쿨은 만각이라고 부르는 따개비의 발이다.

있다.

 물속에 잠겨 있는 따개비를 가만히 관찰해보면 껍질 입구에 있는 뚜껑이 열리고 그 속에서 넝쿨 같은 것이 나와 바닷물 속의 무언가를 잡아채는 듯한 동작을 반복하는 모습을 볼 수 있다. 이 넝쿨은 만각蔓脚이라고 부르는 따개비의 발이다. 만각에는 마디가 잘 발달되어 있다. 이로써 따개비가 마디 있는 발을 가진 동물, 즉 '절지동물'이라는 사실을 알 수 있다. 더욱이 만각은 새우나 곤충, 게나 거미와 같은 절지동물들의 외골격을 형성하는 키틴질로 덮여 있다.

 따개비가 절지동물 중에서도 갑각류에 속한다는 사실은 따개비의 어린 시절을 살펴보면 보다 확실하게 드러난다. 수정란이 발생하기 시작하면 노플리우스라는 유생이 되는데, 따개비의 노플리우스는 다른 갑각류와 공통된 형질을 가지고 있으며, 성장하면서 탈피를 한다는 점도 갑각류의 특징과 일치한다. 노플리우스는 몇 번의 탈피를 거친 후 변태하여 두 장의 껍데기를 가진 키프리스 유생이 되는데, 이 역시 갑각류의 유생과 거의 같은 모습이다. 이처럼 명백하게 갑각류의 특징을 보이던 따개비의 유생은 얼마 후 전혀 다른 모습으로 변하게 된다. 키프리스 유생은 물속을 자유로이 헤엄치며 더듬이를 사용해서 달라붙기에 적당한 장소를 물색하기 시작한다. 장소가 결정되면 촉각에 있는 석회 분비선을 사용하여 바위에 몸을 붙인다. 마침내 대 변신의 시기가 온 것이다. 키프리스 유생은 탈피를 하고 부속지가 위로 향하도록 몸을 회전한다. 이 단계에 이르면 부속지는 긴 깃털 모양으

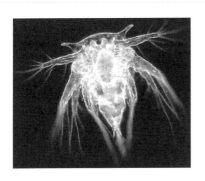

● **따개비의 유충** 따개비가 절지동물 중에서도 갑각류에 속한다는 사실은 따개비의 어린 시절을 살펴보면 보다 확실하게 드러난다. 수정란어 발생하기 시작하면 노플리우스라는 유생이 되는데, 따개비의 노플리우스는 다른 갑각류와 공통된 형질을 가지고 있으며, 성장하면서 탈피를 한다는 점도 갑각류의 특징과 일치한다.

로 발달하여 먹이를 걸러 먹거나 물의 흐름을 일으켜 호흡을 돕는 용도로 사용할 수 있도록 변화하게 된다. 마침내 바위에 붙어 사는 정착 생활이 시작된 것이다. 이제부터는 조수가 밀려오는 동안에는 열심히 먹이를 찾고, 썰물이 되어 주위가 건조해지면 만각을 집어넣고 뚜껑을 닫은 채 다음 밀물을 기다리는 단순한 생활의 반복이 있을 뿐이다.

다윈은 최초로 따개비와 갑각류의 유연 관계를 알아낸 과학자 중의 한 사람이다. 이때 그가 이용했던 방법이 발생 과정을 살피는 것이었다. 다윈은 자신의 발견을 매우 자랑스러워했다.

저 유명한 퀴비에조차도 따개비가 갑각류라는 사실을 알아채지 못했다. 그러나 그 유충을 한번 보기만 하면 그것이 갑각류임을 분명히 알 수 있다.

퀴비에(Cuvier)는 프랑스의 유명한 동물학자로, 비교해부학과 고생물학의 창시자로 인정받았던 사람이다. 다윈은 「만각류 동물에 관한 연구」라는 1,000페이지가 넘는 논문을 쓸 정도로 따개비류에 큰 관심을 기울였고, 이는 진화론에 대한 그의 생각을 정리하는 데 중요한 기초가 되었다.

따개비는 일단 바위에 붙고 나면 한평생 그곳을 떠날 수 없다. 부착생물들에게 생식은 커다란 고민거리 중의 하나이다. 굴이나 산호처럼 성체가 서로 교미하지 않고 주변에 정자와 난자를 무작위로 흩뿌려 수정하게 하는 종

● **다윈** 다윈은 최초로 따개비와 갑각류의 유연 관계를 알아낸 과학자 중의 한 사람이다. 이때 그가 이용했던 방법이 발생 과정을 살피는 것이었다.

류도 있다. 그러나 맘대로 흩뿌려진 정자와 난자가 물속에서 만날 확률은 매우 희박하며, 다른 생물들의 먹이로 전락하고 말 가능성이 높다. 체외수정을 하는 동물들은 낮은 수정 확률을 극복하기 위해 매우 많은 수의 정자와 난자를 만들어낸다. 하지만 이러한 방법에는 낭비의 측면이 없지 않다. 따개비는 정자와 난자를 몸 밖으로 배출하지 않고 체내수정을 한다. 교미를 하는 것이다. 그런데 한곳에 붙박혀 움직일 수도 없는 따개비가 무슨 수로 교미를 하는 것일까? 따개비는 교미를 위해 길고 유연하게 움직일 수 있는 교미침이라는 구조를 발달시켰다. 따개비의 몸에서 나온 우윳빛 교미침은 꿈틀거리며 주변의 배우자를 찾아 헤맨다. 따개비류는 원래 모여 사는 습성이 있는 데다 암수한몸이므로 애써 먼 곳에서 짝을 고를 필요가 없다.

따개비류는 바위나 말뚝 등 단단한 구조물에 붙는 습성이 있다. 때로는 고래, 상어, 게 등 다른 동물들의 몸에 달라붙기까지 한다. 그런데 따개비의 이러한 성질이 여러 가지 문제를 일으키는 경우가 있다. 따개비가 배 밑바닥에 달라붙으면 물과의 마찰 저항을 증가시켜 배의 진행 속도를 떨어뜨리

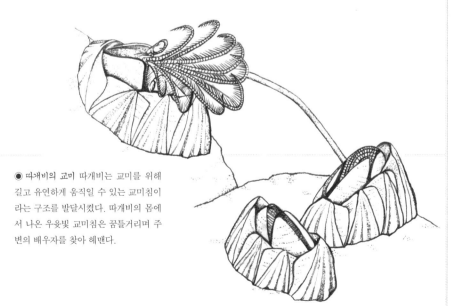

● **따개비의 교미** 따개비는 교미를 위해 길고 유연하게 움직일 수 있는 교미침이라는 구조를 발달시켰다. 따개비의 몸에서 나온 우윳빛 교미침은 꿈틀거리며 주변의 배우자를 찾아 헤맨다.

게 되고, 이는 다시 연료 효율의 저하로 이어진다. 또한 조수의 흐름이 강한 곳에 설치된 다리나 해양 구조물에 따개비가 달라붙으면 구조물을 약화시키거나 심한 경우에는 붕괴를 일으키기까지 한다. 그래서 관련 학자들은 따개비를 '오손부착생물' 이라 부르며 경계한다.

그런데 옛사람들에게는 배를 무겁게 하고 속도를 떨어뜨리는 따개비보다 훨씬 무서운 생물이 있었다. 아예 배를 침몰시켜버리는 생물 '소' 가 바로 그것이다.

● 밧줄에 달라붙은 따개비 따개비류는 바위나 말뚝 등 단단한 구조물에 붙거나 심지어 고래, 상어, 게 등의 다른 동물들의 몸에 달라붙기까지 한다.

소

버려진 목선이나 갯벌에 밀려온 나무토막 같은 것에 구멍이 숭숭 뚫려 있는 것을 볼 때가 있다. 이것은 천공동물穿孔動物이라고 불리는 생물들이 한 짓이다. 천공동물은 목재나 암석 등에 구멍을 뚫고 그 속에서 생활한다. 특히 나무에 구멍을 뚫는 놈들은 배를 침몰시키는 등 매우 심각한 피해를 불러일으킬 수 있어 문제가 되는데, 부족류의 배좀벌레조개, 갑각류인 바다이(gribble) 등이 그 대표적인 예다.

정약전이 말한 '해추제'도 천공생물의 일종이다.

[해추제海蝤蠐]

머리는 콩알처럼 생겼고 머리 아랫부분은 근근히 형체를 구비하고 있는 것이 마치 콧물처럼 보인다. 머리는 매우 단단하다. 입부리는 칼날과 같은데, 이를 벌렸다 닫았다 하면서 나무좀[蛀蝤]처럼 배의 판재를 갉아먹는다. 담수를 만나면 죽게 되고, 조수가 빠르고 굽한 곳에서도 살지 못한다. 물이 머물러 괴어 있는 곳에 많다. 그래서 동

● **소의 피해를 입은 통나무 피해** 버려진 목선이나 갯벌에 밀려온 나무토막 같은 것에 구멍이 숭숭 뚫려 있는 것을 볼 때가 있다. 이것은 천공동물이라고 불리는 생물들이 한 짓이다.

해의 뱃사람들은 이를 매우 두려워한다. 큰 바다에 간혹 벌이나 개미처럼 무리지어 나타날 때가 있는데, 배가 지나가다가 이를 만나게 되면 속히 뱃머리를 돌려 피해야 한다. 배의 판재를 연기로 여러 번 그을러두면 해추제의 피해를 막을 수 있다.

박도순 씨는 본문에 대한 설명을 듣자마자 '소'* 라는 이름을 내놓았다.

"배에 구멍 뚫는 것을 소 친다 그라지라. 좋은 나무로 배를 지었는데 물이 새면 소 친다 그래요. 도끼로 땔감 치면 소가 나와요. 나무 속에 있는데 하얗고 물렁물렁하지라. 이걸 막으려면 연화 처리를 해야 되요. 연기를 쐬는 거여. 그러면 소가 막 물을 내뿜제."

박도순 씨의 설명은 본문의 내용과 거의 일치하고 있었다.

칼날과 같은 입부리를 벌렸다 닫았다 한다는 표현이나 머리 아랫부분이 물컹물컹하다는 말로 미루어볼 때 이 종은 배좀벌레조개류로 생각된다. 구멍을 뚫고 배를 갉아 먹는다고 해서 천공벌레, 선식충, 착선충이라고도 불리

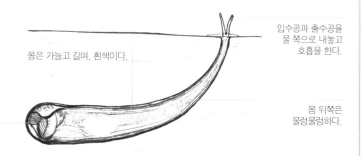

입수공과 출수공을
물 쪽으로 내놓고
호흡을 한다.

몸은 가늘고 길며, 흰색이다.

단단한 껍질로
구멍을 판다.

몸 뒤쪽은
물렁물렁하다.

● **배좀벌레조개** *Teredo navalis* Linnaeus

※ '소' 라는 이름은 '쏠다' 라는 말에서 나온 것 같다. 또한 해추제는 나무를 쏠아 만든 구멍 속에 굼벵이처럼 들어앉아 있다고 해서 붙여진 이름일 것이다. 원래 추제란 나무에 구멍을 뚫고 살아가는 나무좀이나 굼벵이를 가리키는 말이므로 해추제는 '바다에 살고 있는 굼벵이' 라는 뜻이 된다.

는 종류이다. 배좀벌레조개의 몸은 가늘고 길며 흰색이다. 여름에 부화한 어린 새끼는 한두 달 후부터 목조선에 달라붙은 다음 구멍을 뚫으면서 내부로 침입하는데, 길이 90센티미터에 직경 3센티미터까지 자라는 것도 있다.

연기로 그을러 소의 침입을 방지하는 것은 이미 오래 전부터 배를 만들 때 사용되어 온 방법이다. 1983년 말 완도군 약산면 어두지섬에서 고려시대의 배가 발견된 일이 있다. 이 배의 잔해는 고려시대의 조선술을 알려주는 획기적인 자료였다. 그런데 배의 옆면에는 불에 탄 듯 그을린 흔적이 있었다. 바닷물과 맞닿은 바깥 부분에만 탄 흔적이 있는 것으로 보아 이는 화재로 인한 것이 아니라 사람들이 의도적으로 그을린 것이 확실했다. 연화 처리의 기원이 적어도 고려시대까지 거슬러 올라간다는 중요한 증거였다.

배를 만드는 것 자체가 신경이 많이 쓰이는 작업이지만 관리하는 일도 그에 못지않게 어렵고 손이 많이 간다. 특히 옛날 배들은 거의 전체가 나무로 제작되었기 때문에 손상된 곳이 없나 항상 주의 깊게 살펴야 했다. 소가 치지 않도록 반드시 연화 처리를 하고, 이미 피해를 입었을 경우에는 해당 부분을 잘라내고 태워서 다른 나무로 옮기는 것을 막아야 했다. 그러나 이런 처리에도 불구하고 소의 피해로부터 완전히 벗어나기란 힘든 일이었다. 그래서 비교적 최근에 이르기까지도 소가 많은 곳에서는 아예 목선을 기피하는 경우가 많았다.

본문에서 소가 간혹 벌이나 개미처럼 떼를 지어 모여들 때가 있다고 말한 대목은 소의 무서움을 과장해서 표현한 것으로 보인다. 박도순 씨는 포구

중에 소가 특별히 많은 곳이 있다고 했다. 아마 이런 경험으로부터 떼지어 몰려다니는 소에 대한 전설이 생겨났을 것이다.

"소가 헤엄쳐다닌다는 말은 못 들어봤소. 홍도에 소가 많기는 하지라. 배를 막 만들었는데 일 년도 안 되서 소가 치기도 해요. 이런 데서는 가능하면 정박을 피해야제."

소의 피해는 전세계적이다. 하지만 이를 두려워하고 피하기만 하는 사람들이 있는가 하면, 오히려 잘 관찰하고 연구하여 새로운 업적을 이루어낸 사람도 있다. 영국의 마크 브루넬(Mark Brunel)은 배좀벌레조개가 목선의 판자 속에 구멍을 파는 것을 본떠 TBM이라는 터널굴착기를 발명했다. 그는 이 동물이 다음 3단계의 과정을 차례대로 밟아가며 굴을 판다는 사실을 발견했다. 우선 톱니 모양의 튼튼한 껍질 가장자리를 이용해서 나무를 깎아낸다. 굴을 파면서 깎아낸 나무는 뒤쪽으로 내보내고, 새로 판 굴의 표면에는 액체를 발라서 굴이 무너지는 것을 방지한다. 이것이 배좀벌레조개가 안전하게 굴을 파내려갈 수 있는 비결이었다. 브루넬은 이런 기능을 가진 굴착 장치를 만들어 템즈강 아래를 지나는 해저터널을 뚫을 수 있었다. 닥쳐온 상황에 대처하는 방식에 따라 개인이나 국가가 전혀 다른 운명을 걸어갈 수 있다는 사실을 소의 예가 잘 보여준다.

바위 틈에 그려진 산수화

우리 선조들은 예로부터 주변에서 다양한 먹을거리를 찾아내고 이용해왔다. 양식이 부족하다 보니 주위에서 이것저것 먹을 만한 것들을 찾아낼 수밖에 없었을 것이다. 잡초에서 지렁이나 벌레에 이르기까지 먹을 수 있는 것이면 어느 것이나 식생활의 재료로 삼았고, 이렇게 찾아낸 먹을거리들은 다양한 영양소를 포함하고 있어 건강을 유지하는 데 도움을 주었다.

 음식물에 포함된 영양소 중에서도 단백질은 특히 중요한 역할을 한다. 에너지원으로 쓰일 뿐만 아니라 우리 몸의 중요한 구성 성분을 만드는 재료가 되기 때문이다. 대부분의 사람들은 쇠고기나 돼지고기 등의 육류 단백질을 좋아한다. 그러나 육류는 값이 비싸고 쉽게 구할 수 없기 때문에 오래 전부터 쉽게 채집할 수 있는 해산물들이 귀중한 단백질 공급원으로 이용되어 왔다.* 특히 고려시대에 들어와 불교의 영향으로 짐승의 살생을 꺼리게 되면서부터는 육류를 대신할 수 있는 대체 단백질원이 더욱 절실히 요구되었고, 이에 따라 해산물들의 가치는 더욱 높아지게 된다. 『고려도경』에서는 이러

※ 전국 곳곳에서 발견되는 조개무지가 좋은 예다.

한 상황을 잘 묘사하고 있다.

　　고려 풍속에 양과 돼지가 있지만 왕공이나 귀인이 아니면 먹지 못하며, 가난한 백성은 해산물을 많이 먹는다. 미꾸라지〔鰍〕,* 전복, 조개〔蚌〕, 진주조개〔珠母〕, 왕새우〔蝦王〕, 문합文蛤, 자해紫蟹, 굴〔蠣房〕, 거북이다리〔龜脚〕, 해조海藻, 다시마〔昆布〕는 귀천 없이 잘 먹는데, 구미를 돋우긴 하지만 비린 냄새가 나고 맛이 짜 오래 먹으면 물리게 된다. 썰물 때는 배를 섬에 대고 고기를 잡는다. 그물을 잘 만들지 못하여 성긴 천으로 고기를 잡으므로 힘을 많이 쓰지만 별로 성과가 없다. 다만 굴과 대합은 썰물이 빠져나가도 이를 따라가지 못하고 뒤에 남으므로 사람들이 쉽게 줍는다. 힘을 다하여 이를 주워도 없어지지 않는다.

　　예전에는 이처럼 물고기나 조개, 해조류 따위가 중요한 식량자원이었지만 이제는 상황이 달라졌다. 따개비의 예에서 볼 수 있듯이 경제적 형편이 나아지고 식생활이 서구화함에 따라 산이나 들, 갯가에서 찾았던 전통적인 먹을거리가 대량 생산 가능한 재배식품으로 대체되면서 하나 둘 우리들의 기억 속에서 사라져가고 있다. 안타까운 것은 옛 먹을거리들 중에는 맛이나 영양가 면에서 탁월하지만 제대로 평가받을 기회조차 얻지 못한 것들이 많다는 점이다. 남대문이나 불국사처럼 눈에 보이는 것만이 관광자원이 되는 것은 아니다. 우리에게 대대로 전해져 내려오는 음식문화나 풍속들 하나하

* 미꾸라지는 바다에서 살지 않는다. 아마도 붕장어 따위의 몸이 길고 미끌미끌하여 미꾸라지처럼 생긴 물고기를 가리킨 말로 보인다.

나가 다가서서 체험해보면 절로 미소를 머금게 하는 훌륭한 문화유산이 된다. 문헌상으로만 남아 있거나 지방 전래로 내려오는 향토음식문화들을 잘 개발하고 상품화하는 것도 여러 가지 면에서 뜻 있는 일이 될 것이다.

정약전이 '오봉호'라고 표현한 거북손도 이러한 맥락에서 살펴볼 만한 생물이다. 사리 해변의 바위 틈 곳곳에는 거북손이 빼곡이 자리잡고 있었다.

[오봉호五峯蠔 속명 보찰굴寶刹掘]

큰 놈은 너비가 세 치 정도이다. 다섯 개의 봉우리가 나란히 서 있다. 바깥쪽 두 봉우리는 낮고 크기가 작으며, 다음의 두 봉우리를 안고 있다. 안겨져 있는 두 봉우리는 가장 큰데 다시 가운데 봉우리를 안는다. 가운데 봉우리와 가장 작은 봉우리는 모두 서로 합해져서 단단한 껍질이 된다. 빛깔은 황흑색이다. 유자 껍질처럼 생긴 것이 봉우리의 아래쪽 부분을 둘러싸고 있는데 축축한 느낌이 난다. 뿌리를 돌 틈새 좁은 곳에 박고 바람과 파도 속에서 몸을 지탱한다. 껍질 속에 있는 살덩이에도 붉은색의 뿌리가 있으며, 또 여기에는 물고기의 아가미처럼 생긴 검은 수염이 달려 있다. 조수가 밀려오면 큰 봉우리를 열고 검은 수염으로 물을 받아들인다. 맛은 달콤하다.

이청의 주 소송蘇頌은 "모려牡蠣는 모두 돌에 붙어 무더기를 이루며 산다. 서로 이어져 있는 것이 방房과 같아서 여방蠣房이라고도 부른다. 진안晉安 사람은 이를 호보蠔莆라고 한다. 맨 처음에는 주먹만 하다가 사방으로 점점 커져서 1~2장丈 정도까지 자란다. 바위산처럼 봉우리가 뾰족하고 날카로우므로 사람들이 이를 여산蠣山이라고 부

● 우각(거북손) 『고려도경』에서 언급한 '거북이다리'는 귀천을 가리지 않고 즐긴다고 한 것으로 미루어 거북손을 가리킨 것으로 보인다. 흔하지도 않은 진짜 거북이다리가 식용으로 널리 이용되었을 리 없기 때문이다.

른다. 각 방마다 속에 고깃살이 한 덩어리씩 들어 있다. 큰 방은 말발굽만 하고, 작은 방은 사람 손가락(指面)만 하다. 조수가 밀려올 때마다 모든 방이 활짝 열리는데, 이를 통해 들어오는 작은 벌레들을 잡아먹어 배를 채운다"라고 했다. 이것은 오봉호, 즉 여산을 일컫는 말이다.

자신이 직접 거북손을 관찰하고 묘사를 해본다면 정약전이 얼마나 뛰어난 관찰자였는지 실감할 수 있을 것이다. 정약전이 거북손의 형태와 생태적 특징에 대해 기록한 내용은 현대적인 관점에서 바라보아도 매우 뛰어난 것이다.『두산세계대백과사전』에 실린 다음 내용과 비교해보자.

거북손(*Pollicipes mitella*)

완흉목完胸目 거북손과의 갑각류. 몸길이 3~5센티미터이다. 몸의 위쪽 끝은 손톱 모양이며 큰 각판殼板을 이루고 있다. 그 둘레에 작은 각판이 둘러져 있으며 이것이 자루에 연결되어 누르고 있다. 자루에 미세한 각판이 비늘 모양으로 덮여 있다. 밀물이 되면 석회판 사이에서 다리를 펴서 플랑크톤을 모아 잡아먹는다. 자웅동체이며, 자루 속의 육질을 식용으로 하는 지방이 있다. 조간대의 바위 틈에 군생群生한다. 한국 · 일본 · 서태평양 · 인도 등지에 분포한다.

흑산도에서는 거북손 대신 정약전이 밝힌 속명과 같은 '보찰'이란 이름이

●거북손 사리 해변의 바위 틈 곳곳에는 거북손이 빼곡이 자리잡고 있었다.

쓰이고 있었다. 박도순 씨는 특별한 손님이 왔을 때 내놓는 음식 중의 하나로 이 보찰로 끓인 국을 꼽았다.

"보찰은 독이 없어 생으로도 먹어라. 살이 달콤한 기가 있제. 국을 끓여놓으면 기가 막혀요. 고기 잇갑으로도 좋은데 청거시, 홍거시 필요 없어. 분홍색 살을 달아놓으면 고기들 잘 물어요."

사리 주변에 있는 여 중에 '보찰여'라는 것이 있다. 홍합이 많으면 홍합여라고 부르듯이 보찰이 많이 서식한다고 해서 붙은 이름일 것이다. 이로써 미루어보면 아마도 보찰은 예로부터 중요한 식용자원으로 여겨져왔던 것 같다.

거북손이란 이름은 그 생긴 모습이 거북의 손과 닮았다는 데서 유래한 것이다. 생각해보면 그럴듯하다. 그런데 정약전은 거북손 항목의 표제어를 오봉호라고 쓰고, 속명으로는 보찰이란 이름을 들고 있다. 과연 이러한 이름들의 유래는 무엇일까?

만각을 휘둘러 먹이를 잡는다.

5개의 커다란 각판이 늘어서 있다.

● 거북손 *Pollicipes mitella* (Linnaeus)

자루는 유자 껍질처럼 생겼다.

103

질문에 대한 단서는 본문에 나와 있다. 처음 몇 줄을 읽다보면 멋들어진 봉우리가 늘어선 한 폭의 산수화가 떠오른다. 정약전은 같은 생물을 보고 마른 논바닥처럼 갈라진 거북손을 떠올리기보다는 산이 있는 장대한 풍경화를 그렸던 것이다. 어쩌면 오봉호라는 이름에서 『서유기』의 한 장면을 떠올렸을지도 모르겠다. 사대부적인 발상이지만 한편으로는 신선하고 낭만적이다. 박도순 씨는 거북손의 모양을 '메 산' 자처럼 생겼다고 표현했다. 이런 생각이 예전의 사리 주민에게도 공통된 것이었다면 정약전은 그들의 말을 듣고 어렵지 않게 오봉호란 이름을 만들어낼 수 있었을 것이다.

하지만 여전히 보찰이 무슨 뜻인지는 쉽게 파악이 되지 않는다. 다시 한 번 생각해보자. 표제어에 나온 '보찰寶刹'을 글자 그대로 해석한다면 '절'이 된다. 혹시 보찰은 거북손의 각판이 처마 끝을 양쪽으로 한껏 치켜올린 절과 닮았다고 해서 붙여진 이름이 아닐까? 과거에 크고 화려한 건물이라면 임금이 거하는 궁궐이 있었겠지만 일반인들이 보기는 힘들었을 테고, 그나마 화려한 건물이라면 절밖에 내세울 것이 없었을 것이다. 보찰은 '오봉'이라는 그림 속에 집어넣어도 그리 어색하지 않다. 깊은 산중에 위치한 고찰이라면 제대로 느낌이 들어맞는다. 박도순 씨는 보찰이 무엇이냐는 질문에 주저없이 절이라고 대답했다. 그리고 산에 있는 것이 보찰이라며 산과 절을 연관지으려는 모습을 보였다.

● 접시에 담겨나온 보찰 요리 "보찰은 독이 없어 생으로도 먹어라. 살이 달콤한 기가 있제."

거북손을 일컫는 오봉호라는 말은 중국 문헌에 등장하지 않는다. 정약전 본인이 만들어낸 말이 분명하다. 호보나 여산을 오봉호로 본 것은 이청의 견해다. 그러나 아무리 봐도 호보나 여산은 거북손이 아니라 굴을 묘사한 것이 분명하다. 본문을 보면서 생겼던 또 한 가지 의문점은 여방이 1~2장丈에 이른다고 한 대목이었다. 대체 어떤 굴이 2미터 이상씩이나 자란단 말인가. 처음에는 1~2장이 1~2자의 오기가 아닌지 의심했다. 그러나 『본초강목』의 원문에도 이와 같이 기록되어 있는 점으로 보아 분명히 오기는 아니었다. 소송은 앞 문장에서 굴이 연결되어 있는 모습에 대해 언급하고 있다. 아무래도 한두 장이라는 것은 바위를 덮고 있는 굴 무리 전체의 크기를 일컫는 말로 보아야 할 것 같다.

　이청은 오봉호 항목을 고증하면서 『현산어보』의 다른 부분들에서처럼 해당 생물을 중국 문헌에서 찾아내려 했지만, 어디에도 오봉호란 이름은 나오지 않았다. 어쩔 수 없이 정약전의 설명과 가장 유사한 것을 택하게 되었는

● 굴이 모여 자라고 있는 모습 호보나 여산은 거북손이 아니라 굴을 묘사한 것이 틀림없다.

데, 그것이 바로 굴이었다. 이청은 중국 문헌을 읽다가 굴을 바위산, 여산과 같이 산에 비유한 부분을 보고 거북손을 떠올렸을 것이다. 게다가 정약전이 이름을 오봉호, 즉 '다섯 개의 봉우리를 가진 굴'이라고 붙여 놓았으니 여산이 굴을 말한 것이라는 사실을 알았더라도 그냥 산처럼 생긴 굴의 일종인가 보다 하고 넘어갈 수밖에 없었을 것이다. 또 『본초강목』의 모려 항목에는 조수가 밀려오면 껍질을 열어 조그만 벌레를 잡는다는 기록이 나온다. 이청은 이 부분을 본문의 "조수가 밀려오면 큰 봉우리를 열고 검은 수염으로 물을 받아들인다"라고 한 표현에 대응시켰던 것 같다. 굴을 거북손으로 착각할 만한 이유는 충분했던 것이다.

이청의 작업은 문헌 조사만으로 연구하던 학문 풍토의 약점과 한계를 적나라하게 보여준다. 관찰을 동반하지 않은 추론은 오류로 이어지기 마련이다. 실제로 여러 중국 문헌에 거북손이 석거石蚷, 구각채龜脚菜, 구갑龜甲 등의 이름으로 실려 있는데도 불구하고 실물을 관찰하지 않고 문헌 대조만으로 연구했기에 전혀 엉뚱한 결론을 이끌어내고 만 것이다. 만약 정약전이 직접 중국 문헌들을 참조했더라면 실제 관찰 결과와 대조하여 올바른 결론을 내릴 수 있었겠지만, 그는 책 한 권 구해보기 힘든 외딴 섬에 머물러 있었다.

소송은 굴이 껍질을 열어 '작은 벌레〔小蟲〕'를 잡아먹는다고 했다. 조개류가 아가미에 있는 섬모를 움직여 물속에 떠도는 미세한 플랑크톤들을 빨아들여 잡아먹는 것은 사실이다. 그러나 당시 사람들이 과연 플랑크톤의 존재를 알고 있었을까? 거북손은 아가미처럼 생긴 수염, 즉 만각을 휘둘러 실제

●거북손이 먹이를 먹는 모습 조수가 밀려오면 거북손은 큰 봉우리를 열고 검은 수염으로 물을 받아들인다.

로 작은 동물을 움켜쥐는 듯한 행동을 취한다. 정약전은 이를 검은 수염으로 물을 받아들인다고 표현했다. 거북손의 이러한 행동이 그의 눈에는 어떻게 비쳐졌던 것일까? 옛사람들이 바다 속에 사는 미생물을 인식한다는 것이 전혀 불가능한 일은 아니다. 바닷물 속을 떠다니는 플랑크톤 중에는 극히 미세한 종류가 많지만, 일부 절지동물과 그들의 유생처럼 눈에 보일 정도로 큰 것도 있기 때문이다. 정약전이 이들의 존재를 알고 있었던 것인지 생각해보는 것도 흥미로운 일이다.

미생물을 관찰하기 위해서는 현미경이라는 도구가 필요하다. 지금이야 과학시간에 한두 번 다루어 보지 못한 사람이 드물 정도로 그 가치가 평가절하되어 버렸지만, 사실 현미경은 사회 문화 전반에 걸쳐 상상외로 큰 영향을 끼쳤던 도구이다. 갈릴레이를 비롯한 물리학자와 천문학자들이 망원경을 통해 우주의 신비를 파헤쳤던 것처럼 생물학자들은 현미경을 통해 이 세상이 보기보다 훨씬 복잡하고 거대한 구조로 되어 있으며, 눈에 보이지 않는 수많은 생물들로 가득한 공간이라는 사실을 알아낼 수 있었다. 현미경은 그야말로 인간의 지각 영역을 무한히 확장시키는 혁명적인 도구였던 것이다.

최초의 현미경은 1590년경 네델란드의 얀센(Jansen) 부자에 의해 처음으로 만들어졌다. 이들은 렌즈를 잘 조합하면 사물을 보다 크게 확대시켜 볼 수 있다는 사실을 발견했다. 1665년, 로버트 훅(Robert

● **로버트 훅이 관찰한 코르크 조각과 벼룩** 1665년, 로버트 훅은 자신이 직접 만든 현미경으로 코르크 조각을 관찰하여 생물이 세포라는 단위로 되어 있다는 사실을 밝혀냈다. 그리고 벼룩, 파리의 겹눈, 꿀벌의 침 등을 세밀한 그림과 함께 기록으로 남겨 곤충해부학이라는 새로운 학문을 태동시켰다.

Hooke)은 자신이 직접 만든 현미경으로 코르크 조각을 관찰하여 생물이 세포라는 단위로 되어 있다는 사실을 밝혀냈다. 그리고 벼룩, 파리의 겹눈, 꿀벌의 침 등을 세밀한 그림과 함께 기록으로 남겨 곤충해부학이라는 새로운 학문을 태동시켰다.

네덜란드의 스와메르담(Jan swammerdam)의 연구는 더욱 상세하고 체계적이었다. 역시 현미경을 이용해서 곤충을 연구했는데, 꿀벌, 말벌, 개미, 각다귀, 잠자리, 하루살이를 해부하여 세부 구조를 밝히고 이들 상호간의 관계에 대해 연구했다. 스와메르담은 곤충의 발생과 생식 방법, 개구리의 적혈구, 신경과 근육 사이의 신호 전달 등에 대해서도 광범위하게 연구했다. 말피기소체의 발견자로 유명한 이탈리아의 말피기는 병아리의 발생과 곤충의 미세해부, 식물의 생식에 대해 뛰어난 업적을 남겼다. 과학자들은 이러한 연구를 통해서 하찮은 미물이라고만 생각되던 생물들도 인간에 못지않게 복잡하고 정교한 구조로 이루어져 있다는 사실을 알아낼 수 있었다. 관찰 대상은 생물에만 한정되지 않았다. 당시 사람들에게 현미경이란 미소세계의 비밀을 모두 밝혀줄 도깨비방망이와도 같은 것이었다. 사람들은 연소, 열, 빛, 간섭, 모세관에서 유체가 움직이는 방식에 이르기까지 대상이 무엇이든 닥치는 대로 현미경을 들이대었다. 그러나 이들 중 가장 극적인 삶을 살았던 사람은 네덜란드의 레벤후크(Leeuwenhoek)였다.

레벤후크는 귀족이 아니었고 정규 교육도 받지 못한 평범한 포목상이었다. 그러나 스스로 렌즈 연마 기술을 익히고 현미경을 제작하여 주변의 사

● 레벤후크와 그가 직접 만든 현미경 레벤후크는 스스로 렌즈 연마 기술을 익히고 현미경을 제작하여 주변의 사물을 관찰하는 일에 몰두했다. 그의 현미경 제작기술은 당대 최고 수준이었다. 유트레히트대학 박물관에는 지금도 그가 만든 현미경이 보존되어 있는데 배율이 무려 270배에 달한다.

물을 관찰하는 일에 몰두했다. 그의 현미경 제작기술은 당대 최고 수준이었다. 유트레히트대학 박물관에는 지금도 그가 만든 현미경이 보존되어 있는데 배율이 무려 270배에 달한다. 레벤후크는 로버트 훅의 『마이크로그라피아』를 참조해가며 강물, 음식 찌꺼기, 빗물, 맥주 등 주변의 사물들을 닥치는 대로 관찰했다. 그리고 이 모든 곳에 아주 작은 생물들이 살고 있다는 사실을 발견했다. 그는 이러한 생물들을 미소동물(animalcules)이라고 이름 붙였다. 레벤후크는 50여 년 동안 미소동물들을 관찰하고 기록하여 영국 왕립협회지에 발표했다. 그는 이 밖에도 포유류의 적혈구와 그 속의 핵, 사람과 개의 정자, 효모, 수많은 원생동물들을 관찰했다. 진딧물의 번식 과정을 연구하고 신경섬유를 둘러싸고 있는 수초를 묘사했다. 그리고 원생동물들보다도 훨씬 작은 박테리아, 즉 세균을 발견했다.

  한 노인과 얘기를 하게 되었는데 우연히 그의 이를 보니 뭔가가 잔뜩 끼어 있었다. 그래서 입을 언제 씻었냐고 물었더니, 그 노인은 자기는 평생 한 번도 입을 씻은 적이 없다고 했다. 나는 그의 침을 채취하여 조사해보았지만 내 것이나 다를 바 없었다. 그래서 그의 이 사이에 낀 것을 긁어내어 관찰해보았다. 거기에는 아주 작은 동물들이 엄청나게 많이 있었으며, 그중 큰 것은 앞뒤로 움직일 때 나선 모양으로 되었다.

이웃 나라 일본에서도 일찍부터 현미경이 도입되어 사회 문화적으로 큰

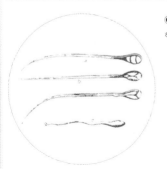

● 레벤후크가 관찰한 개의 정자 레벤후크는 포유류의 적혈구와 그 속의 핵, 사람과 개의 정자, 효모, 수많은 원생동물들을 관찰했다.

반향을 일으키고 있었다. 정약전이 『현산어보』 저술에 몰두하고 있었을 즈음인 1809년, 에도시대의 일본에서는 기묘한 삽화가 들어 있는 장편오락소설 한 권이 출간되었다. 산토 교덴山東京伝(1761~1816)이 글을 쓰고, 우타가와 구니사다歌川國貞(1786~1864)가 그림을 그린『마쓰토우메타케토리 모노가타리松梅竹取談』란 책이었다. 이 책에는 나쁜 마법사가 여러 가지 요괴를 만들어내어 주인공을 괴롭히는 장면이 나온다. 요괴들은 거대한 모기, 벼룩, 이 같은 동물의 모습을 하고 있는데 이들을 높은 배율로 확대한 모습이 삽화에 실려 있다. 기껏해야 몇 밀리미터도 안 되는 작은 생물들을 묘사하기 위해서는 반드시 현미경이 필요했을 것이다. 사실이 그러했다. 일본은 17세기부터 현미경의 발상지나 다름없는 네덜란드와 교류하며 충분한 지식을 받아들였고 직접 제작하기까지 했다. 작은 것을 확대해서 볼 수 있다는 것이 대중적인 인기를 끌었고, 현미경 관찰은 유행처럼 번져갔다. 유럽에서처럼 곤충, 사람의 머리털, 소금과 눈의 결정, 곤충의 세부 구조, 털 등이 관찰 대상이 되었으며, 화가들은 현미경을 통해 관찰한 대상을 그림으로 그려냈다. 사람들은 충격적인 그림에 열광했고, 확대된 사물의 모습을 문양으로 개발하기까지 했다. 거리에서는 눈의 결정이나 모기의 확대도가 그려진 옷을 입고 다니는 사람들을 흔히 볼 수 있었다.

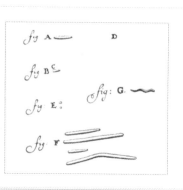

● 한 노인의 입에서 발견한 박테리아들 거기에는 아주 작은 동물들이 엄청나게 많이 있었으며, 그중 큰 것은 앞뒤로 움직일 때 나선 모양으로 되었다.

정약전에게
현미경이
있었다면

조선 후기 실학자들은 한자로 번역된 서학서를 통해 서양의 과학기술을 접하게 되었는데, 그 과정에서 광학에 대해 관심을 기울이게 된 사람들도 있었다. 이익은 그 대표적인 사람 중의 하나였다. 그는 혜성의 얼음 꼬리가 렌즈로 작용한다는 가설을 세울 만큼 광학원리를 친숙하게 여겼고, 평생 망원경으로 우주를 관찰할 날만을 학수고대할 정도로 광학기기에 열광적인 관심을 보였다. 홍대용은 안경을 사러갔다가 중국의 학자들과 교분을 맺었고, 남천주당을 찾아가서는 망원경으로 직접 하늘을 관찰하는 체험을 하게 된다. 정약용은 광학에 대한 이론을 나름대로 정리했고, 정약전은 이를 바탕으로 바늘구멍사진기의 원리를 실험했다.

만약 정약전에게 현미경이 있었다면 어떤 일이 일어났을까? 바닷물 속에는 작은 생물들이 무수히 떠다닌다. 레벤후크에 필적하는 과학적 열의와 탐구 정신을 가졌던 정약전은 이들을 가만 내버려두지 않았을 것이다. 물속의 생물들을 관찰·묘사하고 이들이 따개비나 거북손, 그리고 조개의 먹이가 될 수 있다는 점에도 관심을 기울였을 것이다. 그랬다면 『현산어보』는 훨씬 내용이 풍부한 책이 되지 않았을까? 그러나 당시 조선에서는 유럽이나 일본에서와 같은 일이 벌어지지 않았다. 정약전은 결국 현미경을 보지도 못하고 생을 마치게 된다.

우리 나라에서 새로운 지식과 기술이 자리잡기 힘들었던 배경은 레벤후크의 삶을 통해 짐작해 볼 수 있다. 레벤후크 개인은 결코 범상치 않은 인물이었지만 그가 속한 계층은 평범했다. 당시 유럽에서는 과학자가 아닌 일반인들도 지적 호기심을 채우고자 하는 욕망을 맘껏 펼칠 수 있었고, 실제로 전문적인 과학 활동에 몸담기도 했다. 특히 현미경 작업은 어느 정도의 재력과 관심만 있으면 누구나 새로운 업적을 남길 수 있는 대표적인 분야였다. 18, 19세기의 유럽에서 수많은 현미경 클럽이 번성했던 이유도 이 때문이었다. 레벤후크는 선배 학자들의 저서를 구해볼 수 있었고, 의사들이나 과학자들은 그와 교류하면서 도움을 주었다. 왕립학회의 회원들조차 그의 연구를 환영하고 그 결과를 정중히 받아들였다.

그러나 우리 나라에서는 성리학 일변도의 학풍 때문에 외국으로부터 새로운 지식을 흡수하고자 하는 노력이 부족했고 그 필요성을 절감하지도 못했다. 쇄국정책을 강행하면서도 네덜란드를 통해 실리적인 정보의 수입창구를 열어놓은 일본과는 달리 우리 나라에서는 천주교와 더불어 서양학문 전체를 계속해서 탄압했다. 평범한 신분의 레벤후크가 개인적인 연구 결과를 토대로 학계와 활발히 교류할 수 있었던 것에 비해 우리 나라에서는 강력한 신분제가 자리잡고 있었기에 그나마 능력 있는 인재들마저 등용될 기회를 얻지 못했다. 아니 애초에 제대로 된 교육이나 정보를 습득할 수 있는 창구를 갖지 못했으므로 인재가 생겨날 수 없는 구조적 문제를 안고 있었다고 해야 옳을 것이다.

우리 나라는 한글이라는 과학적인 글자가 있었고, 일찍부터 인쇄술이 발달하여 어느 나라보다도 정보의 확산과 교류 면에서 유리한 조건이었는데도 이러한 이점을 충분히 살리지 못했다. 또한 상업을 천시하던 우리 나라 사람들은 너무나 가난했다. 레벤후크나 일본의 신흥재력가들처럼 현미경을 구하기 위해 필요한 자금력을 갖춘 사람들이 부족했을 뿐만 아니라 그 결과를 향유하고 대가를 지불할 만한 수요층도 존재하지 않았다. 과학 발전을 위해서는 다양한 전제조건들이 있어야 한다. 지금 우리 나라가 과연 그러한 조건을 충분히 구비하고 있는지 다시 한번 반문해보게 된다.

※ 장창대는 훌륭한 생물학자가 될 수 있는 재능을 가졌지만, 레벤후크처럼 선배 학자들의 저서를 참조하기는커녕 몇 권 안 되는 책만을 죽어라 들여다봐야 했다.

바위 위의 느림보

바위 표면의 오목한 곳에는 어김없이 군부류가 들어앉아 있었다. 그중 대부분이 애기털군부였다. 박도순 씨는 종류를 구분하지 않고 군부를 '군봇'이라고 불렀지만, 박도순 씨의 작은어머니는 털이 있는 것을 참군봇, 딱지가 거칠고 지저분한 것을 독군봇이라고 나누어 불렀다. 털이 있는 것은 애기털군부, 거칠고 지저분한 것은 따가리를 말한 것으로 짐작된다. 군부는 곳에 따라 군북, 군복, 굼북이라고 불리기도 한다. 정약전이 말한 '굼법'은 이를 음차한 것이 분명하다.

[구배충龜背蟲 속명 굼법九音法]

모양은 거북의 등딱지를 닮았고, 빛깔 또한 이와 비슷하다. 다만 등껍질이 비늘로 되어 있다는 점이 다르다. 크기는 거머리만 하다. 발이 없고 배로 전진하는 모습이 전복과 비슷하다. 돌 틈에서 사는 놈은 크기가 작아서 쇠똥구리(蛄蜣)만 하다. 찐 다음 비늘을 벗겨서 먹는다.

●애기털군부 바위 표면의 오목한 곳에는 어김없이 군부류가 들어앉아 있었다. 그중 대부분이 애기털군부였다.

군부는 고둥과 친척 관계에 있는 생물이지만 그 생김새는 많이 달라서 타원형의 몸을 단단한 껍질이 기왓장 모양으로 덮고 있는 형태를 하고 있다. 군부는 오히려 삿갓조개와 비슷한 점이 많다. 거의 같은 지대에 살고 해조류를 먹는 식성이나 빨판으로 바위에 달라붙는 습성도 같다. 그러나 군부의 껍질은 삿갓조개와는 달리 여러 개로 분리되어 있으므로 몸을 어느 정도 자유로이 움직일 수 있어 바위 틈 사이를 더 잘 파고 들 수 있다.

어렸을 때 동해에 면한 울산 정자리의 외가에 놀러가면 하루종일 해변을 헤매고 다니는 것이 일이었다. 마당에서 뛰어나가면 몇 걸음 가지 않아 바로 바다가 나타나는데 하얗게 부서지는 파도를 볼 때면 늘 가슴이 뛰었다. 게와 고둥을 잡고, 망둥어와 뛰놀면 시간 가는 줄 몰랐다. 먹을거리를 웬만큼 잡으면 집으로 가지고 와서 삶아 먹는데, 그중 특히 맛있게 먹었던 것이 바로 군부였다. 껍질을 하나씩 벗겨 먹는 맛이 각별했던 것으로 기억된다.

정약전도 이런 경험을 했던 모양이다. 비늘을 하나하나 벗겨가면서 살을 발라먹는 모습이 초라해보이기보다는 오히려 미소를 자아낸다. 박도순 씨

는 군부를 먹는 방법에 대해 자세히 설명해주었다.

"우리는 군붓이라고 부릅니다. 군붓을 도굿통에 넣고 동굿대로 문드러지지 않게 살살 문지르면 껍질하고 옆에 모래 같은 게 없어

● 군부(위)와 털군부(아래) 모양은 거북의 등딱지를 닮았고, 빛깔 또한 이와 비슷하다. 다만 등껍질이 비늘로 되어 있다는 점이 다르다.

몸은 타원형이고,
등 쪽이 높이 솟아 있다.

8개의 딱딱한 각판이 기왓장
모양으로 등면을 덮고 있다.

육대의 표면은 모래처럼 거칠다.

져요. 껍데기를 벗길 때 칼등으로 치기도 하고. 식초에 넣어서 회로 먹어도 맛있고, 쪄서 손가락으로 하나씩 껍질을 벗겨가며 먹는 것도 맛있제."

군부의 껍질 주위에는 육대라고 부르는 질긴 살 조각이 테를 두르고 있는데, 표면에 모래질 같은 가시가 촘촘히 나 있어 보통 이것을 제거하고 먹는다. 경남 비진도에서 만난 민박집 주인 할아버지는 군부의 껍질을 수돗가 옆 시멘트에 문질러서 벗겨냈다. 사리 마을에서도 종종 이런 방법을 쓴다고 한다.

구배충이란 이름은 등이 거북과 비슷한 동물이란 뜻이다. 정약전은 여덟 장으로 되어 있는 군부의 딱딱한 등 껍질이 거북의 등과 유사하다고 생각했

● 군부 *Liolophura japonica* (Lischke)

던 모양이다. 군부를 딱지조개라고도 하는데 이것 역시 등 껍질 때문에 붙여진 이름이다. 군부라는 말은 굼보, 즉 느릿느릿, 굼실굼실 움직이는 것이라는 뜻에서 나온 것 같다. 굼뜨다는 뜻의 '굼'에 먹보, 바보, 곰보 등 행위의 주체를 나타내는 '보'가 붙으면 바로 '굼보'가 된다. 정약전은 본문에서 군부가 발이 없이 배로 기어가는 모습이 전복과 비슷하다고 말했다. 이 역시 군부라는 이름이 배를 이용해서 굼실굼실 기어가는 특성 때문에 붙여졌다는 생각에 힘을 싣는다.

전남 재원도 출신의 함성주 씨는 군부를 "바위에 붙어살고 배가 오렌지색이다"라고 짧게 설명했다. 그리고 자신의 고향에서는 군부가 짚신처럼 생겼다고 해서 '짚새기'라고 부른다고 알려주었다. 울릉도에서는 군부를 할뱅이라고 부르기도 한다. 할뱅이는 할머니의 사투리다. 군부를 바위에서 떼어놓으면 쥐며느리처럼 몸을 둥글게 구부리는데, 그 모습이 마치 허리 굽은 할머니처럼 보인다고 해서 이렇게 부른다.

● **군부의 배** 전남 재원도 출신인 함성주 씨는 군부를 "바위에 붙어살고 배가 오렌지색이다"라고 짧게 설명했다.

● **몸을 구부리고 있는 애기털군부** 울릉도에서는 군부를 할뱅이라고 부르기도 한다. 할뱅이는 할머니의 사투리다. 군부를 바위에서 떼어놓으면 쥐며느리처럼 몸을 둥글게 구부리는데, 그 모습이 마치 허리 굽은 할머니처럼 보인다고 해서 이렇게 부른다.

멸치 가문의 족보

멸치 아궁이

조간대를 살펴보고 돌아오는 길이었다. 길 왼쪽에 시멘트로 만들어 놓은 굴뚝이 보였다. 높이는 2~3미터 정도였고, 아래쪽 아궁이에는 쇠로 만든 솥이 걸려 있었다. 이러한 굴뚝은 마을 곳곳에 널려 있었는데 똑같은 모습을 하고 있었다. 모두 잡아온 멸치를 삶는 장치였다. 지금은 비어 있는 상태지만 수가 많은 것으로 보아 멸치가 꽤 많이 잡히는 모양이었다.

집에 돌아와서 사리에서 멸치가 많이 나느냐고 물어보았다. 할머니는 옛날보다는 덜하다는 말로 이야기를 시작했다.

"몇 년 전에 멸치값이 엄청나게 뛴 적이 있었제. 3킬로짜리 한 박스하고 쌀 한 가마하고 바꿨어. 수억 번 사람들 많아. 그때 한 해 반짝하고 말았지만…"

할머니는 직접 멸치를 담는 종이상자를 가지고 와서 보여주었다. 한 그물에 백 상자쯤 나오는데 한 번 그물질을 할 때마다 멸치

● **멸치 아궁이** 길 왼쪽에 시멘트로 만들어 놓은 굴뚝이 보였다. 높이는 2~3미터 정도였고, 아래쪽 아궁이에는 쇠로 만든 솥이 걸려 있었다. 이러한 굴뚝은 마을 곳곳에 널려 있었는데 똑같은 모습을 하고 있었다. 모두 잡아온 멸치를 삶는 장치였다.

가 그득했다고 하니 과연 돈으로 환산하기가 힘들 정도다. 멸치철이 돌아오면 조용하던 마을에 멸치 삶는 냄새가 진동을 하고, 아궁이에 장작 때는 소리 때문에 잠을 못 이뤘다고 한다. 얼마나 신명 나는 날들이었을까. 환상처럼 몇 년 전 대둔도에서 본 멸치털이 장면이 떠올랐다.

흑산도로 가는 길, 한눈 팔다 잘못 내리게 된 섬이 대둔도였다. 한동안 허탈해하다가 어렵게 일어나 라면을 끓여먹고 대체 어떤 섬인가 둘러나 보자는 심정으로 해변을 따라 걸었다. 갑자기 멀리서 '어엿차' 하는 우렁찬 고함소리가 들려왔다. 고개를 돌려보니 조그만 배에서 몇 사람이 그물을 털고 있었다. 이불 안감을 고르는 것처럼 구령에 맞춰 그물을 터는데 그물이 한번 파동칠 때마다 새하얀 은빛 멸치들이 하늘로 날아올랐다. 한낮의 햇살에 반사된 멸치의 빛깔은 눈이 부실 정도였고, 바람에 흩날리는 멸치비늘은 신선한 갯내음을 뿌리며 내가 서 있는 발치에까지 날려왔다.*

멸치는 청어목 멸치과에 속하는 바닷물고기로, 우리 나라의 전 연안에 분포하며 가장 많이 잡히는 어종 중의 하나이다. 몸은 작고 날씬하며, 아래턱이 위턱보다 짧은 것이 특징이다. 플랑크톤을 먹는 물고기답게 입이 커서 눈의 뒤쪽에까지 미친다. 몸빛은 등 쪽이 짙은 청색이고, 배 쪽이 은백색이다. 비늘은 크고 엷어서 떨어지기 쉽다.

멸치는 우리 식생활에서 빼놓을 수 없는 재료가 된다. 뼈와 내장 등을 통째로 먹을 수 있기 때문에 영양도 풍부하다. 멸치는 건제품으로 가장 많이 유통되는데, 마른멸치는 볶음이나 조림, 죽을 끓이거나 국물을 우려내는 등

● **멸치 자망** 어부가 자망을 이용해서 멸치를 잡아올리고 있다.

* 멸치털이는 코그물인 자망을 사용할 때 필요한 과정이다. 멸치가 다니는 길목에 자망을 쳐 두면 멸치 떼가 지나가다가 작은 그물코에 머리가 끼여 그대로 잡혀나온다. 자망에 걸려든 멸치는 쉽게 빠지지 않기 때문에 멸치털이가 필요한 것이다. 작업이 시작되면 동네 아낙들이 양철동이를 들고 나와 흩어지는 멸치를 주워 담는다.

등지느러미는
몸의 중앙에 위치한다.

등 쪽은 짙은 청색이고,
배 쪽은 은백색이다.

입이 눈의
뒤쪽에까지 미친다.

아래턱이
위턱보다 짧다.

비늘은
떨어지기 쉽다.

다양한 요리에 사용된다. 이도 저도 귀찮으면 그냥 고추장에 찍어 먹어도 맛이 있다. 멸치젓도 빼놓을 수 없는 음식이다. 멸치젓은 그대로 먹거나 김치와 각종 요리의 양념으로 들어간다. 방금 잡아온 멸치는 구워먹거나 회로 즐길 수도 있다. 특히 막 잡아올린 싱싱한 멸치를 쑥갓, 상추, 깻잎, 파, 마늘, 식초, 고추장과 버무려 먹는 맛은 어떤 생선과도 비길 수 없다.

● **멸치** *Engraulis japonicus* Temminck et Schlegel

불을 밝혀
멸치를 잡다

'한식에 멸치가 많이 들면 사람이 많이 죽는다', '겨울에 멸치가 많이 나는 해는 사람도 많이 죽는다' 라는 말이 있다. 날씨가 좋든 나쁘든 목숨을 걸고 출어해야 할 정도로 멸치잡이는 중요한 어업이었다. 그런데 이상한 것은 조선 전기나 그 이전에 멸치가 잡히고 있었다는 기록이 전혀 없다는 사실이다. 어떤 이들은 『세종실록지리지』의 함경도 예원군과 길주목, 『신증동국여지승람』의 제주목 정의현과 대정현에서 잡혔다고 기록되어 있는 행어行魚를 멸치로 보기도 한다. 그러나 그 흔한 멸치가 해당 지역 이외에는 전혀 기록되어 있지 않아 이 이름이 과연 멸치를 말한 것인지 의심스럽다. 멸치에 대한 기록이 이처럼 드물다는 사실은 역시 멸치가 옛사람들의 식생활에서 그리 큰 역할을 하지 못했음을 의미한다.

조선 후기에 접어들면서부터는 상황이 달라지기 시작했다. 우선 멸치의 이름이 여러 가지 형태로 나타난다. 『우해이어보』의 말자어末子魚, 멸아鱴兒, 기幾,* 『전어지』의 이추鮧鰌, 『한국수산지韓國水産誌』의 기어幾魚, 멸어滅魚가

---

* '기'가 '몟'으로 해석되므로 이 이름은 '몟'을 음차한 것으로 볼 수 있다.

모두 멸치를 나타낸 이름이다. 『재물보』와 『전어지』에서는 '멸' 이라는 한글
이름도 소개하고 있다. 우리 나라 곳곳에서 멸치잡이가 활발히 행해지고 있
었다는 사실도 여러 문헌을 통해 확인할 수 있다. 김려는 『우해이어보』에서
"무덥고 안개가 짙게 끼는 날 조수가 솟는 곳에 가서 삼태 그물로 건져 올
린다"라고 멸치를 잡는 방법에 대해 설명했다. 서유구는 『난호어목지』에서
"어부들은 멸치 떼가 파도와 같이 몰려들면, 이를 쫓아 방어 떼가 몰려온다
는 사실을 알고 큰 그물을 친다. 결국 그물은 방어와 함께 멸치로 가득 차게
된다. 방어를 골라낸 후 남은 멸치를 모래사장에 말려 뭍에 내다 파는데, 한
웅큼에 1전錢을 받는다"라고 말했다. 마침내 멸치가 상품으로 거래되기 시
작한 것이다. 『현산어보』에서도 멸치는 빠지지 않고 등장한다.

[추어鯫魚 속명 멸어蔑魚]

　몸이 매우 작다. 큰 놈이 서너 치 정도이다. 빛깔은 청백색이다. 음력 6월에 나기
시작해서 상강霜降(10월 23, 24일)에 물러간다. 밝은 빛을 좋아하는 성질이 있으므
로 어부들은 밤이 되면 불을 밝혀서 멸치를 유인한 다음 움푹 패인 곳으로 유인하여
광망匡網으로 떠올린다. 이 물고기로는 국·젓갈·포 등을 만들며, 때로는 낚시 미끼
로 사용하기도 한다. 가거도에서 잡히는 놈은 몸이 매우 클 뿐만 아니라 겨울철에도
잡힌다. 그러나 이것들은 모두 관동關東에서 잡히는 상품上品보다는 못하다.

이청의 주　요즘 사람들은 멸어蔑魚로 젓갈을 만들거나 말려서 온갖 음식에 양념으로

넣는다. 그러나 찬거리로는 천한 물고기다. 『사기史記』 「화식전貨殖傳」에서는 "추鰫가 천 석*"이라고 했고, 『정의正義』에서는 잡소어雜小魚라고 했으며, 『설문說文』에서는 "추鰫는 백어白魚이다"라고 했다. 『운편韻篇』에서는 "추鰫는 작은 물고기이다"라고 했다. 지금의 멸치가 곧 이 물고기다.

이청은 멸치가 찬거리로는 천하다고 밝혀 당시 사람들이 멸치를 썩 좋은 물고기로 여기지 않았다는 사실을 보여주고 있다. 사실 멸치의 이름 자체가 스스로를 멸시하는 뜻을 담고 있기도 하다.** 그러나 본문을 통해 당시에 이미 멸치가 국, 젓갈, 포, 양념 등 다양한 용도로 사용되었으며, 대량으로 잡히고 있었다는 사실도 아울러 확인할 수 있다.

정약전은 불을 밝혀 멸치를 잡는 방법에 대해 자세하게 묘사하고 있다.*** 『한국수산지』 제3집에서는 흑산도의 멸치어업을 소개하고 있는데 그 내용이 정약전이 말한 바와 거의 일치한다.

관솔이나 잡목을 태워 횃불을 밝히고 멸치 떼를 유인하여 해변가에 다다르면 한 사람이 배에서 내려 이를 떠올린다. 이때 배 안에 있는 사람들은 큰 소리를 지르거나 삿대로 수면을 쳐서 멸치가 도망가는 것을 막는다. 또 때로는 좁은 장소로 몰아넣어 배에서 그물로 떠올려 잡았다.

멸치를 잡는 그물은 왜태라고 불리던 것이다. 왜태는 소나무 가지를 휘

* 1석은 120근. '鮪千石,鮑千釣'에서 나온 말이다.
** 멸치를 가리키는 멸鱴은 하찮다는 뜻의 '멸蔑'자를 포함하고 있는 글자이며, 아예 멸치를 멸어蔑魚라고 부르는 경우도 있다.
*** 우리 선조들은 불빛을 좋아하는 멸치의 생태를 일찍부터 알고 있었다. "달밤에 멸치 새듯 한다"라는 속담은 모임에 왔다가 슬그머니 빠져나가는 사람을 그물에 잡힌 멸치가 달빛이 비치는 쪽으로 스물스물 빠져나가는 모습에 비유한 것이다.

어서 직경 4, 5자의 테를 만들고 그 사이에 그물을 설치한 후 떡갈나무 자루를 달아 붙인 것이었는데, 정약전이 말한 광망도 이와 같은 것이었음이 틀림없다.

흑산도에서 가까운 가거도에서는 몇 십 년 전까지만 해도 이와 같은 방식의 멸치잡이가 행해져 왔는데, 아마도 정약전이 설명한 것과 가장 비슷한 모습이었을 것이다. 낮 동안 푹 자서 체력을 비축한 어민들은 해거름녘이 되면 바다로 나선다. 역시 불을 밝혀 멸치를 모으는데, 불을 잡는 사람을 홰잡이라고 부른다. 홰잡이는 뱃머리 쪽에서 잡목을 잘라 만든 횃불을 비추며 멸치를 모은다. 어느 정도 모였다 싶으면 큰 소리를 내고 몽둥이로 수면을 때려 멸치 떼를 한 곳으로 모은다. 멸치는 위기를 느끼면 한 덩어리로 뭉치는 습성이 있는데, 이를 개창*으로 몰아 그물로 떠올리게 된다. 박도순 씨도 이런 방식의 멸치잡이를 기억하고 있었다.

"옛날에는 불을 켜 가지고 쪽받이로 떴지라. 커다란 건데 삼각형이여. 사람 세 명 정도가 같이 올렸어라. 떠서 붓고, 떠서 붓고…"

오늘날 우리 나라에서 잡히는 멸치 생산량의 대부분은 권현망權現網(끌그물의 일종) 어업에 의한 것이다. 권현망어업은 2척의 끌배, 1척의 어탐선, 1척의 가공선, 2~3척의 보조선으로 구성된 선단어업의 형태로 이루어진다. 먼저 어탐선이 멸치 떼의 위치를 파악하면 뒤따라간 끌배 2척이 그물을 내려 멸치 떼를 한꺼번에 잡아올린다. 잡아올린 멸치는 가공선에서 바로 삶아 가공한 후 육지로 옮긴다. 보조선은 이때 배 사이의 연락·운반선 역할을

● 『한국수산지』에 나온 멸치잡이 모습 관솔이나 잡목을 태워 횃불을 밝히고 멸치 떼를 유인하여 해변가에 다다르면 한 사람이 배에서 내려 이를 떠올린다. 이때 배 안에 있는 사람들은 큰 소리를 지르거나 삿대로 수면을 쳐서 멸치가 도망가는 것을 막는다. 또 때로는 좁은 장소로 몰아넣어 배에서 그물로 떠올려 잡았다.

* 바위가 양쪽에서 튀어나와 움푹하게 패어 있는 곳.

담당한다.

박도순 씨는 낭장망으로 멸치를 잡고 있었다. 흑산도에서 낭장망이 일반화된 것은 그리 오래지 않지만 지금은 대표적인 어구가 되었다. 물살이 센 곳에 낭장망을 설치해놓으면 멸치 떼가 그물 속으로 쏠려 들어가는데 보름마다 위치를 바꾸어가며 만조와 간조에 맞추어 그물 속의 물고기를 건져내기만 하면 된다. 그물은 입구가 넓고 끝이 좁은 형태이며, 맨 뒤쪽은 끈으로 묶여 있다. 고기가 들면 그물의 중간을 들어올려 끈을 풀고 멸치를 배에 쏟는다. 이렇게 잡은 멸치를 가져와 마을 곳곳에 설치된 가마솥에 넣고 곧바로 찌게 된다. 가마솥에서 꺼낸 멸치는 잘 펴서 말리는데 날씨가 좋으면 하루 만에도 마른다고 한다.

최근에는 멸치의 생산량이 급감하고 있다. 멸치가 잡히지 않는 원인에 대해서는 이야기만 분분할 뿐이다. 수온의 변화, 환경오염, 남획 등에 책임을 돌리곤 하지만 정확한 이유는 누구도 모른다. 어쨌든 멸치가 줄어들면 어민들만 피해를 입는 것이 아니라 멸치를 먹고 사는 다른 어종들도 큰 영향을 받게 된다. 환경을 잘 유지하면서 지속적으로 생물자원을 수확하기 위한 연구와 계획성 있는 조치가 필요한 때다.

● 가거도 멸치잡이 노래 흑산도에서 가까운 가거도에서는 몇 십 년 전까지만 해도 이와 같은 방식의 멸치잡이가 행해져 왔는데, 아마도 정약전이 설명한 것과 가장 비슷한 모습이었을 것이다.

물고기 바다를 가득 메운

1923년 가을, 동해안에서는 일찍이 보지 못했던 기이한 현상이 일어나고 있었다. 엄청난 수의 정어리 대군이 떼를 지어 몰려왔던 것이다. 이러한 사실은 같은 해 10월 24일 함경북도 연안에서 정어리의 대폐사 현상이 발생하면서 알려졌다. 다음은 1923년 10월 31일자『동아일보』에 실린 기사이다.

　요사이 성진 부근의 바다에는 난데없이 고기 떼가 몰려와서 손으로도 건질 만한 형편이므로 성진 시민들은 남녀노소를 불문하고 해안에 나가 주워들이는 형편이다. 벌써 7, 8일 동안 모든 시민이 일제히 잡아들인 까닭으로 지금 성진 해안은 마치 정어리 천지가 되었다.

몰려온 정어리를 절여 저장하기 위해 대량의 소금이 필요하게 되자 소금이 품귀 현상을 일으켜 값이 폭등했다. 때문에 미처 절이지 못한 대다수의 정어리는 썩어 버려질 수밖에 없었다. 이러한 정어리 대군의 내유와 폐사는 그해 9월 일본에서 발생했던 관동대지진과 어떤 연관성이 있지 않나 하는 억측을 자아내기도 했다.

정어리의 내유는 이것으로 끝나지 않았다. 정어리는 이후 계속 몰려들기 시작하여 1939년에는 단일 어종으로 120만 톤이라는 엄청난 어획고를 기록했다. 그런데 이상하게도 제2차 세계대전 말부터 자원이 감소되기 시작하여 갑자기 구경조차 하기 힘들게 되어버렸다.*

요즘 와서 정어리의 어획고가 다소 늘어나는 추세를 보이기는 하지만 예전에 잡히던 양에 비하면 어림도 없는 수준이다. 정어리는 이처럼 대량으로 잡히다가 순식간에 사라져버리는 등 생태적으로 신비스러운 점이 있어 환상의 물고기라고도 불린다. 과학자들은 아직도 그 정확한 이유를 밝혀내지 못하고 있다.

---

* 이 때문에 생겨난 재미있는 이야기가 있다. 정어리가 2차 세계대전 당시 일본의 패전을 앞당기는 데 크게 기여했다는 소문이 그것이다. 일본 해군은 군함에 사용할 기름의 상당량을 정어리에서 확보했고, 또 정어리 기름으로 함정을 움직일 작전 계획하에 전쟁을 치렀는데, 갑작스럽게 정어리 떼가 사라지는 바람에 군수용 기름이 떨어져 항복할 수밖에 없었다는 것이다. 정어리가 얼마나 대량으로 어획되었으며, 또 갑자기 사라져버린 것에 대한 충격이 얼마나 컸는지를 잘 보여주는 이야기다.

두통을 일으키는 물고기

정약전은 정어리를 멸치의 일종으로 보았다. 멸치 항목에서 큰 멸치, 즉 '대추'라고 표현한 물고기가 바로 정어리다.

[대추大鰌 속명 증얼어曾蘖魚]

큰 놈은 5~6치 정도이다. 빛깔이 푸르고 몸이 약간 길다. 지금의 청어靑魚를 닮았다. 멸치〔小鰌〕보다 먼저 회유해온다.

정어리는 청어과에 속하는 바닷물고기다. 청어과라는 이름에 걸맞게 등쪽은 암청색이고, 옆구리와 배는 은백색을 띠고 있다. 옆구리에 일곱 개 안팎의 검은 점이 한 줄로 늘어서 있는 것이 중요한 특징이다. 비늘은 떨어지기 쉽고 배에는 모비늘이 있다. 눈에는 두꺼운 기름눈꺼풀〔脂瞼〕이 있다. 몸길이 15센티미터 이상이면 성숙하고, 다 자란 놈은 25센티미터에 이른다.

정어리어업이 대성황을 이루었던 것은 일제시대 후반기의 일이었지만,

등은 짙은 청색,
배는 은백색이다.

흑청색의 점이 줄지어 달린다.

입은 눈 뒤쪽에 미치지 못한다.

아래턱이 위턱보다 약간 튀어나왔다.

비늘은 떨어지기 쉽다.

우리 선조들은 훨씬 이전부터 정어리를 잡고 있었다. 문헌상으로는 조선 말기 실학자들에 의하여 저술된 어보류에서 처음으로 그 이름을 확인할 수 있다. 김려는 『우해이어보』에서 정어리를 증울蒸鬱이라고 기록하고 다음과 같이 설명했다.

정어리는 빛깔이 푸르고 머리가 작다. 함경도 연해에서 잡히는 비웃청어〔飛衣鯖魚〕와 비슷하다. 맛이 달지만 조금 매워 입을 어줍게 한다. 잡으면 곧 굽거나 끓여먹을 수 있다. 잡은 지 며칠이 지나면 어육이 더욱 매워지고 두통을 일으키게 한다. 본토박이는 이를 증울蒸鬱이라 일컫는다. 증울은 매우 찌는 듯이 덥고 답답한 두통을 말한다. 이곳 사람들은 장기瘴氣

● 정어리 *Sardinops melanostictus*(Temminck et Schlegel)

※ 축축하고 더운 땅에서 생기는 나쁜 기운.

가 변해서 정어리가 되며, 정어리가 많이 잡힐 때면 반드시 장려癉癘*가 돈다고 말한다. 그래서 이 물고기를 잡아도 많이 먹지 않고 생선이 귀한 인근의 함안, 영산, 칠원 지방에 내다 판다.

김려의 말을 통해 1800년을 전후한 무렵에는 진해 지방 해안에서 정어리가 잡히고 있었다는 사실을 알 수 있다. 그러나 이때는 주요 어종의 부산물로 잡혔을 뿐 정어리가 널리 알려지고 대량으로 어획되기 시작한 것은 20세기로 넘어온 이후의 일이었다. 지금은 정어리의 산출량이 다시 줄어들었는데 박도순 씨의 말도 이런 상황을 잘 보여주고 있다.

"우리는 징어리라 그래요. 징어리는 굵고 눈이 큰데, 멸치는 잘고 눈이 작지라. 지금은 많이 잡히도 안 하고. 전문적으로 잡는 배도 없고 그냥 오다가다 그물에 잡히제라. 기름이 많아서 맛도 별롭니다."

정어리는 살이 기름지므로 소금을 쳐서 구워 먹으면 맛이 꽤 좋으며, 절여 김장용 젓갈로도 사용할 수 있다. 그런데도 정어리는 기껏해야 통조림으로 가공될 뿐 비료나 사료로 쓰이는 경우가 대부분이다. 김려나 박도순 씨의 말을 들어보아도 정어리는 오래 전부터 그리 대우받는 물고기는 아니었던 것 같다. 정어리는 왜 이렇게 천대받는 물고기가 되었을까? 어쩌면 정어리가 어떤 물고기보다 상하기 쉬운 종류라는 것을 그 이유의 하나로 들 수 있을 것 같다. 김려는 정어리라는 이름이 '증울'이란 병을 일으키는 물고기란 뜻에서 붙여진 것이라고 했다. 잡은 지 며칠 지난 정어리를 먹었을 때 나

* 장기를 마셔서 생기는 병.

타나는 증상이 증울인데, "매우 찌는 듯이 덥고 답답하다"라고 말한 것으로 보아 이는 생선을 잘못 먹었을 때 나타나는 프토마인 식중독을 설명한 것이 분명하다. 냉장고나 제대로 된 저장법이 확립되지 않았던 시절에 저장이 힘들다는 것만큼 나쁜 조건은 없었을 것이다. 게다가 걸핏하면 식중독을 일으키니 아예 먹지 않는 편이 낫다는 생각이 들었을 법도 하다.

그러나 최근의 영양식 붐을 타고 정어리가 새로이 인기식품으로 떠오를 조짐이 보인다. 노화방지와 세포재생, 피부미용, 탈모방지, 면역력 증가 등 수많은 생리적 활성 효과를 나타내는 핵산 성분과 뇌졸중에 효과를 보이는 불포화지방산이 많이 포함되어 있다는 사실이 이미 밝혀졌고, 이 밖에도 등푸른 생선의 영양학적 중요성이 속속 드러나고 있다. 어쩌면 천대받던 정어리가 미래의 건강식으로 자리잡게 될지도 모를 일이다.

정약전이나 김려가 쓴 글을 보면 대추가 정어리인 것이 거의 확실해 보인다. 그러나 흑산 내연발전소에서 일하는 이영일 씨는 또 다른 가능성을 제기했다. 초봄 낭장망에 젓갈을 해먹거나 통발미끼로 쓰는 커다란 멸치가 잡히는데, 이것을 징어리라고 부른다는 것이었다. 대형 멸치가 대추라면 '큰 멸치'라는 이름이나 5~6치라는 정어리치고는 다소 작은 체구도 쉽게 설명할 수 있다. 생각해볼 만한 의견이다.

◉ **징어리** 흑산 내연발전소에서 일하는 이영일 씨는 초봄 낭장망에 잡히는 커다란 멸치를 징어리라고 부른다고 했다.

꽁치? 꽁멸?

정약전은 멸치 종류로 정어리 외에 다시 수비추酥鼻鰦를 들고 있다. 수비추는 주둥이가 뾰족하게 튀어나온 멸치라는 뜻이다.

[수비추酥鼻鰦 속명 공멸工蔑]

  큰 놈은 5~6치에 이른다. 몸이 길고 가늘며 머리가 작다. 주둥이는 반 치 정도 튀어나와 있다. 빛깔은 푸르다.

  정약전은 수비추의 속명을 '공멸'이라고 밝혔다. 공멸을 공미리와 같은 말로 본다면, 여러 지방에서 공미리라고 불리는 학공치나 꽁치를 수비추의 후보로 놓을 수 있을 것이다. 그런데 학공치는 이미 침어 항목에서 따로 다룬 바 있으므로 결국 꽁치만 남는다. 꽁치는 야위고 길쭉한 몸꼴에 주둥이가 튀어나온 모습을 하고 있어 본문의 설명과도 잘 맞아떨어진다. 실제로 정석조의 『상해 자산어보』에서는 본 종을 꽁치로 보고 있다.

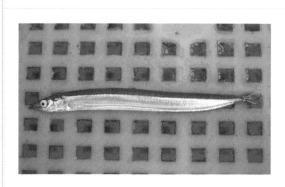

●까나리 멸치와 비슷한 체형을 하고 있을 뿐만 아니라 크기, 주둥이의 모양, 몸색깔까지 본문의 묘사와 잘 들어맞는다.

등은 녹갈색 혹은 청색이다.　　등지느러미가 길다.

아래턱이 위턱보다 길다.　　비늘이 매우 잘다.　　뒷지느러미가 길다.

　그런데 몇 가지 문제가 있다. 정약전은 공멸의 큰 놈이 5~6치, 즉 10~12
센티미터 정도에 불과하다고 했지만, 꽁치는 크기가 30~40센티미터에 이
른다. 게다가 옛사람들은 꽁치를 멸치보다는 오히려 학공치와 가까운 종으
로 여겼다. 서유구도 꽁치와 학공치가 모두 침어류에 속한다고 언급한 바
있다. 만약 공멸이 꽁치라면, 공멸을 멸치 항목보다는 오히려 학공치와 같
은 항목에 집어넣었어야 마땅하다.

　정약전은 이 물고기에 멸치라는 이름을 붙였다. 그렇다면 수비추는 멸치
와 유사한 속성을 가져야 할 것이다. 이런 점에서 까나리는 훌륭한 대안이
된다. 까나리는 멸치와 비슷한 체형을 하고 있을 뿐만 아니라 크기, 주둥이
의 모양, 몸색깔까지 본문의 묘사와 잘 들어맞는다. 사리 마을의 조복기 씨
는 이러한 생각을 사실로 확인해주었다.

　"꽁멸 알지라. 꽁멸은 까나리여."

　조복기 씨는 까나리를 솔멸이라고도 부른다고 했다. 솔멸은 가늘다는 뜻

● 까나리 *Ammodytes personatus* Girard

등은 황갈색이다.

등지느러미가 짧고
뒤쪽에 치우쳐 있다.

아래턱이 길다.

비늘이 없다.

등지느러미와 뒷지느러미가
삼각형으로 대칭을 이루고 있다.

의 '솔' 과 멸치를 뜻하는 '멸' 의 합성어다. 꽁멸이나 솔멸이란 이름을 통해
흑산 사람들이 까나리를 멸치의 일종으로 보고 있다는 사실을 알 수 있다.
사리에서는 주로 낭장망을 써서 까나리를 잡고 있었다. 그러나 옛날에는 횃
불로 해안 가까이로 몰아 후릿그물로 잡아내는 방법이 일반적이었다고 한
다. 멸치잡이와 거의 유사한 방식이다. 까나리를 멸치라는 이름으로 부를
만한 이유는 충분했다. 마을 사람들에게 꽁멸이란 이름을 전해 듣고 고개를
끄덕였을 정약전의 모습이 그려진다.

　까나리는 그 유명한 까나리액젓으로 가공된다. 까나리액젓은 비린내가
적고 담백해서 김장 담글 때 넣는 양념으로 인기가 높다. 액젓을 만들 때는
주로 서 · 남해에서 잡은 까나리를 사용하는데, 특히 백령도산이 유명하다.
젓보다는 주로 구이용으로 이용되는 동해산 까나리는 서해산보다 크기가

● 양미리 *Hypoptychus dybowskii* Stein-
dachner

● 까나리와 멸치 위쪽 두 마리가 까나
리, 아래쪽 두 마리가 멸치. 주둥이
모양에서 두 종의 차이가 확연히 드러
난다.

훨씬 커서 전혀 다른 종처럼 보인다. 수산시장에서 양미리라고 부르며 몇 마리씩 엮어서 파는 것이 바로 동해산 까나리다. 동해산 까나리를 양미리라고 부르는 것보다는 원래 이름인 까나리라고 불러주는 편이 옳을 것 같다. 양미리라는 표준명을 가진 물고기가 따로 있어 혼란을 일으킬 수 있기 때문이다. 진짜 양미리는 전혀 다른 무리에 속해 있는 물고기이지만 까나리와 꽤 닮은 모습을 하고 있다. 하지만 등지느러미가 거의 등 전체에 걸쳐 있는 까나리와는 달리 양미리는 등지느러미가 몸의 뒷부분에만 나 있으므로 간단하게 구별할 수 있다.

● **말린 까나리와 까나리액젓** 까나리는 그 유명한 까나리액젓으로 가공된다. 까나리액젓은 비린내가 적고 담백해서 김장 담글 때 넣는 양념으로 인기가 높다.

밴댕이와 반지

해변에서 멸치를 말릴 때 군데군데 밴댕이가 섞여 있는 것을 볼 수 있다. 멸치와 함께 잡힌 밴댕이를 골라내지 않고 함께 말리기 때문이다. 생긴 모습이나 쓰임새마저 비슷하니 밴댕이를 멸치의 일종으로 보는 것도 그리 이상한 일이 아니다. 정약전이 밴댕이의 이름을 짤막한 멸치, 즉 '단추短鰍'라고 붙인 것도 이 때문이다.

[단추短鰍 속명 반도멸盤刀蔑]
큰 놈은 서너 치 정도이다. 몸은 조금 높은데, 살이 쪄 있고 짤막하다. 빛깔은 희다.

밴댕이는 짤막하고 납작한 몸꼴을 하고 있다. 아래턱이 위턱

● 밴댕이 말리기 해변에서 멸치를 말릴 때 군데군데 밴댕이가 섞여 있는 것을 볼 수 있다.

보다 길고 배 부분의 가장자리에 날카로운 모비늘이 있다는 것도 중요한 특징이다. 크고 둥근 비늘은 떨어지기 쉽다. 우리 나라 서남해 연안의 내만에 많으며, 주로 동물성 플랑크톤을 먹고 살아간다.

'반도멸' 이란 속명은 반당이, 반댕이, 밴댕이, 반지, 반디 등 밴댕이의 방언들과 관련이 있어 보인다. 그리고 밴댕이란 이름은 납작하다는 뜻에서 유래한 것 같다. 어린 시절 고구마를 얇고 납작하게 칼로 썰어 말린 것을 빼때기라고 부르며 간식으로 즐겨 먹었다. 그런데 이 빼때기란 말이 밴댕이와 유사하다. ㄴ과 ㅇ은 첨가되기 쉬운 음소이다. 가루를 반죽한 것을 판판하게 만든 조각을 반대기라고 부르는 것이나 납작하게 생긴 민물고기 납자루 종류를 밴댕이라고 부른다는 점도 주목할 만하다.

납작하게 생겨 밴댕이라고 불리는 물고기가 또 하나 있다. 정약전이 속명을 '반당어' 라고 기록한 해도어가 그 주인공이다.

[해도어海魛魚 속명 소어蘇魚 또는 반당어伴倘魚]

큰 놈은 6~7치 정도이다. 몸이 높고 엷으며 색깔은 희다. 맛은 달고 짙다. 흑산 바다에서도 간혹 보인다. 망종芒種(양력 6월 6, 7일경) 때부터 암태도에서 잡히기 시작한다. 사람들이 고소어古蘇魚라고 부르는 작은 놈은 크기가 3~4치 정도이며, 몸이 약간 둥글고 두텁다.

해도어가 앞에서 나온 밴댕이와 다른 종이라는 사실은 분명해 보인다. 도

◉ 흰줄납줄개 밴댕이란 이름은 납작하다는 뜻에서 유래한 것 같다. 납작하게 생긴 민물고기 납자루 종류를 밴댕이라고 부른다는 사실이 이를 뒷받침한다.

등은 청록색,
배는 은백색을 띤다.

몸이 매우 납작하다.

아래턱이 위턱보다
길다.

배 아래쪽에는
날카로운 모비늘이 있다.

크고 둥근 비늘은
떨어지기 쉽다.

어가 웅어이므로 해도어는 바다에서 사는 웅어라는 뜻이 될 것이다. 이는
해도어와 웅어가 닮았다는 것을 의미한다. 실제로 웅어 항목을 보면 "소어
(해도어)를 닮아서 꼬리가 길다"라는 대목이 나온다. 그런데 밴댕이의 꼬리
는 길지 않고 짤막한 편이므로 해도어가 될 수 없다. 여기에 나온 해도어는
반지로 봐야 한다. 반지는 전체적인 모습이 웅어와 비슷한 데다 기다랗고
뾰족한 꼬리를 가지고 있는 물고기다. 서유구는 『난호어목지』에서 소어를
한글로 반당이라고 소개하며 소어의 머리 밑에는 길고 날카로운 두 개의 뼈
가시가 있다고 밝혔는데 이것도 청어과의 밴댕이가 아니라 멸치과인 반지
의 중요한 특징이다.

　정약전이나 서유구가 반지를 반당어로 쓴 것을 잘못이라고 할 수는 없다.

● 밴댕이 *Sardinella zunasi* (Bleeker)

몸의 등 쪽은 청록색이고,
배 쪽은 은백색이다.

비늘은 크고,
떨어지기 쉽다.

눈은 크며,
머리의 앞쪽에
치우쳐 있다.

꼬리지느러미는
노란색이며,
가장자리가 검다.

몸은 칼처럼
납작하게 생겼다.

가슴지느러미 윗부분의
지느러미살이 길게 늘어져 있다.

입은 매우 크고,
턱이 눈의 훨씬
뒤쪽에까지 이른다.

오늘날에도 많은 사람들이 반지를 밴댕이라고 부르고 있기 때문이다.* 법성포에서 만난 생선장수 아주머니도 반지를 밴댕이라고 불렀고, 박도순 씨도 마찬가지였다. 유명한 밴댕이회나 밴댕이젓을 만드는 물고기도 실제로는 반지다. 흔히 속좁은 사람을 밴댕이에 비유하는데, 이때의 밴댕이도 반지를 말한 것이다. 반지는 과연 속이 좁다. 크기가 작은 데다 몸이 옆으로 매우 납작하여 내장이 들어갈 여지가 별로 없기 때문이다.

『세종실록지리지』와 『신증동국여지승람』의 토산조에는 함경도와 강원도를 제외한 도에서 소어가 산출된다고 나와 있다. 일찍부터 남·서해안에서 반지를 잡고 있었던 것이다. 『증보산림경제』에서 소어는 탕과 구이가 모두 맛이 있고, 회로 만들면 맛이 준치보다 낫다고 했으며, 또 단오 후에 소금에

● 반지 *Setipinna taty* (Cuvier et Valenciennes)

※ 밴댕이와 반지는 같은 기원을 가진 말로 보인다. 밴댕이의 댕이가 구개음화를 겪고 축약을 일으켜 반지가 된 것이다. 전라도 일부 지방에서는 반지를 빈지럭지라고 부르기도 하는데, 역시 밴댕이나 반지와 같은 계통의 말로 볼 수 있다. 박도순 씨는 반지를 송에라고도 부른다고 했다. 소어라는 속명의 원래 모양도 송에였을 가능성이 있다. 송에는 민물고기인 붕어를 가리키는 이름이기도 하다. 그렇다면 정약전이 고소어라고 말한 종류도 꽃송에 정도의 이름을 옮긴 것으로 추측해볼 수 있을 것 같다. 붕어보다 작고 예쁜 납자루를 꽃붕어라고 부르듯이 밴댕이보다 작은 송에를 꽃송에라고 부르는 것도 자연스러운 일이다.

담그고 겨울에 초를 가하여 먹으면 맛이 좋다고도 했다. 반지로 만든 밴댕이젓은 진미로 취급되었으며 진상품이기도 했다. 반지의 진공을 관장하던 소어소라는 사옹원의 직소도 있었다. 『난중일기』에도 반지에 대한 이야기가 나온다. 을미년 5월 21일 이순신은 밴댕이젓을 전복, 어란과 함께 어머니에게 보내고 있다.

　정약전은 해도어 항목의 말미에서 고소어라는 종에 대해 언급하고 있다. 몸길이 6~8센티미터 정도에 반지보다 둥글고 두터운 몸꼴을 한 이 물고기의 정체는 무엇일까? 이영일 씨가 보내준 한 장의 사진을 보고, 그 단서를

◉ 이영일 씨가 보내준 사진 맨 위 물고기는 반지, 가운데 두 마리는 청멸, 맨 아래 것이 멸치이다.

찾아낼 수 있었다. 사진에는 비슷하게 생긴 세 종류의 물고기가 나란히 누워 있었다. 맨 위의 물고기는 반지, 맨 아래 것은 멸치를 찍은 것이다. 그런데 가운데 두 마리의 물고기는 반지와 비슷하면서도 뭔가 약간 다른 느낌을 준다. 자세히 살펴보면 반지의 경우 아래턱과 위턱의 길이가 비슷한 반면, 가운데 물고기들은 위턱이 아래턱에 비해 심하게 튀어나와 있다는 사실을 알수 있다. 흑산 사람들은 이 물고기를 깨꼬리 혹은 케코리라고 부르고 있었는데, 도감을 확인한 결과 이 물고기의 정확한 이름이 청멸이라는 사실을 확인할 수 있었다. 청멸은 몸길이가 8센티미터 전후로 반지에 비해 작은 편이고, 체형도 비교적 둥글고 두터운 편이어서 고소어의 특징과 잘 들어맞는다.

웅어가 다시
돌아오는 날

"밴댕이는 웅어하고 비슷하게 생겼어요."

박도순 씨가 반지를 웅어에 비유하기에 반지와 웅어를 확실히 구별할 수 있냐고 물어보자 당연하다는 듯 고개를 끄덕였다.

"웅어, 앞은 넓적하고 꼬리가 날카로워 칼같이 생겼어요. 낭장망에 잡히지라. 추울 때 봄 일찍 3, 4월에 많이 잡혀요. 잡으면 금방 죽어. 사시미 좋제."

박판균 씨는 박도순 씨와 달리 흑산도에서 웅어가 많이 잡히지 않는다고 했지만 어쨌든 흑산도에서 웅어가 잡히고 있는 것만은 틀림없었다. 흑산도는 육지에서 한참 떨어져 있어 웅어가 잡힌다는 것이 사실은 좀 의외였다. 웅어는 주로 강에서 잡히는 물고기이기 때문이다. 그러나 정약전도 흑산도에서 웅어가 난다는 사실을 분명히 밝히고 있다.

[도어鮰魚 속명 위어葦魚]

큰 놈은 한 자 남짓 된다. 소어蘇魚와 유사하지만 꼬리가 매우 길다. 몸빛깔은 희며 맛이 극히 감미롭고 질다. 횟감으로 상등품이다.

<u>이청의 주</u> 웅어〔葦魚〕는 강에서 나고, 소어蘇魚는 바다에서 나지만 이 둘은 같은 종류로 도어魛魚에 속한다. 『이아』 「석어편」에서는 "열鮤은 멸도鱴刀이다"라고 했다. 곽박은 이에 대한 주注에서 이 물고기가 제어鮆魚 또는 도어魛魚라고 했다. 『본초강목』에서는 "제어鱭魚는 제어鮆魚, 열어鮤魚, 멸도鱴刀, 도어魛魚, 조어鱨魚 등으로 불린다"라고 했고, 『위무식제魏武食制』에서는 이 물고기를 망어望魚라고 기록했다. 형병邢昺은 구강九江에 이 물고기가 있다고 했다. 이시진은 "제鱭는 강이나 호수에 서식하는 물고기다. 매년 음력 3월에 나타나기 시작한다. 모양은 깎아낸 나뭇조각이나 뾰족한 칼처럼 얄팍하고 길다. 비늘이 잘고 희며 살 속에는 작은 가시가 많다"라고 했다. 『회남자淮南子』에서는 제어鮆魚가 국물을 마실 수는 있어도 그냥 먹지는 못할 물고기라고 했고, 『이물지異物誌』에서는 "조어鱨魚는 초여름에 바다 속에서 물길을 거슬러올라온다. 길이가 한 자 남짓 되고 배 아래의 모양이 칼과 같다. 이것은 조조鱨鳥가 변한 것이다"라고 했다.

이로써 웅어〔葦魚〕가 곧 도어魛魚나 제어鮆魚임을 알 수 있다. 『역어유해』에서는 이 물고기를 도초어刀鞘魚라고 기록했다.

웅어는 청어목 멸치과에 속하는 바닷물고기다. 조그만 멸치와 크기가 30센티미터에 이르는 웅어가 같은 과에 속한다는 것이 쉽게 믿어지지 않지만, 자세히 뜯어보면 둘은 의외로 비슷한 점이 많다. 멸치과 어류의 가장 중요

● 제어 모양은 깎아낸 나뭇조각이나 뾰족한 칼처럼 얄팍하고 길다. 비늘이 잘고 희며 살 속에는 작은 가시가 많다

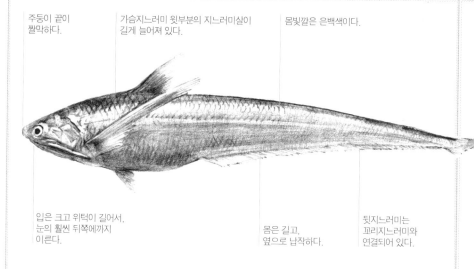

주둥이 끝이 짤막하다.

가슴지느러미 윗부분의 지느러미살이 길게 늘어져 있다.

몸빛깔은 은백색이다.

입은 크고 위턱이 길어서, 눈의 훨씬 뒤쪽에까지 이른다.

몸은 길고, 옆으로 납작하다.

뒷지느러미는 꼬리지느러미와 연결되어 있다.

한 특징 중 하나는 입의 크기다. 두 종류 모두 눈 뒤에까지 찢어진 커다란 입이 영락없이 닮아 있다. 은백색 몸체나 납작하고 기다란 체형도 유사하다. 그러나 웅어는 멸치와 달리 몸이 꼬리 쪽으로 갈수록 날카롭게 뾰족해져서 칼 모양처럼 변하게 된다. 칼 도刀자 옆에 물고기 어魚변을 붙인 도어魛魚라는 이름도 이처럼 독특한 체형 때문에 생겨난 것이다.

　서유구는 『난호어목지』에서 웅어가 강호와 바다가 통하는 곳에 나며, 매년 음력 4월에 강을 거슬러 올라오는데 한강의 행주, 임진강의 동파탄 상·하류, 평양의 대동강에 가장 많고 4월이 지나면 없어진다고 밝혔다. 『세종실록지리지』의 토산조에서도 경기도 양천군과 양화도*를 대표적인 웅어 산

● 웅어 *Coilia nasus* Temminck et Schlegel

＊ 지금의 마포구 합정동.

지로 꼽고 있다. 위의 기록들을 살펴보면 웅어잡이가 주로 하천에서 이루어졌다는 사실을 알 수 있다. 이청도 이러한 사실을 잘 알고 있었기에 "웅어는 강에서 나고, 소어는 바다에서 나지만 이 둘은 같은 종류이다"라는 결론을 내렸던 것이다.※

웅어는 바다와 강을 이동하며 살아가는 물고기다. 평소에는 바다에서 살다가 4~5월 산란기가 되면 강 하류로 올라와서 알을 낳는다. 알에서 깨어난 새끼 물고기는 여름에서 가을에 걸쳐 바다로 내려가서 겨울을 나고 성장한 뒤 다시 강을 거슬러오르게 된다. 내가 처음 흑산도에서 웅어가 잡힌다는 말을 듣고 놀랐던 것은 대부분의 도감에 웅어가 바닷물과 민물이 통하는 기수역에서 서식한다고 나와 있었기 때문이었다. 민물의 영향을 거의 찾아볼 수 없는 흑산도에서 웅어가 잡힌다면 꽤 먼바다까지 헤엄쳐다닌다고 봐야 할 것이다.

얼마 전인가 국립민속박물관에서 한강에 대한 기획전을 연 일이 있었다. 전시회장에는 새끼줄로 엮어 놓은 웅어 한 두름이 걸려 있었다. 한강을 대표하는 풍경 중 하나로서였다. 한강 줄기 중에서도 행주는 웅어의 가장 유명한 집산지였다. 행주에는 지금도 한강에서 고기잡이를 생업으로 하는 이들이 모여 살고 있는데, 이들 중에는 웅어가 많이 잡힐 때의 기억을 간직하고 있는 사람이 많다.

"많이 잡힐 때는 잡힌 웅어 때문에 배가 가라앉을까 봐 그물 던지는 것을 포기할 정도였어요."

※ 이청의 말은 잘못된 것이다. 반지와 웅어는 모두 멸치과로 상당히 가깝기는 하지만, 분명히 다른 종류이기 때문이다. 또한 흑산 바다에서는 웅어와 반지가 모두 잡힌다. 우이도에서는 박화진 씨와 함께 배를 타고 나가 그물에 걸린 웅어를 직접 건저내기도 했다.

그만큼 웅어는 많이 잡히는 물고기였다. 특히 한강의 행주대교 부근에서 잡힌 웅어는 맛이 뛰어나서 조선시대에는 왕에게 진상되기도 했다.『경도잡지京都雜誌』에서는 "한강 하류 행주에서 웅어가 난다. 사용원 소속의 위어소라는 것이 있어서 늦은 봄이나 초여름에 관원들이 그물로 잡아다가 궁중에 진상했다. 생선장수들은 거리를 돌아다니면서 웅어를 사라고 소리친다. 이 물고기는 횟감으로 좋다"라고 했다. 1755년 영조 31년에 간행된『고양군지』에도 "음력 3~4월이면 궁궐 관리가 50여 일 간 머물면서 웅어를 국가에 상납했다"라는 기록이 나온다. 관련된 관청까지 있을 정도로 웅어는 중요한 물고기였던 것이다.

그런데 웅어가 점점 사라져가고 있다. 그렇게 유명하던 행주의 웅어도 1970년 초부터 어획량이 빠른 속도로 줄어들기 시작하여 지금은 산출량이 극히 미미한 실정이다. 웅어가 사라져감에 따라 행주나루 부근에서 웅어를 팔던 음식점들은 사라지고 대부분 장어집으로 바뀌어버렸다. 봄철 한강 하류 행주나루 부근을 떼지어 몰려다니던 웅어들은 모두 어디로 사라져버린 것일까?

웅어가 사라진 이유를 수질오염 때문으로 보는 견해가 많다. 또한 한강 수위를 일정하게 유지하기 위해 김포대교 하류 100미터 지점에 건설한 높이 2.4~5미터의 신곡 수중보가 산란기에 웅어의 귀로를 막아버리는 것도 중요한 원인으로 지적된다. 그러나 가장 큰 원인은 골재채취사업과 하천정비사업의 일환으로 갈대밭이 사라진 것일 가능성이 크다. 웅어는 갈대밭에서 산란을 하는 물고기다. 웅어라는 이름도 위어葦魚, 즉 갈대밭에 모여드는 물고기라는 뜻에서 붙여진 것이다.* 웅어는 이름처럼 갈대밭에 모여든 후 세 번쯤 산란하고 생을 마친다. 예전에는 5~6월경 갈대가 많은 행주대교 부근에 몰려온 웅어 떼가 산란을 하는 모습을 누구나 쉽게 볼 수 있었다. 그런데 한강에서 갈대가 사라져버린 것이다. 행주산성 부근에서 만난 한 어부는 갈대가 우거지고 웅어가 많이 잡히던 시절을 회상하면서 갈대밭이 사라진 후 웅어도 자취를 감추었다고 증언했다.

얼마 전 손상호 씨로부터 기쁜 소식을 전해들었다. 임진강 하구에서 만난한 어부가 최근 들어 웅어가 다시 조금씩 잡히고 있다고 증언했다는 것이었다. 어부들은 그 자리에서 웅어를 초장에 찍어 맛있게 먹었다고 한다. 한강물이 깨끗해지고, 강변도 갈대밭이 어우러진 자연하천의 모습을 되찾는다면 정약전이 맛이 극히 감미롭고 짙다고 말하며 칭찬을 아끼지 않았던 웅어회를 누구나 맛볼 수 있게 될 것이다.

---

* 이 같은 사실을 『난호어목지』에서 확인할 수 있다. 서유구는 원래 웅어를 위어라고 불렀는데, 갈대 사이에서 산란하는 습성이 있어 이름에 갈대 위葦자가 붙었다고 설명했다. 결국 위어가 변해서 웅어가 된 것이다.

잘라도 죽지 않는 생물들

돼지갈비와 개고기

저녁식사는 꽤나 풍성했다. 며칠 전에 찾아왔던 손님이 선물로 가져왔다며 돼지갈비를 내놓은 것이다. 뼈째 들고 굵은 왕소금에 찍어 먹는 맛이 일품이었다. 대부분의 사람들은 육류를 즐긴다. 고소한 생선구이나 시원한 매운탕, 신선한 회도 좋지만 때로는 막걸리나 소주 반주를 곁들인 고기 굽는 향이 그리워질 때가 있는 법이다. 흑산도에 유배되어 있던 정약전도 육류를 그리워하여 바다 건너 동생 정약용에게까지 하소연을 한 일이 있다.* 상대적으로 좋은 환경에 있었던 정약용은 형에게 육류를 먹을 수 있도록 도움말을 주는데, 그 내용이 상당히 재미있다.

보내주신 편지에서 짐승의 고기를 전혀 먹지 못한다고 하셨는데, 이것이 어찌 생명을 연장할 수 있는 도라고 하겠습니까. 섬 안에 '산개[山犬]가 천 마리 백 마리뿐이 아닐 텐데, 제가 거기에 있었다면 5일에 한 마리씩 개를 삶는 일을 결코 빼먹지 않겠습니다. 섬 안에 활이나 총이 없다고 하

---

* 지금은 상황이 좋아졌지만 예전에는 어촌, 특히 섬마을에서 평소에 육류를 먹기란 매우 힘든 일이었다.

더라도 그물이나 덫을 설치할 수야 없겠습니까. 이곳에 있는 사람 하나는 개 잡는 기술이 뛰어납니다. 그 방법은 이렇습니다. 먹이통 하나를 만드는데 그 둘레는 개의 입이 들어갈 만하게 하고 깊이는 개의 머리가 빠질 만하게 만듭니다. 그 통 안의 사방 가장자리에는 두루 쇠낫을 꽂는데 그 모양이 송곳처럼 곧아야지 낚싯바늘처럼 굽어서는 안 됩니다. 통의 밑바닥에는 뼈다귀를 묶어놓아도 되고 밥이나 죽 모두 미끼로 할 수 있습니다. 낫이 박힌 부분은 위로 가게 하고 날의 끝은 통의 아래에 있게 해야 하는데, 이렇게 되면 개가 주둥이를 넣기는 수월해도 주둥이를 꺼내기는 거북합니다. 또 개가 미끼를 물고 나면 그 주둥이가 불룩하게 커져서 사면으로 찔리기 때문에 끝내는 머리를 빼지 못하고 공손히 엎드려 꼬리만 흔들고 있을 수밖에 없습니다.

5일마다 한 마리를 삶으면 하루 이틀쯤이야 생선 요리를 먹는다 해도 어찌 기운을 잃는 데까지야 이르겠습니까. 1년 366일에 52마리의 개를 삶으면 충분히 고기를 계속 먹을 수가 있습니다. 하늘이 흑산도를 선생의 탕목읍湯沐邑으로 만들어 주어 고기를 먹고 부귀를 누리게 했는데도 오히려 고달픔과 괴로움을 스스로 택하시니, 역시 사정에 어두운 것이 아니겠습니까?

들깨 한 말을 이 편에 부쳐 드리니 볶아서 가루로 만드십시오. 채소밭에 파가 있고 방에 식초가 있으면 이제 개를 잡을 차례입니다. 또 삶는 법을 말씀드리면, 우선 티끌이 묻지 않도록 달아매어 껍질을 벗기고 창자나 밥

통은 씻어도 그 나머지는 절대로 씻지 말고 곧장 가마솥 안에 넣어서 곧바로 맑은 물로 삶습니다. 그리고는 일단 꺼내 놓고 식초, 장, 기름, 파로 양념을 하여 더러는 다시 볶기도 하고 더러는 다시 삶기도 하는데 이렇게 해야 훌륭한 맛이 나게 됩니다. 이것이 바로 박초정*의 개고기 요리법입니다.

글 속에서 정약용의 빠른 호흡을 읽을 수가 있다. 정약용은 강진 유배 생활 중에 이러한 개사냥을 경험하고 상당히 깊은 인상을 받았던 것 같다. 너무나도 쉽게 개를 잡는 모습을 보고, 외딴 섬에 유배되어 육류를 먹고 싶어 하는 형에게 한시라도 빨리 이 방법을 알려주고 싶었을 것이다. 그런데 과연 정약전이 이 충고를 따랐을까? 당시 육지에는 들개가 돌아다녔을지 모르지만 섬의 상황은 전혀 달랐다. 잡을 짐승이 없는데 어찌 사냥이 가능했겠는가. 이 편지에 대한 답장은 찾아볼 길 없지만 정약전은 동생의 마음 씀씀이에 고마움을 느끼면서도 씁쓸한 기분을 감추지 못했을 것 같다. 정약용이 보낸 들깨 한 말은 어디에 써먹었을까?

※ 초정은 박제가의 호다.

패류의 왕

TV에서 일기예보가 흘러나왔다. 태풍의 간접 영향권에 들어 서남해 해상에 폭풍주의보가 발령되었다고 한다. 박도순 씨는 걱정스러운 듯 일기예보를 바라보다가 다시 창밖으로 눈을 돌렸다. 어젯밤부터 더욱 거세어진 바람은 파도를 방파제 위에까지 몰아붙이고 있었다.

"저것 괜찮을지 모르겠네."

자꾸 앞바다를 내다보더라니 바로 앞 돌섬 방파제에 박도순 씨의 전복 양식장이 있었던 것이다. 사실 사리 마을은 가두리 양식 자체가 힘든 조건이다. 파도가 센 데다 해변에서 조금만 깊이 들어가면 바닥이 온통 자갈로 되어 있어서 닻이 제대로 고정되지 않기 때문이다. 어렵게 방파제를 세우고 가두리를 설치해두었는데, 태풍 때문에 가두리가 파손되기라도 하면 큰일이니 불안해할 만도 했다.

전복은 살이 질겨 서양 사람들은 좋아하지 않지만, 동양에서는 패류의 왕이라고 불릴 정도로 인기가 있었다. 오래 전부터 전복이 인기 있는 먹을거

● 사납게 날뛰는 바다 태풍의 간접 영향권에 들어 서남해 해상에 폭풍주의보가 발령되어 있었다. 박도순 씨는 걱정스러운 듯 일기예보를 바라보다가 다시 창밖으로 눈을 돌렸다. 어젯밤부터 더욱 거세어진 바람은 파도를 방파제 위에까지 몰아붙이고 있었다.

리였다는 사실은 조개무지에서 전복 껍질이 흔히 발견된다는 것으로 쉽게 확인할 수 있으며, 지금도 해녀들은 "천추, 도박 놈을 준덜 고동, 셍복 놈을 주랴"라고 노래 부른다. 우뭇가사리, 도박은 남에게 준다 한들 고동, 전복까지 주겠느냐는 뜻이다. 그만큼 전복의 가치를 높이 평가한 것이다.

정약전도 전복에 큰 관심을 가졌던지 전복의 형태와 조리법, 독성과 약성, 민담 등을 자세히 소개하고 있다.

[복鰒]

큰 놈은 길이가 7~8치 정도이다. 등에는 단단한 껍질이 있으며, 그 표면은 두꺼비의 등처럼 울퉁불퉁하다. 안쪽도 편평하지는 않지만 매끄럽고 오색찬란한 광채가 있다. 껍질의 왼편에는 머리 쪽으로부터 5~6개, 혹은 8~9개의 구멍이 줄지어 늘어서 있다. 구멍이 뚫리지 않은 곳에서도 밖으로 볼록하고 안쪽으로는 오목한 구조가 구멍이 있는 곳과 같은 간격으로 꼬리 쪽의 봉우리에 이르기까지 죽 늘어서 있다.* 꼬리 쪽의 봉우리에서 시작한 나선골은 한 바퀴를 돌아나가는데, 껍질 안쪽에서도 이를 확인할 수 있다. 껍질 안쪽에는 살이 붙어 있다. 그 바깥쪽 면은 납작한 타원형인데, 전복은 이것을 이용하여 돌에 달라붙거나 몸을 움직인다. 껍질 안쪽의 중앙에는 살덩어리 하나가 봉우리처럼 솟아 있고 입은 그 왼쪽 앞부분에 나와 있다.** 입은 장으로 연결되고, 구멍이 늘어선 아래쪽에서 주머니를 하나 만든다. 주머니의 왼쪽은 껍질에 붙고, 오른쪽은 살덩이에 붙어서 꼬리봉우리 바깥쪽까지 늘어져 있다. 살코기는 맛이 달고 진해서 날로 먹어도 좋고 익혀 먹어도 좋지만 말려서 포로 만들어 먹는 것이 가

* [원주] 구멍이 끝나는 곳에는 툭 튀어나온 돌기가 있는데, 이곳에서부터 나선골이 돌아나가기 시작한다.
** [원주] 입에는 잔가시가 있어 꺼칠꺼칠하다.

장 좋다. 창자는 익혀 먹어도 좋고 젓을 담가 먹어도 좋으며, 종기를 치료하는 데도 효험이 있다. 봄·여름에는 큰 독이 생기는데 여기에 중독되면 부종浮腫이 생기고, 피부가 갈라진다. 그러나 가을·겨울에는 독이 없어진다.

들쥐가 전복을 잡아먹으려고 납작 엎드려 있는 동안 전복이 그 등 위로 타고 올라가는 일이 있다. 그러면 쥐는 전복을 등에 진 채로 돌아다니게 되는데, 쥐가 움직이면 전복이 찰싹 달라붙으므로 움직이는 도중에도 결코 떨어지지 않는다. 만약 전복이 쥐가 움직일 것을 미리 알고 단단히 달라붙으면* 조수가 밀려올 때 쥐는 물에 빠져 죽고 만다. 이는 남에게 해를 입히려는 자에게 좋은 교훈이 될 것이다. 구슬을 품고 있는 놈은 다른 것보다 등 껍질의 모양이 더욱 험하여 껍질을 벗겨놓은 것처럼 보인다. 뱃속에는 구슬이 들어 있다. 양식하는 방법에 대해서는 아직 들은 바가 없다.

이청의 주 『본초강목』에서는 전복을 석결명石決明, 구공라九孔螺, 혹은 천리공千里孔이라고 기록했다. 소공蘇恭은 "복어갑이라고도 한다. 바위 위에 붙어서 자란다. 생긴 것은 조개와 비슷하나 껍질이 한 쪽뿐이다"라고 했다. 소송은 "구멍이 7개인 것과 9개인 것이 좋으며, 10개인 것은 맛이 없다"라고 했다. 이는 모두 전복을 말한 것이다. 그러나 중국에서는 전복이 매우 희귀한 것 같다. 『후한서後漢書』에 나오는 왕망王莽이 안석에 기대앉아 전복만 먹었고, 복륭伏隆이 입궐하여 전복을 진상했다는 기록을 보더라도 이를 알 수 있다. 『위지왜인전魏志倭人傳』에는 전복잡이가 왜인倭人의 색다른 풍속이라는 내용이 나온다. 육운의 『답차무안서答車茂安書』에서는 전복회를 동해의 진미라고 했다. 조식曹植의 『제선왕표祭先王表』에는 조조曹操가 전복을 좋아했는데 한 주

* [원주] 쥐가 놀라서 움직이면 전복은 더욱 단단하게 달라붙는다.

몸은 전체적으로
둥근 타원형이다.

앞쪽의 구멍은 열려 있으나
뒤쪽은 닫혀 있다.

꼬리봉우리에서
나선골이 시작된다.

표면이 매우 울퉁불퉁하며,
해조류나 석회관갯지렁이 등의
이물질이 달라붙기도 한다.

에서 제공한 것이 겨우 백 마리뿐이었다는 기록이 나온다. 그리고 『남사南史』「저언회
전褚彦回傳」에서는 언회彦回가 세금으로 받은 전복 서른 마리를 팔아 10만 전錢의 돈
을 벌 수 있었다는 내용이 나온다. 이상 언급한 글로부터 판단해보면 중국에서는 우
리 나라만큼 전복이 많이 나지 않았다는 사실을 알 수 있다.

　전복의 겉모습은 다른 고둥류와 전혀 달라 보인다. 그러나 만약 전복의
꼭대기를 잡아서 위로 죽 늘여 당긴다면 고둥과 비슷한 모양이 된다는 사실
을 알 수 있을 것이다. 전복의 등껍질에는 가장 높은 꼭대기에서부터 살이
들어 있는 입구에 이르기까지 고둥과 마찬가지로 나선 홈이 새겨져 있으며,
크고 넓적한 발로 바위에 붙거나 파동치듯 움직여 기어 다니는 모습도 고둥
과 비슷하다. 전복은 이처럼 원시적인 형태이긴 하지만 고둥과 가까운 특성

● 둥근전복(전복) *Nordotis discus discus*(Reeve)

● 석결명 전복이 다른 고둥류와 결정적으로 다른 점은 타원형의 껍질 위에 한 줄로
뚫려 있는 구멍이다. 구공라, 구공자 등의 전복의 별명도 이 때문에 붙은 것이다.

을 가지고 있으므로 원시복족목이라고 부른다.

　전복이 다른 고둥류와 결정적으로 다른 점은 타원형의 껍질 위에 한 줄로 뚫려 있는 구멍이다. 구공라, 구공자 등의 별명도 이 때문에 붙은 것이다. 구멍 중에는 열린 것과 막힌 것이 있는데 정약전은 각 구멍들이 일정한 비례를 두고 배열되어 있는 모습을 정확히 묘사하고 있다. 열려 있는 구멍은 정액이나 배설물을 내보내는 통로이기도 하지만, 평소에는 주로 호흡을 하는 데 쓰인다.

　전복의 껍질과 배 쪽의 타원형 빨판은 두툼한 근육질의 살덩이로 연결되

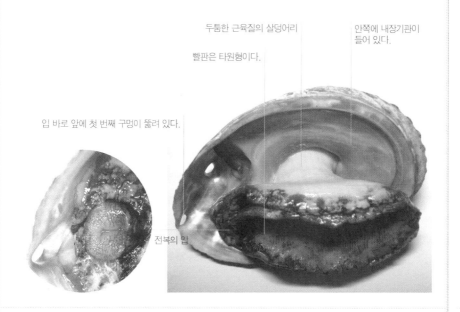

두툼한 근육질의 살덩어리

안쪽에 내장기관이 들어 있다.

빨판은 타원형이다.

입 바로 앞에 첫 번째 구멍이 뚫려 있다.

전복의 입

※ 원시복족목에는 삿갓조개류가 포함되어 있다. 전복을 다른 삿갓조개류와 함께 배열한 것을 보면 정약전도 이들 사이의 유사성을 제대로 파악하고 있었던 것 같다.

어 있다. 근육질의 살덩이는 조개의 관자와 같은 것으로 빨판 중앙을 잡아당겨 흡착력을 일으키는 역할을 한다. 빨판의 한쪽 끝에는 입이 열려 있는데, 입 안에는 해조류를 갉아먹을 때 사용하는 줄 모양의 이빨이 숨겨져 있다. 정약전이 "잔가시가 있어 꺼칠꺼칠하다"라고 표현한 것이 바로 이것이다. 입은 다시 창자로 연결되며, 삼각형의 두툼한 생식소가 이를 감싸고 있다. 이 생식소의 빛깔로 전복의 암수를 구별할 수 있는데, 짙은 녹색을 띠는 것이 암컷, 담황색을 띠는 것이 수컷이다.

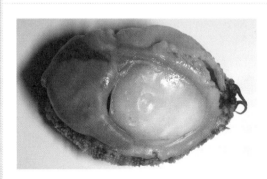

◉ 껍질에 부착된 쪽에서 관찰한 모습 쇠뿔처럼 생긴 녹색의 생식소가 꼬리봉우리 바깥쪽까지 늘어져 있다.

눈과 귀에 좋은 전복

전복은 맛과 영양이 뛰어나 예로부터 최고의 먹을거리로 여겨져왔다. 특히 중국에서 전복의 인기는 상상을 초월한다. 흔히 고급 중국요리라고 하면 상어지느러미나 제비집 요리를 떠올리지만 전복 요리와 비교하면 아예 상대가 되지 않는다. 200그램짜리 말린 전복 한 마리가 100만 원을 훌쩍 넘기고, 300그램짜리는 값을 매기지 못한다고 하니 이런 재료로 만든 음식의 값이란 상상하기조차 힘들다. 이러한 상황은 예전에도 마찬가지였던 것 같다. 이청은 왕망과 조조의 예를 들어 과거 중국에서 전복이 얼마나 귀한 음식이었는지를 면밀하게 고증하고 있다. 나라가 전쟁에서 패하고 부하들이 배신하는 진퇴양난의 위기에 처해 지나친 근심으로 음식을 먹을 수 없게 되자 오로지 술과 전복만으로 끼니를 때웠다는 왕망의 고사나 최고의 권력자였으면서도 전복을 맛보기 힘들었다는 조조의 이야기는 전복의 위상을 단적으로 보여준다.

우리 나라에서도 전복은 궁중 연회식에 단골로 등장할 만큼 고급요리 축

● 전복을 좋아했던 조조 중국에서는 조조 같은 최고 권력자들조차 쉽게 먹을 수 없을 만큼 전복의 위상이 높았다.

에 속했다. 그러나 중국에 비해서는 산출량이 많아 일반인들이 도저히 맛볼 수 없을 정도는 아니었다. 『표해록』의 저자 장한철은 무인도에 표류한 후 전복을 따서 허기를 면한다. "생복을 삶고 회 치고 하여 사람들은 모두 자기 양대로 배불리 먹었다"라고 한 대목은 당시 민간에 전복을 삶아 먹거나 회로 먹는 풍습이 있었음을 보여준다. 『시의전서是議全書』에서는 전복찜을 만드는 방법을 자세히 묘사하고 있다. 서유구는 『난호어목지』에서 "전복은 동·서·남해에 모두 있다. 강원도와 고성 등지에서 나는 놈은 껍질이 작고 살이 메마르며, 울산·동래·강진·제주 등지에서 나는 놈은 껍질도 크고 살이 두텁다"라고 하여 산지에 따른 품질 차이까지 밝혔다. 이러한 내용들은 당시 전복이 인기 있는 해산물이었으며, 전국적으로 유통되고 있었다는 증거가 된다. 전복은 가공 방법에 따라 날것은 생복生鰒, 찐 것은 숙복熟鰒, 말린 것은 건복乾鰒으로 나누어진다. 정약전은 말려서 포를 만들어 먹는 것이 가장 좋다고 했는데, 실제로도 전복은 건제품인 명포明鮑나 회포灰鮑로 가공되는 경우가 가장 많았다. 이렇게 포로 만들어진 전복은 품질이 저하되는 일 없이 전국 각지로 유통될 수 있었다.

전복은 약재로 사용되기도 했다. 옛날부터 산모의 젖이 나오지 않을 때 고아 먹으면 효과가 있다는 말이 전해오며, 오래 복용하면 눈이 밝아진다고 하여 석결명石決明이란 이름까지 얻었다. 전복은 귀에도 좋다고 한다. 장기 복용하면 청력이 강해진다는 것이다. 전복이 귀에 좋다는 말은 전복이 귀처럼 생긴 데서 나온 것 같다. 한방에서는 모양이 비슷한 약재가 치료에도 효

● 전복회 전복은 가공 방법에 따라 날것은 생복, 찐 것은 숙복, 말린 것은 건복으로 나누어진다.

❋ 긴강남차의 씨를 결명자라고 하는데, 역시 눈에 좋은 약재다. 석결명은 결명자에서 나온 이름인 것 같다.

과가 있다고 생각하는 경향이 있다. 또한 정약전은 전복이 종기를 치료하는데 효과가 있다고 말했다. 실제로 사람들은 오래 전부터 전복을 폐결핵이나 각종 염증에 대한 약재로 활용해왔다. 박도순 씨의 말은 전복의 효능에 대한 사람들의 믿음을 잘 보여주고 있다.

"어린아이들 귀에서 고름이 나면 전복으로 미음을 써서 물을 먹이고 바르면 낫는다고 했지라. 독사한테 물렸을 때 제독제로 쓰기도 하구요. 뱀한테 물린 자리에 살아 있는 전복을 올리면 전복이 그 위에서 빙빙 돌지라. 그러다 독을 먹고 픽 쓰러지는데 어렸을 적에 실제로 해봤던 기억이 나네요."

귀를 닮은 전복으로 귓병을 치료한다는 발상이 재미있다. 살아 있는 전복이 과연 뱀독을 제거할 수 있는지에 대해서는 의문이 들지만, 전복 살코기의 해독작용은 어느 정도 증명된 것이기도 하다. 전복을 쪄서 말리면 마른 오징어처럼 표면에 하얀 가루가 생기는데 이것이 타우린이다. 타우린은 담석용해 및 간장의 해독기능을 강화하고, 혈중 콜레스테롤 수치를 떨어뜨리며, 심장기능의 향상 및 시력회복에 큰 효과를 보이는 물질로 알려져 있다.

전복은 해독기능이 있지만 잘못 먹으면 스스로 독이 되기도 한다. 정약전은 봄과 여름 전복에 큰 독이 생긴다고 밝혔다. 흥미롭게도 박도순 씨로부터 같은 이야기를 들을 수 있었다.

"우리도 그래요. 봄, 가을은 모르겠고 3, 4월 풀 날 때 전복 개웃(창자)을 먹지 말라고 했어라. 실제로 전복을 먹었을 때는 살이 부풀어오르는데 이걸 풀독 오른다고 하지라."

● **전복과 귀** 전복이 귀에 좋다는 말은 전복이 귀처럼 생긴 데서 나온 것 같다. 한방에서는 모양이 비슷한 약재가 치료에도 효과가 있다고 생각하는 경향이 있다.

나중에 알아보니 봄 전복의 내장에 독성이 있다는 것은 꽤 잘 알려진 이야기였다. 이 시기가 지나고 나면 다시 전복의 창자는 훌륭한 먹을거리가 된다. 날로 먹어도 좋고 익혀서 먹어도 좋다. 정약전의 말처럼 젓으로 담가도 별미가 되며, 전복죽을 끓일 때 살코기와 함께 넣으면 독특한 맛과 향을 낸다.

전복을 잡으면 하나도 버릴 것이 없다. 살과 내장을 깨끗이 발라먹은 후에 남은 껍질도 중요한 생활도구가 된다. 순가락 대용으로 가마솥의 누룽지를 긁는 데 사용하기도 하고, 바위에 붙은 김이나 파래를 모을 때도 이것을 쓴다. 전복의 껍질은 공예품의 재료로도 쓰였다. 1960년대만 하더라도 자개의 재료를 순전히 국내에서 충당했기 때문에 진주 광택이 뛰어나고 껍질이 두꺼운 전복이 최고의 재료로 평가받았다. 어릴 때 엿장수가 오면 전복 껍질로 엿을 바꿔먹었던 기억이 생생하다. 그뿐만이 아니다. 전복은 패류의 왕답게 질 좋은 진주를 생산하기도 한다. 서유구는 『난호어목지』에서 전복 진주에 대해 다음과 같이 묘사하고 있다.

남만南蠻 사람들이 이것을 잡는데 간혹 살 속에 든 진주를 얻는다. 진주는 형광빛이 나는 것이 가장 좋은 상품이지만 얻기가 쉽지 않다.

정약전은 이러한 전복의 여러 가지 효용가치를 이해하고 있었던지 "양식하는 방법에 대해서는 아직 들은 바가 없다"라고 말하며 아쉬움을 나타내고 있다. 이것은 당시 김이나 굴 등 다른 생물종에 대해서는 이미 양식이 행

●전복 껍질 전복의 껍질은 공예품의 재료로도 쓰였다. 1960년대만 하더라도 자개의 재료를 순전히 국내에서 충당했기 때문에 진주 광택이 뛰어나고 껍질이 두꺼운 전복이 최고의 재료로 평가받았다.

해지고 있었음을 암시하는 대목이기도 하다.

본문에서 가장 흥미를 끄는 곳은 역시 전복과 쥐의 관계를 묘사해놓은 부분이다. 어찌 보면 '어부지리'의 고사를 떠올리게 하는 이야기다. 정약전이 실제로 이런 일을 관찰한 것인지, 마을 사람에게 전해들은 내용을 옮긴 것인지는 알 수 없지만 재미가 있는 데다 아우 정약용의 기호에 맞추기라도 한 듯 욕심을 부리다가는 낭패를 볼 수 있다는 교훈적인 내용을 담고 있어 관심을 끈다. 그런데 왜 하필이면 전복의 상대역이 쥐인 것일까. 박도순 씨에게 전복과 쥐에 대한 내용을 들려주었더니 한 번도 들어본 적이 없는 이야기라면서도 관계가 있을 법한 경험담 한 토막을 들려주었다.

"요새는 전복 채취하면 콘테이너에 넣어 놓는데 옛날에는 대나무 광주리 같은 데 넣어 물속에 담가놓았지라. 쥐가 전복을 좋아해요. 헤엄치고 물을 건너가서 광주리에 올라가 갉아먹는 경우도 있었어라."

실제로 전복 양식업자들을 가장 괴롭히는 것 중의 하나가 쥐 떼의 공격이다. 양식장에는 으레 쥐 떼가 모여들고, 이 쥐들이 잡아먹는 전복의 양이 상당하기 때문에 최근에는 가두리 주변에 폭 30센티미터 정도의 그물 차양을 둘러치는 방법을 고안해가면서까지 쥐를 막으려는 노력에 힘을 기울이고 있다. 쥐는 원래 전복을 좋아하는 동물인 모양이다. 예로부터 채취한 전복을 노리는 쥐 떼의 공격이 있어왔기에 쥐와 전복에 대한 이야기가 생겨났고, 이런 이야기들을 글로 옮긴 것이 위의 내용이 아닌가 추측해본다.

전복의 적

박도순 씨는 전복 이야기를 하다가 갑자기 정색을 하고 물었다.

"생물학 한다고 하니 하나 물어봅시다. 혹시 불가사리를 이용하는 방법 같은 것 나온 것 없소? 아따 이것 때문에 미쳐버린당께. 전복이나 뭐이랑 다 잡아먹어버려. 우리 나라 사람들 몸에 좋다 그라면 뭐이든 다 먹어버리잖소. 이런 거 연구하는 사람 없소? 좋은 것만 먹고 사니께 몸에도 좋을 것 같은데…"

패류 양식업자들이 불가사리를 얼마나 싫어하는지 가슴에 와 닿게 하는 말이었다.

[풍엽어楓葉魚 속명 개부전開夫殿]

큰 놈은 지름이 한 자 정도이다. 껍질은 유자 껍질과 비슷하다. 가장자리에 난 뿔은 일정하지 않지만 서넛 혹은 예닐곱 개가 나와 있는 모습이 단풍잎과 같다. 두께는 사람 손바닥 정도이며 빛깔은 푸르고 매우 선명하다. 몸의 중앙부에는 단루丹樓가 있어 극히 깨끗한 무늬를 이루고 있다. 배는 노랗고 입은 그 중심에 있다. 뿔 끝에는 모두 좁쌀 같은 국제菊蹄(국화 모양의 발굽)가 붙어 있어 마치 문어의 빨판 같은데 이것을 사용해서 돌에 달라붙는다. 배 안에는 창자가 없으며 호박 속과 비슷하다. 돌에 붙어 있기를 좋아하는데 비가 올 듯 말 듯 하면 뿔 하나만을 붙이고 몸을 뒤집어 아래로 늘어뜨린다. 바닷가에 사는 사람들은 이를 보고 비가 올 것인지 점을 친다. 쓰임새는 아직 듣지 못했다. 뿔이 셋인 놈은 물밑바닥을 떠나지 않는다. 지름은 3~4자 정도이다. 뿔이 길게 나와 있는 데 비해 몸체는 매우 작다. 등은 두꺼비를 닮아 거칠다. 진황색과 진흑색의 콩알만 한 돌기가 어지러이 흩어져 무늬를 이룬다.

이청의 주 이것은 곧 해연海燕이다. 해연은 『본초강목』의 개부介部에 실려 있다. 이시진은 "해연은 체형이 납작하고 둥글다. 등 위쪽은 청흑색이다. 배 아래쪽은 희고 무른데 버섯 같은 무늬가 있다. 입은 배 밑에 있다. 입 주변으로는 다섯 갈래의 곧은 갈고리〔句〕 같은 것이 있는데 이것이 그 다리이다"라고 했다. 『임해수토기臨海水土記』에서는 "양수족陽遂足은 바다에서 난다. 빛깔은 검푸르다. 다섯 개의 다리가 있으나 머리와 꼬리가 어디인지 알 수 없다"라고 했는데 이 역시 풍엽어를 가리킨 것이다.

불가사리는 해삼이나 성게와 같은 극피동물의 일종이다. 따라서 몸이 딱딱한 뼛조각으로 덮여 있으며, 관족과 이를 움직이기 위한 수관계가 잘 발달해 있다. 그러나 겉으로 보기에 불가사리의 가장 큰 특징은 역시 여러 갈래로 갈라져 방사상으로 뻗어 있는 팔이다. 팔의 개수는 다섯 개인 것이 가

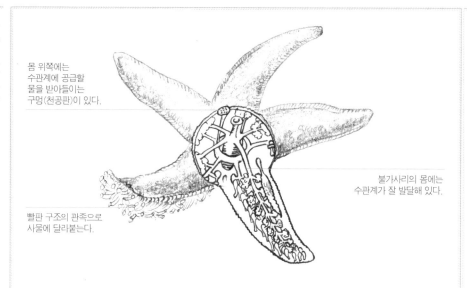

몸 위쪽에는
수관계에 공급할
물을 받아들이는
구멍(천공판)이 있다.

불가사리의 몸에는
수관계가 잘 발달해 있다.

빨판 구조의 관족으로
사물에 달라붙는다.

장 흔하지만 팔손이불가사리는 8개, 햇님불가사리는 8~10개, 넓적가시불
가사리는 11~15개, 문어다리불가사리는 22~39개 등으로 종류에 따라 다
양하다. 각 팔에는 한가운데에 있는 홈을 따라 2줄 또는 4줄의 빨판이 달려
있는데 이를 관족이라고 부른다. 이시진은 관족이 배열되어 있는 모양을 버
섯 아래쪽의 주름무늬에 비유했다. 불가사리는 관족을 이용해서 몸을 움직
이고 먹이를 사냥한다. 정약전은 관족을 '좁쌀 같은 국제'라고 표현했는데,
국제는 문어와 오징어 항목에서도 나오는 표현으로 빨판을 의미한다. 정약
전은 문어의 빨판과 불가사리의 관족을 같은 구조로 파악했고, 사물에 달라
붙는 기능도 같은 것으로 보았다. 각 팔의 끝에는 빛을 감지하는 안점眼點이

● **불가사리의 내부 구조** 불가사리는 해삼이나 성게와 같은 극피동물의 일종이다. 따라서 몸이 딱딱한 뼛조각으로
덮여 있으며, 관족과 이를 움직이기 위한 수관계가 잘 발달해 있다.

있어 대상의 그림자나 간단한 형태를 파악할 수 있다. 몸 아래쪽 한가운데 에는 입이 있어 먹이를 삼키고, 위쪽에는 물을 빨아들이는 천공판穿孔板과 항문이 있다.

몸속에 장이 없고 대신 호박 속 같은 것이 가득하다는 기록을 남긴 것으로 보아 정약전은 불가사리를 해부해 보았던 것 같다. 불가사리도 동물인 만큼 장이 분명히 존재한다. 호박 속과 같다고 한 부분은 불가사리의 호흡 기관과 수관계, 장관이 배열해 있는 모습을 묘사한 것이다. 다만 불가사리 의 장이 다른 동물들처럼 특별한 색깔을 띠거나 길고 꼬불꼬불하게 발달하지 않았기 때문에 정약전이 이를 제대로 파악하지 못했던 것 같다. 그러나 동물을 관찰할 때 속구조까지 세심한 신경을 기울여 관찰하는 모습은 과학자의 풍모를 느끼게 한다.

패류 양식업자들에게 불가사리는 악마와도 같은 존재다. 불가사리의 대부분은 육식성으로 굴 · 전복 · 조개 등을 닥치는 대로 잡아먹어 큰 피해를 주기 때문이다. 불가사리가 조개류를 발견하면 슬그머니 다가가서 5개의 팔로 이를 둘러싼 다음, 각 팔의 아래쪽에 있는 관족을 사용해서 조개껍질을 양쪽으로 벌리려 한다. 이때부터 조개의 폐각근과 불가사리 관족의 힘 겨루기가 시작된다. 그러나 언제나 승자는 정해져 있다. 조개의 폐각근은 쉬지 않고 수축해야 하지만, 불가사리는 수많은 관족이 교대로 힘을 줄 수 있다. 결국 조개는 불가사리의 힘에 굴복하고 껍질을 벌리게 된다. 이제 불가사리가 자신의 위를 그 사이로 밀어넣어 조갯살을 소화시키면 상황은 종료된다.

● **불가사리의 관족** 불가사리는 여러 개의 관족을 사용해서 몸을 움직이고 먹이를 사냥한다.

　양식업자들은 불가사리를 보는 족족 잡아내려 한다. 지방행정기관에서는 불가사리에 현상금을 내걸기까지 한다. 그러나 불가사리를 잡아내는 것은 결코 만만한 일이 아니다. 번식력이 왕성한 데다 재생력이 강해서 웬만해서는 잘 죽지도 않는다. 팔 한쪽에 몸통 부분이 조금만 남아 있어도 바다에 던져 놓으면 다시 살아나서 완전한 성체로 되돌아간다. 그래서 보통은 잡아낸 불가사리를 햇볕에 바짝 말려서 죽이는 방법을 쓴다. 분노의 화형식인 셈이다. 정약전은 불가사리의 쓰임새를 알 수 없다고 했다. 튀겨먹었다는 기록이 남아 있긴 하지만 지금은 거의 식용으로 쓰이지 않으며, 비료로 쓰는 경우도 있지만 값싸고 질 좋은 화학비료가 보급된 지금에 와서는 별로 쓸모가 없다. 불가사리는 인간의 입장에서는 그야말로 백해무익한 동물인 것이다. 그러나 불가사리를 극악무도하고 꼭 없애버려야만 할 적으로 보는 관점에는 문제가 있다. 불가사리가 과연 생태계를 망쳐버리는 파괴자인가 하는 문제는 일단 제쳐두자. 불가사리가 예전부터 이처럼 극성이었다면 불가사리가 존재하는 상황 자체가 자연스러운 것이다. 만약 최근에 와서 이렇게 문제가 되었다면 불가사리를 번성하게 만든 환경이 어떻게 조성되었는지를 살펴야 할 것이고, 생각해볼 것도 없이 그 원인은 사람이다. 환경을 오염시키고 생태계의 균형을 파괴해버린 사람들이야말로 양식업자들의 적이 아닐까? 불가사리에 대한 비난의 대상은 고스란히 환경을 오염시키는 사람들에게 돌려져야 할 것이다. 또 어떻게 보면 양식이라는 행위 자체가 비자연적이기 때문에 불가사리의 번성을 가져온 것인지도 모른다.

팔이 다섯 개인 놈과 세 개인 놈

우리 나라 근해에만 해도 약 200여 종의 불가사리가 알려져 있는데, 그중에서 풍엽어에 해당하는 종은 별불가사리라고 생각된다. 크기가 1자(20센티미터)에 유자 껍질처럼 거친 표면, 선명한 푸른색과 노란 배는 별불가사리의 중요한 특징이다. 정약전은 풍엽어의 등에 단루丹樓가 있다고 했다. 단루는 붉은색의 누각이란 뜻으로 별불가사리의 등면이 다섯 개의 능선을 이루고 있다는 것을 빗댄 표현인 것 같다. 실제로 불가사리의 몸은 누각의 지붕처럼 보이며, 능선의 중앙부에는 선명한 붉은 점들이 흩어져 있어 단루라는 표현이 잘 어울린다.

  뿔이 셋인 놈은 아무르불가사리를 말한 것으로 보인다. 아무르불가사리는 별불가사리보다 몸체가 크고 수심이 깊은 곳에 분포한다. 크기가 3~4자에 이른다거나 물 밑바닥을 떠나지 않는다고 한 정약전의 말과 일치하는 특징이다. 몸체에 비해 팔이 훨씬 길어 보인다는 점도 본문의 내용 그대로다. 정약전은 이 불가사리의 등면을 "두꺼비를 닮아 거칠다. 진황색과 진흑색

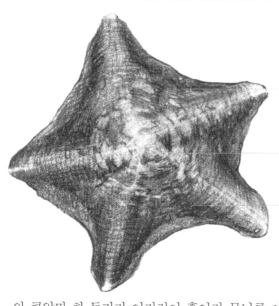

표면은 유자 껍질처럼
거칠다.

붉은색의 선명한 점들이
흩어져 있다.

등은 남색 또는 암녹색이고,
배는 노랗다.

의 콩알만 한 돌기가 어지러이 흩어져 무늬를 이룬다"라고 묘사했다. 실제로 아무르불가사리의 등면에는 뾰족한 돌기들이 튀어나와 있어 매우 거칠어 보인다. 또한 아무르불가사리의 몸빛깔은 노란색에서 보라색에 이르기까지 변이가 많다. 진황색, 진흑색이라고 표현할 만한 무늬를 가진 개체도 분명히 있었을 것이다.

그런데 아무르불가사리는 다른 불가사리들처럼 팔이 5개다. 정약전이 팔이 3개라고 말한 이유는 무엇일까? 아무르불가사리는 별불가사리와 달리 기다란 팔을 가지고 있는데, 팔이 떨어져나간 개체를 흔히 볼 수 있다. 그러나 설사 그런 개체가 있었다고 하

● 별불가사리 *Asterina pectinifera* Müller et Troschel

노랑색에서
보라색까지
색깔이 다양하다.

몸에는 단단하고
뾰족한 돌기가
흩어져 있어 매우 거칠다.

팔이
가늘고 길다.

더라도 온전히 팔 5개를 모두 가진 것이 훨씬 일반적이었을 텐데 군이 팔이
3개라고 고집할 만한 이유가 없다. 어쩌면 불가사리의 방언이 이 문제를 해
결해줄 수 있을지도 모른다. 북한이나 우리 나라 일부 지역에서는 아무르불
가사리를 별불가사리와 구별하여 삼바리라고 부른다. 삼바리라면 발이 세
개라는 뜻이다. 삼바리라는 이름이 흑산도에서도 사용되고 있었던 것이 아
닐까? 정약전은 이 이름을 듣고 아무르불가사리를 발이 세 개인 놈〔三角者〕
으로 옮긴 것인지도 모른다. 애초에 삼바리란 이름이 어떻게 붙여진 것인지
는 추측하기가 그리 어렵지 않다. 불가사리는 이동할 때 팔 세 개를 앞으로,
나머지 두 개를 뒤로 하고 움직인

● 아무르불가사리 *Asterias japonica torquata* (Sla-
den)

다. 아마도 이를 본 사람들이 앞쪽의 3개만을 불가사리의 팔로 여겼던 것 같다.

　박도순 씨는 여러 종류의 불가사리가 잡히지만 사리에는 아무르불가사리가 가장 많다고 했다. 아무르불가사리는 사리뿐만 아니라 우리 나라 불가사리의 대표종으로 여겨질 만큼 많은 개체수와 넓은 분포 구역을 자랑한다. 아무르불가사리가 이처럼 번성하게 된 데는 독특한 이동 방식이 큰 역할을 했을 것이다. 아무르불가사리는 다른 불가사리들처럼 바다 밑을 느리게 기어다닐 뿐만 아니라 대사 활동을 거의 중지시킨 다음 몸속에 공기를 가득 채운 상태로 조류를 타고 멀리까지 이동할 수 있기 때문이다. 이동중에 무엇인가에 닿으면 체내의 공기를 방출하고 휴면에서 깨어나 다시 정상 생활을 시작하게 된다.

별, 부전, 단풍, 제비와 불가사리

"에이, 또 별 낚았다."

낚시터에서 종종 들을 수 있는 소리다. 별을 낚았는데 실망이라니. 하지만 여기에서의 별은 불가사리를 말하는 것이다. 흔히 불가사리를 별이라고 부른다. 한자로도 불가사리를 해성海星이라고 쓴다. 바다의 별이라는 뜻이다. 실제로 불가사리는 별표(☆)와 꼭 닮은 모습을 하고 있다. 박도순 씨는 어렸을 때 불가사리와 별이라는 말을 함께 썼다고 한다. 그러고 보면 별이라는 이름도 꽤 역사가 오래된 모양이다. 어쨌든 별은 불가사리보다 훨씬 정감 있는 이름이다. 어린 시절 크레파스로 꼭꼭 눌러 그린 별이 그 모습 그대로 해변에 깔려 있는 장면을 떠올려본다.

정약전이 불가사리의 속명으로 쓰고 있었다고 기록한 개부전은 또 무슨 말일까? 지금도 이러한 사투리가 통용되는 곳이 있다. 대둔도의 장복연 씨는 불가사리를 '생복(전복) 따 묵는 갯부전'이라고 불렀다. 하지만 대부분의 사람들에게 갯부전은 낯선 이름일 것이다. 부전이란 원래 고운 색의 헝

● **부전노리개** 부전이란 원래 고운 색의 헝겊을 둥글거나 혹은 병꼴로 만들어 두 쪽을 합친 후 끈을 매어 차는 여자아이들의 노리개를 말한다.

겊을 둥글게 혹은 병꼴로 만들어 두 쪽을 합친 후 끈을 매어 차는 여자아이들의 노리개를 말한다. 때로는 조개로 부전을 만들기도 하는데 모시조개의 껍데기를 두 쪽으로 맞춘 후 여러 가지 색깔의 헝겊으로 장식하고는 이를 조개부전이라고 부른다. 부전의 특징은 선명한 빛깔과 예쁜 모양새다. 그런데 우리 선조들은 불가사리를 보고 이 부전을 떠올렸던 것 같다. 요즘 사람들에게 비친 모습과는 전혀 딴판의 이미지다. 개부전의 '개'는 무슨 뜻일까? 예쁘긴 하지만 크고 거친 모양이 어린 여자아이에겐 어울리지 않으니, 개나 차는 부전이라고 해서 개부전이라 불렀을지도 모른다. 그러나 갯가에 흩어져 있는 부전처럼 아름다운 생물이라고 해서 개부전이라 불렀다고 말해준다면 불가사리가 더욱 기뻐할 것이다.

오귀발이란 별명도 있는데 이는 불가사리의 다섯 발에 주목한 이름이다. 정약전은 불가사리를 단풍잎에 비유했다. 단풍잎은 추상적인 별보다는 불가사리의 모양을 훨씬 잘 나타낸 것이며, 종류에 따라 갈라진 개수가 다양하다는 점에서도 매우 적절한 비유라고 할 수 있다. 이청은 불가사리를 해연으로 보았다. 해연은 별불가사리의 중국 이름이며, 해연을 글자 그대로 해석한다면 바다제비라는 뜻이 된다. 그런데 중국 사람들은 왜 별불가사리에 제비라는 이름을 붙였을까? 이 문제를 풀기 위해서는 불가사리와 제비의 공통점을 찾아야 한다. 〈단풍을 읊다〉라는 정약용의 시는 풍엽어와 해연이라는 이름의 유래에 대한 중요한 단서를 제공해준다.

◉ **단풍과 불가사리** 정약전은 불가사리를 단풍잎에 비유했다. 단풍잎은 추상적인 별보다는 불가사리의 모양을 훨씬 잘 나타낸 것이며 종류에 따라 갈라진 개수가 다양하다는 점에서도 매우 적절한 비유라고 할 수 있다.

둥글넓적 나비 아래 뾰족한 제비꼬리

온갖 모양 가위로 섬세하게 오려낸 듯

잎사귀마다 이처럼 기묘함을 이뤘으나

일만 섬 붉은 서리로 어찌하여 물들일꼬

  정약용은 단풍을 제비꼬리에 비유하고 있다. 단풍과 제비꼬리의 유사성은 명백하다. 둘 다 깊게 갈라진 형태를 하고 있는 것이다. 깊게 갈라진 것을 제비꼬리에 비유하는 것은 오래 전부터의 전통이다. 서양 남자들의 예복인 연미복도 제비꼬리에서 나온 이름이다. 이제야 비밀이 풀린다. 옛사람들은 단풍과 불가사리의 깊이 갈라진 팔을 보고 제비꼬리를 떠올렸던 것이다. 돌고래 항목에서 튀어나온 것을 돼지의 입에, 군소 항목에서 뿔을 소에 대응시킨 것처럼 한 사물의 특징을 다른 사물의 이름을 짓는 데 활용하는 예는 흔히 볼 수 있는 것이다.

◉ 제비 단풍과 제비꼬리의 유사성은 명백하다. 둘 다 깊게 갈라진 형태를 하고 있는 것이다. 깊게 갈라진 것을 제비꼬리에 비유하는 것은 오래 전부터의 전통이다.

닭이 먼저인가,
달걀이 먼저인가

불가사리는 종류에 따라 다양한 방법으로 번식한다. 물속에 알을 낳고 스스로 부화하도록 내버려두는 경우가 보통이지만, 어떤 종류는 새끼가 어느 정도 자랄 때까지 가시를 변형해서 만든 보육상자나 몸속의 육아낭, 혹은 위 속에서 안전하게 키운 다음 출산하기도 한다. 불가사리는 수정을 하지 않고 무성적으로 번식할 수도 있다. 팔을 스스로 분리한 후 분리된 하나의 팔로부터 몸 전체가 생겨나게 하거나 몸을 반으로 나누어 번식하기도 한다. 모두 강력한 재생력 때문에 가능한 일이다.

불가사리라는 이름도 재생력과 관계가 깊다. 불가사리란 이름을 불가살이不可殺爾에서 기원한 것으로 보는 이들이 많은데, 불가살이는 죽일 수 없는 생물이란 뜻이다. 불가살이는 서양의 그리핀이나 동양의 기린, 용과 같이 옛날 사람들이 상상해낸 허구의 동물로, 곰의 몸, 코끼리의 코, 무소의 눈, 소의 꼬리, 범의 다리를 가졌으며 쇠를 먹고 요사스러운 기운을 쫓는 능력이 있다고 전해온다. 죽일 수 없다는 뜻의 불가살이를 불로 죽일 수 있다는 뜻의 불가살이〔火可殺爾〕로 해석하여 화공火攻으로 죽였다는 스님의 이야기는 어렸을 적 많이 들어본 것이기도 하다. 사실 이 이야기는 1921년경 현영선이 지은 『불가살이전』을 바탕으로 한 것일 가능성이 크다. 현영선은 민간에 떠돌던 설화를 재구성하여 이 책을 엮었다고 한다. 그렇다면 현영선 이전에도 그러한 설화가 존재했다는 말이 된다. 경복궁 아미산의 굴뚝 밑부분에도 불가살이가 새겨져 있다는 점을 생각하면, 불가살이의 기원은 시대를 더 거슬러 올라가야 할 것 같다. '송도말년의 불가살이'라는 속담이 있고, 19세기 중엽 조재삼이 지은 『송남잡지松南雜識』에는 다음과 같은 기록이 나온다.

전하기를 송도(개성)에 쇠를 먹는 짐승이 있었다. 전신이 불로 덮혀 있었으며 다닐 때에는 불덩어리들이 날렸다. 지금의 '가살', '불가살'이란 말이 여기에서 나왔다.

이 이야기의 배경이 고려 말인 것으로 보아 불가살이의 기원을 고려 말에서 조선조 사이라고 추정할 수 있을 것 같다. 과연 불가사리는 불가살이 전설에서 만들어진 말일까? 혹시 정반대로 불가사리의 죽지 않는 속성 때문에 불가사리 전설이 만들어진 것은 아닐까? 풀리지 않는 의문들이 꼬리를 문다.

● **불가살이** 불가살이는 곰의 몸, 코끼리의 코, 무소의 눈, 소의 꼬리, 범의 다리를 가졌으며 쇠를 먹고 요사스러운 기운을 쫓는 능력이 있다고 전해온다.

　패류 양식을 하지 않았고 가만 내버려두어도 자원이 풍부했던 과거에는 불가사리를 지금보다 호의적인 눈으로 바라보았을 것이다. 어린 시절 하늘의 아기별이 바다에 떨어져 불가사리가 되었다는 내용의 동화를 읽은 기억이 있다. 그때의 불가사리와 지금 내 마음속의 불가사리는 어떻게 달라져 있을까. 『현산어보』에서는 불가사리를 증오하는 내용을 전혀 찾아볼 수 없다. 오히려 어촌 사람들은 불가사리의 행동을 보고 담담하게 날씨를 예측하고 있다. 사람들은 자신의 이익에 어떤 영향을 미치느냐에 따라 다른 동물을 천사로 만들기도 하고 악당으로 만들기도 한다.

삼천 개의 다리를 가진 괴물

『현산어보』에는 일반인들이 흔히 볼 수 없는 생물들이 많이 등장한다. 때문에 본문을 읽다보면 중국의 『산해경』이나 『수신기搜神記』를 읽는 듯한 착각에 빠져들 때가 있다. 어떻게 보면 허무맹랑한 헛소리로 여겨져 순전히 정약전의 상상력의 발로가 아닐까 의심되기도 하지만, 자세히 살펴보면 그러한 표현들 하나하나가 사실은 실재하는 생물을 세밀하게 관찰한 결과이며 어김없이 특정한 종과 정확히 대응한다는 사실을 알게 된다. 다음의 '천족섬'이라는 생물도 이러한 사실을 보여주는 재미있는 사례이다.

[천족섬千足蟾 속명 삼천족三千足 또는 사면발四面發]

몸은 거의 원형이다. 큰 놈은 지름이 한 자 다섯 치 정도이다. 몸의 둘레에 무수히 많은 다리가 나 있는데, 그 모양은 닭다리를 닮았다. 다리가 나고, 다리에서 가지가 나고, 가지에서 또 작은 가지가 나오고, 작은 가지에서 잎이 나와 있다. 그 천 갈래 만 갈래로 나누어진 가지의 끝이 꿈틀꿈틀 움직여 사람들로 하여금 두려움을 느끼게 한다. 입은 배에 붙어 있다. 천족섬은 문어의 한 종류이다. 말린 것을 약탕에 넣어 먹으면 정력에 좋다고 한다.

이청의 주 곽박은 『강부』에서 "토육土肉은 석화石華이다"라고 했다. 이선李善은 이에 대해 『임해수토물지臨海水土物志』를 인용하여 "토육은 새까맣고 모양은 어린아이의 팔〔臂〕을 닮았다. 길이는 반 자 정도이다. 몸의 가운데 배가 있지만 입은 없다. 배에는 3천 개의 발이 있고 구워서 먹는다"라고 주注를 붙였다. 이것이 요즘 사람들이 말하는 천족섬과 비슷한 것 같다.

정석조는 『상해 자산어보』에서 천족섬을 아귀목 부치과의 빨강부치라는 물고기로 추측하고 있다.

빨강부치의 몸은 둥글고 온몸에는 거칠고 작은 가시가 산재해 있어 마치 수천 개의 발이 있는 것같이 보인다. 아마 빨강부치를 잘못 본 것이 아닌가 추측된다.

그러나 정약전은 천족섬을 "문어의 종류이다"라고 분명히 밝혔다. 정약전의 형태 비유가 항상 적절하지는 않지만 그렇다고 해서 물고기와 문어를 혼동할 정도는 아니다. 정약전은 천족섬이 문어와 비슷한 모양새를 가졌다는 점을 강조하고 있는데, 이는 다리가 많은 점, 입이 아래에 붙어 있는 점으로

● 해변에 떠밀려온 삼천발이의 사체 심하게 건조되어 있지만 여러 갈래로 갈라진 다리의 구조가 잘 보인다.

입은 몸의 한가운데 위치한다.

다리가
여러 갈래로
갈라진다.

닭다리와
비슷한 느낌이다.

추측한 것일 터이다. 또한 '가지에서 가지가 난다', '천 갈래 만 갈래로 나
누어진 가지의 끝이 꿈틀 움직인다'라고 한 표현도 천족섬이 어류와 거리
가 먼 생물임을 분명히 보여준다. 그렇다면 이 괴상한 생물의 정체는 과연
무엇일까?

　정약전이 천족섬의 속명으로 밝힌 '삼천족'이란 이름을 그대로 가지고 있
는 생물이 있다. 우리 나라 남·서해안에 살고 있는 삼천발이라는 동물이
다. 삼천발이는 불가사리와 가까운 극피동물의 일종이다. 삼천발이의 겉모

● 삼천발이 *Corgonocephalus eucnemis japonicus* (Döderlein).

습은 정약전의 설명과 잘 부합한다. 왜 정약전이 삼천발이를 문어에 비유했는지도 명확해진다. 문어를 뒤집어놓고 삼천발이가 다리를 오므리고 있는 모습과 비교해보면 쉽게 그 유사성을 찾아낼 수 있다. 몸에 무수히 돋아난 다리가 닭다리와 같다고 한 점도 노란 삼천발이를 보면 바로 이해가 된다. 삼천발이의 노란 색깔과 비늘처럼 보이는 피부를 보면 누구나 닭다리를 연상하게 될 것이다.

일반인들에게 삼천발이는 괴상하고 희귀한 동물로 여겨질 수도 있겠지만, 어부들이나 패류 양식업자들에겐 너무나 흔하고 귀찮기까지 한 존재이다. 어느 방송에선가 어부들이 그물을 끌어올리는데 삼천발이가 잔뜩 걸려 올라오는 장면을 보여준 적이 있다. 어부들은 삼천발이가 징그럽게 꿈틀거리면서 그물을 망치거나 경제적으로 소중한 조개류를 잡아먹는다고 생각하여 정약전과는 또 다른 의미에서 두려워한다. 불가사리가 몸에 좋지 않느냐는 질문에 삼천발이 항목의 '정력에 좋다'는 부분을 보여주자 박도순 씨는 "좋은 것만 먹으니까 정력에 좋을 것이여"라며 삼천발이에 대해서도 좋지 않은 감정을 드러냈다.

"우리도 '삼천발'이라고 부릅니다. 광어 그물에 많이 걸리는데 재수 없다 그래요. 그물코를 삼천발로 다 감아버리니까 그물 버려버려요. 그게 많이 잡힐 시기가 있는데 얕은 데서 많이 걸립니다. 불가사리나 삼천발이가 전복 잡아먹으니 항암제라도 개발해야지 이놈의 불가사리만 있으면 전복이 맥을 못 추니 말이여."

그런데 박도순 씨의 하소연과는 달리 삼천발이는 그물을 망칠지언정 전복을 잡아먹지는 않는다. 삼천발이의 주된 먹이는 미세한 플랑크톤이나 작은 부유생물들이기 때문이다.* 삼천발이는 불가사리와 친척이라는 이유로 덩달아 피해를 입고 있는 것이다. 대둔도의 장복연 씨는 이러한 사실을 완강히 부인했는데 일견 일리가 있어 보이기도 한다.

"아녀. 잡아먹어. 삼천발이 그거는 걸이 신 데, 바우 많은 데 많어라. 그란디 그물에 걸려 올라올 때 보며는 고기도 싸고 잇갑도 싸고 있어라."

삼천발이에 대해 더욱 면밀한 연구가 진행되어야 할 것 같다.

이청은 삼천발이를 『강부』의 토육과 동일시했는데, 사실 토육은 해삼을 일컫는 말이다. 토육을 어린아이의 팔에 비유한 것도 토실토실한 해삼의 모양을 떠올려보면 쉽게 이해할 수 있다. 이청은 토육의 배에 삼천 개의 발이 있다는 내용에 주목하고 삼천발이와 토육을 같은 종으로 본 것 같다. 얼토당토않게 갖다대었다고 여기질 수 있겠지만, 사실 그리 잘못된 비약은 아니다. 해삼과 삼천발이 모두 극피동물로서 매우 가까운 계통에 속하기 때문이다. 다만 토육의 발이라고 묘사한 것은 해삼의 관족이었고, 삼천발이에서의 발은 다리였을 따름이다.

많다는 것을 표현할 때 대표적으로 드는 숫자들이 있다. 발이 많은 그리마를 신발이(쉰＋발＋이)라고 부르고, 지치고 힘들 때 몸이 천 근 같다고 말한다. 피곤이 극에 달해 혀를 늘어뜨리고 있는 모습을 혀가 만발이나 빠졌다고 하며, 장대같이 퍼붓는 비를 '억수 같다'라고 표현한다. 이렇게 특

---

* 삼천발이는 야행성으로 낮 동안에는 실타래처럼 몸을 웅크린 채 바위 틈에 박혀 있다가 밤이 되면 활동을 시작한다. 날이 어두워지기 시작하면 무수히 많은 발을 사방으로 뻗쳐서 여기에 닿는 조그만 생물들을 움켜쥐고 입 속으로 집어넣는다.

정한 수에다 아주 큰 수라는 느낌을 실어 표현하는 경우는 우리말에서 매우 흔한 것이다. 천족섬이나 삼천발이도 발이 아주 많다는 것을 특정한 수를 빌려서 표현한 이름이다.* 본문을 보면 당시 사면발이라는 속명이 삼천발이와 함께 쓰이고 있었다는 사실을 알 수 있는데 사면발이는 사면, 즉 몸의 전면에 발이 나와 있다는 뜻으로 해석할 수 있다.

---

* 동물의 발은 생물의 인상을 결정하는 중요한 특징 중의 하나이다. 강장동물의 일종인 히드라나 산호 등의 개체를 폴립이라고 부르는데, 폴립이란 말은 낙지를 뜻하는 프랑스어 포울프에서 유래한 것이다. 초기 프랑스 박물학자들은 강장동물의 입 주변에 나 있는 여러 개의 촉수가 낙지의 발과 유사하다고 생각해서 이런 이름을 붙였다. 정약전이 삼천발이의 발을 문어에 비유한 것과 똑같은 방식이다.

불가사리의 친척

사람들은 복잡한 생명의 그물망 속에서 살아간다. 얼핏 관계없어 보이는 생물들도 직·간접적으로 다양한 상호작용을 주고받으며, 서로의 생존에 일정 부분 기여한다. 그러나 사람들은 자신이 이러한 관계의 일부분이라는 것을 잘 인식하지 못한다. 생물이 생태계에서 차지하는 역할이 아니라 다만 그 생물이 당장 금전적 이익이 되는지, 피해를 주는지 따위의 문제들만이 중요할 뿐이다. 이 때문에 불가사리는 해양 생태계의 일원으로서 일정 부분 기여하고 있음에도 불구하고, 온갖 비난과 질책을 한몸에 받는다. 만약 전복이 뜯어먹는 해조류가 전복보다 가치가 높다면, 또 전복을 잡아죽이자고 난리들을 칠 것이다. 한편, 돈이 된다는 이유만으로 불가사리의 친척인데도 사람들의 사랑을 듬뿍 받는 생물이 있다. 자신은 그리 좋아하지 않을지도 모르지만 그 주인공은 해삼이다.

해삼

[해삼海蔘]

큰 놈은 두 자 정도이다. 몸의 크기는 오이만 하고, 온몸에 잔 돌기가 흩어져 있는 것 또한 오이를 닮았다. 앞뒤 양쪽 끝은 약간 뾰족한데, 한쪽에는 입이 있고, 다른 한쪽에는 항문이 있다. 뱃속에는 밤송이 같은 물체가 들어 있다. 창자는 닭의 창자와 비슷한데 매우 연하여 잡아올리면 끊어져버린다. 배 아래쪽에는 발이 백 개나 달려 있어 걸을 수 있다. 그러나 헤엄은 치지 못하며 행동이 매우 둔하다. 빛깔은 새까맣고 고깃살은 검푸르다.

이청의 주 해삼은 우리 나라의 전 연안에 모두 분포한다. 이를 잡아 말린 것이 사방으로 팔려나간다. 전복, 담채와 더불어 삼화三貨*라고 부른다. 그러나 고금의 본초서를 모두 상고해 보아도 이 삼화가 나와 있지 않다. 근세에 이르러서야 엽계葉桂의 『임증지남약방臨證指南藥方』에 많이 인용되고 있을 뿐이다. 대체로 해삼을 사용한 것은 우리 나라에서 비롯되었다고 할 수 있겠다.

한때 젊은 층들 사이에서는 상대를 비하하는 뜻으로 해삼, 멍게, 말미잘 같다는 표현이 유행한 일이 있다. 이 표현이 사람을 하등동물에 비유한 것이라면 말미잘의 경우는 그렇다고 쳐도 해삼과 멍게는 크게 반발할 듯하다. 해삼은 극피동물, 멍게는 반색동물의 일종으로 모두 무척추동물 중에서는 가장 진화한 무리 중의 하나로 꼽히기 때문이다.

* 현금으로 바꿀 수 있는 3가지 물건.

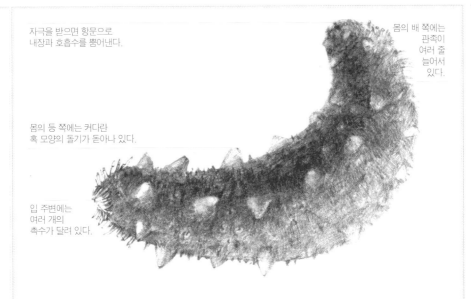

자극을 받으면 항문으로
내장과 호흡수를 뿜어낸다.

몸의 배 쪽에는
관족이
여러 줄
늘어서
있다.

몸의 등 쪽에는 커다란
혹 모양의 돌기가 돋아나 있다.

입 주변에는
여러 개의
촉수가 달려 있다.

해삼은 성게나 불가사리와 같은 극피동물이다. 이들처럼 몸의 표면이 딱
딱하지는 않지만 피부 속에는 석회질의 조그만 뼛조각들이 박혀 있어 극피
동물이란 이름을 근근히 대변한다. 해삼의 살을 씹을 때, 꼬들꼬들하게 씹
히는 독특한 감촉도 이 뼛조각들 때문에 생기는 것이다. 해삼류는 세계적으
로 약 천여 종이 알려져 있으며 몸길이도 2~150센티미터로 다양하다. 모든
종이 바다의 밑바닥에서 살아간다.

정약전은 해삼을 오이에 비유했다. 실제로 해삼은 몸이 앞뒤로 긴 원통형
인 데다 등 쪽에 혹 같은 돌기가 돋아나 있어 영락없는 오이 모양을 하고 있
다. 영어권에서도 해삼을 바다오이(sea cucumber)라고 부르는 것을 보면

● 돌기해삼(해삼) *Stichopus japonicus* Selenka

● 오이처럼 생긴 해삼 정약전은 해삼을 오이에 비
유했다. 실제로 해삼의 몸은 앞뒤로 긴 원통형이
고 등 쪽에 혹 같은 돌기가 돋아나 있어 영락없는
오이 모양을 하고 있다. 영어권에서도 해삼을 바
다오이라고 부르는 것을 보면 해삼의 이미지는
동서양에 보편적이었던 것 같다.

해삼의 이미지는 동서양에 보편적이었던 것 같다. 해삼 몸체의 앞쪽 끝에는 입이 열려 있는데, 입 주위에 발달한 여러 개의 촉수를 사용해서 모래와 진흙을 통째로 삼킨 다음, 그 속에 들어 있는 작은 생물이나 유기물을 걸러 먹는 방식으로 영양분을 섭취한다. 다 먹고 남은 배설물은 몸 뒤쪽에 있는 항문을 통해 밖으로 내보낸다. 배 쪽에는 성게나 불가사리처럼 관족을 가지고 있으며, 이것으로 물 밑바닥을 기어다닌다. 정약전이 말한 백 개의 발이 바로 관족을 말한 것이다.

해삼의 몸 내부에는 넓은 공간이 있는데, 이곳에 해삼류 특유의 호흡기관인 호흡수呼吸樹와 정약전이 닭의 창자를 닮았다고 표현한 길고 단조로운 모양의 창자가 들어 있다. 해삼 중에는 외부에서 자극을 받으면 이 창자를 호흡수와 함께 항문 밖으로 방출하는 종류들이 많다. 이러한 습성은 적이 창자에 신경을 쓰고 있는 동안 몸을 피하기 위한 수단인 것 같다. 어떤 종은 한술 더 떠서 끈적끈적하게 접착력이 있는 창자를 뿜어내어 적을 꼼짝 못하게 만들어버리기도 한다. 창자를 잃은 해삼은 단시일 내에 다시 창자를 만들어낼 수 있다. 해삼은 몸을 여러 조각으로 잘라놓아도 다시 살아나서 성체가 될 만큼 강한 재생력을 보여준다. 역시 불가사리 일족의 일원이라 할 만하다.

해삼은 초여름에 산란을 끝내고 휴면에 들어갔다가 가을부터 겨울철에 걸쳐 주로 활동을 한다. 예전에 충남 삽시도라는 섬으로 여행을 떠난 적이 있다. 워낙 경관이 뛰어난 섬이기도 했지만 이 섬을 목적지로 한 데는 다른

● 수족관 유리벽에 붙은 해삼 배에서 뻗어나온 관족들이 보인다.

이유가 있었다. 한두 해 전 어느 방송국에서 삽시도에 대한 여행안내 프로그램을 방영한 적이 있었다. 방송의 하이라이트는 단연 삽시도의 명물인 물망터 이야기였다. 물망터는 밀물 때 잠겨 있다가 썰물 때면 드러나는 조간대의 샘물로, 칠석날 이곳에서 목욕을 하고 물을 마시면 건강해진다고 해서 해마다 많은 관광객들이 몰려드는 곳이다. 그러나 정작 내 관심을 끌었던 것은 물망터보다도 바로 앞 조간대에 몰려든 해삼 떼였다. 웅덩이마다 해삼이 가득해서 마을 사람들과 출연자들은 이리저리 뛰어다니며 주워담느라 정신을 차리지 못할 정도였다. 이때부터 언제고 한 번 삽시도를 방문해봐야겠다고 다짐하고 있었던 것이다. 그러나 실망스럽게도 삽시도에 도착한 후 물망터를 찾았을 때 나는 단 한 마리의 해삼도 발견할 수 없었다. 이 프로그램이 촬영된 것은 봄철인데 방영된 때가 여름이라는 것이 문제였다. 산란기를 맞아 모여든 해삼 떼를 촬영한 것까지는 좋았으나 내가 찾아갔던 여름철에는 이미 해삼이 휴면을 위해 물속 깊이 들어가버린 상태였던 것이다.

민박집 주인 아주머니는 더욱 기가 막힌 이야기를 들려주었다. 그 방송이 나간 해 여름, 나처럼 해삼에 눈이 뒤집힌 사람들이 삽시도로 무수히 몰려들었다고 한다. 민박집은 미어터졌고, 마루에서 자는 데도 1인당 5, 6만 원씩을 내야 했다. 그런데 웬걸. 해삼이 있을 리 만무했다. 성이 난 관광객들은 농성 아닌 농성을 시작했고, 마을 이장이 직접 해삼을 사다가 대접한 후에야 사태가 마무리되었다고 한다.

바다의 인삼

횟집에서 서비스 안주로 늘상 등장하는 것이 해삼이다. 해삼을 처음 먹어보는 사람이라면 저걸 어떻게 먹나 망설여지겠지만, 일단 한번 먹어보고 나면 이야기가 달라진다. 적당한 크기로 자른 다음, 초고추장에 찍어 입으로 넣는 순간 꼬들꼬들하게 씹히는 맛과 입속을 감도는 향긋함은 그를 당장 해삼 예찬론자로 만들어버릴 것이다. 해삼의 창자도 고급요리가 된다. 해삼의 창자는 정약전이 말한 것처럼 매우 연하다. 끊어지지 않도록 조심스럽게 속에 든 모래와 뻘을 훑어낸 다음 그대로 삼키면 달콤한 맛이 우러난다. 또 염장하여 값비싼 젓갈을 만들기도 하는데, 이것이 바로 해서장海鼠腸 혹은 일본 말로 고노와다라고 부르는 해삼창자젓이다.*

'육지엔 인삼, 바다엔 해삼'이란 말이 있다. 해삼은 약재로서도 높은 평가를 받아왔다. 해삼의 약효는 신장을 튼튼히 하고 양기를 돋우는 것이다. 한의학에서는 이처럼 양기를 보한다는 약재가 많은데 대부분 남자의 성기와 비슷하게 생겼다는 공통점이 있다. 약재의 모양과 약효를 결부시키는 것은

* 시장에서 해삼을 사다가 칼로 잘라 보면 창자가 없는 것이 태반인데, 이는 해삼이 스트레스를 받아 스스로 창자를 내뿜은 탓도 있겠지만, 대부분 장사하는 사람이 미리 빼내어 따로 갈무리해 놓았기 때문이다. 그만큼 해삼의 창자는 귀한 대접을 받고 있는 것이다.

한의학에서의 오랜 관습이다. 옛사람들은 해삼의 모양에서도 남자의 성기를 떠올렸던 모양이다. 『오주연문장전산고』에도 "척차戚車는 남양男陽과 비슷한데 오늘날의 해삼과 비슷하다"라는 대목이 나와 있어 이러한 추측을 뒷받침한다.

　해삼요리의 종주국을 중국으로 알고 있는 사람들이 많다.* 그리고 일본 사람들은 우리 나라에서 해삼을 식용하게 된 계기가 자국의 영향이라고 주장하기까지 한다.** 그러나 실상은 이와 전혀 다르다. 이청이 해삼을 먹는 풍습이 우리 나라에서 기원한 것이라고 생각할 정도로 해삼은 예로부터 우리 식생활과 밀접한 관계를 맺어왔다. 이러한 사실은 옛 문헌에서도 잘 나타난다. 서유구는 『전어지』에서 "해삼은 바다에 있는 동물 중에서 가장 몸을 이롭게 하는 생물이다. 동해에서 나는 것이 살이 두껍고 좋으며, 서·남해에서 나는 것은 살이 얇아서 품질이 떨어진다"라고 기록한 다음, 해삼을 잡는 법도 아울러 소개했다. 해삼의 요리법에 대한 설명도 드물지 않다. 『규합총서』에서는 열구자탕과 어채의 재료로 해삼을 사용한다고 밝혔으며, 『음식디미방』에서는 해삼 뱃속에 꿩고기·진가루·버섯·후춧가루 등을 넣고 실로 동여맨 다음 쪄내는 해삼찜, 삶은 해삼을 썰어서 간장과 기름에 볶은 해삼초炒, 그리고 볏짚을 썰어 한데 안쳐서 삶으면 해삼을 쉽게 무르게 할 수 있다는 내용 등을 소개하고 있다.

　해삼은 옛 문헌에서 다양한 이름으로 등장한다. 『물보物譜』에서는 해삼을 해남자海南子, 우리말은 '뮈' 라고 표기했다. 『재물보』에서는 토육土肉이란 이

---

* 실제로 해삼은 중국요리에서 광범위하게 이용되고 있다. 양장피, 팔진두부, 해삼탕, 해삼전복, 기아해삼, 삼선자장면 등 해삼이 들어가는 요리는 일일이 손으로 꼽기 힘들 정도이다. 명대의 의학서 『식물본초』에는 "요즘 북인北人은 당나귀의 음경을 해삼으로 속인다. 모양과 맛이 비슷하기 때문이다"라는 내용이 나오는데, 이로써 과거에도 모조품까지 나돌 정도로 해삼에 대한 수요가 상당했음을 짐작할 수 있다.

** 사토 에이시佐藤榮枝는 『조선의 특산, 어디에 무엇이 있는가』에서 "일본에서는 해삼을 상하층 가리지 않고 널리 진미로 여긴다. 중국에서도 해삼은 요리에 없어서는 안 될 존재이지만, 조선사람은 근년에 이르기까지 이를 먹지 않았다. 일본인이 옮겨와서 그 맛을 알게 되니 요즘에서야 겨우 시장에 그 모습을 나타내게 되었다"라고 주장했다.

름을 내세우고, 속명을 해삼, 우리말은 '뮈'라고 기록했다.『물명고』에서도 해삼을 토육이라고 적고 "우리말로는 '뮈'라고 부른다. 해삼, 해남자, 흑충과 같은 말이다"라고 밝힌 바 있다. 또『지봉유설』에는 "우리 나라에서는 예전에 해삼을 '니泥'라고 불렀는데, 중국인이 해삼을 보고는 '니'가 아니라고 하였다"라는 기록이 나온다. 불과 몇 백 년 전까지도 해삼을 '뮈'나 '니'라는 순우리말 이름으로 부르고 있었다는 사실이 이채롭게 느껴진다.* 해삼이라는 말이 정확히 언제 생겨났는지는 알 수 없지만, 어느 시점에선가 이 말들을 한꺼번에 대체한 것으로 보인다.

서유구는『전어지』에서『문선文選』의 토육,『식경食經』의 해서海鼠,『오잡조五雜組』의 해남자,『영파부지寧波府志』의 사손沙噀이 모두 해삼이라고 밝혔다. 또한 몸을 이롭게 하는 효과가 인삼에 맞먹으므로 해삼이라는 이름을 갖게 되었다고 하여 그 이름의 유래까지 설명하고 있다. 이규경의『오주연문장전산고』에 나오는 "해삼은 더덕**이 스스로 바다 속에 뛰어들어 변하여 된 것이다"라는 대목도 해삼의 어원을 짐작해볼 수 있게 하는 훌륭한 자료가 된다.***

---

* 제주도에서는 지금도 해삼을 미라고 부르며, 먹지 못하는 해삼을 난미라고 하여 따로 구별해서 부른다.
** 더덕은 인삼과 생김새나 약효가 비슷하다.
*** 된장국이나 찜요리에 주로 사용되는 미더덕의 어원도 비슷한 방식으로 추리해 볼 수 있다. 미더덕은 독특한 맛과 향을 가진 데다 생긴 모습까지 더덕과 비슷하다. '미'가 물의 옛말이라는 점을 생각하면, 미더덕이야말로 "더덕이 스스로 바다 속에 뛰어들어 변하여 된 것"이란 설명에 딱 들어맞는 생물이다.

해삼 무리 중에는 우리가 일반적으로 접하게 되는 오이 모양의 해삼 외에도 여러 가지 크기와 형태를 가진 종류들이 있다. 가시닻해삼은 길고 날씬한 체형을 하고 있다. 모래펄 속에서 굴을 파고 생활하는데, 이 굴 속에는 여러 종류의 생물들이 함께 살아가며 공생 관계를 맺고 있다. 산호초의 모랫바닥에 사는 큰닻해삼은 완전히 펴면 3미터나 될 만큼 몸길이가 길다. 군소해삼·보라귀신해삼 등의 귀신해삼과에 속하는 종류들은 수심 400~3,000미터의 심해 바닥에서 살아가는데, 얕은 바다에 사는 종류들과는 전혀 다른 기괴한 모습을 하고 있다. 모나카리해삼의 체내에는 다른 동물이 들어 있는 경우가 많다. 숨이고기가 항문을 통해 해삼의 몸 안팎을 드나들며, 융단속살이게도 같은 곳에서 셋방살이를 한다. 외적을 피하기 위해 엉뚱하게도 해삼의 내장 속을 피난처로 삼은 것이다.

서해안에 많이 살고 있는 흰해삼도 재미있는 형태와 습성을 가진 종류다. 흰해삼은 관족이 전혀 없이 매끄러운 몸을 가지고 있으며, 굵은 몸통 끝에

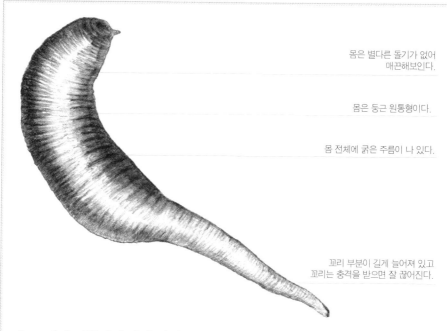

몸은 별다른 돌기가 없어
매끈해보인다.

몸은 둥근 원통형이다.

몸 전체에 굵은 주름이 나 있다.

꼬리 부분이 길게 늘어져 있고
꼬리는 충격을 받으면 잘 끊어진다.

는 꼬리가 길쭉하게 나와 있다. 천리포의 모래사장에서 이놈을 처음으로 만
났는데, 진탕 애를 먹고 나서야 겨우 잡을 수 있었다. 처음 보는 구멍이 있
길래 삽으로 열심히 땅을 팠는데, 아무리 구멍을 헤집어도 집주인이 보이지
않았다. 덩치가 작은 놈인가 하는 생각이 들어 이번엔 호미로 땅을 조금씩
파헤치기 시작했다. 그러길 이삼십 분, 모래더미 속에서 뭔가를 발견했다.
살색의 길쭉한 고무조각 같은 것이었는데 어떤 생물 몸체의 일부분이었다.
처음에는 호미나 삽날에 끊겨버린 것이라고 생각했다. 그러나 아무리 조심
스럽게 파내려가도 몇 차례 똑같은 상황이 반복되자 뭔가 이상하다는 느낌

● 흰해삼 *Paracaudina chilensis* (Müller)

이 들었다. 수십 번의 시행착오 끝에 드디어 흰해삼의 완전한 몸체를 찾아 낼 수 있었다. 예상했던 대로 토막난 조각은 길쭉한 꼬리의 일부였다. 그때였다. 잡아낸 온전한 흰해삼의 몸통에서 꼬리가 저절로 끊어져 땅으로 뚝 떨어지는 것이 아닌가. 흰해삼도 자절의 습성을 갖고 있었던 것이다. 도마뱀처럼 스스로 꼬리의 일부분을 끊어버리고, 끊어진 꼬리에 적이 신경을 쓰는 사이 더 깊은 곳으로 몸을 숨기려는 고도의 전략이었다.*

흰해삼은 이 밖에도 재미있는 습성들을 많이 가지고 있다. 그중의 하나는 이놈이 발광생물이라는 점이다. 어디에 닿거나 자극을 받으면 연한 초록색의 빛을 내는데 어두운 밤에는 은은한 형광빛이 신비롭기까지 하다. 또 모나카리해삼 속의 숨이고기나 융단속살이게처럼 흰해삼의 몸속에도 불법적인 입주자가 숨어 있다. 흰해삼 속에서만 특이하게 발견되는 '흰해삼속살이게'가 바로 그 주인공이다.

---

* 흰해삼의 꼬리 부분을 잘 살펴보면 외피에 잘게 주름이 잡혀 있는 것을 볼 수 있다. 끊어진 토막은 이 주름을 따라 잘라지므로 단면이 깨끗하다.

위
험
한

바
다

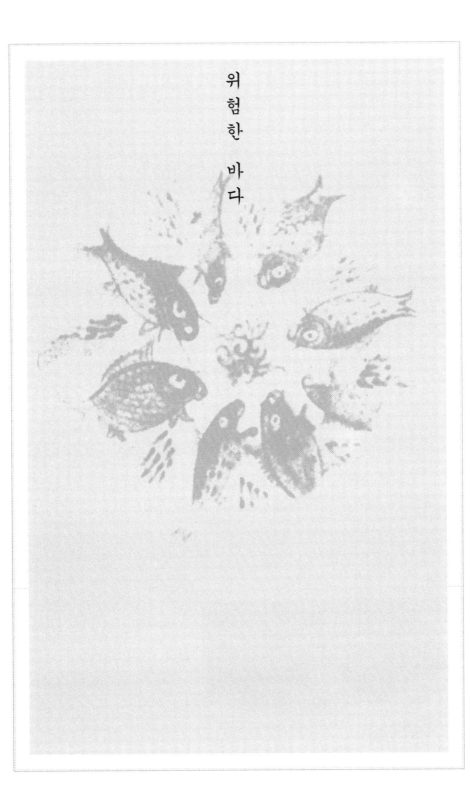

사리의 해녀들

전복이나 해삼은 깊은 곳에서 자라므로 이를 채취하기 위해서는 자맥질이 필요하다. 그 때문에 박도순 씨는 제주에서 해녀를 데려와 전복 채취 작업을 시키고 있었다. 정약전이 살던 시절에는 전복을 어떻게 채취했던 것일까? 정약용이 쓴 글 중에 당시에도 해녀들의 활동이 활발했음을 보여주는 시가 한 편 있다.

〈아가노래兒哥詞〉

아가 몸에 실오라기 하나도 안 걸치고
짠 바다 들락날락 맑은 연못같이 하네
꽁무니 높이 들고 곧장 물에 뛰어들어
잔물결에 꽃봉오리 노니는 듯하다가는
도는 물결 합해지니 사람은 보이잖고

◉ 흑산도의 해녀들 전복이나 해삼은 깊은 곳에서 자라므로 이를 채취하기 위해서는 자맥질이 필요하다. 그 때문에 박도순 씨는 제주에서 해녀를 데려와 전복 채취 작업을 시키고 있었다.

박 하나만 물 위에 두둥실 떠다니네
홀연히 머리 들어 물쥐처럼 나왔다가
휘파람 한 번 불고 몸 한 번 솟구치네
바닷가 손바닥만 한 큰 전복은
귀한 양반 술상에 안주로 올라가네
때때로 바위 틈에 방휼이 붙어 있어
헤엄에 능한 자도 여기선 죽고 마니
오호라, 아가 죽음 말할 것도 없도다
명도(벼슬길) 열객 모두가 헤엄치는 사람이라

이 시에 등장하는 '아가'가 해녀임은 분명하다. 당시의 시각으로 거의 벌거벗은 채 해산물을 채취하는 보통 아녀자를 상상하기 힘들고, 능숙한 헤엄솜씨도 해녀가 아니라면 불가능할 것이기 때문이다. 물 위에 떠 있는 '박하나'는 해녀들이 사용하는 태왁을 말한 것이다. 태왁은 헤엄을 칠 때 몸을 의지하거나 물속에서 잡아올린 해산물을 임시로 담아놓을 망사리를 매다는 도구이다. 그리고 이 시의 주인공이 해녀라는 것에 대한 결정적인 증거는 아가가 내지르는 '휘파람' 소리다. 이 소리는 해녀들의 숨비질 소리를

◉ 태왁과 망사리 물 위에 떠 있는 '박 하나'는 해녀들이 사용하는 태왁을 말한 것이다. 태왁은 헤엄을 칠 때 몸을 의지하거나 물속에서 잡아올린 해산물을 임시로 담아놓을 망사리를 매다는 도구이다.

말한 것이 분명한데 숨비질은 우리 나라 해녀들만의 독특한 관습이기 때문이다.*

전세계적으로 직업적인 해녀는 우리 나라와 일본에서만 보고되어 있다. 그중에서도 우리 나라 해녀들은 비할 바 없이 뛰어난 능력을 지닌 것으로 유명하다. 재래의 해녀복인 간단한 물옷 외에 어떤 장비도 사용하지 않고 20미터가 넘는 깊은 물속으로 자맥질한다. 물속에서 2분이 넘게 견딜 수 있으며 한 달 평균 15일 이상 연거푸 물질을 할 수 있다. 한겨울에도 작업을 계속하며 출산하는 당일까지 물질을 멈추지 않는다.**

위의 시는 정약용이 경북 장기에서 유배 생활을 하던 중에 쓴 글이다. 해녀를 아가라고 부른 것으로 보아 아마도 정약용은 해녀를 며느리로 둔 사람을 만났던 모양이다. 정약용이 강진에서 쓴 다음 글을 보면 장기뿐만 아니라 우리 나라 곳곳에서 해녀들이 활발히 활동하고 있었다는 사실을 알 수 있다.

> 물머리에 옹기종기 모여 있는 계집애들
> 그 어미가 수영을 가르치는 날이라네
> 그중에서 오리처럼 물속 헤엄치는 여자
> 남포 사는 신랑감이 혼수감을 보내왔다네

제주도에서 멀리 떨어진 곳에서도 해녀가 대물림되고 있었던 것이다. 비

---

* 숨비질 소리는 솜비질 소리, 숨비 소리, 솜비 소리 등 여러 가지 이름으로 불리는데, 자맥질했던 해녀가 수면 위로 얼굴을 내밀면서 입을 오므리고 '호오이 호오이' 하고 내지르는 긴 휘파람 소리를 말한다. 숨비질 소리의 기능에 대해서는 과도한 환기를 조절하기 위한 것이라는 설이 있다. 오랫동안 잠수했다가 갑자기 호흡을 심하게 하면 무의식 상태에 빠지기 쉬우므로 이를 조절하기 위해 서서히 공기를 뿜어내는 것이 숨비질이라는 것이다.
** 해녀마을에 배선이(배 위에서 낳은 자식), 축항둥이(축항에서 낳은 자식), 길둥이(길에서 낳은 자식) 따위의 이름들이 흔한 이유도 이 때문이다.

슷한 시기에 완도 부근을 방문한 위백규魏伯珪(1727~1798)는 다음과 같은 기록을 남겼다.

순풍이 불자 배를 띄워 평이도平伊島에 이르렀다. 온 포구에서 해녀들이 전복 따는 것을 구경했다. 이들은 벌거벗은 몸을 박 하나에 의지하고 깊은 물속을 자맥질했다. 마치 개구리가 물속으로 헤엄쳐 들어가고 물오리가 물속에서 헤엄쳐 나오는 형상이라 차마 똑바로 쳐다볼 수가 없었다.

해녀들의 활동 영역이 완도와 강진에 이르렀다면 흑산도에서도 이들이 활동하고 있었을 가능성은 충분하다. 또한 해녀가 아니라 해남이 활동했을 가능성도 있다. 흑산군도의 한 섬 가거도에서는 예로부터 남자가 물질을 하는 풍속이 전해오기 때문이다. 『현산어보』에 나온 아귀가 낚시질을 한다거나 복상어를 안고 올라온다거나 하는 내용들은 어쩌면 이들로부터 전해 들은 지식일는지도 모르겠다.

어부지리의 전설

무명이나 광목으로 만든 간단한 물옷에 물안경도 없이 물질을 하던 방식이 체온 손실을 막아주는 고무옷, 큼직한 물안경을 쓴 모습으로 바뀌고 박으로 만들었던 태왁이 스티로폼으로, 억새풀의 속껍질로 만들었던 망사리가 나일론제로 바뀌게 된 것은 비교적 최근의 일이다. 시아버지들이 박을 직접 키우고 말려서 만든 태왁과 공들여 엮은 망사리를 새로 맞는 며느리에게 전해주던 풍습도 이젠 사라져버린 지 오래다. 그리고 무엇보다도 지금 활동하고 있는 해녀들은 모두 나이 든 할머니들뿐이다. 정약용이 보았던 어린 해녀들의 모습은 이제 어디에서도 찾아볼 수 없다.

해녀가 이렇게 사라져가고 있는 이유는 다른 어떤 직업보다도 물질이 힘들고 위험한 일이기 때문이다. 현춘식의 시는 해녀들의 고된 삶을 잘 보여주고 있다.

　　물 막힌 섬 제주에는

발목 묶인 해녀들
영등할망 왔다 가도 비명 같은 바람 소리
바다는
고래 힘줄로
대물림을 하고 있었다.

해녀는 죽음을 허리에 차고 산다
한 소절 숨비질 소리로
바람 소리 달래어도
물 안개 핏발 선 눈엔 삐걱이는 저승문

파도가 하얀 갈기
먼바다에 세운 날은
수평선에 떠 흐르는 상군해녀 숨진 소식
마침내 귀양풀이로 흩어지는 한 생애여

눈에 핏발이 서고, 동료들이 죽어가는 상황에서 자식에게 해녀라는 직업을 물려주고 싶어 하는 사람이 있을 리 없다.

정약용이 〈아가노래〉에서 험난한 벼슬살이를 물속으로 뛰어드는 일에 비유한 것도 그만큼 물질이 힘든 작업이라는 사실을 보여준다. 정약용은 해녀

ⓒ 김현태

ⓒ 김현태

가 겪는 위험을 방휼을 내세워 표현했다. 방휼 이야기는 조개(蚌)를 먹으려고 부리를 집어넣은 도요새(鷸)가 조개가 입을 다무는 바람에 오히려 사로잡힌 신세가 되고 만다는 중국의 고사를 인용한 것이다. 나는 이 같은 상황을 직접 경험한 일이 있다.

고등학교 시절 마산 외곽의 덕동이라는 곳으로 소풍을 갔을 때의 일이다. 혼자서 해변을 거닐고 있는데 갯가에서 뭔가 퍼덕거리는 것이 보였다. 무슨 일인가 하고 다가가는 순간 기막힌 광경에 할 말을 잃고 말았다. 화려한 색깔의 물총새 한 마리가 땅에 누워 날개를 퍼덕이고 있는데, 그 부리가 굴껍질 사이에 강하게 물려 있었다. 굴을 따먹으려다 되려 물려버리고 만 것이다. 때는 만조에 가까워 시시각각 물이 밀려들고 있는데, 물총새는 간간이 절망적인 날개짓만을 보일 뿐 꼼짝할 수 없는 신세였다. 바위에 붙어 있는 굴을 돌로 찍어 부리를 빼내주었더니 도망치듯 날아오르던 모습이 눈에 선

● 도요새(좌)와 물총새(우) 鷸이 일반적으로는 도요새라고 해석되지만, 물총새를 의미할 때도 있다는 것을 생각하면 방휼의 주인공이 물총새였는지도 모를 일이다.

하다. 휼鷸이 일반적으로는 도요새라고 해석되지만, 물총새를 의미할 때도 있다는 점을 생각하면 방휼의 주인공이 물총새였는지도 모를 일이다.

해녀를 도요새에 비유한 것은 적절한 선택이었다. 해녀가 해산물을 채취하러 내려갔다가 반대로 목숨을 잃게 되는 상황은 도요새의 경우와 다를 바 없다. 물론 도요새처럼 조개에 물려서 목숨을 잃는 것은 아니다. 해녀들의 목숨을 위협하는 것은 오히려 스스로의 욕심이다. 아무리 잠수에 능한 해녀라고 해도 물속에서 숨쉴 수 있는 시간은 한정되어 있다. 막 올라오려고 할 때 크고 살찐 전복이 눈에 띈다면 갈등이 생길 수밖에 없다. 한 번 올라갔다 내려오면 그 자리를 꼭 찾을 수 있다는 보장이 없다. 하나라도 더 잡으려는 욕망이 죽음의 덫이 되는 것이다. 해녀들은 이러한 위험을 피하기 위해 급한 대로 해초더미를 뜯거나 큰 돌멩이를 놓아 표시를 해놓기도 하고 '본조갱이(봇조갱이, 봇조개)'라고 부르는 표지용 조개를 그 자리에 남겨두기도 한다. 만약 본조갱이도 없이 숨이 간당간당한 상태에서 욕심을 부린다면 자칫 목숨을 잃을 수도 있다.

● **대왕조개** 대왕조개는 식인조개라고도 불리며 크기 1미터 30센티미터, 무게 40킬로그램에 달한다

※ 사람의 다리를 물어 꼼짝 못하게 할 정도의 조개로 대왕조개라는 종류가 있지만 살인조개에 대한 전설들은 지나치게 과장된 것이다.

물할망과
위험한 물고기들

과도한 욕심을 부리지 않더라도 바다 속에는 온갖 종류의 실제적인 위험들이 도사리고 있다. 해녀들이 즐겨 부르는 노래의 한 소절은 그들이 항상 삶과 죽음의 경계에서 생활한다는 사실을 잘 보여준다.

> 이여싸나 이여싸나
> 너른바당 앞을재연
> 흔질두질 들어가난
> 저승질이 왓닥갓닥

몇 백 년 전에도 해녀들의 고된 삶을 애처롭게 바라본 사람들이 있었다. 제주목사 기건은 한겨울 해변을 순시하다 거의 벌거벗은 여자들이 바닷물 속으로 풍덩풍덩 뛰어드는 모습을 보고 깜짝 놀랐다. 그리고 수행원으로부터 그 사연을 들은 후에서야 평소 자기가 먹던 해산물이 해녀들이 흘린 피

땀의 산물이라는 것을 깨달았다. 이후 기건은 부임지에서뿐만 아니라 평생 해녀들이 잡은 해산물을 먹지 않았다고 한다. 정약전·정약용 형제를 아꼈던 정조와 관련된 일화도 있다. 정조는 수라상에 오른 해산물들이 제주해녀들이 목숨을 걸고 채취한 진상품이라는 얘기를 전해 듣고, 이후 해녀들의 공물은 입에 대지 않았다고 한다.

항상 위험 속에서 생활해야 하는 해녀들에게는 이런 저런 미신들이 많다. '물할망' 이야기는 그 대표적인 것이다. 해녀들은 물질을 하다가 '물할망' 또는 '물어멍' 이라고 부르는 유령을 만날 때가 있다고 한다. 하얀 수건을 쓴 해녀 모습의 노파가 물속으로 들어갔다 나왔다 하는데 어딘지 모르게 보통 해녀와는 행동이 다르다. 해녀들은 물할망을 발견하면 곧바로 뭍으로 나와야만 한다. 괜찮겠거니 그대로 물질을 하다가는 물숨이 막혀 목숨을 잃게 되는 수가 많기 때문이다. 마을로 돌아온 해녀는 다른 해녀들에게도 앞바다에 물할망이 났으니 물질을 나가지 말라고 알린다.

이와 같은 이야기들은 비현실적이지만 해녀들이 평소 얼마나 불안한 마음으로 생활하는지를 잘 보여준다. 때로는 해녀들에게 직접적으로 피해를 주는 생물들도 있다.* 무시무시한 상어는 언제나 두려움의 대상이다. 가끔 식인상어가 나타났다는 소식이 들리게 되면 한동안 조업을 중단하기도 한다.

다음은 1995년 5월 13일자 「조선일보」에 나온 기사이다.

12일 낮 12시 충남 보령시 장고도리 명장섬 500미터 해상에 식인상어가

---

* 일본에서는 나잠업자를 괴롭히는 어종이 36가지나 된다는 보고를 내놓은 일이 있다.

출현, 전복을 따던 해녀 김순심 씨(44. 보령시 신흥동 855)의 오른쪽 다리 허벅지 부위를 물어 숨지게 했다. (중략) 보령 앞바다와 인근 해역은 식인 상어가 자주 출현하는 곳으로 81년 전복을 따던 박옹순 씨(여, 당시 29세)가 사고를 당한 것을 비롯 이번까지 모두 5명이 희생됐다.

가끔은 바다뱀이 나타나기도 한다. 바다뱀은 상당히 강한 독성을 가지고 있어 물리면 생명이 위험하다. 평소에는 맛있는 음식일 뿐이지만 잘못 찔렸을 경우에는 격심한 고통을 주는 보라성게 같은 것들도 있다. 해파리도 위험하다. 제주 해녀들은 해파리의 한 종류를 '늦'이라고 부르며 죽은 처녀의 화신으로 여긴다. 늦에 쏘이면 참을 수 없을 정도의 고통과 함께 헛소리를 하는 증상이 나타난다고 한다.

눈에 띄기만 하면 조심할 수 있겠지만 지뢰처럼 전혀 의식하지 못하는 사이에 위험 요소가 되는 생물들도 있다. 가만히 숨어 있다가 밟거나 몸이 닿고 나서야 사람을 놀라게 하는 미역치나 쑤기미의 등가시, 가오리의 꼬리가시는 매우 위험하다. 재래의 해녀복, 곧 물옷을 처음 입게 된 것도 이런 바닷고기들의 위험 때문이었을 것이다. 그런데 흔하게 보이면서도 해녀들이 특별히 두려워하는 동물이 있다. 우스꽝스럽게 생긴 동물 문어가 바로 그 주인공이다.

바
다
의
괴
물

해녀들은 물속에서 주로 전복, 소라, 해삼을 채취한다. 그러나 가끔은 작살로 물고기를 잡거나 해초를 뜯기도 한다. 커다란 문어를 잡아올리며 활짝 웃는 모습도 심심찮게 볼 수 있는 장면이다. 잡아올린 문어를 끓는 물에 살짝 데쳐 초장에 찍어먹는 맛은 가히 일품이다. 그러나 박도순 씨는 해녀들이 의외로 문어를 꺼리는 경우가 많다고 했다.

"우리는 뭉게라 그래요. 생긴 것이 꼭 송장 형상이라. 대가리 말이여. 그래서 해녀들이 싫어해요. 커다란 문어한테 잘못 붙잡히면 물 위로 못 올라오고 딸려 들어가 죽을 수도 있으니께 함부로 접근하지도 않아요."

정약용도 문어의 두려움을 언급한 바 있다.

애들은 항구에 가 고기잡게 말지어다
여덟 발 문어에게 걸려들까 무서워라[*]

※ |원주| 문어는 사람을 만나면 다리로 휘감아 물속으로 끌어들인다.

커다란 문어는 해녀들뿐만 아니라 동서고금의 많은 사람들에게 잠재적인 공포감을 심어주었던 것 같다. 아리스토텔레스는 거대한 문어를 바다의 3대 괴물로 지목하고 있으며, 『노르웨이의 자연사』에 등장하는 괴물 크라켄도 문어를 모델로 한 것이 분명하다. 크라켄은 몸길이가 2.4킬로미터에 달하고, 섬처럼 불룩하게 솟아 있는 등과 커다란 범선을 안을 수 있는 팔을 가지고 있으며, 액체를 흘려서 바닷물을 검게 흐려놓곤 하는 생물로 묘사되어 있다. 어린 시절에 읽은 『해저 2만리』에 나오는 잠수함과 문어의 격투 장면도 잊을 수 없다. 그리고 지금도 여러 영화에서 문어나 문어처럼 생긴 괴물이 주인공으로 등장한다. 정약전도 동해에 사람 키의 두 배나 되는 커다란 문어가 난다고 이야기하고 있다.

[장어章魚 속명 문어文魚]

큰 놈은 길이가 7~8자에 이른다. 동북 바다에서 나는 놈은 길이가 2장丈 정도 된다. 머리는 둥글고 머리 밑은 어깨처럼 되어 있는데 여기에서 여덟 개의 긴 다리가 나와 있다. 다리의 아랫면에는 국화꽃 모양의 단화團花(둥근 꽃무늬)가 두 줄로 늘어서 있다. 이것으로 물체에 달라붙는데 일단 물체에 달라붙고 나면 그 몸이 끊어져도 떨어지지 않는다. 항상 바위굴 속에 숨어 있다. 돌아다닐 때는 다리 밑의 국제菊蹄(국화 모양의 발굽)를 사용해서 나아간다. 여덟 개의 다리 한가운데에는 구멍이 하나 있는데 이것이 입이다. 입에는 매의 부리와 같은 이빨이 두 개 있으며, 매우 단단하고 강하다. 장어는 물에서 나와도 죽지 않지만 그 이빨을 빼버리면 곧 죽는다. 배와 장이

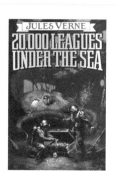

● 해저 2만리 어린 시절에 읽은 『해저 2만리』에 나오는 잠수함과 문어의 격투 장면도 잊을 수 없다. 그리고 지금도 여러 영화에서 문어나 문어처럼 생긴 괴물이 주인공으로 등장한다.

오히려 머리 속에 있고, 눈은 목 부분에 있다. 몸빛깔은 홍백색이지만 껍질을 벗겨내면 눈처럼 흰 살이 드러난다. 극제는 붉은 빛깔이다. 맛은 달고 전복과 비슷하다. 회로 먹어도 좋고 말려 먹어도 좋다. 뱃속에는 사람들이 온돌[溫埃]이라고 부르는 물체가 들어 있는데 이것으로 종기[瘤]를 치료할 수 있다. 물에 개어 바르면 단독丹毒(피부병의 일종)에 신통한 효험이 있다.

이청의 주 『본초강목』에서는 장어를 일명 장거어章擧魚, 길어갈魚라고 했다. 이시진은 다음과 같은 말도 덧붙였다. "장어는 남해에서 난다. 모양이 오적어와 같지만 덩치가 크고 다리는 여덟 개이다. 몸에는 두터운 살이 있다. 한퇴지는 '장거와 마갑주(키조개의 패주)가 다투어 기이한 맛을 자랑하네'라고 했다." 이는 모두 지금의 장어를 말한 것이다. 또 『영남지嶺南志』에서는 "장화어章花魚는 조주潮州에서 난다. 다리가 여덟 개이며 몸에는 눈처럼 흰 살이 있다"라고 했다. 『지휘보字彙補』에서는 『민서閩書』에 나오는 장어鱆魚가 일명 망조어望潮魚라고 했다. 윗글은 모두 우리 나라에서 팔초어八梢魚라고 부르는 문어를 설명한 것이다. 동월의 『조선부朝鮮賦』에서는 문어를 금문錦紋, 이항飴項, 중순重脣, 팔초八梢라고 기록했으며, 스스로 주注를 붙여 말하기를 "팔초는 곧 강절江浙의 망조望潮이다. 맛은 별로 좋지 않다. 큰 놈은 길이가 4~5자에 달한다"라고 했다. 『동의보감』에서는 "팔초어는 맛이 달고 독이 없다. 몸에 여덟 개의 긴 다리가 있으며 비늘과 뼈가 없다. 팔대어八帶魚라고도 부르며 동북해에서 난다. 사람들이 문어라고 부르는 종류가 곧 이것이다"라고 했다.

● 장어 모양이 오적어와 같지만 덩치가 크고 다리는 여덟 개이다. 몸에는 두터운 살이 있다.

이 부분은
머리가 아니라 몸통이다.

눈이 붙어 있는 부분이
머리다. 눈은 몸통과
다리 사이에 있다.
문어의 시력은 상당히 뛰어난
것으로 알려져 있다.

● 왜문어 *Octopus vulgare* Cuvier

다리는 8개이다.
다리 아랫면에는
빨판이 두 줄로 늘어서 있다.

우이도에서 박화진 씨가 쳐놓은 그물을 확인할 때의 일이다. 쏟아놓은 물고기들 틈에 커다란 문어가 한 마리 끼어 있었다. 그런데 어찌된 일인지 무지막지한 힘과 끈질긴 지구력을 과시하며 몸부림치고 있어야 할 문어가 이따금 다리를 꿈틀거리기만 할 뿐 너무나도 얌전했다. 자세히 보니 문어 윗부분이 하얀색의 막으로 덮여 있었다. 박화진 씨가 미리 문어 몸의 일부를 뒤집어 놓았던 것이다.

"문어는 뒤집어 놓아야지 안 그러면 그물 밖으로 다 빠져나가버려요."

"이게 피문어죠?"

"예, 여그서는 피문어만 잡혀라."

문어를 부르는 이름은 매우 다양하다. 한자로는 팔초어八梢魚, 장어章魚, 망조望潮魚, 팔대어八帶魚 등으로 표기하지만, 예로부터 우리 나라에서는 문어文魚라는 이름을 가장 많이 썼다. 문어의 종류에 대해서 말할 때는 지역마다 문어, 참문어, 대문어, 물문어, 피문어, 수문어, 왜문어 등 다양한 이름들을 혼동해서 쓰는 경우가 많은데, 문어 · 물문어 · 수문어를 대문어로, 피문어 · 왜문어를 참문어로 보는 것이 일반적인 견해다.

동해안에서 주로 잡히는 것은 대문어다. 대문어는 이름처럼 매우 큰 몸집을 하고 있어 웬만하면 10킬로그램을 넘어간다. 가장 큰 것은 30킬로그램에 길이가 3미터에 이르며 수명도 8년 정도로 꽤 긴 편이다. 살이 연해서 물문어라고 부르기도 하며 압착 건조시킨 다리는 축일이나 제사 때 쓰인다. 참문어는 수온이 높은 남해안이 주산지인데 왜문어로도 불릴 만큼 크기가 작

● 뒤집어놓은 문어 무지막지한 힘과 끈질긴 지구력을 과시하며 몸부림치고 있어야 할 문어가 이따금 다리를 꿈틀거리기만 할 뿐 너무나도 얌전했다. 자세히 보니 문어 윗부분이 하얀색의 막으로 덮여 있었다. 박화진 씨가 미리 문어 몸의 일부를 뒤집어 놓았던 것이다.

아서 60센티미터 정도면 다 자란 것이다. 수명도 2년 정도에 불과하다. 참문어는 색깔이 붉다고 해서 피문어라고도 부른다. 박화진 씨가 잡아올린 문어도 참문어였다. 정약전이 보았던 종류는 1.5미터 안팎으로 다소 큰 편이지만, 역시 서해에서 많이 잡히는 참문어였을 가능성이 크다.

박도순 씨는 참문어와 피문어를 다른 종으로 보고 있었다.

"강원도 것은 맛없는 피문어여. 여기서 잡히는 것은 참문언데 훨씬 비싸요. 쫄깃쫄깃하니 맛있지라."

지역별로 용어의 통일이 이루어지지 않은 결과일 것이다. 식성도 사람마다 다르다. 박도순 씨가 참문어를 맛있다고 한 반면에, 또 어떤 이들은 대문어를 약문어라고 부르며 연한 살을 높이 평가한다. 이런 와중에 문어가 제각기 다른 이름으로 불리게 된 것이다.

옛날부터 문어잡이에는 진흙을 구워 만든 단지를 사용해왔다. 서유구는 『전어지』에서 이 같은 방법을 소개했다.

노끈으로 단지를 읽아매어 물속에 던져 놓으면 얼마 뒤에 문어가 스스로 단지 속에 들어가는데, 단지의 크고 작음에 관계없이 단지 하나에 한 마리가 들어간다.

요즘에는 진흙 단지와 새끼줄 대신 가벼운 플라스틱 단지와 나일론을 사용하며, 규모도

● 문어 단지 요즘에는 진흙 단지와 새끼줄 대신 가벼운 플라스틱 단지와 나일론을 사용하며, 규모도 훨씬 커졌다. 해질녘에 수천 개의 통발을 던져놓은 후 다음날 아침 한꺼번에 끌어올려 수확한다.

훨씬 커졌다. 해질녘에 수천 개의 통발을 던져놓은 후 다음날 아침 한꺼번에 끌어올려 수확한다. 그러나 단지마다 문어가 가득 담겨 올라오는 일은 옛 기억 속에만 남아 있을 뿐이다. 환경오염과 남획으로 인해 어획고가 나날이 떨어지고 있기 때문이다.

가끔은 단지가 아니라 낚시로 문어를 잡아 올리기도 한다. 거제 칠천도 부근에서 커다란 배를 대절하여 낚시할 때의 일이다. 선장을 잘 만난 것인지, 기상과 물때를 잘 맞춘 것인지 그날따라 기막히게 낚시가 잘 되었다. 조그만 어린애에서부터 나이 든 아주머니들까지 30센티미터가 넘는 광어를 연달아 낚아올렸고, 어디선가 몰려온 고등어 떼가 서너 개씩 매단 낚싯바늘을 물고 무더기로 올라왔다. 낚시는 어른 팔뚝만 한 상어를 낚아올렸을 때 절정에 이르렀다. 한 사람이 자기도 상어를 낚아올리겠다며 나섰다. 얼마 후 묵직한 느낌이 온 모양인지 상어가 틀림없다고 웃어 젖히며 낚시를 끌어올렸다. 그런데 힘들게 들어올린 낚싯대에는 길이 75~80센티미터는 족히 되어 보이는 초대형 문어가 매달려 있었다. 이를 보고 있던 사람들은 낚시로 문어를 낚았다며 자지러지게 웃어댔다. 문어만을 대상으로 하는 낚시가 있다는 사실을 알게 된 것은 한참 시간이 흐른 후의 일이었다.

바다 속의 현자

문어는 대합이나 굴, 달팽이와 같은 연체동물이지만 이들과는 전혀 다른 모습을 하고 있다. 우리가 흔히 문어대가리라고 부르는 부분은 사실 머리가 아니라 몸통이다.* 둥그스름한 몸통 속에는 각종 내장과 호흡기관, 생식기관, 먹물주머니 등이 가득 들어차 있다. 몸통 아래쪽으로는 다리가 나 있으며, 몸통과 다리의 연결부에는 눈과 뇌 등의 중요한 기관이 모여 있다. 문어의 눈은 척추동물의 눈에 필적할 정도로 정교하고 뛰어난 기능을 갖고 있는 것으로 알려져 있다.

과학자들은 문어의 지능이 무척추동물 중에서 가장 뛰어나다고 말하며, 심지어 개의 지능에 맞먹는다고까지 주장하는 이들도 있다. 실제로 문어는 미로학습에서 우수한 능력을 보일 뿐만 아니라 고등한 동물들에서나 볼 수 있는 특징인 놀이행동을 보이기도 한다.** 이처럼 뛰어난 문어의 지능은 다른 생물들과의 경쟁에서 살아남기 위한 중요한 수단이 된다.

이 밖에도 문어는 다른 생물들에게는 없는 뛰어난 방어 능력들을 갖추고

* 정약전도 문어의 몸통을 머리로 착각하여 머리 속에 내장이 들어 있다는 사실을 의아하게 생각했다.
** 놀이행동이란 수면이나 포식, 생식 등 생존을 위한 활동 외에 행하는 얼핏 보아 무가치해 보이는 행동들을 말한다. 그런데 문어가 초보적인 놀이행동을 한다는 보고가 있다. 사육중인 문어가 물결이 이는 수조에서 빈 병을 물의 흐름에 거스르게 던져놓고 그 떠다니는 모습을 지켜보는 행동을 반복했다는 것이다.

있다. 이는 오랜 진화 과정 속에서 모진 시련을 겪어온 결과이다. 5억 년 전쯤에 살았던 문어의 조상은 원래 딱딱한 껍질로 싸여 있었고 동작도 느렸다. 그러나 등뼈를 가진 재빠른 물고기들이 출현하게 되자 이들은 무거운 방어용 갑옷을 벗어던지는 모험을 감행하게 된다. 이제 몸은 가벼워졌지만 연약한 몸이 노출되어 천적의 공격에 무방비 상태가 되어버렸다. 문어는 이를 보완하기 위해 동물 세계에서 가장 뛰어난 위장술을 연마했다. 문어는 그야말로 순식간에 몸색깔을 바꿀 수 있다. 신경 자극을 통해 피부에 퍼져 있는 색소주머니들을 수축·이완함으로써 몸색깔을 배경과 같은 색으로 변화시켜 순식간에 천적의 시야에서 사라져버린다. 말랑말랑하게 입맛 당기는 먹이가 갑자기 모래나 바위, 산호초로 변해버린다면 천적들은 황당한 기분을 느끼게 될 것이다.*

문어는 오징어처럼 먹물을 내뿜기도 한다. 뿌연 먹물은 적의 시야를 흐리게 해 효과적인 방어 수단이 되기도 하지만, 계속 사용할 수는 없다. 연속적으로 여러 번 먹물을 뿜어내고 나면 문어는 아주 쇠약해지게 되기 때문이다. 박도순 씨도 이와 비슷한 말을 했다.

"문어는 먹물 빼면 죽어요. 해녀가 전복 따는 것을 빗창이라고 하는데 문어를 잡으면 빗창으로 쑤셔 뒤집어서 먹물 주머니를 떼버려요."

그러나 문어의 가장 뛰어난 무기는 역시 빨판이 붙어 있는 근육질의 다리다. 아주 위급할 때는 빨아들인 물을 입처럼 보이는 깔때기를 통해 한꺼번에 내뿜으면서 이동하기도 하지만, 평소에는 다리를 차례로 내뻗으면서 물

* 호주의 '흉내문어(mimic octopus)'는 한 술 더 떠 넙치나 새우, 바다뱀, 가오리, 불가사리, 큰 게 등 다른 동물들의 모양으로 변신하는데, 한 자연다큐멘터리에서 본 이 문어의 변장술은 정말 감탄할 만한 것이었다.

밑바닥을 빠르게 걸어다닌다. 문어의 다리에는 빨판이 늘어서 있는데, 문어는 이 빨판을 이용해서 주위를 탐색하고 먹이를 사냥한다. 천여 개에 이르는 빨판을 정교하게 움직이며 게나 조개류 따위를 찾아내고 이를 잡아들이는 것이다. 빨판의 힘은 강력해서 사람의 피부에 한번 붙었다 떨어지면 빨갛게 자국이 남을 정도이다.

문어는 야행성이므로 낮에는 바위 구멍 등에 숨어 있다가 밤이 되면 활동을 시작한다. 또 문어는 먹이사냥의 명수로 새우나 가재, 대하, 소라, 조개 등 무엇이건 가리지 않고 잡아먹는다. 문어가 먹이를 사냥하는 모습은 너무나도 자연스럽다. 일단 먹이를 발견하면 미끄러지듯 빠르게 이동하여 다리로 감싸쥐고 다리의 중심에 위치한 부리처럼 생긴 입으로 가져간다. 그리고 먹이에 신경을 마비시키는 독소를 주입하여 움직일 수 없게 만든 다음, 여유 있게 식사를 즐긴다.*

문어는 게걸스럽게 먹어대며 빠르게 성장하여 수주 혹은 수개월 만에 성체로 자라난다. 그렇지만 수명은 짧아서 2~3년을 넘기지 못하며, 번식 기회도 단 한 번밖에 갖지 못한다. 그래서인지 문어의 짝짓기는 치열하기까지 하다. 한창 교미중인 문어는 쉴 새 없이 몸을 뒤틀며 붉으락푸르락 체색을 변화시킨다. 문어의 교미에는 다리가 중요한 역할을 한다. 문어는 오징어에 비해 두 개가 적은 8개의 다리를 가지고 있다.** 그런데 문어의 수놈은 8개의 다리 중에서 다른 7개의 다리보다 짧은 다리를 하나 가지고 있다. 이 다리를 생식팔 혹은 교접팔이라고 부른다. 생식팔은 수놈의 생식기 역할을 하

---

* 사실인지는 알 수 없지만 문어가 전복을 잡아먹는 장면에 대해 전해 들은 이야기는 놀랍기까지하다. 문어는 바위 표면에 강하게 달라붙어 있는 전복을 잡아먹기 위해 껍질에 나 있는 호흡공을 막아버린다고 한다. 전복을 질식시켜 바위에서 떨어지게 한 후 알맹이만 빼먹는다는 것이다.
** 때로 다리가 6개나 7개밖에 없는 개체가 발견되기도 하지만 이는 비정상적인 것이다. 꼼치 같은 물고기에게 뜯어 먹혔거나 스트레스를 받으면 스스로 뜯어 먹는 습성 때문에 다리가 떨어져나간 것이다.

는데, 다른 팔보다 가늘고 끝부분에 빨판이 없다. 수놈은 생식팔을 사용해서 외투막 속의 정협[*]을 꺼낸 다음 암놈의 몸속으로 집어넣는다. 정협은 암놈의 몸속에서 녹으면서 정자를 내보내고 마침내 수정이 일어나게 된다.

짝짓기가 끝나고 나면 수놈의 임무는 끝이다. 아무것도 먹지 않고 급속히 쇠약해져 죽고 만다. 혼자 남은 암놈은 길고 끈끈한 수만 개의 알을 낳아 바위 밑에 잘 붙여놓는다. 그리고 그 자리에 머물면서 알을 지킨다. 알을 노리고 몰려드는 적들을 쫓아내고, 쉴 새 없이 물 흐름을 일으켜 알에 신선한 산소를 공급한다. 정성을 다해 알을 보호하던 암놈은 새끼가 부화하고 나면 힘을 잃고 죽어간다. 어미 문어의 지극한 모성애가 있었기에 오늘날 문어가 이처럼 번성하게 된 것이리라.

※ 정자를 담고 있는 기다란 통.

서
양
의 문
어
와

동
양
의 문
어

우리 나라를 비롯한 중국·일본 등의 아시아 몇몇 국가와 스페인, 이탈리아 등지의 지중해 연안국가에서는 문어를 먹지만, 미국인들이나 대부분의 유럽인들은 문어를 악마어(devil fish)라고 부르며 먹기를 꺼린다. 이슬람과 아프리카에서는 종교적인 이유 때문에 비늘이 없는 해산물을 먹지 않는다. 「조선일보」〈이규태 코너〉에서는 문어에 대한 유럽인들의 인상이 어떠했는지 실감나게 묘사하고 있다.

　프랑스의 철학자 카이유와가 지은 『문어』에 보면 유럽 사회에서 문어는 불길의 상징이요, 흑심을 품은 괴물로 돼 있다. 언젠가 런던 지하철역에 나붙은 부동산업자들의 광고를 본 일이 있는데, 대형의 문어가 그 많은 문어발로 고층 건물들을 감아 죄고 있는 그림이었다. 그 광고에는 "오피스 경비 때문에 회사가 목졸려 살해되기 이전에 문어발을 잘라 없애라"고 씌어 있었다. 이 포스터에서 문어는 높은 경비를 상징하는 악령이 되고 있다. 유럽사람들에게 있어 문어는 사리사욕을 위해 약자를 후리는 제국주의의 상징이기도 했던 것 같다.

2차 세계대전 초기에 나치스 독일은 대영제국의 약점을 대중에게 어필시키기 위해 문어 포스터를 만들고 있는데, 문어 머리를 한 처칠이 문어발로 아프리카, 인도 등지를 휘감고 있는 그림이다. 2차 대전중 영국에서도 반일포스터에 문어를 등장시키고 있다. 일장기에서 뻗어나온 문어발들이 동남아시아와 남태평양의 섬들을 감아쥐고 있는 그림이다. 국민들에게 적의를 품게 하는 데 문어발이 가장 십상이었기에 포스터에 문어가 자주 등장했음 직하다. 이것저것 가리지 않고 손을 대는 대기업이 문어발로 상징되는 것과 일맥상통하고 있다.

그러나 서양 사람들이 문어를 어떻게 여겼든 우리 선조들은 옛날부터 문어를 귀하게 여기고 오랫동안 식용해왔다. 가정집의 제상에서부터 임금님의 수라상이나 주연상에 이르기까지 빠지지 않고 문어가 올랐다.

일식집에서는 문어를 생선초밥, 생회로 내놓지만, 일반적으로 문어는 날로 먹는 경우가 드물다. 살짝 데치거나 익혀서 초고추장에 찍어 먹어도 좋고, 쇠고기와 함께 양념하여 장에 졸인 장아찌도 밥반찬이나 술안주로 일미다. 박화진 씨가 뒤집어놓은 문어는 살짝 데쳐진 후 점심상에 올랐다. 희고 쫄깃쫄깃한 문어살은 싱싱하기까지 해서 맛이 기가 막혔다.

술꾼들에게는 문어포도 오징어포만큼이나 인기 있는 안주거리의 하나다.

● 제상에 오른 문어 우리 선조들은 옛날부터 문어를 귀하게 여기고 오랫동안 식용해왔다. 가정집의 제상에서부터 임금님의 수라상이나 주연상에 이르기까지 빠지지 않고 문어가 올랐다.

잘 말린 문어포를 불에 구워 먹으면 오징어와는 다른 특별한 맛을 느낄 수 있다. 또한 명절을 앞둔 건어물 상회에서 가장 많이 거래되는 것 중의 하나가 바로 문어다. 문어오림〔文魚條〕은 크고 작은 예식상의 필수품이다. 말린 문어를 봉황이나 용 등 여러 가지 모양으로 오려서 잔치에 웃기로 사용하기 때문이다. 가난한 서민들은 한 번 사용한 문어오림을 참종이에 곱게 싸서 보관해 두었다가 다음 제사에 두 번 세 번 쓰기도 한다.

　문어는 약재로 쓰이기도 했다.『규합총서』에서는 "돈같이 썰어 볶으면 그 맛이 깨끗하고 담박하며, 그 알은 머리, 배, 보혈에 귀한 약이므로 토하고 설사하는 데 유익하다. 쇠고기 먹고 체한 데에는 문어 대가리를 고아 먹으면 낫는다"라는 말로 문어의 조리법과 약효를 언급했고,『동의보감』에서는 "성이 평하고 맛이 달다. 독이 없으며 먹어도 특별한 功이 없다"라고 했다. 지금도 참문어를 다른 한약재와 함께 달여 청혈제로 사용하며, 시골에서는 어린아이들이 배를 앓을 때 고아서 먹인다.

상어 박물지

포악한 바다의 살인자

"요만할 때부터 배 타서 아주 잘 알어. 주낙을 하니께 온갖 고기를 다 잡제. 거기 가서 한 번 알아봐."

물고기에 대해서 잘 아는 사람이 없냐고 물어보자 할머니는 주저없이 담너머 앞집을 가리켰다. 앞집에는 박판균 씨(52)가 살고 있었다. 아침에 일어나면 꼭 만나보리라 다짐을 하고 잠자리에 들었다.

다음날 박판균 씨 집으로 찾아가 사정 이야기를 하자 흔쾌히 도와주겠다며 고개를 끄덕였다. 박도순 씨 댁으로 자리를 옮긴 다음, 도감을 뒤적여가며 이야기를 시작했다. 아침 식사도 거른 채 진행된 박판균 씨와의 대화에서 너무나도 많은 정보를 얻을 수 있었다. 그중 백미는 단연 상어에 대한 이야기였다. 어떤 책에서도 보지 못한 생동감 넘치는 내용들이 마구 쏟아져 나왔다. 박도순 씨로부터 들은 이야기와 대조하여 정체를 알 수 없던 종류들을 예상외로 쉽게 규명할 수 있었다.

상어는 오래 전부터 커다란 몸집과 포악성 때문에 사람들의 관심을 끌어왔다. 특히 바다에서 생활하는 뱃사람들은 뭍사람들이 호랑이를 무서워하는 것 이상으로 상어를 두려워했다. 불길한 꿈을 꾸거나 태풍이나 풍랑을 만났을 때 뱃사람들은 쌀이나 오곡, 마늘과 소금 재를 바다에 뿌리며 재앙이 물러가길 빌었는데, 상어 떼가 나타날 때도 마찬가지였다. 그만큼 상어는 두려운 존재였던 것이다.

외국의 경우도 상황은 마찬가지다. 상어를 나타내는 'shark' 라는 단어는 독일어로 악당을 뜻하는 'schurke' 에서 유래되었고, 프랑스어의 'reuim' 은 죽음 후의 적막이란 뜻이다. 이러한 이름들은 상어가 사람들에게 성질이 사납고 두려운 물고기로 인식되고 있었다는 사실을 잘 보여준다. 심지어 전혀 위협적이지 않은 돌묵상어조차도 괴물(ketos)과 연관된 속명(*Cetorbirus*)을 가지고 있다. 헤밍웨이의 『노인과 바다』에는 상어의 포악성이 잘 묘사되어 있다. 다음은 산티애고 노인이 천신만고 끝에 잡은 물고기를 상어가 공격하는 장면이다.

한 놈은 몸을 홱 뒤집더니 배 밑으로 들어가 고기를 떠밀고 물어뜯었다. 그 바람에 배가 부르르 흔들렸다. 또 한 놈은 누런 실눈으로 노인을 지켜보더니 주둥이를 반월형으로 크게 벌리고 쏜살같이 달려들어 이미 물어뜯긴 고기의 상처를 또 물고 늘어졌다. 갈색 머리와 등 위로 뇌와 척추가 마주치는 선이 뚜렷이 보였다. 노인은 노 끝에 옭아맨 칼로 이 선의 교차점을 찔렀다. 한번 찌르고는 다시 빼내서 이번에는 고양이 눈같이 생긴

● **박판균 씨** 아침 식사도 거른 채 진행된 박판균 씨와의 대화에서 너무나도 많은 정보를 얻을 수 있었다. 그중 백미는 단연 상어에 대한 이야기였다. 어떤 책에서도 보지 못한 생동감 넘치는 이야기들이 마구 쏟아져 나왔다.

누런 눈을 찔렀다. 상어는 물었던 고기에서 떨어져 물속으로 잠겨 들었지만, 이미 뜯은 살점만은 죽어가면서도 삼키고 있었다.

죽어가면서도 먹이를 삼키고 있는 상어의 탐욕스런 모습과 '차라리 물고기를 잡지 않았더라면' 하고 후회하는 산티애고 노인의 혼잣말은 서양 사람들이 생각하고 있던 상어와 인간과의 관계를 단적으로 보여준다. 그러나 정작 상어의 두려운 이미지를 전세계인의 뇌리 속에 깊이 새겨넣은 것은 스티븐 스필버그 감독이 백상아리를 주인공으로 하여 만든 〈조스〉라는 한 편의 영화였다. 미국의 한 해변 휴양도시를 식인상어 한 마리가 순식간에 공포의 도가니로 몰아넣는다는 설정의 이 영화는 피터 벤츨리(Peter Benchley)의 동명소설을 원작으로 한 것이다. 이 소설의 첫머리는 다음과 같이 시작하고 있다.

한 마리의 거대한 물고기가 초승달 모양의 꼬리지느러미를 가늘게 움직이며 밤바다를 조용히 헤엄치고 있었다. 입은 아가미로 토해낼 수 있을 만큼의 수량을 빨아들일 만한 크기로 조금 벌린 채였다. 몸의 다른 부분은 거의 움직이지 않고, 일정한 목표도 없는 듯하면서 이따금 가슴지느러미를 조금씩 움직여 진행 방향을 바꾸고 있었다. 그것은 마치 새가 한쪽 날개를 내리고 다른 쪽을 올려 방향을 돌리는 것과 흡사했다. 어둠 속에서 눈은 안 보이고, 다른 기관 역시 왜소하고 원시적인 뇌세포에 아무런

● 영화 〈조스〉의 포스터 정작 상어의 두려운 이미지를 전세계인의 뇌리에 깊이 새겨넣은 것은 스티븐 스필버그 감독이 백상아리를 주인공으로 하여 만든 〈조스〉라는 한 편의 영화였다.

것도 전달하고 있지 않은 상태였다. 물고기는 잠들어 있는지도 몰랐다. 그러나 영구불변하게 이어져온 본능 그대로 헤엄질을 계속하고 있었다.

다음 장면에서는 상어의 무시무시한 공격이 시작된다.

검푸른 바다 위에서 소리 없이 접근하는 상어의 등지느러미를 본다면 누구나 무서움을 느끼게 될 것이다. 사실 모든 상어가 백상아리만큼 위험한 것은 아니다. 사람을 공격한 적이 있는 상어는 청새리상어·귀상어 등의 일부 종으로, 전세계에 살고 있는 370여 종 중 약 12종에 불과하다. 그럼에도 불구하고 사람들은 여전히 상어에 대한 여러 가지 불확실한 미신에 사로잡혀 있는 경우가 많다. 그에 비해 정약전은 옛사람인데도 지극히 냉정하게 과학적인 관점으로 상어를 묘사하고 있다.

[사어鯊魚]

대체로 물고기는 난생이며 암수의 교배에 의해서 새끼를 낳지 않는다. 수놈이 먼저 정액을 뿌리면 암놈은 여기에 알을 낳고, 이렇게 수정된 알이 부화하면 새끼가 되는 것이다. 그런데 유독 상어만은 태생이며, 특별히 새끼를 배는 시기가 없다는 것도 물속에 사는 생물로서는 유별난 점이다. 상어의 수놈에게는 밖으로 드러난 두 개의 생식기가 있고, 암놈의 뱃속에는 두 개의 태보*(胞)가 있다. 또 각각의 태보 속에는 4~5개의 태가 들어 있다. 이 태가 성숙해지면 새끼가 태어난다. 각각의 새끼 상어는 가슴 아래쪽에 하나의 알을 달고 있으며, 그 크기는 수세미 열매만 하다. 알이 없어지면

* |원주| 태아를 싸고 있는 막과 태반.

서 새끼가 태어나게 된다. 알은 사람의 배꼽과 같으므로 새끼 상어의 배 안에 있는 것은 알의 진액(양분)이라고 할 수 있겠다.

이청의 주 『정자통』에서는 "바다의 상어는 눈이 푸르고 뺨이 붉다. 등에는 등지느러미가 있고, 배 아래에는 가슴지느러미가 있다"라고 했다. 『육서고六書故』에서는 "상어는 바다에서 서식하는데 그 껍질이 모래(沙)와 같아서 사어鯊魚라고 부른다. 입이 떡 벌어졌으며 비늘이 없고 태생이다"라고 했다. 『본초강목』에서는 교어鮫魚를 사어沙魚, 착어鯌魚, 복어䱜魚, 유어溜魚라고 기록하고 있다. 이시진은 "옛날에 교鮫라고 부른 것과 지금 사沙라고 부르는 것은 같은 종류이다. 교어에는 여러 종류가 있는데 모두 껍질에 모래가 있다. 진장기는 껍질 위에 모래가 있어서 속새와 같이 나무를 문질러 다듬을 수 있다고 말한 바 있다"라고 했다.

이상과 같은 기록들은 모두 바다의 상어를 가리킨 것이다. 상어의 새끼는 모두 태생이며 어미의 배를 드나든다. 심회원의 『남월지』에서는 "환뢰어環雷魚는 착어鯌魚이다. 길이는 1장丈 정도이다. 배에 두 개의 구멍이 있는데 여기에 물을 담아두고 새끼를 기른다. 한 배에 세 마리의 새끼를 품는데, 새끼는 아침에 입 안에서 나와 저녁에는 뱃속으로 돌아간다"라고 했다. 『유편』과 『본초강목』에도 모두 이렇게 씌어 있으니 살펴 알아볼 만한 일이다.

● 교 옛날에 교鮫라고 부른 것과 지금 사沙라고 부르는 것은 같은 종류이다. 교어에는 여러 종류가 있는데 모두 껍질에 모래가 있다.

모래 피부를 가진
물고기

"상어는 종류가 무지하게 많어라."

박판균 씨의 말처럼 상어는 다양한 모습과 생태를 가진 종류를 포함하는 커다란 분류군이다. 다시 상어의 종류에 대해 말해달라고 하자 박판균 씨는 간단히 대 · 중 · 소로 나눈다고 대답했다. 이는 단순히 크기에 따라 나눈 것으로 워낙 종류가 많아서 일일이 열거하기 힘들다는 뜻이다. 상어는 열대, 한대, 난바다, 근해, 천해, 심해를 가리지 않고 널리 분포하여 전세계에 약 350종이 살고 있으며, 우리 나라 해역만 하더라도 괭이상어 · 칠성상어 · 수염상어 · 고래상어 · 강남상어 · 악상어 · 환도상어 · 두툽상어 · 까치상어 · 흉상어 · 귀상어 · 돔발상어 · 톱상어 · 전자리상어 등 13과 36종이 알려져 있다. 크기도 천차만별이다. 40센티미터 전후의 두툽상어로부터 1미터 정도의 별상어, 6~7미터의 백상아리, 15~18미터에 이르는 고래상어까지 다양한 상어류가 우리 나라의 바다를 누비고 다닌다.

그러나 겉모습이 다르더라도 상어는 다음과 같은 공통점을 가지고 있다.

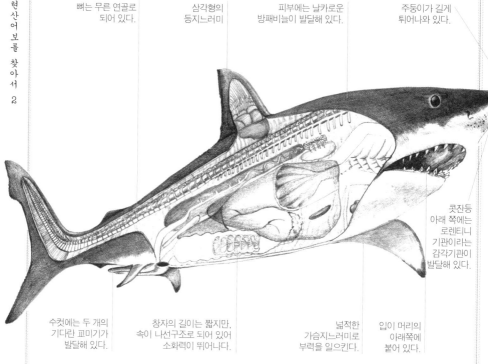

뼈는 무른 연골로
되어 있다.

삼각형의
등지느러미

피부에는 날카로운
방패비늘이 발달해 있다.

주둥이가 길게
튀어나와 있다.

콧잔등
아래 쪽에는
로렌티니
기관이라는
감각기관이
발달해 있다.

수컷에는 두 개의
기다란 교미기가
발달해 있다.

창자의 길이는 짧지만,
속이 나선구조로 되어 있어
소화력이 뛰어나다.

넓적한
가슴지느러미로
부력을 일으킨다.

입이 머리의
아래쪽에
붙어 있다.

우선 상어는 우리가 흔히 먹는 생선들과는 달리 내부 골격이 전부 물렁물렁
한 연골로 되어 있다.* 또한 상어의 입은 몸의 아래쪽에 붙어 있어 콧잔등
처럼 보이는 부분이 앞으로 툭 튀어나온 형태를 하고 있다. 꼬리지느러미는
비대칭형으로 위쪽이 아래쪽보다 길게 연장되어 있으며, 등지느러미는 삼
각형으로 잘 발달되어 있다. 눈 뒤쪽에는 아가미가 있는데 보통 물고기와는

---

* 상어류와 가오리류를 합쳐서 연골어류라고 부른다.

달리 아가미뚜껑이 없이 그냥 세로로 찢어진 5~7개의 아가미구멍만을 가진다. 상어는 부레가 없어서 가만히 있으면 몸이 가라앉으므로 괭이상어나 두톱상어와 같이 아예 저서底棲 생활에 적응하거나, 몸을 띄우기 위해 특별한 수단을 개발해야만 한다. 수면 근처에서 헤엄쳐다니는 상어들은 이를 위해 크고 넓적한 가슴지느러미를 발달시켰다. 비행기의 날개처럼 가슴지느러미를 활짝 펴고 헤엄치면 양력이 발생하여 부레 없이도 몸을 띄울 수 있게 된다.

상어의 가장 큰 특징은 몸 표면이 방패비늘〔楯鱗〕로 덮여 있어 매우 거칠다는 점이다. 어떤 종류는 손을 베일 정도로 비늘이 날카롭게 발달한 것도 있다. 때문에 예전에는 상어 껍질을 나무를 다듬는 사포 대용으로 사용하기도 했다. 상어라는 이름도 사어鯊魚, 즉 껍질에 까끌까끌한 모래 같은 구조가 있는 물고기라는 뜻에서 유래한 것이다. 상어의 날카로운 이빨은 피부의 방패비늘과 똑같은 구조로 되어 있다. 따라서 상어를 온몸이 이빨로 덮여 있는 물고기라고 말할 수도 있겠다.

화석상의 기록에 의하면 상어는 약 3억 5천만 년 전에 이 지구상에 등장한 이후 수억 년에 걸친 세월 동안 거의 형태를 바꾸지 않고 생존해왔으며, 지금도 예전의 모습을 그대로 간직한 채 널리 번성하고 있다. 이를 진화가 덜 되었다고 말할 수도 있겠지만 오히려 처음부터 거의 완벽한 구조를 가지고 있었기에 더 이상의 진화가 필요 없었다고 생각하는 편이 옳을지도 모른다.

●상어의 피부 상어의 가장 큰 특징은 몸 표면이 방패비늘로 덮여 있어 매우 거칠다는 점이다. 어떤 종류는 손을 베일 정도로 비늘이 날카롭게 발달한 것도 있다. 때문에 예전에는 상어 껍질을 나무를 다듬는 사포 대용으로 사용하기도 했다.

사실 상어는 보다 진화한 다른 물고기들에 비해 뛰어난 점이 많다. 그중에서 가장 대표적인 것은 고도로 발달한 감각기관이다. 특히 상어의 후각은 놀랍도록 발달해 있어서 수킬로미터 떨어진 곳에서 나는 냄새도 쉽게 맡아내며, 특히 피 냄새에는 매우 민감하게 반응한다. 청각도 후각 못지않게 잘 발달해 있다. 상어는 멀리서부터 전해오는 저주파음을 감지하여 먹이의 위치를 신속하게 파악해낸다. 상어의 눈은 색깔이나 물체의 정확한 형태를 구별해내지는 못하지만, 망막 뒤에 반사판이 있어 어두운 곳에서도 잘 볼 수 있을 뿐만 아니라 움직임에 매우 민감하게 반응하므로, 가까운 거리의 먹이감을 추적하는 데 큰 힘을 발휘한다. 그리고 상어는 머리 쪽에 정밀한 감각기관을 또 하나 감추고 있다. 수족관에서 헤엄치고 있는 상어의 주둥이 아래쪽을 보면, 조그만 구멍이 여러 개 뚫려 있는 것을 관찰할 수 있다. 이것을 로렌티니기관이라고 부르는데, 아주 미약한 전기까지 감지하는 기능이 있다. 생물의 몸에는 많든 적든 항상 전류가 흐르고 있으므로 상어는 이 기관을 사용해서 눈으로 보거나 코로 냄새를 맡지 않고도 숨어 있는 먹이를 쉽게 찾아낼 수 있다.

바다의 표층을 회유하는 상어들은 몸의 구조를 헤엄치기에 적당한 형태로 발달시켜왔다. 특히 청상아리는 물고기 중에서도 최고의 수영선수의 하나로 알려져 있는데, 방추형紡錘形의 날렵한 몸매에 커다란 지느러미, 그리고 이를 움직이는 강력한 근육이 엄청난 추진력을 만들어내는 비밀이다. 상어의 턱근육은 무엇이든 부숴버릴 만큼 강력한 힘을 자랑하며, 턱의 양쪽에는 날카로운 이빨이 돋아 있어 먹이에 치명상을 입힌다. 상어의 창자 구조도 독특한 것이다. 육지의 육식동물들과 마찬가지로 상어의 창자 길이는 짧은 편인데 내부가 나사 모양으로 꼬여 있다. 이러한 창자 구조는 영양분의 흡수 면적을 넓혀주고 먹이가 장을 통과하는 시간을 연장시켜 줌으로써 짧은 길이에도 충분한 소화력을 발휘할 수 있게 한다. 뛰어난 사냥 솜씨와 강한 소화력은 포식자로서의 모든 조건을 훌륭히 만족시키는 것이다.

상어 발생에 대한 연구

소설 『조스』에는 상어의 생식기를 묘사한 부분이 나온다. 처음 이 부분을 읽었을 때 작자가 상어를 고래로 착각한 것이 아닌가 의심했다. 물고기에 생식기가 있다는 사실이 믿어지지 않았기 때문이다. 꽤 많은 물고기들이 생식기를 가지고 있다는 사실을 알게 된 것은 시간이 한참 흐르고 난 후의 일이었다. 상어류 중에는 알을 낳는 종류와 새끼를 낳는 종류가 있지만 모두 체내수정을 한다는 공통점이 있다. 체내수정을 하기 위해서는 수놈이 교미기를 발달시켜야만 한다. 상어의 수놈도 두 개의 교미기를 가지고 있는데, 이를 통해 정자를 방출하면 암놈의 몸속에서 수정이 일어나게 된다.

괭이상어, 복상어, 두툽상어 등은 알을 낳는 상어다. 이들의 수정란은 질긴 알 껍질에 싸여 몸 밖으로 배출된다. 알은 일반적으로 대형이며 지름 10센티미터가 넘는 것도 있다. 알주머니에는 기다란 끈이 달려 있는데, 어미는 알을 낳을 때 이 끈을 해초에 잡아매어 알이 떠내려가지 않도록 한다. 주머니 속에서 안전하게 보호받으며 성장한 상어 새끼는 결국 주머니를 찢고

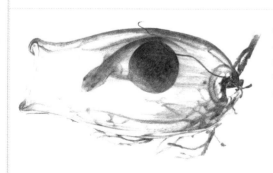

● 복상어의 알 괭이상어, 복상어, 두툽상어 등은 알을 낳는 상어다. 이들의 수정란은 질긴 알 껍질에 싸여 몸 밖으로 배출된다. 알은 일반적으로 대형이며 지름 10센티미터가 넘는 것도 있다.

헤엄쳐 나오게 된다.

　그러나 대부분의 상어는 알이 아닌 새끼를 낳는다. 암놈의 수란관 뒤쪽이 불룩해져서 자궁이 되며, 수정란은 이곳에서 부화되고 스스로 살아갈 수 있을 정도로 크게 자란 다음, 어미의 몸 밖으로 나온다. 재원도 출신의 함성주 씨는 초등학교 때 아버지를 따라 배를 탔다가 백상아리를 잡아올린 이야기를 들려주었다.

　"아버지 배에 따라갔다가 그물에 상어가 걸렸는데 잡아올리자마자 새끼를 쏟아놓더군요. 이십여 마리쯤 되는 것으로 기억하는데 세 마리를 제가 일주일쯤 키웠습니다."

　백상아리도 새끼를 낳는 상어였던 것이다. 상어가 몸속에서 새끼를 키우는 방식은 크게 세 가지로 나눌 수 있다. 우선, 태아가 몸속에서 자라기만 할 뿐 부모의 도움은 전혀 받지 않는 종류들이 있는데 돔발상어, 까치상어, 별상어, 전자리상어 등이 이런 방식을 택한다. 이들은 몸속에 새끼가 자랄 공간만을 제공하고 따로 양분을 공급하지 않는다. 새끼는 날 때부터 가지고 있던 난황주머니 속의 난황만을 영양소로 하여 자라난다. 꽤 무심한 부모들이라고 말할 수 있겠다. 이러한 번식법을 난태생이라고 한다. 악상어, 청상아리, 환도상어, 강남상어 등은 일반적인 난태생 상어들보다는 자식의 양육에 신경을 쓰는 편이다. 그런데 그 방식이 매우 엽기적이다. 어미는 임신 중에도 배란을 계속한다. 태아는 어미가 낳은 알이 자궁 안으로 빠져나오면 이를 먹고 성장하게 된다. 심지어 빨리 자란 놈이 성장이 느린 형제들을 잡아먹어버리는 일도 있다. 조그만 자궁 속에서 치열한 생존 경쟁이 벌어지는 것이다. 가장 세심한 부모는 뜻밖에도 백상아리, 귀상어, 청새리상어, 흉상어 등의 흉포한 식인상어들이다. 이들은 사람처럼 태반을 만든다. 상어의 태반은 태아의 난황주머니와 자궁벽이 밀착하여 형성되며, 이곳의 얇은 상피조직을 통해 어미와 태아 사이의 물질 교환이 이루어진다. 어미가 태반을 통해 새끼에게 직접 영양을 공급하는 것이다.

정약전이 상어의 생식에 대해 설명한 것을 보면, 그가 보통 물고기의 체외수정과 상어의 독특한 체내수정 방식을 정확히 이해하고 있었다는 사실을 알 수 있다. 상어의 발생에 대해 기술한 부분은 놀랍기만 하다. 상어의 내부 구조와 새끼의 발생 과정을 상세하게 묘사하고 있는데, 이 정도 수준의 묘사를 위해서는 여러 차례의 해부가 필요했을 것이다.

새끼를 낳는 상어의 암놈은 몸속의 좌우에 하나씩 자궁을 가지는데 이는 정약전이 "두 개의 태보가 있다"라고 한 말과 정확히 일치한다. 태보 속에 4~5개의 태가 있다고 한 것은 한꺼번에 4~5마리씩 총 8~10마리 가까운 새끼를 낳는다는 사실을 의미한다. 상어가 출산하는 새끼의 수는 종류에 따라 다르다. 많을 때는 30마리 이상 낳는 종류도 있지만 전자리상어와 같이 10마리 정도를 낳는 것이 보통이므로 이 또한 비교적 정확한 묘사라고 말할 수 있겠다.

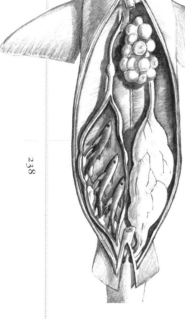

● **상어의 발생** 상어의 태반은 태아의 난황주머니와 자궁벽이 밀착하여 형성되며, 이곳의 얇은 상피조직을 통해 어미와 태아 사이의 물질 교환이 이루어진다.

* 『현산어보』에 등장하는 상어들 중에는 알을 낳는 종류도 있지만 정약전은 새끼를 낳는 상어에 대해서만 언급하고 있다. 아마 새끼를 낳는 종류들에 더욱 깊은 인상을 받았기 때문일 것이다.

"알이 없어지면서 새끼가 태어나게 된다"라고 한 표현을 보면 정약전이 관찰한 종은 돔발상어, 까치상어, 별상어, 전자리상어 등의 난태생 상어였던 것 같다.※ 이들은 모두 가장 흔히 볼 수 있는 종류들이다. 새끼가 가슴에 달고 있는 알은 영양분인 난황을 말한 것이다. 정약전은 알을 태아에 양분을 공급하는 탯줄에 비유했고, 상어 새끼의 뱃속에 있는 것이 알의 진액이라고 밝힘으로써 난황이 새끼의 몸속으로 전달되는 것임을 분명히 했다.

이청은 상어 새끼가 어미의 뱃속을 드나든다고 생각했던 것 같다. 중국 문헌에 지나치게 의존한 결과이기도 하겠지만, 이를 마냥 얼토당토않은 이야기로만 몰아붙이는 것은 온당치 않다고 생각된다. 생물학이라는 학문이 정착하지 않은 당시 사람들로서는 이러한 추측이 지나치게 황당하거나 경험에 배치되는 것은 아니었을지도 모르기 때문이다. 경남 울산 부근에서 어린 시절을 보낸 어머니는 망상어가 새끼를 잡아먹는 물고기라고 생각했다고 한다. 알을 낳는 물고기의 뱃속에서 새끼가 튀어나오니 그렇게 생각할 수밖에 없었다는 것이다. 잡아올린 상어의 배에서 새끼가 뿜어져나오고 갈라놓은 뱃속에서 새끼가 꿈틀거리고 있으니 상어의 경우에도 비슷한 착각을 일으킬 수 있었을 것이다. 나이 많은 어부들은 "상어나 가오리류 종류는 새끼를 낳아 데리고 다니다가 위험하면 다시 뱃속에 몰아넣는다"라고 말하며, 『남월지』의 내용과 가까운 설명을 늘어놓는다. 그리고는 배를 눌러 나온 새끼를 다시 암놈의 뱃속으로 한 마리씩 밀어넣어 보이며 자신의 주장을 확인한다.

※ 난태생은 태생과는 다르다. 태생의 경우 새끼가 자랄 동안 어미가 태반을 통해 영양분을 직접 공급하는 데 반해, 난태생은 어미의 몸속에서 자라기는 하지만 알 자체가 가진 영양분으로 독자적으로 발생한 다음 새끼가 되어 나오는 것일 뿐이다.

상어의 천적

상어는 종류가 많다 보니 식성도 다양하게 발달해 있다. 물고기, 오징어, 갑각류, 패류, 물개 등 다양한 생물들이 상어의 먹이가 되며, 고래상어나 돌묵상어 같은 경우는 고래처럼 입을 크게 벌리고 헤엄치면서 미세한 플랑크톤을 걸러 먹기도 한다. 그러나 몇몇 종류를 제외하고 나면 대부분의 상어를 육식성으로 볼 수 있다. 평소에는 느긋하게 다른 물고기들과 헤엄치다가도 일단 시장기를 느끼거나 자극을 받게 되면, 순식간에 성질이 난폭해지고 무자비한 공격을 시작하는 것이 상어의 본성이다.

상어와 사람이 똑같이 먹이피라미드의 상층부를 차지하고 있다보니 둘 사이에 경쟁 관계가 형성되는 것은 필연적일 수밖에 없다. 악상어는 그물에 걸린 연어를 채어가고, 청상아리는 주낙에 걸린 다랑어를 습격하는 것으로 유명하다. 또 귀상어, 청상아리, 청새리상어, 백상아리 등 성질이 흉포한 상어는 사람을 공격하기까지 한다. 상어는 이처럼 사람들에게 공포와 증오의 대상이 되고 있지만, 정작 커다란 위험에 처한 것은 상어 자신이다. 전세계적으로 엄청난 수의 상어가 인간에 의해 남획되고 있기 때문이다.

상어는 대개 식용이나 약용으로 소비된다.* 상어회는 독특한 맛과 씹히는 촉감으로 유명하며, 작은 토막으로 잘라 말린 상어포는 지방에 따라 빠져서는 안 될 제수용 음식이다.** 노화를 방지한다고 알려져 있는 상어지느러미 요리도 상어를 이용한 대표적인 음식이다. 상어의 간에서 뽑아낸 간유에는 스쿠알렌이라는 성분이 포함되어 있다. 스쿠알렌은 고급 화장품과 의약품의 원료로 쓰이기도 하는데, 우리 나라에서는 만병통치약으로 과대포장되어 선풍적인 인기를 끈 적이 있다. 박도순 씨는 상어를 횟감으로 높이 쳤지만 상어알의 맛에 대해서도 칭찬을 아끼지 않았다.

"상어알을 우리는 상알이라 그래요. 상어 배 갈라서 꺼냅니다. 동그란 것이 계란 노른자같이 생겼는데 약간 작지라. 쪄 가지고 밥에다 놔서 먹어요. 도구에다 넣고 찧어서 잘게 부숴놓고 소금 넣고 비벼놓으면 꼭 쌀밥같지라. 맛도 좋아요. 옛날에는 상알 한 말하고 쌀 한 말을 맞바꾸기도 했다 그라지라. 옛날에는 비금도초에서도 그걸 사러 왔어요. 비금도초에서 시집온 사람들은 고향에 그거 가지고 가서 쌀로 바꿔오기도 했지라."

우리 나라에서 상어를 이용해온 역사는 매우 길다. 상어에 대해 언급한 수많은 문헌들***은 상어가 우리 선조들에게 얼마나 중요한 어종이었는지를 잘 보여준다. 『동국여지승람』에는 사어鯊魚, 점찰어占察魚(전자리상어), 쌍어雙魚(귀상어) 등이 토산물로 기록되어 있다. 『재물보』에서는 교어鮫魚를 "눈은 푸르고 뺨이 붉으며, 등 위에는 갈기가 있고 배 아래에는 날개가 있

---

* '삭스핀'이라는 요리가 바로 상어지느러미로 만든 것이며, 중국요리 이름 중에 스스翅子가 붙는 것에는 모두 상어지느러미가 재료로 들어 있다.
** 경상도 일원에서 '돈배기' 혹은 '돔배기'라 불리는 것이 바로 상어고기다.
*** 옛 문헌에 상어류는 보통 사鯊, 사어鯊魚, 사어沙魚, 교어鮫魚 등으로 표기되어 있다.

다. 꼬리의 길이는 수척이 되고, 피부는 모두 진주와 같은 모래로 되어 있으며 얼룩지다"라고 설명하면서 그 별명과 녹사鹿沙(별상어), 호사虎沙, 거사鋸沙(톱상어) 등의 이름들을 함께 실어놓았다. 『동의보감』에서는 물고기를 먹고 중독되었을 때 상어 껍질을 태워서 얻은 재를 물에 타서 먹는다며 『본초강목』의 내용을 인용했고, 『규합총서』에도 같은 내용이 실려 있다. 이규경의 『오주연문장전산고』에는 상어가 태생을 한다거나 상어가 변하여 호랑이가 된다는 이야기가 나온다. 『전어지』에서는 『우항잡록雨航雜錄』에 바다상어 24종이 열거되었다는 사실을 소개하고, 우리 나라에도 10여 종의 상어가 난다고 밝혔다. 같은 책에서 서유구는 상어를 잡는 법에 대해서도 기록하고 있는데, "6월부터 10월까지 제주도 앞바다의 수심이 깊은 곳에서 낚시를 던져 상어를 잡는다. 낚싯줄 길이는 140~150발이 된다. 줄 끝에 2개의 낚시를 매달고, 낚시 위 2자쯤 되는 곳에 크기가 박만 한 둥근 돌을 얽어맨다. 고등어나 삼치를 미끼로 한다"라고 설명했다.

기름이 많은 상어

"옛날엔 전기 같은 게 어디 들어왔나요? 호롱불 같은 것도 없었지라. 그런 거 봤는지 몰라. 죽상에, 기상에, 돔발이 종류도 많은데 이런 상에를 잡아다 가 배를 갈라보면 '애' *가 나와요. 간 같은 거. 애 덩어리 빼서 솥에 넣고 불 을 때면 기름이 뜨고 그걸 모으지. 기름을 조그만 그릇에 붓고 솜 같은 걸 가늘게 꼬아서 담가놓고 불을 피웠제. 학교 갈 때가 되면 위쪽 동네에 살던 친구들이 집에 불이 켜졌나 보고 달려 내려와. 학교 같이 가자고."

박도순 씨는 옛 시절을 회상하면서 조용히 말을 이었다. 석유가 나지 않 고 포경업이 발달하지 않았던 시절, 갯마을 밤풍경을 밝히던 것은 거의가 상어기름이었다. 상어의 간에는 기름이 특히 많다. 바닷가에 사는 사람들은 상어 간에서 짜낸 기름으로 어두운 밤 등잔불을 밝혔던 것이다.

박도순 씨의 어린 시절 이야기는 정약전이 말한 바와도 잘 일치하고 있다. 아마 정약전도 상어기름으로 불을 밝히며 『현산어보』를 집필했을 것이다.

---

* '애'는 간을 말한다. '애간장이 탄다'라는 말도 애와 간장이 동어반복된 것이다. 애는 외라고도 하는데 명태, 간재미, 가오리 등의 간도 모두 '애' 또는 '외'라고 부른다. 특히 상어, 간재미, 가오리 등 연골어류의 애는 술안 주로 인기가 높다. 회로 먹어도 좋고 국에 넣고 끓여도 독특한 맛을 낸다.

[고사膏鯊 속명 기름사其廩鯊]

　큰 놈은 7~8자 정도이다. 기다랗고 둥근 체형을 하고 있다. 대체로 상어는 회색을 띠고 있지만 고사는 잿빛이다. 지느러미와 꼬리에는 송곳 같은 가시가 하나씩 있다. 껍질은 단단하고 모래와 같다. 온몸이 모두 기름덩어리인데, 간에는 특히 기름이 많다. 고깃살은 눈처럼 희다. 굽거나 국을 끓이면 깊은 맛이 나지만 회나 포로는 그다지 적합하지 않다. 대체로 상어를 다룰 때는 우선 끓는 물을 부어 부드럽게 만든 다음 문질러야 한다. 그러면 모래 같은 비늘이 저절로 벗겨지게 된다. 간에서 기름을 짜내어 등잔기름으로 사용한다.

　기름이 많아 기름상어라고 불렸던 고사는 지금의 곱상어를 말한 것이 틀림없다. 곱상어는 악상어목 돔발상어과의 바닷물고기다. 곱상어는 기름상어, 곱바리, 유아리, 돔바리, 곱지 등 다른 이름으로도 불리는데, 이 중 기름상어는 정약전이 본문에서 밝힌 속명과 정확히 일치하는 이름이다. 고사와 곱상어라는 이름에서도 유사성을 찾아볼 수 있다. 정약전은 이 상어의 이름에 기름 '고膏' 자를 썼다. '곱'은 기름을 뜻하는 순우리말이다. 어쩌면 흑산 주민들이 곱상어라는 이름으로 부르던 것을 정약전이 같은 뜻의 한자인 고사로 옮겨놓은 것인지도 모르겠다.

　곱상어는 몸길이 약 1.5미터에 날씬한 체형을 하고 있다. 제1·2 등지느러미의 앞쪽에 억센 가시가 하나씩 있는데, 정약전은 이를 그냥 지느러미와 꼬리에 가시가 있다고 표현했다. 몸빛깔은 청회색이고 어릴 때 몸의 옆면에는 흰 점 무늬가 흩어져 있다. 수심 70~150미터 되는 곳에 서식하며 18~ 22개월의 긴 임신 기간을 거쳐 4~5월 산란기가 되면 12~14마리의 새끼를 낳는다. 뱃속에 있는 알은 식용으로 하며, 간에서는 기름을 짜내는데 품질 좋은 윤활유가 많이 나온다.

기름상어의 살코기는 정약전도 말했듯이 별로 인기가 없다. 박도순 씨의 말에 의하면 곱상어 말린 것을 유죽, 백상어 말린 것은 백죽이라고 하는데 유죽은 냄새가 나서 잘 먹지 않는다고 한다. 박판균 씨도 이에 동의했다.

"곱상에, 고기는 맛없어요. 기름만 많이 나지. 천한 고기여."

사실 곱상어가 지금은 천한 고기라고 불리지만, 상어기름이 밤 생활을 지탱해주는 유일한 광원이었을 때는 무엇보다도 귀한 자원이었을 것이다.

등지느러미 앞에는
가시가 하나씩 나 있다.

몸 옆면에는 불확실한
흰 점무늬가 흩어져 있다.

눈이 크다.

몸은 길고 날씬하다.

● 곱상어 *Squalus acanthias* (Linnaeus)

박판균 씨는 기름상어에 대해 또 한 가지 재미있는 사실을 알려주었다.

"이거 안 잡아본 사람은 모를 거여. 상어가 색깔이 변해. 상어는 물이 잘 때 잘 무는데 물이 셀 때는 색깔이 새까매요. 그러다가 인제 입질할 때는 색깔이 하얘지는 거여. 또 가을에는 단풍이 든다 그러거든요. 뱃가죽이 빨개져요."

내가 뱃가죽이 빨갛게 변하는 것이 산란기이기 때문이 아니냐고 물어보자 지금이 알을 가지고 있을 때이긴 하다고 대답한다.

진짜 상어

『현산어보』의 상어 항목에는 곱상어와 유사한 체형과 모습을 한 상어 몇 종이 더 실려 있는데, 정약전은 이런 모양을 한 상어들을 참사라는 이름으로 묶어 부르고 있다.

[진사眞鯊 속명 참사參鯊]

모양은 고사를 닮았다. 몸은 약간 짤막하고 머리는 넓적하다. 눈은 조금 크다. 고깃살은 불그스름하다. 맛이 약간 담박하여 회나 포에 좋다. 큰 놈은 강사光鯊[*]라고 부른다. 중간쯤 되는 놈을 마표사檛杓鯊[**]라고 부르며, 작은 놈은 돔발사道音發鯊라고 부른다. 창대는 "마표사는 따로 한 종류가 더 있습니다. 머리가 해요어海鷂魚와 비슷하고 마표를 닮았으므로 마표사라는 이름이 붙은 것이고, 화사鏵鯊라고 부르기도 합니다.[***] 그렇지만 참사 무리의 일종은 아닙니다"라고 했다.

박도순 씨는 돔발상어, 도돔발상어, 모조리상어 등 돔발상어목 상어들을

[*] [원주] 속명은 민동사民童鯊.
[**] [원주] 속명은 박죽사朴竹鯊.
[***] [원주] 화鏵 또한 마표와 유사하다.

머리는 납작하다.

곱상어보다 등지느러미의 위치가 앞쪽으로 치우쳐 있다.

등지느러미 앞에는 가시가 하나씩 있다.

전체적인 체형이 곱상어를 닮았다. 몸 옆면에는 흰 점이 없다.

가리키며 모두 참상어라고 불렀다.

"맞어, 이게 다 참상어 종류여. 상어 잡는다 그러면 보통 이런 걸 잡으러 가지라. 옛날에는 상어를 잡아야 먹고 살았으니께, 우리 아버지도 상어 잡으러 많이 다녔어라. 상어가 비싸요. 이런 놈들을 잡아올리면 독간을 해. 아주 세게 염장하는 걸 독간 한다고 그러지라. 아주 독한 소금을 뱃속까지 집어넣는 거여. 상어 배, 항문허고 앞쪽에서 쭉 찢어서 창을 빼내고 소금을 가득 채워 독간을 해서 넣어놨다가 음력 섣달 초닷샛날쯤 영산포로 가. 거기서 팔아갖고 식량 사고 옷 사고 그랬제."

박도순 씨는 참상어와 비슷한 종류들이 많지만 민동상어, 마표상어, 박죽상어라는 이름은 들어보지 못했다고 했다. 다만 돔발이라는 상어 이름만 알

● **돔발상어** *Squalus mitsukurii* Jordan et Snyder

고 있었다.

"돔발이도 종류 많어라. 상어를 나눌 때 그냥 출대 · 대대 · 대 · 중 · 하 이렇게 나누는데 출대가 젤 큰 거여. 큰 건 혼자 못 들어라."

박판균 씨도 마찬가지였다.

"돔발이 좋은 거죠. 곱상어랑 비슷한데 기름이 안 나와요. 이거이 돔발이 같은데…"

도감을 살펴보던 박판균 씨는 돔발상어를 돔발이로 지목했다. 모양이 유사한 도돔발상어가 아니냐고 묻자 세세한 차이점까지 들어가며 구별법을 설명해주었다.

"이거 돔발이 맞네요. 살이 깐깐하고 이것보다 뒤에 지느러미 가시가 더 크지라."

정약전은 작은 상어를 돔발사라고 부른다고 했다. 돔뱅이, 돔배 등은 도막을 의미한다. 부엌에서 쓰는 도마를 돔배라고 부르기도 하는데, 역시 나무토막을 잘라서 쓰기 때문에 붙은 이름으로 생각된다. 결국 돔발이란 말 자체가 도막, 즉 작은 것을 의미할 가능성이 높다고 하겠다.

마표杩杓와 박죽은 각각 밥주걱을 나타내는 한자말과 순우리말이다. 정약전은 마표가 화鏵(가래)와 유사하다고 했다. 실제로 가래는 밥주걱과 닮은 모양을 하고 있다. 마표, 박죽, 화는 모두 상어의 둥글넓적한 머리 모양을 빗대어 지은 이름으로 생각된다. 정약전은 참사 중에서 가장 큰 놈을 강사 혹은 민동사라 부른다고 했다. 민동사의 주인공은 개상어일 가능성이 높다.

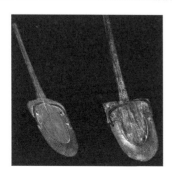

● **가래** 마표杩杓와 박죽은 각각 밥주걱을 나타내는 한자말과 순우리말이다. 정약전은 마표가 화鏵(가래)와 유사하다고 했다. 실제로 가래는 밥주걱과 닮은 모양을 하고 있다. 마표, 박죽, 화는 모두 상어의 둥글넓적한 머리 모양을 빗대어 지은 이름으로 생각된다.

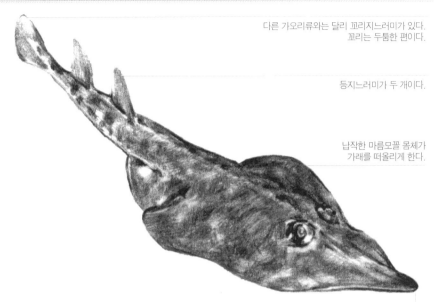

다른 가오리류와는 달리 꼬리지느러미가 있다.
꼬리는 두툼한 편이다.

등지느러미가 두 개이다.

납작한 마름모꼴 몸체가
가래를 떠올리게 한다.

주둥이가 뾰족하다.

개상어는 크기가 대형인 데다 민도미상어라는 방언까지 가지고 있다. 비록 등에 가시가 없는 흉상어과에 속하기는 하지만, 돔발상어 무리와 체형이 비슷하여 참상어 무리에 포함시켜도 전혀 어색하지 않다. 개상어가 민동상어임이 확실하다면 민동이라는 말도 가시가 없다는 뜻에서 붙은 것일 가능성을 생각해볼 수 있을 것 같다.

창대는 마표사에 따로 한 종류가 더 있다고 했다. 그런데 이 상어를 묘사한 것을 보면 참사의 일종으로 보기에는 무리가 있다. 우선 머리가 해요어

● 가래상어 *Rhinobatos schlegeli* Müller et Henle

를 닮았다고 했는데, 해요어는 가오리를 뜻한다. 돔발상어 무리의 머리가 넓적한 편이기는 하지만, 가오리에 비유할 정도는 아니다. 그리고 무엇보다도 창대가 이 종류는 참사 무리가 아니라고 분명히 밝히고 있다. 그런데 실제로 머리가 가오리를 닮은 상어가 있다. 가래상어나 수구리라고 불리는 종류는 가오리와 매우 비슷한 형태를 하고 있으며,* 돔발상어 무리보다 화사鏵鯊, 다시 말해 가래상어라는 이름과 훨씬 잘 어울린다.

가래상어는 몸길이가 1미터에 이르며 몸빛깔은 황갈색이다. 또 주둥이와 가슴지느러미가 합쳐져서 판 모양을 이루는데, 주둥이가 앞으로 길게 튀어나와 있어 마름모꼴처럼 보인다. 아가미구멍은 5쌍이며 머리의 아래쪽에 있다. 가래상어는 등지느러미가 꼬리 위쪽에 있고 뒷지느러미가 없다는 점이 상어와 다르며, 마름모꼴 몸체가 갸름한 모양이고 꼬리 부분이 두툼하다는 점, 2개의 등지느러미와 꼬리지느러미가 있다는 점 등으로 다른 가오리류와 구별할 수 있다. 맛이 좋으며 특히 지느러미는 고급 중국 요리의 재료로 쓰인다.

---

* 사실 가래상어와 수구리는 가오리와 같은 홍어목에 속한다.

상어

게를 잡아먹는 상어

참상어라고도 불리고 민동상어라고도 불리는 상어가 있다.* 이름만 보고서
는 돔발상어류의 일종이 아닌가 생각하기 쉽지만, 이 상어는 까치상어과에
속하는 별상어다. 별상어는 돔발상어와 비슷한 체형을 하고 있다. 참상어나
민동상어라는 이름도 이 때문에 붙은 것으로 보인다. 그러나 정약전은 별상
어를 참상어의 무리에 집어넣지는 않았던 것 같다. 이름에서 짐작할 수 있듯
별상어의 가장 큰 특징은 옆구리를 따라 늘어서 있는 흰 점이다. 그런데 참
상어 항목에서는 이런 특징에 대한 언급이 전혀 없기 때문이다. 별상어의 특
징과 거의 일치하는 종은 '해사' 라는 이름으로 다른 항목에 따로 나와 있다.

[해사蟹鯊 속명 게사揭鯊]

  게 잡아먹기를 좋아하기 때문에 이런 이름이 붙었다. 모양은 기름사를 닮았다. 송
곳 같은 가시가 있다. 옆구리에는 꼬리까지 줄지어 늘어선 흰 점이 있다. 쓰임새는 진
사와 같지만 간에 기름이 없다.

---

* 별상어, 개상어, 두툽상어는 우리 나라 연안이나 어시장, 횟집에서 흔히 볼 수 있는 종류들이다. 특히 별상어
는 사람들에게 인기가 높아 남해안 지방에서는 참상어라고 불리기도 한다.

등지느러미 앞에
가시가 없다.

몸의 옆면에는
흰 점들이
흩어져 있다.

전체적인 형태는
돔발상어나 곱상어와 유사하다.

"예, 기상어 있지요. 요즘 많이 나요. 기상에. 잡는 사람들은 다 알지라.
하얀 점이 있어요."

박판균 씨는 게상어란 말을 바로 알아듣고, 도감에서 별상어를 지목했다.
확실하다고 했다. 처음부터 별상어를 해사의 후보로 올려놓기는 했다. 게상
어(개상어, 패상어)라고 불리는 종류로는 개상어, 두툽상어 등이 있지만,
기름사와 비슷한 체형에다 늑골 표면에 흰 점이 줄지어 늘어서 있는 종이라
면 별상어가 유일했기 때문이다. 별상어란 이름도 이 하얀 점을 특징으로
삼은 이름이다. 점배기상어라는 방언도 마찬가지다.

그런데 문제가 하나 있었다. 정약전은 해사의 등에 송곳 같은 가시가 있
다고 밝혔지만, 돔발상어 무리와는 달리 별상어의 등에는 가시가 없다. 박

● 별상어 *Mustelus manazo* Bleeker

판균 씨도 같은 말을 했다. 돔발상어류와 워낙 비슷하게 생긴 겉모습 때문에 정약전이 착각을 일으켰던 것일까?

성숙한 별상어는 6~8월에 번식하며 다 자라면 크기가 1.5미터에 달한다. 정어리·눈퉁멸·가자미·고등어·전갱이·횟대류 같은 물고기나 갯지렁이 등을 잡아먹지만, 가장 좋아하는 먹이감은 역시 게 종류이다. 정약전은 별상어가 게를 좋아하기 때문에 게상어라는 이름이 붙게 되었다고 어원을 설명했다.* 실제로 별상어는 새우·게 따위의 갑각류를 주식으로 하며, 특히 게를 많이 잡아먹는 것으로 알려져 있다. 박판균 씨의 설명은 더욱 재미있다.

"게를 잡아먹는지는 모르겠고, 그 기상에가 말이여, 이상하게 잡아 놓으면 기 냄새가 나여. 맛이 다른 상에하고 달라요."

게상어의 고깃살 자체에서 게 냄새가 난다는 것이었다. 게상어라는 이름은 오히려 이 냄새 때문에 붙여진 것일지도 모른다. 게를 잡아먹는다는 사실을 알기 위해서는 그 장면을 직접 목격하거나 배를 갈라 위 속에 게의 잔해물이 들어 있는지 확인해봐야 한다. 그러나 이보다는 잡아놓은 게상어의 살에서 게 냄새가 풍기므로 게상어라고 불렀다는 설명이 훨씬 자연스럽다.

---

* 게상어, 개상어, 패상어 등의 이름은 모두 식성과 관련이 있어 보인다.

다른 상어를 물어 죽이는 상어

『현산어보』에 등장하는 상어 중에는 일반인들이 전혀 접해보지 못한 종류들이 많아 흥미를 더한다. 정약전이 "이는 구부러진 칼과 같으며, 매우 단단하고 예리하여 다른 상어를 물어 죽일 수 있다"라고 표현한 병치사가 그 대표적인 예다.

[병치사騈齒鯊 속명 애락사愛樂鯊]

큰 놈은 1장丈 반 정도이다. 모양은 치사를 닮았다. 몸빛깔은 치사가 자흑색인 데 비해 병치사는 회색이다. 양쪽 옆구리에는 줄을 지어 늘어선 흰 점이 있다. 꼬리는 조금 가늘다. 이는 구부러진 칼과 같으며, 매우 단단하고 예리하여 다른 상어를 물어 죽일 수 있다. 다른 상어가 낚시에 걸리면, 병치사는 이를 잘라먹으려고 하다가 사람들에게 잡히게 된다. 가시가 연하여 날로 먹을 수 있다.

몸이 열 자 반이면 2미터 이상의 중형 상어에 속한다. 그런데 배가 볼록한 복상어를 닮았고 이빨이 날카롭다고 하니 도무지 짐작되는 종이 없었다. 박판균 씨에게 애락상어, 애낙상어, 애래기 등 애락과 비슷한 말들을 늘어놓았다. 처음에는 계속 고개를 가로젓더니 툭 한마디를 내던진다.

"어낙이라고는 있는데…"

애락사였다. 질문과 답변이 오가는 동안 점점 애락사의 정체가 확실해지고 있었다.

"어낙, 위낙, 그렇게 부르지라. 점상어라고도 하는데 몇 십 킬로 나가요."

"그게 배가 좀 볼록한 편 아닙니까. 혹시 그게… 이것 아닙니까?"

박판균 씨에게 사진을 보여주었다.

"아, 요거 맞어. 점이 요렇게 찍혀 있어요. 복통, 비근더리, 위낙은 같은 집안일 것이여. 비슷허게 생겼제. 횟감으로 좋아요. 위낙 큰 거는 1미터 50, 2미터 넘게 나가는 것도 있어라. 큰 거 잡으면 사람이 못 올려."

"이것 다른 상어도 잡아먹나요? 이빨이 날카롭다고 나와 있는데."

"아마 잡아먹기도 할 거여. 크지는 않은디 이빨이 날카롭제. 잘면서 몇 줄 나 있는데 바늘 같어라. 사람 해치지는 않아요. 순허제. 그래도 조심해야 되요. 물면 손이 툭툭 끊어져버리니께. 잡아올리자마자 칼로 이빨을 떼내야 해요."

후에 만난 조달연 씨는 어낙이 위험한 상어라고 여러 번 강조했다.

"어낙은 사람도 잘라먹어요. 일본 사람들 폭격 맞았을 때 이놈한테 많이 잡아먹혔다 그라제."

꼬리지느러미가 길게
발달해 있다.

몸 곳곳에 여러 가지 색깔의
반점이 흩어져 있다.

머리가 넓적하고,
주둥이 끝이 뭉툭하다.

등 쪽은 청회색이고,
배는 희다.

아가미구멍이 7개이다.

애락사는 칠성상어였다. 칠성상어는 길고 아래위로 납작한 몸꼴을 하고
있으며, 2미터 이상까지 자란다. 몸빛깔은 등 쪽이 청회색이고 홍갈색의 반
점이 흩어져 있으며, 배 쪽은 희다. 머리는 너비가 넓고 주둥이도 넓은 편으
로 앞쪽의 언저리가 둥글다. 위턱은 튀어나와 있으며, 아래턱은 작고 이빨
은 크기가 일정하지 않다. 주로 물 밑바닥에서 생활하며, 새끼를 낳는 난태
생 어류이다.

보통 상어는 아가미구멍이 다섯 쌍이지만 칠성상어는 일곱 쌍이 있어서
칠성상어라는 이름이 붙었다. 또한 몸 곳곳에 여러 색깔의 반점들이 흩어져
있어 점상어라는 이름으로도 불린다. 애락이란 말도 이와 관계있는 것으로
생각된다. 애락, 어낙, 어락, 워낙, 워락은 모두 얼룩을 뜻하는 말일 가능성

● 칠성상어 *Notorynchus cepedianus* (Péron)

이 많다. 잎이 얼룩덜룩한 백합과 식물에 얼레지란 이름이 붙고, 털빛이 얼룩덜룩한 말을 워라말이라고 부르는 것을 보면, 얼룩덜룩한 칠성상어에도 워락, 어락이란 이름이 잘 어울린다.

우이도 앞바다에는 '어락도'라고 부르는 조그만 섬이 있다. 사람들은 이 이름을 물고기가 즐겁게 노닌다고 해서 붙은 이름이라고 해석한다. 그러나 어락도라는 이름도 애락사가 잡힌다고 해서 붙여진 것은 아닐까 하는 생각이 든다. 볼락이 많이 잡히는 곳을 볼락여, 농어가 많이 잡히는 곳을 농께, 자리돔이 많이 잡히는 곳을 즈실머리라고 부른다. 더구나 두툽상어가 잡히는 좃고기 난 여, 복상어가 잡히는 빅게여 등 상어 이름과 관계된 수많은 여를 상기해본다면, 어락도가 애락사와 관계있을 가능성도 충분하다고 생각된다.

죽상어

정약전은 해사와 병치사를 설명하면서 몸 표면에 나 있는 점이나 무늬를 주목하고 있다. 실제로 이런 형질들은 지금도 상어를 분류하는 데 중요한 기준으로 사용된다. 그런데 『현산어보』에 등장하는 상어들 중에서도 가장 특징적인 무늬를 가진 종류가 있다.

"죽상에 있지요. 꺼만 무늬가 이렇게 있어요. 아, 이거네. 이름이 뭐라고 되어 있는 거여?"

박판균 씨가 가리킨 것은 노량진 수산시장에서 종종 보아왔던 상어였다. 잘 빠진 몸의 옆면을 따라 길쭉한 검은 선이 줄줄이 그어져 있어 인상적이었던 상어. 죽상어는 까치상어였다.*

[죽사竹鯊 속명을 그대로 따름]

기름사와 닮았다. 큰 놈은 열 자에 이른다. 머리는 약간 크고 넓으며 주둥이는 다소 납작하고 넓은 편이다.** 양쪽 옆구리에는 까만 점이 있는데 줄을 지어 꼬리까지 늘

---

* 수산시장에서도 죽상어와 까치상어라는 이름이 함께 쓰이고 있었다.
** [원주] 다른 상어의 주둥이는 날카로운 비수와 같다.

여러 줄의 검은색 띠가
몸을 가로지르고 있다.

등지느러미 앞에는
가시가 없다.

몸 옆면에는 작고 검은 점들이
흩어져 있다.

전체적인 체형이
곱상어와 유사하다.

어서 있다. 쓰임새는 참사와 같다.

이청의 주 소송은 "상어〔鮫〕 중에서 몸집이 크고 길며, 주둥이가 톱과 같은 놈을 호사胡
鯊라고 한다. 이놈은 성질이 순하고 맛이 좋다. 작고 껍질이 거친 놈은 백사白鯊라고
부르는데, 이놈은 고깃살이 단단하며 독이 조금 있다"라고 했다. 이시진은『본초강
목』에서 "등에 사슴과 같은 점무늬〔珠文〕가 있으며, 견고하고 단단한 놈을 녹사鹿沙
혹은 백사白沙라고 한다. 등에 호랑이와 같은 반문이 있고 단단한 놈은 호사虎沙 또는
호사胡沙라고 한다"라고 했다.

지금의 해사蟹鯊, 죽사竹鯊, 병치사骿齒鯊, 왜사矮鯊 무리는 모두 호랑이나 사슴과
같은 반점이 있다. 소송과 이시진이 말한 것들이 곧 이러한 종류이다.

◉ 까치상어 Triakis scyllium Müller et Henle

　까치상어는 몸길이가 약 1.5미터에 이르며 몸 전체가 홀쭉하다. 머리는 아래위로, 꼬리는 양 옆으로 납작하다. 입은 아래쪽으로 열려 있고 이빨이 작다. 눈은 가늘며 투명한 막으로 덮여 있다. 몸빛깔은 연한 흑자색인데 약 10줄의 검은색 가로띠가 있으며 그 위에 작고 검은 점들이 흩어져 있다. 몸 옆면을 따라 늘어선 까만 줄무늬가 대나무의 마디와 같은 느낌을 준다고 해서 죽상어, 흰색과 검은색이 대조적으로 늘어서 있다고 해서 까치상어라는 이름으로 불린다.

● **묵죽병풍도와 까치상어** 몸 옆면을 따라 늘어선 까만 줄무늬가 대나무의 마디와 같은 느낌을 준다고 해서 죽상어라는 이름이 붙여졌다.

머리가 연장을 닮은 상어 1

색깔이나 무늬가 독특한 상어들도 있지만 어떤 종류들은 희한하게 생긴 모양으로 사람들의 관심을 끈다. 그중에서도 가장 독특하게 생긴 것으로는 머리가 목수의 연장처럼 생긴 상어들을 들 수 있다. 머리가 톱처럼 생긴 톱상어와 도끼처럼 생긴 귀상어가 바로 그 주인공이다. 어린 시절 학습도감을 뒤적이며 이런 물고기들을 만나봤으면 하는 상상으로 가슴 설레었던 기억이 있다. 그런데 『현산어보』를 통해 이 물고기들이 우리 나라에도 살고 있다는 사실을 알게 되었다.

[철좌사鐵剉鯊 속명 줄사 茁鯊]

기름사와 대동소이하다. 등이 다소 넓으며 꼬리 위의 지느러미가 약간 패어 있다. 입 위에 뿔이 하나 튀어나와 있는데 그 길이가 몸길이의 3분의 1이나 된다. 뿔의 모양은 창이나 칼과 같으며 양쪽 가에 거꾸로 난 가시가 박혀 있어 톱처럼 보인다. 가시는 매우 단단하고 예리해서 잘못하여 사람 몸에 닿으면 칼에 벤 것보다 더 심하게 다

● 톱상어 입 위에 뿔이 하나 튀어나와 있는데 그 길이가 몸 길이의 3분의 1이나 된다. 뿔의 모양은 창이나 칼과 같으며, 양쪽 가에 거꾸로 난 가시가 박혀 있어 톱처럼 보인다.

치게 된다. 철좌사라는 이름은 주둥이의 거친 톱니가 칼을 가는 쇠줄[鐵剉]과 같다고 해서 붙여진 것이다. 뿔 밑에는 한 쌍의 수염이 있는데 길이는 한 자 정도이다. 그 쓰임새는 진사眞鯊와 같다.

이청의 주 이시진은 『본초강목』에서 "코 앞에 도끼와 같은 뼈가 있어 사물을 치고 배를 부술 수 있는 상어를 거사鋸鯊라고 하며 정액어挺頷魚, 번작鱕鰭이라고도 부른다. 모두 코 앞에 있는 뼈가 도끼(鐇斧)와 같기 때문에 붙인 이름이다"라고 했다. 좌사는 「촉도부蜀都賦」의 '인구번작鱗龜鱕鰭'에 대한 주注에서 "번작은 코 앞에 가로로 넓적한 뼈를 가지고 있는데 모양이 도끼와 같다"라고 했다. 『남월지』에서는 "번어鱕魚의 코에는 가로로 넓적한 뼈가 있어 도끼와 같은데, 지나가던 배가 이를 만나면 반드시 부서지게 된다"라고 했다.

이상은 모두 요즘 사람들이 철좌사鐵剉鯊라고 부르는 것을 말한다. 철좌사 중에는 크기가 2장이나 나가는 놈이 있다. 그리고 『현산어보』에 실려 있는 극치사戟齒鯊와 기미사箕尾鯊 같은 종류들은 모두 사람을 삼키고 배를 전복시킬 수 있다.

잔뜩 기대를 하며 요즘에도 톱상어가 잡히냐고 물었지만, 박판균 씨의 대답은 실망스러운 것이었다.

"에이, 줄상에 옛날에는 잡혔는데 지금은 없어요. 주둥이가 꼭 톱같이 생겼지라."

"주둥이가 단단해요?"

주둥이 양쪽에 날카로운 가시가
박혀 있어 마치 톱처럼 보인다.

주둥이 중간쯤에는
한 쌍의 기다란 수염이 달려 있다.

몸 뒤쪽은 보통 상어와 같다.

"딴딴하지요. 꼭 톱 같아요."

"잡을 때 위험하겠네요."

"그래도 가시가 없으니께. 가시가 난 거이 더 위험하제."

지느러미에 날카로운 가시가 달린 돔발상어 무리보다는 덜 위험하다는
말이었다. 흑산도 일원에서는 톱상어보다 줄상어라는 이름이 일반적으로
통용되고 있었다. 정약전은 본문에서 주둥이에 달린 뿔이 칼을 가는 줄과
같으므로 이 상어를 '철좌사'라고 부른다고 밝혀놓았다. 철좌가 곧 '줄'이
므로 당시의 흑산도에서도 톱상어는 역시 줄상어로 불리고 있었을 가능성
이 크다.

톱상어는 약 150센티미터 이상까지 자라는 중형의 상어다. 몸은 길고 머

● **톱상어** *Pristiophorus japonicus* Günther

리와 주둥이는 아래위로 납작하다. 등지느러미에는 가시가 없고 뒷지느러미는 전혀 발달하지 않았다. 몸색깔은 붉은빛을 띤 누런색인데, 특히 주둥이는 누런빛이 짙다. 정약전의 말처럼 긴 칼 모양의 주둥이 양쪽에는 날카롭고 단단한 가시가 줄줄이 박혀 있어 마치 톱처럼 보인다. 주둥이의 중간 아래쪽에는 한 쌍의 긴 입수염이 있다.

톱상어의 주둥이가 특이한 형태로 발달한 것은 먹이사냥을 위해서다. 톱상어는 얕은 바다 밑바닥을 헤엄쳐다니면서 생활하는데, 기다란 주둥이로 바닥의 진흙을 파헤쳐 먹이를 사냥한다. 물고기 떼 사이에 들어가 주둥이를 휘두르기도 하는데 이때는 날카로운 톱니가 효과적인 사냥 도구가 된다.

머리가 연장을 닮은 상어 2

이청은 『본초강목』과 좌사의 글을 인용하면서 톱상어 관련 내용을 늘어놓고 있다. 그런데 뭔가 이상한 점이 있다. 이 상어들은 모두 도끼 모양의 머리를 하고 있다. 톱상어의 머리를 톱이나 줄에 비유할 수는 있어도 도끼와 연관시키기는 힘들다. 대체 어떻게 된 일일까? 결론적으로 말하면 이청이 소개한 상어들은 톱상어가 아니다. 이청은 톱상어의 실물을 보지 못하고 중국 문헌들만을 참조했기 때문에 이런 실수를 하게 된 것이다.

　그런데 실제로 도끼 모양의 머리를 한 상어가 있다. 귀상어는 머리 양쪽이 불룩하게 튀어 나와 있어 머리가 영락없이 도끼처럼 보인다. 이청이 인용한 중국 문헌들의 기록도 귀상어의 특징과 정확히 맞아떨어진다. 정약전은 '노각사' 항목에서 귀상어의 형태적 특징과 이름의 유래에 대해 자세히 설명하고 있다.

[노각사鱸閣鯊 속명 귀안사歸安鯊]

큰 놈은 1장 남짓 된다. 머리는 노각鱸閣과 비슷하다. 머리 쪽은 모가 나 있지만 몸 뒤쪽은 가늘어져 고사와 비슷한 체형을 하고 있다. 눈은 노각의 양쪽 끝에 있다. 등지 느러미는 매우 커서 이를 펴고 헤엄쳐 갈 때면 흡사 배가 돛을 편 것과 같다. 맛이 아주 좋아서 회 · 국 · 포에 모두 좋다. 노각은 배의 앞 돛대에 걸쳐놓은 큰 멍에의 선체 바깥으로 비어져나온 머리 부분을 말한다. 노각의 양쪽은 모두 넓적한 판각板閣으로 되어 있는데 이를 귀안歸安이라고 한다. 노각사라는 이름은 물고기의 모양이 지금 사람들이 노각이라고 부르는 구조와 유사하기 때문에 붙여진 것이다.

이청의주 이 상어는 귀가 좌우로 길게 솟아나와 있다. 방언으로 귀[耳]를 '귀'라고 부르기 때문에 귀안歸安상어라는 이름으로도 부른다. 노각도 또한 배의 귀이니 두 이름은 같은 뜻이 된다.

정약전이 귀상어를 묘사할 때 "머리가 도끼와 같다"라는 표현을 썼다면, 이청은 중국 문헌에 나오는 거사, 정액어, 번작이 귀상어임을 단박에 알아차렸을 것이다. 그러나 조선술에 관심이 많던 정약전은 귀상어의 양쪽으로 튀어나온 머리를 도끼가 아니라 배의 구조에 비유했다. 문제는 이청이 귀상어나 노각의 형태를 알고 있었던 것처럼 보인다는 사실인데, 그런데도 귀상어의 머리에서 도끼 모양을 떠올리지 못했다는 것은 아무래도 뭔가 이상하다. 어쩌면 이청은 귀상어의 모습을 실제로 보지 못했던 것인지도 모른다.

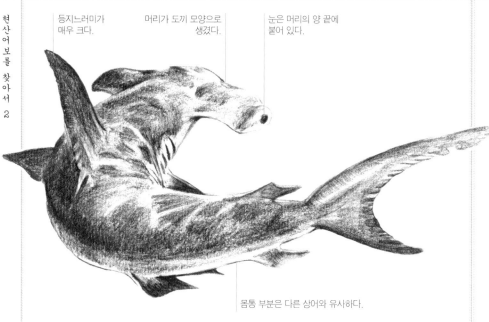

등지느러미가 매우 크다.

머리가 도끼 모양으로 생겼다.

눈은 머리의 양 끝에 붙어 있다.

몸통 부분은 다른 상어와 유사하다.

사람들의 말만 전해듣고 고증을 했기에 그들의 말을 본문에 옮길 수는 있었지만, 실제 귀상어의 모습을 떠올리지 못한 것이 아닐까?

귀상어는 몸길이 약 4미터까지 자라는 비교적 대형의 상어로, 머리의 앞부분이 좌우로 도끼날처럼 튀어나와 있고, 그 양 끝에 눈이 달려 있는 특이한 모습을 하고 있다. 몸빛깔은 등 쪽이 회색이고, 배 쪽은 옅은 색이다. 비교적 먼바다에 살며, 난태생어로 30마리 정도의 새끼를 낳는다. 정약전은 귀상어의 등지느러미가 매우 커서 지느러미를 펴고 헤엄쳐 가면 돛을 편 것

● 귀상어 *Sphyrna zygaena* (Linnaeus)

과 같다고 묘사했다. 실제로 귀상어의 제1등지느러미는 매우 크게 발달해 있다. 가슴지느러미와 꼬리지느러미도 크지만 제2등지느러미 · 배지느러미 · 뒷지느러미는 작다.

귀상어는 사람들이 조심해야 할 상어로 분류된다. 생긴 모습부터 위협적인 데다 성질이 흉포하여 날카로운 이빨로 사람을 해치기도 한다고 알려져 있기 때문이다. 그러나 박판균 씨의 이야기는 전혀 달랐다.

"귀상에, 순해여. 등에 가시가 없어서 다루기가 좋아요. 옛날에는 귀상에 나왔지라. 요새는 안 나오는데 맛있는 고기여. 횟감으로도 좋구."

무서운 귀상어도 어부들에게는 한낱 식용어일 뿐이었다. 실제로 귀상어의 살은 고급 어묵의 재료로 사용되고 잘 말린 지느러미는 상등품의 '상어지느러미'로 거래된다.

정약전은 귀상어를 노각사라고 기록했다. 노각이란 무슨 뜻일까? 박판균 씨는 노각이나 노각상어라는 말을 알지 못했다. 다만 귀상에라는 이름만을 알고 있을 뿐이었다. 귀상에 말고 귀안상어라는 이름을 아느냐고 묻자 그제서야 들어보았다며 맞장구를 쳤다.

"아, 귀안상어. 그런 말 있어. 귀한상에가 아니라 귀안상에 맞어라."

정약전은 귀상어의 양쪽으로 튀어나온 머리가 노각과 같은데, 노각이 '귀안'과 같은 말이므로 귀안상어라는 이름이 붙게 되었다고 설명했다. 노각과 귀안은 모두 튀어나온 멍에의 끝부분을 의미하는 단어다. 옛날 목선은 멍에라는 버팀목을 중간 중간에 장치하여 칸막이를 하고 배의 견고성을 높

● 멍에 노각과 귀안은 모두 튀어나온 멍에의 끝부분을 의미하는 단어다. 옛날 목선은 멍에라는 버팀목을 중간 중간에 장치하여 칸막이를 하고 배의 견고성을 높였다. 특히 이물 쪽에 설치된 멍에의 양쪽 끝은 선체 바깥으로 크게 튀어나와 있었는데 정약전은 이를 노각이라고 불렀다.

였다. 특히 이물 쪽에 설치된 멍에의 양쪽 끝은 선체 바깥으로 크게 튀어나와 있었는데, 정약전이 노각이라고 말한 것과 흑산 사람들이 귀안이라고 불렀던 것은 바로 이것을 가리킨 말이다.※

관상어, 안경상어, 쌍어도 모두 귀상어의 독특한 머리 모양을 빗대어 붙인 이름들이다. 특히 쌍어는 『경상도지리지』나 『여지승람』에도 실려 있는 이름인데, 이로써 귀상어가 오래 전부터 잘 알려진 종류였다는 사실을 알 수 있다.

※ 이청은 귀안을 귀와 동일시하고 있다. 귀안이란 말이 따로 있었는지는 정확히 알 수 없다. 이 단어가 사전에 나오지 않기 때문이다. 어쩌면 귀안상어는 귀에지(귀지), 귀엣고리, 귀영지(귀걸이), 귀영머리(귓머리) 등의 단어가 만들어진 것과 같은 방식으로 '귀'와 '상어'를 부르기 쉽게 연결시켜 만든 단어일지도 모르겠다.

모질고 독한 놈

"모두리는 무지하게 커요. 뚱뚱하게 생겼는데 큰 거는 무지하게 커. 사람도 씹어먹어 버려요. 일본 사람들이 모두리 고기를 좋아하는데 고기가 맛이 있어라. 일본말로 후까라 그라고 모두리 잡으러 가는 것을 후까재비라 그라지라. 잡히면 거의 다 일본으로 수출해요."

전날 모돌사에 대한 질문에 박도순 씨가 대답한 내용이다. 그러나 그날 대화에서는 정확히 어떤 종이 모두리인지 알아낼 수 없었다. 모돌이는 마음씨가 몹시 매섭고 독하거나 사나운, 한마디로 모진 사람을 가리키는 말이다. 모돌이란 이름을 가진 상어라면 꽤나 날래고 성질이 나쁜 종류일 것이다. 정약전은 모돌이를 날랜 상어라는 뜻의 '효사'로 이름짓고, 이 상어의 힘과 용맹성을 생생하게 묘사하고 있다.

[효사驍鯊 속명 모돌사毛突鯊]

다른 상어와 대동소이하지만 큰 놈은 1장을 넘어가는 것도 있고, 아주 큰 놈은 길이가 3~4장이나 되어 잡을 수가 없다. 이빨이 매우 단단하다. 날래고 용감할 뿐만 아니라 힘이 매우 세다. 어부들은 밧줄을 매단 삼지창으로 찔러서 이 상어를 잡는다. 삼지창에 찔린 상어가 성이 나서 날뛸 적에는 가만 내버려두었다가 지칠 때를 기다려 끌어당긴다. 가끔 낚시질을 할 때 상어가 갑자기 낚싯바늘을 물고 달아나는 경우가 있다. 만일 이때 낚싯줄이 손바닥에 감기게 되면 손가락이 잘리고 허리에 감기면 온몸이 물속으로 딸려들어가 이리저리 끌려다니게 된다. 쓰임새는 다른 상어와 같으나 맛이 약간 쓰다.

본문의 설명에 따르면 모돌사는 크기가 클 뿐만 아니라 사람을 다치게 할 정도로 날래고 힘이 세다. 박도순 씨도 이 상어의 크기와 사나움에 대해 감탄사를 연발했다. 과연 모돌사는 어떤 종류의 상어일까? 우선 모돌이와 비슷한 방언을 가진 상어들을 찾아보았다. 모조리상어라는 종류가 있기는 하지만 소형종이다. 위험한 상어 중에 청상아리가 있는데 이 청상아리의 방언이 모조리, 모두리, 모도리다. 청상아리는 곧 모돌사의 가장 강력한 후보로 떠올랐다.

사실 청상아리 이외에도 본문의 설명과 부합하는 종은 적지 않다. 전체 상어류 중 30여 종 가까이가 인간에게 해를 미칠 수 있고, 이 중에서 백상아리를 비롯하여 청새리상어, 청상아리, 악상어, 홍상어, 귀상어, 뱀상어, 강남상어 등 약 11종 정도가 성질이 잔인하고 포악한 식인상어로 알려져 있다. 이미 다른 항목에서 나왔던 귀상어를 제외하면 위에 등장한 어떤 종이라도 모

몸은 강한 근육질로 되어 있다.

등지느러미와 가슴지느러미가 매우 크다.

꼬리지느러미가 넓적하여 강한 추진력을 일으킨다.

이빨이 크고 날카롭다.

5개의 아가미 틈이 뚜렷하다.

돌사의 후보가 될 수 있겠지만, 나는 크기와 힘에서 가장 뛰어난 백상아리
가 모돌사일 가능성이 많다고 생각했다.

그러나 박판균 씨의 대답은 전혀 달랐다. 박판균 씨는 펼쳐놓은 도감에서
여러 종류를 짚어내며 모두 모두리라고 지적했다. 한 종류만을 말하는 것이
아니라 대략 비슷한 모양을 가진 것들을 모두 모두리라고 부른다는 것이었다.

"모두리… 이런 게 모두리 같은데. 이런 것 다 모두리라 그래요."

박판균 씨는 악상어나 흉상어 무리에 속하는 상어들을 통칭하여 모두리
라고 부른다고 했다. 이들은 우리가 알고 있는 전형적인 대형 상어의 모습

● 악상어 *Lamna ditropis* Hubbs et Follett

을 하고 있다. 몸길이 9미터에 근접하는 종류도 있으며, 큼직큼직한 지느러미와 탄탄한 몸체는 얼핏 보기에도 힘이 강하다는 인상을 풍긴다. 또한 이들은 주로 바다의 표층과 중층에서 헤엄치며 성질이 흉포하여 때로는 사람을 습격하기도 한다. 정약전은 상어와 이를 낚으려는 어부의 싸움을 생생하게 묘사하고 있다. 과연 정약전은 커다란 삼각지느러미로 수면을 가르며 사냥감을 향해 무서운 속도로 질주하는 상어의 모습을 실제로 보고 이 항목을 쓴 것일까?

공포의 세우상어

모도리에 대한 이야기를 듣던 중 귀가 번쩍 뜨이는 말이 튀어나왔다.

"모두리가 커다랗죠. 모두리하고 세우상에하고 비슷하죠."

"네? 세우상어를 아세요?"

"네. 세우상어는 겁나게 무서워. 사람 잡아먹는 거여. 해녀도 잡아먹어. 모두리 같은 거는 별로 안 무서워요. 모두리는 세우보다 크기도 작고 입이 작고 이빨이 잘아가지고. 새우가 젤로 무서워. 이빨이 이렇게 커서…"

흥분한 마음에 도감을 급히 뒤적였다. 모돌상어는 대충이나마 짐작을 했지만 세우상어는 도무지 정체를 알 수 없던 종이었다. 정약전이 쓴 글을 봐도 세우상어에 대해서는 수수께끼 같은 이야기들만이 나열되어 있을 뿐이었다.

[극치사戟齒鯊 속명 세우사世雨鯊]

큰 것은 20~30자나 된다. 모양은 죽상어를 닮았지만 검은 점이 없다. 색은 잿빛이며 약간 흰 기운도 있다. 입술에서 턱에 이르기까지 이가 네 겹으로 마치 칼이나 창이 박혀 있는 것처럼 빽빽하게 늘어서 있다. 성질이 매우 느긋하여 사람들이 곧잘 낚아내는데, 일설에는 이 상어가 이빨을 아끼기 때문에 낚싯줄이 이빨에 걸리면 따라 끌려온다고 한다. 그러나 꼭 그런 것만은 아니다. 낚시가 살을 뚫고 뼈에 닿아도 놀라지 않고 움직이지 않지만, 만약 그 눈이나 눈 부근의 뼈에 닿으면 흥분하여 날뛰므로 사람이 감히 접근하지도 못한다. 살은 눈처럼 희며 포나 회로 만들 수 있다. 아이들의 경풍에도 효력이 있다. 맛은 매우 담박하고 간에는 기름이 없다.

　처음에는 크기나 이빨의 모양으로 보아 세우상어에 가장 근접하는 종이 백상아리라고 생각했다. 그러나 본문에 나타난 이 상어의 행동은 전혀 엉뚱한 것이었다. 정약전은 세우사에 대해 성질이 느리고 이빨을 아껴 쉽게 끌려오는 습성이 있다고 묘사해 놓았다. 포악하기 이를 데 없는 백상아리가 이토록 얌전하게 끌려올 리 만무했다. 마땅한 대안을 찾기도 어렵고 해서 마냥 고민만 하고 있던 차에 세우상어를 알고 있다는 박판균 씨의 말은 가뭄에 내린 단비와도 같았다. 흥분한 마음으로 급히 도감을 뒤적여 상어 항목을 찾았다. 박판균 씨는 펼쳐 놓은 도감에서 자신 있게 세우상어를 짚어냈다.
　"이거네요. 백상어. 이런 거는 낚시로는 못 잡고 그물에 가끔 걸려요."
　역시 〈조스〉의 주인공 백상아리가 세우상어였던 것이다.
　백상아리는 몸길이 약 9미터까지 자라는 초대형 상어다. 전형적인 상어의

●영화 〈딥 블루 씨〉의 포스터 조스의 흥행 이후 백상아리를 주인공으로 한 여러 편의 영화가 만들어졌다. 이 영화 포스터에서도 백상아리의 커다란 턱을 강조하고 있다.

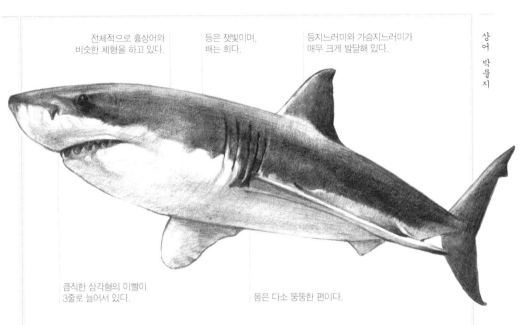

전체적으로 흉상어와
비슷한 체형을 하고 있다.

등은 잿빛이며,
배는 희다.

등지느러미와 가슴지느러미가
매우 크게 발달해 있다.

큰직한 삼각형의 이빨이
3줄로 늘어서 있다.

몸은 다소 뚱뚱한 편이다.

형태를 갖추고 있으며, 머리가 짧고 몸통이 굵어 다소 뚱뚱해 보인다. 이름
과는 달리 백상아리는 몸빛깔이 하얀 상어가 아니다. 배 쪽은 흰색이지만
등 쪽은 회색 바탕에 연한 청색을 띠고 있는 것이 보통이다. 재원도 출신의
함성주 씨는 백상아리가 회색빛이 나고 배가 하얀 상어라고 말했으며, 박판
균 씨는 백상아리 중에 검은 놈이 있다는 이야기를 들려주었다.

　백상아리는 완벽한 사냥꾼이다. 고도로 발달한 감각기관으로 먹이의 위
치를 알아내고, 잘 발달한 근육과 지느러미를 사용해서 빠른 속도로 다가간
다음 맹렬한 몸놀림으로 공격한다. 먹이감을 공격할 때는 눈알을 뒤집어 중

● 백상아리 *Carcharodon carcharias* (Linnaeus)

요한 감각기관을 보호하는 치밀함을 보이기도 한다. 그러나 백상아리의 가장 큰 무기는 역시 커다란 삼각형의 이빨과 강대한 턱이다. 백상아리를 주인공으로 한 영화 〈조스(Jaws)〉의 제목도 백상아리의 거대한 턱(입)을 상징한 것이다. 백상아리의 이빨은 입속에 3중으로 배열해 있는 데다 모두 안으로 굽어 있어서 한번 물리게 되면 빠져나오는 것은 거의 불가능하다. 게다가 이빨의 모서리는 모두 톱니 구조로 되어 있어 근육과 뼈를 순식간에 절단할 수 있다. 백상아리는 이처럼 강하고 위력적인 이빨을 가진 데다 성질이 난폭하여 때때로 사람을 습격하기도 한다. 때문에 백상아리에게는 man eater(식인상어), white death(흰 죽음) 등의 무서운 이름들이 붙여져 있다.

그러나 정약전이 왜 백상아리를 성질이 느긋하며 이빨을 아끼는 상어라고 묘사했는지에 대한 의문은 여전히 수수께끼로 남아 있었다. 대둔도의 장복연 씨 댁을 찾아 이빨을 아끼는 세우상어의 비밀을 알아낸 것은 5개월이 지난 뒤의 일이었다. 장복연 씨는 세우상어란 이름을 금방 알아듣고는 흥미진진한 이야기를 들려주었다.

"백세우. 사람 잡아먹는 상어제. 이빨이 석 줄인디 이빨을 어뜨큼 아끼는 지 낚싯바늘 하나라도 걸리면 고기도 못 물고 사람도 못 문다 그래. 부러질까봐 꼼짝도 안 하고 있다니께. 내가 열두어 살 때 한 마리 잽혀 올라온 적이 있제. 그물에 이빨 하나가 걸렸는데 그것 때문에 도망도 못 가고 그냥 올라왔다 그래. 그래서 우리는 저놈의 상어는 이빨이 생명인가 그랬제."

정약전의 글도 흑산도 주민들 사이에 내려오는 말을 옮긴 것이리라. 정약

● **백상아리의 이빨** 백상아리의 학명은 톱과 같은 이빨이라는 의미를 가지고 있다.

전이 이 이야기에 얼마나 큰 흥미를 보였을지 충분히 짐작된다.

세우상어라는 이름은 어디에서 유래한 것일까? 장복연 씨는 백상아리를 백세우라고 불렀다. 그렇다면 세우의 원말이 상어라는 추측이 가능해진다. 양성 모음 대신 음성 모음을 사용하여 보다 크고 강한 느낌을 주는 것은 그리 드물지 않게 일어나는 일이다. 제주도에서는 식인상어를 서우, 서우가 많이 나타나는 바위를 서우여라고 부른다. 이때의 서우도 상어나 세우가 변한 말일 것이다. 제주의 굿판에서 불리는 민요 중에 〈서우젯소리〉라는 것이 있다. 서우제가 신을 부르는 소리라는 뜻이니 '서우'는 신에 대응하는 말이 분명하다. 제주도는 해양 문화가 뿌리 깊은 곳이다. 서우제의 서우를 상어와 관련 짓는다면, 오래 전 제주도에서 상어가 신적인 존재였을지도 모른다는 흥미로운 추측을 해볼 수 있게 된다. 육지에서 호랑이가 신격화되었듯 바다에서 신격화할 만한 대상이 있다면 역시 백상아리 정도일 것이다.

한국의 식인상어

호주 동부 연안과 서인도제도는 세계에서 가장 상어 떼의 피해를 많이 입는
곳으로 손꼽힌다. 그런데 우리 나라에서도 매년 식인상어가 출몰하는 곳이
있다. 서해안의 보령 연안에서는 키조개를 캐던 어민들이 상어를 목격하거
나 습격당하는 일이 자주 벌어지고 있다. 대중매체에서는 사고가 날 때마다
기상이변으로 인한 것이라거나 마치 새로운 일인 것처럼 이야기하지만, 사
실 상어에 의한 피해는 어제오늘의 일이 아니다. 우리 나라의 식인상어에
대한 가장 오래된 기록은 『현산어보』에서도 언급한 바 있는 진장기의 말로
보인다. 진장기는 신라에 대엽조란 해조류가 있는데, 정월 이후에는 큰 물
고기가 있어 이를 채취할 수 없다고 했다. 사람에게 해를 끼칠 만한 큰 물고
기라면 상어 정도밖에 없을 것이다. 이는 우리 나라에서도 상어의 위협이
고대부터 상존해왔다는 것을 의미한다. 이 밖에도 서ㆍ남해안 곳곳에서 식
인상어에 대한 구전이나 목격담을 확인할 수 있다. 천리포에서는 이 같은
이야기를 주민으로부터 직접 들은 바 있으며, 백령도에서도 메밀꽃이 필 무

렵이면 그 냄새를 맡고 사나운 고기가 나타나 인명을 해친다는 동화 같은 이야기가 전해온다.

우리 나라에 나타나는 식인상어는 온대성이나 열대성 종일 것으로 짐작된다. 그런데 지금까지의 기록을 살펴보면 이상하게도 바닷물이 따뜻한 제주와 남해 연안은 식인상어 피해가 거의 없는 데 반해 오히려 수온이 낮은 서해 중부에서 사고가 더욱 빈번하게 일어난다는 사실을 깨닫게 된다. 한국해양연구원의 유재명 박사는 이를 상어의 생리적 특징과 보령 부근 해역의 특이한 해황에 원인이 있는 것으로 설명한다. 식인상어가 보령 부근 해역을 산란장으로 이용하고 있는데, 이들이 난류를 타고 북상하는 때가 키조개 조업 시기와 겹치면서 이때의 비릿한 냄새와 소음이 번식기를 맞아 예민해진 상어를 자극하여 사고가 일어난다고 추측한 것이다. 유재명 박사는 이 주장의 근거로 부근 해역의 어민이 상어가 두 마리씩 짝을 지어 다닌다고 한 증언을 내놓는다.

식인상어의 정체에 대한 의견도 분분하다. 백상아리, 청상아리, 악상어, 칠성상어라는 등의 주장이 있지만 연안에 주로 출현하는 백상아리가 식인상어라고 추측하는 사람이 가장 많다. 실제로 뉴스나 신문지상을 통해 서해에서 백상아리가 잡혔다는 보도가 많이 나오고 있어 이 주장의 신빙성을 더한다.

그러나 생각만큼 상어가 사람에게 위험한 것은 아니다. 상어는 번식기를 맞거나 상처를 입어 예민해진 경우, 피 냄새를 맡아 흥분한 경우 등이 아니면 여간해서는 사람을 먹잇감으로 여기지 않는다. 상어는 늘상 먹는 먹이만을 먹는 습성이 있기 때문이다. 이러한 습성은 자신에게 위협이 될 수 있는 상대를 피하기 위한 지혜라고 볼 수 있다. 어떤 학자들은 상어가 사람을 물개나 상괭이와 착각하기 때문에 습격하는 것이라고 주장하기도 한다. 실제로 백상아리는 물개나 돌고래류를 잘 습격하는 것으로 유명하다. 어린 상괭이의 피부는 고무처럼 검고 매끈하다. 검은 잠수복을 입고 헤엄치는 잠수부가 상어에게는 맛있는 먹이로 보였는지도 모르겠다.

그러나 우리가 조스를 생각하는 이상으로 백상아리에게는 인간이 두려운 존재였을 것이다. 우리 민족은 특히 상어를 즐겨 먹는 종족 중의 하나였기 때문이다.

"백상어, 모두리 같은 거는 회로 먹지요. 살이 희고 맛있어요. 백상어는 말렸다가 귀한 손님 왔을 때 포로 찢어서 먹는데 주로 겨울에 먹어요. 이런 것 하나 잡아올리면 서로 사려고 하지라."

이렇게 상어는 우리 선조들에게 먹을거리로, 또 등잔불을 밝히는 기름을 공급하는 물고기로 요긴하게 쓰였지만, 또 한편으로는 늘 두려움의 대상이라는 이중적인 이미지를 드리우는 물고기였다.

● 해변에 표착한 상괭이의 시체 상어의 습격을 받고 떠밀려 온 개체도 상당수일 것으로 짐작된다.

껍질로 칼을 갈다

앞에서도 언급했지만, 상어라는 이름은 모래알같이 까끌까끌한 상어의 피부에서 유래한 것이다. 예로부터 선조들은 상어 껍질을 속새와 함께 사포 대용으로 사용해왔다. 정약전은 상어 중에서도 껍질이 특히 거칠어서 줄을 대신하기에 가장 좋은 종을 저자상어로 기록했다.

[산사鯊魚 속명 저자사鯊子鯊]

큰 놈은 2장 정도이다. 몸은 올챙이를 닮았으며 가슴지느러미〔前翼〕는 쳐서 부채와 같다. 모래처럼 거친 껍질은 뾰족하고 예리한 것이 침과 같아서, 이것을 줄로 쓰면 쇠로 만든 것보다 더 잘 든다. 산사의 껍질을 잘 갈면 기물器物을 장식할 수 있는데, 단단하고 매끄러울 뿐만 아니라 조그맣고 둥근 무늬가 흩어져 있는 것이 매우 아름답다. 맛이 담박하여 회를 해 먹으면 좋다.

이청의 주 『순자荀子』「의병편議兵篇」에서는 초나라 사람들이 상어 가죽과 무소〔犀兕〕가죽으로 갑옷을 만들었다고 했다. 서광徐廣은 『사기』의 '교현鮫韅*'에 대한 주注에서 상어 가죽으로 옷과 기물을 장식할 수 있다고 했다. 『설문』에서는 "상어[鮫]는 바닷물고기인데 가죽으로 칼을 장식할 수 있다"라고 했다. 이것들은 모두 지금의 산사를 가리킨 것이다. 『산해경』에서는 "장수漳水는 동남으로 흐르다가 저수睢水로 들어가는데 그곳에는 교어鮫魚가 많다. 교어의 가죽으로는 칼을 장식할 수 있으며, 나무와 뿔을 다룰 수도 있다"라고 했다. 구착□錯이라는 것은 상어의 입 안에 있는 숫돌 같은 피부를 말한다. 우리 나라에서 잡히는 저자사의 입 안 껍질은 매우 예리하여 물건을 가는 데 잘 든다. 흔히 구중피□中皮라고 부르는 것이 곧 이것이다.

올챙이를 닮았고 가슴지느러미가 커서 날개와 같다면 가오리처럼 생긴 상어를 찾아야 할 것이다. 가래상어과와 전자리상어과의 물고기들은 이러한 표현에 걸맞는 겉모습을 하고 있다. 박판균 씨는 저자상어와 비슷한 이름이 없느냐는 질문에 고개를 잠시 갸웃거리더니 혹시 '제자리'를 말하는 게 아니냐고 되물었다. 제자리는 저자와 통하는 말이다. 어떻게 생겼냐고 물으니 넓적하게 생긴 놈이라고 가르쳐준다.

"이거 피부가 딱딱합니까?"

"꺼끌꺼끌해요. 껍데기가 얼마나 센지. 페파로도 쓰지. 칼도 갈고 나무도 갈고 나무 같은 거 문지르면 쫙쫙 나가버려요."

"먹기도 해요?"

"이것도 먹죠. 껍데기 벗겨서 회로 먹어요. 상어랑 똑같이 기가 맥혀."

※ 상어 가죽으로 만든 말의 가죽 장식.

입은 넓고 앞쪽에
위치해 있다.

몸은 납작한 마름모꼴이다.
암갈색 바탕에 불규칙한
무늬가 흩어져 있다.

껍질은 매우 거칠다.

꼬리 위에 2개의
등지느러미가 있다.

꼬리 부분은 두툼하게
발달해 있다.

● 전자리상어 *Squatina japonica* Bleeker

역시 짐작하던 대로 저자상어는 전자리상어였다.

전자리상어는 몸길이 약 2미터까지 자라는 중형의 상어다. 몸은 폭이 넓고 편평하여 상어라기보다는 오히려 가오리의 모습에 가깝지만, 머리와 가슴지느러미가 나뉘어져 있고 넓은 아가미구멍이 몸의 양편에 있으므로 상어로 분류된다.* 입은 넓고 주둥이의 앞쪽에 있으며 양 턱에는 3줄의 날카로운 이빨이 있다. 등지느러미는 둘이지만 모두 작고 몸의 뒤쪽에 있으며 뒷지느러미는 없다. 모래 속을 파고들거나 물 밑바닥에 가만히 숨어 있다가 갑자기 공격하여 머리 위를 지나가는 먹이를 낚아채는 습성이 있는데, 전자리상어의 이빨은 안쪽으로 굽어 있어서 한번 잡은 먹이는 절대로 놓치는 법이 없다.

전자리상어의 껍질은 사포 대용으로 쓰이는 것 외에 여러 가지 공예품으로 만들어지기도 한다. 상어 껍질을 장식품으로 사용한 역사는 꽤나 오래된 것 같다. 서긍의 『고려도경』에서는 고려 무사들이 상어 가죽으로 칼집을 장식하고 있었다는 사실을 확인할 수 있다.

패검의 장식은 모양이 길고 날이 예리하며, 백금과 검은 물소뼈를 섞어서 만들었다. 해사어피(상어 가죽)로 칼집을 만들고, 곁에 환뉴**를 만들어 색 끈으로 꿰거나 가죽띠, 상아, 옥 등을 돼지 가죽으로 만든 칼집의 위, 아래에 장식하니 역시 옛날부터 전해내려온 제도이다. 문위교위와 중검랑기가 모두 찼다.

● 상어 가죽 안경집 우리 나라 옛 안경집 중에는 상어 껍질로 장식되어 있는 것들이 많다.

* 가오리류의 아가미는 몸의 아랫면에 있다.
** 칼집 둘레에 고리를 달아 매는 것.

정동유의 『주영편晝永編』에도 비슷한 이야기가 나온다. 이는 조선시대에 이르기까지도 이러한 풍습이 그대로 전해 내려왔음을 보여주는 것이다.

상어의 껍질은 무심코 만졌다가는 손을 베기 십상일 정도로 날카롭지만, 줄 같은 도구로 잘 갈아주면 아주 예쁜 물방울 무늬가 나타나는데, 단단한 데다 무늬가 아름답기 때문에 예로부터 각종 무기나 장신구를 만드는 데 많이 사용되어왔다. 우리 나라의 옛 안경집 중에도 상어 껍질로 장식되어 있는 것들이 많다. 대모로 만든 안경테와 상어 가죽으로 만든 안경집은 높은 신분의 보증 수표로 여겨질 만큼 귀한 것이었다.

상어 고양이를 닮은

'단도령'이라는 이상한 이름의 상어는 정체를 밝혀내기가 쉽지 않았다. 이 상어의 실체를 규명하는 데에도 박판균 씨의 도움이 컸다.

[사치사四齒鯊 속명 단도령사丹徒令鯊]

큰 놈은 7~8자이고 머리는 귀상어를 닮았다. 다만 귀상어는 머리가 편평한 널빤지 같은 데 비해 이놈은 머리 뒤쪽이 툭 튀어나와 있어 장방형을 이룬다. 머리 아래쪽은 다른 상어와 같다. 입 안에는 각각 두 개의 이빨이 양쪽 볼 가까이에 나 있다. 이빨 뿌리는 둥글고 앞을 향해 있는데 끝이 점점 뾰족해져서 모양이 마치 반쯤 깨진 항아리와 같다. 전복 껍질처럼 울퉁불퉁하게 생겼지만, 매끄럽고 윤기가 있으며, 매우 단단하여 돌을 깨뜨리고, 전복이나 소라의 껍질까지 물어 부술 수 있다. 성질이 매우 온순하고 몸 동작이 둔하여 물에서 헤엄치는 사람이 이를 만나면 안고 나올 수 있을 정도이다. 쓰임새는 치사와 같다. 맛은 꽤 쓰다.

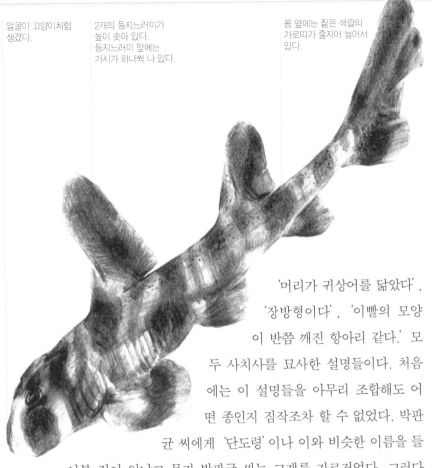

얼굴이 고양이처럼
생겼다.

2개의 등지느러미가
높이 솟아 있다.
등지느러미 앞에는
가시가 하나씩 나 있다.

몸 옆에는 짙은 색깔의
가로띠가 줄지어 늘어서
있다.

'머리가 귀상어를 닮았다',
'장방형이다', '이빨의 모양
이 반쯤 깨진 항아리 같다.' 모
두 사치사를 묘사한 설명들이다. 처음
에는 이 설명들을 아무리 조합해도 어
떤 종인지 짐작조차 할 수 없었다. 박판
균 씨에게 '단도령'이나 이와 비슷한 이름을 들
어본 적이 있냐고 묻자 박판균 씨는 고개를 가로저었다. 그러다
갑자기 생각이 난 듯 단도령은 모르겠는데 '단도리'라는 이름은 들어본 적
이 있는 것 같다고 말했다. 같은 마을에 사는 조복기 씨도 옛날에는 단도리

● 괭이상어 *Heterodontus japonicus* Maclay et Macleay

상어가 났는데 지금은 나지 않는다며 그냥 조그만 상어라고 이야기했다.

상어에 대해 조금씩 공부를 해나가면서 팽이상어가 사치사의 후보로 떠오르기 시작했다. 팽이상어는 몸길이 약 1.2미터 정도에 달하는 소형 상어다. 몸빛깔은 암갈색이고, 짙은 흑색의 가로띠가 등에서 배 쪽으로 내리 그어져 있다. 등지느러미는 2개이며 각각 앞쪽에 강한 가시가 1개씩 있다.

팽이상어는 본문에 나온 사치사의 특징과 많은 부분에서 일치한다. 우선 머리 쪽이 굵고 꼬리로 갈수록 가늘어지는 체형을 하고 있어 본문의 "머리 뒤쪽이 튀어나와 있다"라는 표현과 통하는 바가 있다. 또한 팽이상어는 전복이나 소라를 즐겨 먹어 고동상어라고도 불린다. 성격이 온순하고 동작이 느려 수족관에서 흔히 사육하기도 한다. 그러나 무엇보다도 확신을 주는 것은 이빨의 모양이다. 깨진 항아리와 같다고 표현할 만큼 독특한 이빨을 가진 놈은 팽이상어밖에 없다.

사치사의 정체를 밝히기 위해서 형태를 살피는 것 외에 방언을 조사하는 일도 함께 병행했다. 제주 우도 앞바다에는 '도롱잇여'라는 여가 있다. 여 아래쪽에 야트막한 굴이 있는데, 장마철을 전후하여 '도롱이'들이 이곳으로 와 알을 품는 산란장으로 삼으므로 도롱잇여라는 이름을 붙이게 되었다고 한다. 우도 사람들은 팽이상어를 도롱이라고 부른다. 『우리말큰사전』과 『한국어도보』에서도 단도령상어와 유사한 방언을 찾아낼 수 있었는데 그 주인공 역시 팽이상어였다.

그런데 단도령이나 단도롱이란 말은 도대체 무슨 뜻일까. '도렝이'는 개,

말, 나귀 따위의 살갗이 헐고 털이 빠지는 병으로 비루와 같은 말인데, 괭이상어의 피부도 병에 걸린 것처럼 얼룩덜룩하므로 이와 연관시켜 볼 수 있을 것 같다. 또 몸무게 2관 이상인 가장 큰 대구를 느릉이, 이보다 작은 놈을 보렁대구 혹은 도령대구라고 부르는 것을 보면, 도령이란 말이 작다는 뜻일 가능성도 있을 것 같다. 그런데 우리 나라의 조선사造船史를 다룬 책을 뒤적이다가 또 다른 가능성을 발견했다. 이 책에는 당도리선의 사진과 설명이 실려 있었다. 당도리선은 우리 나라 옛 돛단배의 일종으로 보통 두 개의 돛을 달고 있다. 그런데 두 개의 돛을 높이 세운 모습이 괭이상어의 모습과 비슷하다는 생각이 들었던 것이다. 괭이상어는 몸체에 비해서 상당히 높은 등지느러미를 갖고 있는데, 특히 제1등지느러미와 제2등지느러미가 모두 높이 솟아 있어 당도리선과 비슷한 느낌을 준다. 당도리선은 줄여서 당도리라고 부르기도 하는데 이는 박판균 씨가 말한 단도리와 통하는 말이다. 단도령이란 말도 여기에서 유래한 것이 아닐까 생각해본다.

괭이상어는 단도령 이외에도 도렝이, 단도롱, 씬도롱, 애몽상어, 괴상어, 고양이상어, 전등이, 꼬내기, 고동무치 등 곳에 따라 다양한 이름으로 불린다. 도렝이, 단도롱은 모두 당도리가 변한 말로 보인다. 씬도롱은 괭이상어의 맛과 관련지어 볼 수 있을 것 같다. 괭이상어는 고급어종이 아니어서 흔히 어묵의 재료로 사용되며, 정약전도 본문에서 밝혔듯이 맛이 '쓴' 편이다. 그래서 쓰다는 뜻의 '씬'을 붙여 씬도롱이 되었다고 보면 대충 앞뒤가 맞아떨어진다. 고동무치는 고동상어와 마찬가지로 고동을 잘 먹는 식성을

● **당도리선** 당도리선은 우리 나라 옛 돛단배의 일종으로 보통 두 개의 돛을 달고 있다.

나타낸 이름이다. 현재의 국명인 괭이상어와 괴상어, 고양이상어, 꼬내기는
모두 얼굴 모습이 고양이를 닮았다고 해서 붙여진 이름이다. 일본에서도 괭
이상어를 네코자메ねこざめ, 즉 고양이상어라는 이름으로 부른다는 사실이
재미있다. 아닌 게 아니라 가만히 들여다보면 둥그스름한 머리가 고양이를
많이 닮은 것 같기도 하다.

은빛 상어

어떤 상어가 가장 맛있느냐는 질문에 박도순 씨는 주저없이 은상어를 꼽았다. 그리고는 곧 은상어예찬론이 시작되었다.

"햐. 은상어 맛있제. 어렸을 때 먹은 은상어 두루치기만큼 맛있는 게 없었어라. 기름을 내서 솥에다 볶아 고기를 섞고 생배추와 볶아 김치랑 먹으면 정말 다 죽어도 몰라요. 은상어 눈깔도 기가 막히제. 잡으면 눈부터 파먹는데 눈 하나 먹으면 고기 다 먹는다 그래요. 총명해지라고 애들한테 많이 주는데 애들은 먹지도 못해. 너무 커서 입 찢어지니께. 눈깔 먹다가 부자간에 싸움난다고도 하지라. 먼바다에서 주낙으로 잡는데 지금은 없어라. 혹 가다 노량진 수산시장에 가면 가끔 나오는디."

정약전도 은상어의 회를 매우 맛있다고 평가했다.

[은사銀鯊 속명을 그대로 따름]
큰 놈은 5~6자에 달한다. 성질은 약하고 힘이 없다. 몸색깔은 은빛처럼 희며 비늘

이 없다. 몸은 좁고 높다. 다른 물고기들의 눈이 머리(腦) 옆에 있는 것과는 달리 은상어의 커다란 눈은 볼(頬) 옆에 붙어 있다. 주둥이는 입 밖으로 4~5치 나와 있고, 입은 그 아래에 있다.* 가슴지느러미는 살이 쪄 있고 부채처럼 넓다. 꼬리는 올챙이와 닮았다. 쓰임새는 다른 상어와 같은데, 회가 매우 맛있다. 말린 가슴지느러미를 불로 따뜻하게 녹여 붙이면 젖멍울(乳腫)을 치료할 수 있다.

  은상어는 상어와 가깝기는 하지만 상어류는 아니다. 일반 상어는 몸 옆에 5~7쌍의 아가미구멍이 뚫려 있지만, 은상어는 네 쌍의 아가미구멍만을 가지며 아가미구멍 전체가 한 쌍의 아가미뚜껑으로 덮여 있기 때문이다. 은상어의 몸빛깔은 은백색으로 광택이 있고 양쪽에는 2줄의 갈색 세로띠가 있

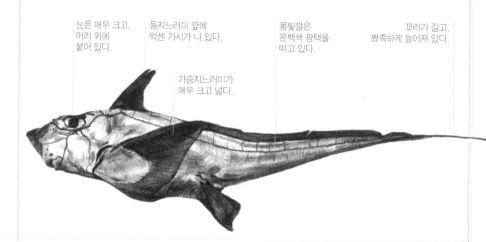

눈은 매우 크고,
머리 위에
붙어 있다.

등지느러미 앞에
억센 가시가 나 있다.

몸빛깔은
은백색 광택을
띠고 있다.

꼬리가 길고,
뾰족하게 늘어져 있다.

가슴지느러미가
매우 크고 넓다.

● 은상어 *Chimaera phantasma* Jordan et Snyder

* [원주] 주둥이(酥鼻)는 머리 끝에 별도로 달린 살덩이로 앞으로 갈수록 뾰족해진다. 연하고 매끄러운 것이 수비酥
(연유煉乳)와 비슷하다고 해서 수비酥鼻라고 이름 붙인 것이다.

다. 제1등지느러미의 앞쪽으로는 억센 가시가 있는데, 그 가시의 뒷가장자리에 톱니가 있다. 가슴지느러미는 크고 넓어 "부채와 같다"라는 표현이 어울리며, 정약전이 올챙이 꼬리와 닮았다고 한 꼬리가 실처럼 길게 늘어져 있다. 은상어는 교미를 통해 체내수정을 한다. 따라서 은상어의 수놈은 상어처럼 교미돌기를 가지며, 그 끝은 세 갈래로 갈라져 있다. 크기는 1미터 정도까지 자란다.

은상어의 큰 눈은 이 물고기가 심해어임을 보여준다. 깊은 물속에서 사는 물고기들은 눈이 비정상적으로 크게 발달하거나 아예 퇴화해버리는 경우가 많다. 박판균 씨는 실제로 은상어가 수심이 깊은 곳에서 잡히며, 흑산 앞바다가 은상어가 잡힐 만큼 깊은 바다라는 사실을 알려주었다.

"은상어 말고라도 상어 잡으려면 멀리 나가야 합니다. 낚싯줄을 80미터, 100미터까지 내려요. 흑산 부근에서 잡아요. 흑산이 다른 곳보다 좀 깊은 편이지라."

환도상어와 총저리

"이거 총저리네요."

도감을 뒤적거리던 박판균 씨는 환도상어의 사진을 보고 전혀 뜻밖의 이름을 대었다. 그리고 몇 번이나 그 이름을 강조했다. 환도상어는 방추형 몸체 뒤에 몸길이만큼이나 긴 꼬리를 가진 특이한 물고기다. 등은 연한 청흑색이고 배는 흰색이다. 정약전은 이 상어를 지금처럼 환도상어라고 부르며 형태와 생태적 습성을 자세하게 묘사하고 있다.

[도미사刀尾鯊 속명 환도사環刀鯊]

큰 놈은 1장 남짓하다. 몸은 둥글고 동아〔冬瓜〕를 닮았다. 몸뚱이의 끝에는 짐승처럼 꼬리가 달려 있다. 꼬리는 넓고 곧으며, 길이는 몸통과 같다. 꼬리의 끝은 뾰족하며 위로 휘어져 있어 환도環刀처럼 보인다. 또한 이 꼬리는 칼끝처럼 예리하고 쇠붙이보다 단단한데, 이를 휘둘러 다른 물고기를 잡아먹는다. 맛이 매우 담박하다.

머리가 짤막하다.　　　몸은 짧고
　　　　　　　　　　뚱뚱한 편이다.

꼬리가 매우 길어
칼이나 채찍처럼 보인다.

가슴지느러미가
크고 길게 발달해 있다.

　박도순 씨도 환도상어를 바로 알아보았다. 사진을 가리키며 정확한 이름은 모르지만 꼬리를 썰어 먹으면 맛있는 상어라고 했다. 박판균 씨는 더 자세한 이야기를 들려주었다.

　"낚시는 잘 안 물고 그물에 가끔 걸려요. 이런 거 잡아도 버려버리지. 꼬리가 빳빳해요. 회초리같이 때리는데 한 대 맞으면 정신이 없어요."

　환도상어의 기다란 꼬리는 사냥용으로 쓰인다. 표층을 유영하면서 몰려다니는 작은 물고기 떼를 만나면 한곳으로 몰아 뭉치게 한 다음, 꼬리로 후려쳐서 실신시킨 후 잡아먹는다. 정약전은 환도상어가 물고기를 사냥하는 장면을 정확히 묘사하고 있다.

　환도는 옛날 군인들이 주로 쓰던 넓적하게 생긴 칼이다. 비슷한 모양의

● 환도상어 *Alopias pelagicus* Nakamura

뼈를 환도뼈라고 부르는 것을 보면, 칼 모양의 기다란 꼬리를 가진 상어에 환도상어라는 이름을 붙이는 것도 자연스러운 일이다. 총저리라는 이름은 어떻게 해석해야 할까? 말의 갈기나 꼬리의 털을 총이라고 부른다. 총댕이는 꼬리를 뜻한다. 꼬리를 꼬랑댕이라고 하는 것을 보면 총댕이의 총이 꼬리에 해당한다는 것을 쉽게 알 수 있다. 꼬랑지와 총지도 마찬가지다. 꼬리의 털빛이 흰 소를 총도리라고 한다. '-저리'를 '-댕이', '-지', '-도리'처럼 별다른 뜻 없이 사물을 지칭하는 접미어로 본다면, 총저리는 꼬리가 길게 늘어져 있는 놈을 가리키는 말이 된다. 조복기 씨는 환도상어를 총상어라고 불렀는데, 이는 꼬리가 긴 상어라는 뜻을 더욱 명확하게 보여주는 이름이다.

갑옷 입은 상어

사실 환도상어에 '총저리'라는 이름이 붙어 있으리라고는 상상도 하지 못했다. 총저리는 『현산어보』에 등장하는 '총절립'과 같은 말이 분명한데, 『현산어보』의 총절립 항목에는 환도상어라고 생각할 만한 부분이 하나도 보이지 않았기 때문이다.

[금린사錦鱗鯊 속명 총절립蔥折立]

길이는 1장 반 정도이다. 모양은 다른 상어와 같지만, 몸이 약간 좁으며, 윗입술에 두 개, 아랫입술에 한 개씩의 수염이 있다. 수염은 밑으로 축 늘어진다. 비늘은 크기가 손바닥만 하고 기왓장처럼 층층이 배열되어 있으며, 매우 현란하게 빛난다. 고깃살은 부드럽고 맛이 좋다. 이 물고기를 먹으면 학질이 곧잘 떨어진다. 때때로 이것을 그물로 잡는다.

(원문에 빠져 있으므로 지금 보충함)

등지느러미가
몸 뒤쪽에 치우쳐 있다.

몸 옆면과 위, 아래에는
단단한 비늘판이 줄지어 늘어서 있다.

눈이 작다.

입 아래쪽에
4개의 수염이 나 있다.

주둥이에 달린 수염이라든지 번쩍번쩍한 비늘에 대한 묘사를 볼 때 총절립은 철갑상어가 틀림없다. 전세계에는 26종 가까이의 철갑상어가 분포하지만, 우리 나라 서해 연안에 서식하는 종으로는 철갑상어와 칼상어 두 종을 들 수 있다. 금린사도 이 두 종 중의 하나일 가능성이 크다.

철갑상어는 상어와는 달리 단단한 뼈를 가진 경골어류에 속하는 어종이다. 몸은 긴 원통 모양이며, 주둥이가 길고 뾰족하다. 몸의 일부는 판 모양의 단단한 비늘로 덮여 있다. 입은 상어처럼 아래쪽에 있고 수염이 4개 달려 있다. 칼상어도 철갑상어와 비슷하지만, 지느러미줄기나 비늘의 수와 모양으로 구분할 수 있다.

● 철갑상어 *Acipenser sinensis Gray*

● 금보수補 또 한 가지 이상한 점은 이 항목의 끄트머리에 '수補'라는 이상한 문구가 붙어 있다는 사실이다. 포자합과 우설접, 회산어 항목에도 같은 문구가 나오며, '수補'를 더욱 많은 항목에서 발견되는 '原篇缺 수補之'와 같은 말로 본다면 이러한 문구가 붙어 있는 항목은 총 13개에 달한다.

　또 한 가지 이상한 점은 이 항목의 끄트머리에 '今補(지금 보충한다)'라는 이상한 문구가 붙어 있다는 사실이다. 포자합과 우설접, 회잔어 항목에도 같은 문구가 나오며, '今補'를 더욱 많은 항목에서 발견되는 '原篇缺 今補之(원문에 빠져 있어 지금 보충한다)'와 같은 말로 본다면 이러한 문구가 붙어 있는 항목은 총 13개에 달한다. 원문은 무엇이고 또 누가 이를 보충했다는 것인가? 한동안 이 문제로 많은 고민을 했다. 보완의 대상과 주체가 누군지 짐작조차 할 수 없었기 때문이다. 원문에 없던 내용을 보완했다는 말인지 원문을 필사한 사본에서 빠진 내용을 보완했다는 말인지, 또한 정약전이 보완했다는 것인지 이청이나 후세에 필사한 사람들이 보완했다는 것인지 모든 것이 불분명했다.

　그러던 어느 날, 원문을 뒤적이다 중요한 단서 하나를 발견했다. 이청은 『현산어보』를 고증할 때 항상 '청안晴案'이란 말로 글을 시작한다. "청이 상고해보니…"라는 식이다. 그런데 어떤 항목에서는 청안이 아니라 그냥 '안案'을 쓰고 있었다. 무슨 특별한 차이가 있나 하고 하나씩 살펴보았다. 과연 '청안'과 '안' 사이에는 중요하고도 흥미로운 규칙이 숨어 있었다. 보통 항목에서는 '청안'으로 시작되지만, '原篇缺 今補之'가 있는 항목에서는 예외 없이 그냥 '안'으로 글이 시작되고 있었던 것이다.

　만약 원문이 정약전의 글이라면 이청이 자신의 의견을 밝힐 때는 당연히 자기 이름 '청'을 밝혀야 한다. 그래서 일반적인 항목에서는 고증을 시작하기 전에 항상 '청안'을 명시한 것이다. 그러나 정약전이 쓴 원본에 빠진 내

　＊ 우설접 항목의 '已上俱 今補'를 제외한다면 '今補'는 모두 '原篇缺 今補之'가 나와 있는 바로 다음 항목에서 '亦今補(이 또한 지금 다시 보충한다)라는 형식으로 나와 있다. 따라서 '今補'는 '原篇缺 今補之'를 간단히 줄여서 표현한 말로 볼 수 있겠다.

용이 있어 부족한 부분을 직접 보충했다면 자신이 쓴 내용과 고증 부분은 따로 구별할 필요가 없으므로 이름을 밝히지 않고 '안' 으로 시작해도 충분하다.

정리해보면 대략 다음과 같은 일들이 일어났던 것 같다. 우선 이청은 직접 혹은 정약용을 통해 『현산어보』를 입수하게 된다. 그러나 그 내용을 살펴보니 흑산도에 서식하며, 많은 사람들이 알고 있는 종인데도 책에 실려 있지 않은 생물들이 있었다. 그래서 『현산어보』를 새로 편집하면서 자신의 지식을 동원하여 부족한 부분을 보충함으로써 책의 완성도를 높이려 한 것이다.

결국 이 항목은 이청이 쓴 것이 분명하다고 판단된다. 정약전은 책의 서문에서 후학이 자신의 책을 더 다듬고 발전시키길 기대했는데, 이청에 의해 생각보다 그런 기회가 빨리 찾아왔다. 그리고 이청이 행한 노력의 흔적이 '原篇缺 수補之' 로 남게 된 것이다.

이청은 정약전이 쓴 글을 고증하고 나름대로 보충하려 노력했지만, 철갑상어에 환도상어를 가리키는 총절립이라는 이름을 붙이는 실수를 저지르고 말았다. 이청은 『현산어보』에 철갑상어 항목이 없다고 생각하고 애써 금린사란 항목을 넣어 보충했지만, 정약전이 직접 쓴 다음 항목을 보면 이청의 판단이 잘못되었다는 사실을 알 수 있다.

● 이청은 『현산어보』를 고증할 때 항상 '청안晴案' 이란 말로 글을 시작한다. "청이 상고해보니…"라는 식이다. 그런데 어떤 항목에서는 청안이 아니라 그냥 '안案' 을 쓰고 있었다. 무슨 특별한 차이가 있나 하고 하나씩 살펴보았다. 과연 '청안' 과 '안' 사이에는 중요하고도 흥미로운 규칙이 숨어 있었다. 보통 항목에서는 '청안' 으로 시작되지만 '原篇缺 수補之' 가 있는 항목에서는 예외없이 그냥 '안' 으로 글이 시작되고 있었던 것이다.

[철갑장군 鐵甲將軍]

길이는 수장丈이며 모양은 대면大鮸을 닮았다. 비늘은 손바닥만큼 크고 강철과 같이 단단하다. 이것을 두드리면 쇠붙이 소리가 난다. 오색이 섞여 무늬를 이루는데 매우 선명하며 매끄럽기는 빙옥과 같다. 맛도 또한 뛰어나다. 섬사람들이 한 번 잡은 일이 있다.

정약전이 철갑장군 항목에 기록해놓은 내용은 철갑상어를 묘사한 것이 분명하다. 금린사 항목과 철갑장군 항목의 설명이 비슷한데도 이청이 두 물고기가 같은 종류라는 것을 알아내지 못했다는 사실이 오히려 이상하게 느껴진다.

정약전은 철갑상어를 한 번밖에 잡은 일이 없다고 했고, 이청은 가끔 어민들이 그물로 잡는다고 했다. 이를 통해 비록 생산량은 많지 않았지만 철갑상어가 예로부터 꽤 잘 알려진 물고기였다는 사실을 알 수 있다. 옛 문헌에서 철갑상어는 다양한 이름으로 등장한다. 『재물보』에는 전어鱣魚 · 황어黃魚 · 옥판어玉版魚, 『본초강목』에는 홀어忽魚라고 기록되어 있으며, 여타의 중국 문헌들에는 이보다 훨씬 많은 이름들이 나온다. 그런데도 정약전과 이청 모두 이러한 이름들을 전혀 언급하지 않았다. 아마도 정약전은 참고문헌을 구할 수 없는 상황이었으므로 속명만을 옮길 수밖에 없었고, 이청은 정약전이 남긴 기록만으로 고증해야 했으므로 이 물고기의 정체를 정확히 밝혀내지 못했던 것이리라.

● **전어** 옛 문헌에서 철갑상어는 다양한 이름으로 등장한다. 『재물보』에는 전어 · 황어 · 옥판어, 『본초강목』에는 홀어라고 기록되어 있으며 여타의 중국 문헌들에는 이보다 훨씬 많은 이름들이 나온다.

예전에도 그리 많지 않았지만 철갑상어는 점점 수가 줄어 지금은 거의 멸종 상태에 이르게 되었다. 물고기 낚는 일을 생업으로 하고 있는 박판균 씨도 태어나서 지금까지 철갑상어를 한 번도 본 적이 없다고 하니 상황을 짐작할 만하다. 박도순 씨는 예전에 딱 한 번 철갑상어를 본 적이 있다고 했다.

"이거 줄상어라고 하지라. 톱 써는 줄 말이여. 옆에 쇠겉이 단단한 게 있어라. 옛날에 한 번 본 기억이 나네요. 지금은 안 나제. 없이 살던 시절 풍선 타고 다니던 세상이여. 아버지가 한 번 배 타고 나가면 3일 만에, 5일 만에 돌아오곤 했제. 아버지 왔다 해서 쫓아 나가보면 온갖 고기를 다 잡아오는데 이런 거 한 번 잡아온 걸 본 기억이 있어라."

정부는 1996년 3월부터 철갑상어를 특정 야생 동식물로 지정하여 보호하고 있다.

내가 처음 철갑상어를 본 것은 대학원에 재학 중일 때였다. 신림동의 최기철 선생님 자택에서 육수생물학 강의를 듣게 되었는데, 강의를 받던 서재의 책장에는 갖가지 책과 자료들이 빽빽하게 꽂혀 있었고, 선반에는 수십 년간 모은 물고기 표본들이 가득 들어차 있었다. 그리고 테이블 한쪽에 철갑상어와 칼상어의 표본이 놓여 있었다. 세계 최대의 민물고기 중 하나이며,* 값비싼 캐비아를 생산하는 철갑상어가 우리 나라에 살고 있다는 사실도 놀라웠지만 무엇보다도 인상적이었던 것은 금속 광택을 뿜어내고 있던 철갑상어의 비늘이었다. 과연 철갑상어라는 이름이 붙을 만했다. 상세한 본문의 묘사로 보아 정약전은 철갑상어를 직접 관찰한 것이 틀림없다.

---

* 민물고기라고는 했지만 철갑상어류는 일생의 대부분을 바다에서 살아가며 산란기에만 강을 거슬러오른다. 알을 낳은 후 부화된 새끼와 어미는 다시 바다로 돌아가서 생활한다.

본문을 읽다보면 그가 철갑상어를 구석구석 뜯어보고 비늘을 두드려보는 장면이 떠오른다. 유리 상자 속에 들어 있지 않았다면 나도 틀림없이 같은 충동을 느꼈을 것이다.

정약전은 철갑상어가 맛이 좋은 물고기라는 점을 강조하고 있다. 실제로 철갑상어 고기는 인기가 높다. 유럽 사람들은 소금에 절여서 먹거나 훈제로 먹고, 일본에서는 횟감이나 초밥용으로 많이 이용한다. 철갑상어는 세계 3대 진미의 하나인 캐비아(caviar)를 만들어내는 물고기로도 유명하다. 캐비아는 철갑상어 알을 소금에 절인 식품으로 러시아 산이 특히 유명하다.

상어를 삼킨 물고기

대면의 정체

박판균 씨의 흥미진진한 상어 이야기가 끝나갈 무렵 대화는 자연스레 한 물고기에 대한 화제로 넘어가고 있었다. 『현산어보』의 첫머리를 장식하는 신비의 물고기 '대면'이 그 주인공이었다.

[대면大鮸 속명 개웃菜狌北]

큰 놈은 길이가 1장丈 남짓 된다. 허리통도 굵어서 몇 아름[數抱]이나 된다. 생김새는 민어를 닮았고 몸빛깔은 황흑색이다. 맛도 민어와 비슷하지만 더 진하다. 음력 3~4월경에 물 위에 뜬다.*

음력 6~7월경에 상어를 잡는 사람들은 낚시를 물 밑바닥까지 늘어뜨린다. 상어는 이것을 물고 거꾸로 매달리게 된다. 상어는 매우 힘이 강하다. 낚시에 걸리게 되면 꼬리를 휘둘러 낚싯줄을 몸에 감고 힘을 주는데 낚싯줄이 끊어지기도 한다. 그런데 이렇게 몸을 뒤척이다 보면 반드시 거꾸로 매달린 자세가 되어버린다. 이때 대면은 낚시에 걸린 상어를 잡아먹으려고 달려든다. 그러나 대면이 상어를 물면 오히려 상어의

---

* [원주] 물고기 중에는 이처럼 물에 떴다가 다시 잠수할 수 없는 것들이 많은데, 이것은 봄·여름 동안 물고기의 부레 안에 공기가 너무 많아진 까닭이다. 어부들은 이럴 때 맨손으로도 물고기를 잡는다.

등지느러미에 나 있는 송곳 같은 가시에 내장을 찔려 거꾸로 낚시에 걸린 꼴이 되고
만다. 낚시를 들어올리면 상어와 함께 올라오는데 어부의 힘으로는 다루기가 불가능
할 정도로 힘이 세다. 그래서 어부들은 밧줄로 그물을 만들어서 꺼내기도 하고, 손을
물고기의 입에 넣고 그 아가미를 잡아서 끌어올리기도 한다.* 석수어 중에서 작은 놈
은 이가 단단하지만, 중간치쯤 되는 놈은 이가 있어도 단단하지 않다. 대면은 이가 상
어의 껍질처럼 잘아서 사람이 손을 넣어도 다치지 않는다. 대면의 간에는 진한 독이
있어 이것을 먹으면 어지럽고[眩眩], 옴[癩疥]이 돋는다. 대면의 쓸개로는 종기[瘡根]
를 치료할 수 있다.**

이청의 주 석수어 중에는 크고 작은 여러 가지 종류가 있는데 모두 머릿속에 돌이 두 개
씩 들어 있다. 뱃속의 하얀 부레로는 아교를 만들 수 있다. 『정자통』에서는 "석수어는
일명 면鮸이라고 한다. 동남해에 서식하며 모양은 강준치류[白魚]와 같은데, 몸이 납
작하고 뼈가 약하며 비늘이 잘다"라고 했다. 석수어를 『영표록嶺表錄』에서는 석두어石
頭魚, 『석지浙志』에서는 강어江魚, 또 『임해지臨海志』에서는 황화어黃花魚라고 불렀다.
그러나 이 대면의 형태를 밝힌 책은 아직 보지 못했다.

　대면은 우리 나라 자연과학의 역사에서 『현산어보』가 차지하는 중량감만
큼이나 거대한 몸집을 자랑한다. 길이가 2미터에 육박하며, 낚시에 물린 상
어를 통째로 삼킬 정도로 커다란 입을 가지고 있다. 과연 우리 나라 근해에
이런 물고기가 실제로 존재하는 것일까?

* [원주] 아가미란 물고기의 목 언저리에 붙은 빳빳한 털이다. 양편에 각각 털이 많이 붙어 있어 참빗과 같은데,
사람들은 이를 구섭句纖이라고 부른다. 일반적으로 물고기의 코는 단지 냄새 맡는 기능만을 하고 있으며, 물을 마
시고 내뿜는 일은 아가미가 한다.
** [원주] 보통 큰 물고기의 쓸개는 모두 종기를 치료할 수 있다. 또한 흉통과 복통에 효험이 있다고도 한다.

정약전은 이 물고기를 '대면'이라고 밝히고 민어·석수어와 함께 석수어 항목으로 묶어놓았다. 대면은 큰 민어라는 뜻이다. 대면이 조기나 민어 무리라면 우선 그 크기에 걸맞는 종류여야 할 것이다. 우리 나라 근해에 나타나는 민어과 어류 중에 가장 큰 종류는 바로 '민어' 자신이다. 게다가 정약전이 속명으로 기록한 개웃*은 민어의 특대형을 가리키는 전남 방언인 개우치와 같은 말로 생각된다. 그렇다면 대면은 말 그대로 큰 민어를 말한 것일까? 그러나 대면을 민어로 보기에는 무리가 따른다. 민어는 기껏해야 1미터를 넘기기 힘든 데다 본문의 설명처럼 큰 물고기를 삼키는 식성을 보이지도 않기 때문이다. 정약전은 석수어 항목 중에서도 대면을 민어와 분리하여 실어 놓았으며, 이청도 고금의 문헌에서 대면에 해당하는 물고기를 찾을 수 없었다고 스스로 밝히고 있다.

* 원문에는 艾羽叱이라고 되어 있지만, 艾는 芥를 잘못 표기한 것으로 보인다. 이영일 씨는 나이 많은 어부들이 돗돔을 개굴치라고 부르는 것을 들은 적이 있다고 했다. 대면이 애초에 '개웃' 혹은 '개우치'라고 불리고 있었음을 짐작케 하는 대목이다. 또 다른 가능성은 애웃을 개웃에서 ㄱ이 탈락한 형태로 보는 것이다. 김대식은 「자산어보고玆山漁譜考」라는 논문에서 흑산도 현지민들로부터 애웃이라는 돗돔의 방언을 확인했다고 보고한 바 있다. 그렇다면 艾가 芥의 오기가 아닐 가능성이 오히려 높아진다. 돗돔의 방언으로 '개웃'과 '애웃'의 2가지 형태가 동시에 존재했고, 정약전이 이중에서 '애웃'을 취하여 기록한 것으로 보면 앞뒤가 들어맞는다.

할배 떴다

혹시 대면이 전혀 다른 종인 것은 아닐까? 민어와 유사한 외형을 가지면서 2미터에 육박하는 대형종이라면 '대면'이라는 이름으로 불릴 수 있을 것이다.

어느 날 아무 생각 없이 TV 채널을 돌리다가 어느 지방 방송국에서 촬영한 다큐멘터리 한 편을 접하게 되었다. '돗돔'이라는 신비의 물고기를 찾아다니는 내용이었다. 나는 우선 돗돔의 크기가 엄청나게 크다는 사실에 관심이 끌렸다. 끝내 돗돔을 낚아올리는 장면을 촬영하지 못했지만, 입질을 받고 낚싯대가 휘어지는 모습에서 그 크기를 미루어 짐작할 수 있었다. 게다가 쉽게 눈에 띄지 않는 이 물고기를 찾기 위해 제작진이 수소문 끝에 찾아간 곳은 다름 아닌 '흑산도'였다. 흥분된 마음으로 백과사전을 뒤적이자 예상은 현실화되었다.

돗돔(*Stereolepis ischinagi*)
경골어류硬骨魚類 농어목 농어과의 바닷물고기. 몸길이는 약 2미터이다.

몸은 타원형이고 약간 측편되었다. 몸빛깔은 회갈색 바탕에 복부는 백색이다. 등 변두리가 배의 변두리보다 더 만곡되어 있다. 사이는 평탄하며 눈은 머리 앞쪽 상부에 있다. 아래턱은 위턱보다 약간 길게 돌출되어 있다. 입술은 두껍고 위턱과 아래턱의 서골鋤骨과 구개골에 넓은 융모상의 이빨 띠가 있다. 뺨과 아가미뚜껑은 잔비늘로 덮여 있고 머리와 옆구리에 둥근 비늘이 있으나 뒤로 갈수록 빗비늘이다. 심해성 물고기로 수심 400~500미터의 암초 수역에 서식한다. 산란기는 5~6월이다. 한국 · 일본에 분포한다.

—두산세계대백과사전

우선 돗돔의 엄청난 크기는 우리 나라 연안에 살고 있는 물고기 중에서 독보적이다. 낚시로 낚이는 것은 대부분 70~90킬로그램짜리지만 큰 놈은 무게가 300킬로그램까지 나간다. 게다가 사진으로 확인한 몸체는 초심자의 눈으로 본다면 충분히 민어와 비슷하다고 느낄 만했다. 돗돔은 농어목 농어과, 민어는 농어목 민어과에 속하지만 전체적인 체형이며, 갈라지지 않은 꼬리지느러미, 비늘의 질 등 꽤 닮은 구석이 있었다. 그뿐만이 아니었다. 정약전은 본문에서 대면의 이빨이 상어의 껍질처럼 잘아서 손을 넣어도 다치지 않는다고 했다. 실제로 돗돔의 아래턱과 위턱에 촘촘하게 돋아 있는 이빨은 크기가 작아서 전혀 위협적이지 않다.

본문에서 대면은 상어 낚시에 걸려나온다고 했다. 상어가 심해성 어종이라는 점을 생각하면 대면도 깊은 곳에 사는 심해성 어종일 가능성이 높다. 그런데 돗돔이 바로 대표적인 심해성 어종이다. 돗돔은 평소 수심 400~500미터의 암초 수역에 서식하면서 달고기 등의 심해 어류나 산란을 마치고 죽어서 바닥에 가라앉은 오징어를 먹고 살아간다.

정약전은 음력 3~4월이 되면 돗돔이 물 위에 뜬다고 말한 후 이를 부레와 관계지었다. 그러나 이는 돗돔이 산란기를 맞아 수심이 얕은 곳으로 이

머리가 매우 크다.

눈은 머리의 위쪽에 치우쳐 있다.

지느러미 가시가 매우 날카롭다.

몸은 어두운 갈색을 띠고 있다.

입술이 두껍고 아래턱이 위턱보다 약간 튀어나와 있다.

몸길이는 2미터에 이른다.

꼬리지느러미 끝이 칼로 잘라놓은 것처럼 일직선이다.

● **돗돔** *Stereolepis doederleini* Lindberg et Krasyukova

동하는 습성을 잘못 이해한 것일 가능성이 높다. 돗돔은 산란기인 5~7월이 되면 60~70미터의 비교적 얕은 수심층으로 이동한다. 이 시기는 정약전이 말한 대면의 포획 시기와도 대략 일치한다. 일반적으로 돗돔 낚시는 열기, 볼락낚시가 활황세를 보이는 1~2월에 시작되어 돗돔이 산란을 마친 시점인 7~9월의 한여름까지 계속되는데, 대체로 부산을 비롯한 경남 지방에서는 2~4월 사이에, 거문도 등 남해 서부권에서는 6~8월 사이에 많은 양이 잡힌다고 한다. 이에 따르면 정약전이 말한 음력 6~7월(양력으로 7~8월)은 흑산도에서 돗돔이 낚이는 시기와 일치하게 되는 것이다.

더욱 재미있는 것은 다음과 같은 어부들의 증언이다. 생업으로 열기, 우럭을 낚는 어부들은 돗돔이 나타나면 "할배 떴다!"라고 탄식하며 낚시채비를 걷어올린다고 한다. 돗돔이 낚싯바늘에 걸린 고기들을 모조리 따먹거나 채비를 망가뜨려버리기 때문이다. 낚시에 걸린 미끼를 따먹는 것을 좋아한다는 말은 본문에 나온 돗돔이 낚시에 걸린 상어를 물고 늘어지는 장면과 놀라울 정도로 일치하고 있다.

돗돔을 대면으로 볼 수 있는 마지막 증거는 이 물고기의 간에 대한 설명이다. 정약전은 대면의 간에 진한 독이 있어 이것을 먹으면 어지럽고 옴이 생긴다고 밝혔다. 이것은 전형적인 비타민A 중독 현상이다. 모든 생물의 간에는 비타민A가 풍부하게 들어 있는데, 특히 물고기나 물고기를 먹는 동물의 간에 많이 들어 있다. 비타민은 여러 가지 생리활성 효과를 나타내지만 과도하게 섭취하면 오히려 해가 되기도 한다. 특히 비타민A와 같은 지용성 비타민의 경우 너무 많은 양을 섭취하면 몸에 부담을 주고 생리 작용을 방해하게 된다.[*] 그런데 바로 이 돗돔의 간 속에 비타민A가 특별히 많아서 먹을 경우 중독의 위험성이 높다는 사실이 알려져 있다.

[*] 극지방을 탐험하는 사람들이 북극곰의 간을 먹고 나서 심하게 앓거나 심지어 죽기까지 했다는 이야기는 비타민의 독성을 잘 설명해준다.

환상의 물고기

일반인들은 이름조차 들어보지 못한 경우가 대부분이겠지만 돗돔을 노리는 낚시꾼들의 수는 적지 않다. 낚시꾼들은 100킬로그램에 육박하는 육중한 체구, 낚싯배를 끌고 다닐 만큼의 우직한 뚝심, 그리고 승부에서 지고 나면 깨끗이 항복하고 떠오르는 돗돔의 매너에 커다란 매력을 느낀다고 말한다. 그러나 돗돔 낚시는 결코 쉽지 않다. 장비를 충분히 갖추고 나서도 물때를 맞추어야 하고, 기상 조건도 좋아야 한다. 파도가 높거나 조류가 거세어도 낚시가 불가능하다. 조류의 세기나 계절에 따라 낚이는 포인트와 수심층이 달라지므로 물밑 지형에 정통한 안내인이 필요하다.

　물때를 잘 맞추어 배를 타고 나가 적당한 포인트를 찾은 다음에는 싱싱한 고등어미끼를 바늘에 끼워 100미터 내외의 수심층에 내린다.* 돗돔은 미끼를 한입에 덥석 물기 때문에 바늘은 미끼의 주둥이나 등 쪽으로 아무렇게나 꿰어도 상관없다. 정약전이 본문에서 묘사한 미끼에 걸린 상어를 덥석 삼키다 가시에 찔리는 장면은 이러한 돗돔의 습성을 잘 나타낸 것이다. 고패질

* 어부들은 숭어나 대형 오징어, 살아 있는 열기, 우럭, 참돔을 미끼로 쓰기도 한다.

을 부지런히 하다 보면 덜컥 강한 입질을 받게 될지도 모른다. 돗돔은 입질을 한 후 미끼를 물고 자신의 은신처나 바위 틈으로 들어가는 성질이 있으므로 처음 입질을 받았을 경우에는 이에 충분히 대비해야 한다. 돗돔은 성인 두 사람의 힘으로도 감당해내지 못할 만큼 힘이 세다. 잘못했다가는 낚싯대와 함께 물속으로 빨려들어갈 수도 있다. 그래서 어부들은 입질을 받으면 낚싯줄을 뱃전에 묶어두고 고기가 지칠 때까지 기다리는데 3~5시간까지 사투를 벌이기도 한다. 헤밍웨이의『노인과 바다』에서나 봄 직한 인간과 물고기와의 대혈투를 우리 나라에서도 볼 수 있다는 것이 낚시꾼들의 가슴을 설레게 한다.

　돗돔은 동해 남부의 경남 기장 앞바다와 부산 앞바다, 그리고 거제도 남단의 안경섬, 홍도 등에서 많이 낚이고, 남해 서부권의 거문도 등 남해안 전역에 걸쳐 서식하는 것으로 알려져 있다. 가거도 어부들에 따르면 인근 연안에서 돗돔이 수년 간 100마리는 족히 잡혀 나왔다고 한다. 돗돔에 대한 다큐멘터리에서는 흑산도 앞바다의 돗돔이 많이 나오던 여에 언젠가 폭약을 터뜨려 몇 마리를 잡은 후에는 다시 잡히지 않는다고 했다. 박판균 씨는 사리에서 돗돔이 잡힌 일이 있다고 증언했다.

　"돗돔 큰 거. 옛날에 한 번 잡혔지라. 이 부락에서 잡혔어요. 둥글둥글 해가지고 비늘이 거의 손바닥만 해요. 얘기를 들어보니까 낚시에 걸리면 금방 죽는다더만요. 기름기가 많아요. 고기에도 많고, 비늘에도 많고, 끓이면 기름이 많이 떠요."

조복기 씨는 돗돔을 직접 잡아본 적도 있다고 했다.

"옛날에는 여기도 있었제. 가거도, 태도에서 하나씩 잡았어요. 80킬로그램까지 잡아봤어라."

대둔도의 장복연 씨는 만재도에 돗돔이 많이 난다며, 비늘이 사근사근 맛있다고 맛을 회상했다. 실제로 돗돔은 고급 어종에 속한다. 고기 맛이 아주 담백하고 비린내도 거의 나지 않아 회나 구이로도 최고다. 살은 연한 복숭아 빛을 띤 백색이며 여름과 가을 사이에 잡히는 것이 가장 맛있다. 이러한 환상의 물고기가 점차 자취를 감춰가고 있다는 사실이 안타까울 따름이다.

여러 가지 정황으로 미루어볼 때 과거 정약전이 살았던 당시에도 돗돔이 잡혔을 것으로 추측된다. 그러나 워낙 낚기가 힘든 물고기인 탓에 실물을 본 사람 역시 많지 않았을 것이다. 돗돔이 정식 이름을 얻지 못하고, 대면이나 개우치라는 다른 물고기의 이름으로 불리게 된 것도 워낙 드물게 잡히는 어종이었기 때문은 아니었을까?

아가미와 코

본문의 설명 중에서 그냥 넘길 수 없는 부분이 있다. 정약전은 돗돔의 아가미에 대한 주에서 물고기의 코와 아가미의 기능에 대한 자신의 견해를 밝히고 있는데 그 내용이 상당히 과학적이다.

아가미란 물고기의 목 언저리에 붙은 빳빳한 털이다. 양편에 각각 털이 많이 붙어 있어 참빗과 같은데, 사람들은 이를 구섬句纖이라고 부른다. 일반적으로 물고기의 코는 단지 냄새 맡는 기능만을 하고 있으며, 물을 마시고 내뿜는 일은 아가미가 한다.

정약전은 아가미의 형태를 묘사한 후, 그 속명을 '구섬'이라고 밝혔다. 구섬은 구세미를 음차한 것이다.*

물고기의 아가미는 참빗처럼 잘게 갈라져 있기 때문에 표면적이 넓어 물이 그 사이를 통과할 때 녹아 있는 산소를 충분히 받아들일 수 있는 구조로

---

* 지금도 서해안의 여러 지방에서는 아가미를 구세미, 혹은 귀세미라고 부른다.

되어 있다. 사람은 공기 속에서 폐로 숨을 쉬지만 산소를 받아들이는 방식은 물고기와 비슷한 점이 있다. 공기 중에 포함된 산소는 아가미처럼 여러 갈래로 갈라져 표면적을 넓힌 허파 표면을 통해 혈관 속으로 녹아들게 된다. 그런데 사람과 물고기의 호흡 과정에는 중요한 차이점이 있다. 사람이 숨을 쉴 때는 코나 입을 통해 공기를 받아들이지만, 물고기는 입을 통해서만 물을 받아들인다. 물고기는 콧구멍의 안쪽 끝이 막혀 있어 입과 연결되지 않으므로 코로는 숨을 쉴 수 없기 때문이다. 물고기의 코는 냄새를 맡는 기능만을 할 뿐이다. 정약전은 물고기의 이러한 특성을 잘 이해하고 있었다. 아마 세심한 관찰을 통해 물고기의 콧구멍이 막혀 있다는 사실과 아가미를 통해 호흡을 한다는 사실을 알아내었을 것으로 짐작된다.

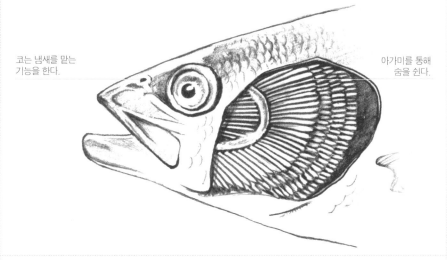

코는 냄새를 맡는 기능을 한다.

아가미를 통해 숨을 쉰다.

●**아가미** 물고기의 아가미는 참빗처럼 잘게 갈라져 있기 때문에 표면적이 넓어 물이 그 사이를 통과할 때 녹아 있는 산소를 충분히 받아들일 수 있는 구조로 되어 있다.

대면만은 못하지만 민어의 크기도 만만치 않다. 민어의 특대형을 개우치라 불렀고 그 이름이 돗돔에까지 연결되었다는 사실을 보더라도 이를 쉽게 짐작할 수 있다. 우리 나라에서는 민어속의 물고기로 수조기, 보구치, 동갈민어 등 모두 7종이 알려져 있다. 이들 중 민어가 가장 커서 4년 정도 자라면 길이 1미터, 몸무게 7킬로그램에 이른다. 대물이 되는 것이다. 민어는 크기에 따라 다른 이름으로 불리기도 한다. 예를 들어 어떤 지역에서는 1킬로그램 반~2킬로그램 미만은 송치, 그 이상을 민어라고 한다. 조그만 놈은 민어라는 이름을 얻을 자격도 없다. 정약전도 민어의 길이를 4~5척이라고 밝혀 1미터 안팎에 이르는 대형종으로 묘사하고 있다.

[면어鮸魚 속명 민어民魚]

큰 놈은 길이가 4~5척에 달한다.* 몸은 약간 둥근 편이며 황백색을 띠고 있다. 등은 청흑색이다. 비늘과 입이 모두 크다. 맛은 담박하면서도 달다. 날로 먹거나 익혀

---

* [원주] 여기에서 척이란 주척(1주척은 약 20센티미터에 해당한다)을 말한다. 다음에 나오는 것도 모두 이와 같다.

먹어도 좋지만 말린 것은 더욱 몸에 좋다. 부레로는 아교를 만들 수 있다. 흑산 바다에는 드물지만 간혹 물 위에 뜬 것을 잡거나 낚시로 잡을 때가 있다. 나주 여러 섬*의 북쪽에서는 음력 5~6월에 그물로 잡고, 6~7월에는 낚시로 잡는다. 그 알집 한 짝의 길이는 몇 자에 달한다. 젓을 담거나 포로 만들어도 맛이 일품이다. 어린 놈은 흔히 암치어巖峙魚라고 부른다. 또 사람들이 부세어富世魚라고 부르는 종류도 있는데 길이가 두 자 정도밖에 되지 않는다.

이청의 주 면鮸은 면免으로 발음된다. 그리고 우리 나라 발음으로 면免과 민民은 서로 가까우므로 민어民魚는 곧 면어鮸魚에서 나온 이름이라고 할 수 있겠다. 『설문』에는 "면鮸은 조선말이다. 예사국薉邪國에서 난다"라고 기록되어 있다. 예薉는 현재 우리 나라의 강원도 지방〔嶺東〕이다. 그러나 아직 이곳에서 면이 난다는 말은 듣지 못했다. 서남해에 이 물고기가 있을 따름이다. 『본초강목』에서는 "석수어 말린 것을 상어鯗魚라고 한다. 사람의 몸을 보양하게 하므로 이러한 이름이 붙여졌다"라고 했다. 나원羅願은 "어떤 물고기든지 말린 것은 모두 상鯗이라고 한다. 그러나 그 맛이 석수어에 미치지 못하므로 홀로 존칭을 얻었다. 색이 하얗고 맛이 좋다고 해서 석수어 말린 것을 특별히 백상白鯗이라고 부르는 것이다. 만약 이슬이나 바람을 맞으면 붉게 변색되고, 뛰어난 맛을 잃게 된다"라고 했다. 우리 나라에서도 민어로 좋은 상鯗을 만들고 있으니, 역시 민어가 면인 것은 틀림없는 사실이다.** 『동의보감』에서는 민어를 회어鮰魚라고 기록했다. 그러나 사실 회鮰는 외鮠이며 강과 호수에서 잡히는 비늘이 없는 물고기다. 진장기도 면鮸을 외鮠로 잘못 전하고 있는데 이시진은 회鮰와 면鮸을 혼동하지

* 지금의 신안군에 속해 있는 여러 섬들을 말한다.
** 『본초강목』에서는 면鮸을 석수어의 다른 이름으로 소개하고 있다. 이를 확인한 이청은 면을 석수어의 일종으로 파악했고, "석수어로 품질이 뛰어난 상을 만들고 민어로도 좋은 상을 만드니, 면과 민어는 같은 말이다"라는 식으로 논지를 전개해나가고 있다.

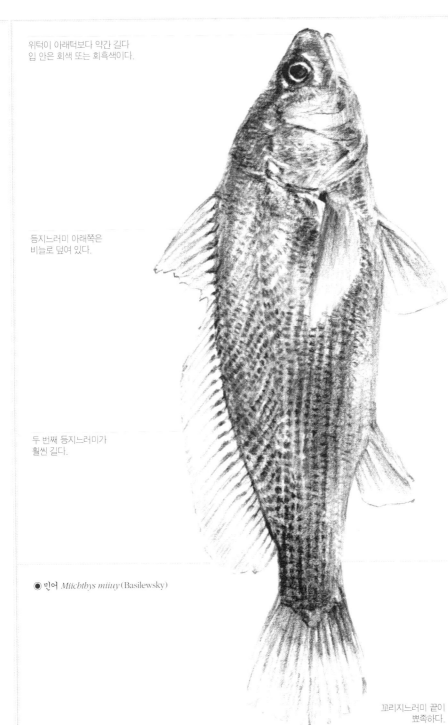

위턱이 아래턱보다 약간 길다
입 안은 회색 또는 회흑색이다.

등지느러미 아래쪽은
비늘로 덮여 있다.

두 번째 등지느러미가
훨씬 길다.

● **민어** *Miichthys miiuy* (Basilewsky)

꼬리지느러미 끝이
뾰족하다.

말라고 밝힌 바 있다.

'큰 놈이 싱겁다'라는 말이 있지만, 민어는 커다란 덩치에도 불구하고 사람들의 입맛을 돋우는 무언가가 있다.

"민어 맛있제. 회로도 먹고 찜으로도 먹고 매운탕거리로도 괜찮고."

흔히 민어를 '만백성이 즐겨 먹는 물고기'라고 한다. 과연 민어는 그 이름에 걸맞게 오랫동안 민중과 함께 살아온 대표적인 물고기였다. 격식 있는 자리에서도 민어 이상으로 대접받은 물고기가 드물었다. 잘빠진 몸매에 두껍고 큼직큼직한 비늘까지 갖춘 민어는 제수음식으로 첫손가락에 꼽혔으며, 잔칫상을 빛나게 하는 최고의 주연 배우였다. 잔칫상을 물린 후에는 이제까지의 영광을 뒤로 하고, 다시 모처럼의 고단백 영양식이 되어 모인 사람들에게 술안주로, 밥반찬으로 돌려졌다.

민어는 『신증동국여지승람』과 『세종실록지리지』에 민어民魚라고 기록되어 있다. '백성의 물고기'란 뜻이다. 이 이름은 우리 민족에게 민어가 차지하고 있던 비중을 잘 보여주는 것이다. 그러나 민어의 이름이 원래 민어民魚였던 것은 아닌 것 같다. 이청은 민어의 원래 글자가 면鮸이며, 면어鮸魚가 변해서 민어民魚가 되었다고 추론하고 있는데, 꽤 합리적인 설명이다. 아마도 민어가 일반 백성들에게 널리 이용되면서 백성 민民자를 써서 표기하게 된 것이리라.

『습유기』, 『동의보감』, 『물명고』, 『재물보』에서는 민어를 회어鮰魚라고 기록했다. 『우항잡록雨航雜錄』에서는 민어를 크기에 따라 나누어 부르고 있다. 작은 것을 접어鰈魚 또는 유어鮥魚, 가장 작은 것을 매수梅首 또는 매동梅童, 그 다음 것을 춘수春水라고 한 것이다. 지금도 어촌에서는 크기, 즉 성장 과정에 따라 민어를 다른 이름으로 부르고 있다. 법성포에서는 길이 30센티미터 내외인 놈을 홍치, 완도에서는 작은 민어를 불둥거리라고 부르며, 서울과 인천 상인들은 네 뼘 이상인 놈을 민어, 세 뼘 반인 놈을 상민어, 세 뼘 내외인 놈을 어스래기, 두 뼘 반인 놈을 가리, 그 미만인 것을 보굴치로 나누어 부른다. 임자도에서는 7킬로그램 이상을 돗돔, 중간치를 민어, 1킬로그램 미만은 통치로 구분하고 있다. 통치란 크기가 작아서 제상에 '통째로' 올라간다는 뜻에서 붙인 이름이다. 정약전은 민어의 어린놈을 암치라고 부른다고 했다. 실제로 전라도에서는 자잘한 민어를 암치라고 부르는 곳이 많다. 그러나 민어를 소금에 절인 것을 암치라고 부르는 곳도 적지 않다. 원래 자잘한 민어를 암치라고 부르던 것이 크기가 작으니 절여두었다가 구이나 찜용으로 쓰던 습관 때문에 새로운 의미를 낳게 된 것으로 추측된다.

보신탕보다 민어찜

이청은 민어의 맛이 석수어(조기)에 미치지 못한다고 했지만, 사실 민어의 맛은 다른 어종에 결코 뒤떨어지지 않는다. 살은 흰색으로 탄력이 있으며 단맛이 있어 횟감으로도 좋다. 옛 요리서인 『시의전서』에서는 "껍질을 벗겨 살을 얇게 저미고 살결대로 가늘게 썰어 기름을 발라 접시에 담은 다음 겨자와 초고추장을 식성대로 쓴다"라고 하여 민어회 만드는 방법을 소개한 바 있다. 민어는 담백한 데다 지방이 적당하여 구워먹어도 맛이 있다. 살이 후해서 배부르게 먹을 수 있을 뿐만 아니라 고깃살은 소화 흡수가 빨라서 어린이나 노인, 환자들을 위한 보양식으로 좋다. 『동의보감』에서도 민어가 노약자와 어린이의 보양에 좋다고 밝힌 바 있다. '복더위에 민어찜은 일품, 도미찜은 이품, 보신탕은 삼품'이라는 말처럼 민어찜은 서울과 경기도에서는 오히려 도미찜보다 한수 위로 평가받았다. 먹을거리가 시원찮았던 서민들은 민어로 복달임을 하며 무더위를 이겨냈던 것이다. 정약전과 이청은 본문에서 민어로 만든 포에 대해 언급하고 있다. 특히 정약전은 민어를 날로 먹거나 익혀 먹는 것보다 오히려 포로 가공하는 편이 더욱 몸에 좋다고까지 주장하고 있다. 아마도 저장 기술이 발달하지 못했던 시절이었기에 포의 효능을 과장한 것이 아닌가 짐작된다. 박도순 씨도 옛날에는 민어를 잡으면 모두 포로 만들어 먹었다고 하여 정약전의 시대를 증언했다.

'민어는 비늘밖에는 버릴 것이 없다'라는 말이 있다. 민어는 어두봉미魚頭鳳尾라고 하여 머리의 맛을 오히려 높이 쳤고, 민어 껍질은 말려서 튀겨 먹거나 날껍질에 밥을 싸먹기도 했다. '날껍질에 밥 싸 먹다 논 팔았다'라는 식담은 민어 껍질의 맛을 대변하는 것이다. 민어의 부레는 섬유질이 많아 쫄깃거리는 맛이 뛰어나므로 날것으로 기름소금에 그냥 찍어 먹는다. 또 정약전이 말했듯이 민어의 부레에는 젤라틴이 많이 함유되어 있어 질 좋은 아교를 만들 수 있다. 서유구도 『난호어목지』에서 "전국의 장인들이 사용하는 아교가 모두 민어의 부레로 만든 것이다"라고 밝힌 바 있다. 활이나 화살 등의 무기를 만들거나 합죽선合竹扇의 부챗살과 갓대를 붙일 때도 민어부레풀은 필수였다. '이 풀 저 풀 다 둘러도 민애풀 따로 없네'라는 속담은 민어풀의 품질이 얼마나 뛰어난지를 보여주는 말이다. '옻칠 간 데 민어 부레 간다'라는 말도 있다. 천 년을 가도 썩지 않는다는 옻칠과 목재를 깨끗하게 붙여주는 민어부레풀은 서로 궁합이 잘 맞아 세간 장롱이나 문갑 이불장, 쾌상을 만드는 데 요긴하게 쓰였다. 과연 '민어가 천 냥이면 부레가 구백 냥'이란 말이 생겨날 만도 하다.

민어는 다양한 용도에 걸맞게 어업의 역사 또한 길다. 『세종실록지리지』

와 『신증동국여지승람』의 토산조, 영조 때 편찬된 『읍지』들을 보면 민어가 경기도와 충청도, 전라도, 황해도, 평안도에서 잡히고 있었다는 사실을 알 수 있다. 정약전은 민어가 흑산 바다에서는 희귀하고 신안군 부근에서 많이 난다고 했다. 신안군 임자도는 지금도 민어의 주산지로 이름이 높다.

"그물로도 잡고 주낙으로도 잡어라."

박도순 씨의 말이다. 물살이 세차게 흐르는 밤이면 어부들은 민어잡이를 나선다. 우선 마디를 틔운 기다란 대통을 물속에 집어넣어 민어가 있는지 없는지 확인한다. 민어는 조기처럼 물속에서 개구리울음 같은 소리를 내는데, 민어가 있다면 그 소리가 대통을 통해 울려퍼지게 된다. 가까운 곳에서 울음소리가 메아리치면 이제 그물을 던질 차례다. 조류가 약한 조금 무렵에는 주낙으로 민어를 낚기도 한다. 수질 오염과 남획으로 어획량이 급감하고 있는 이때, 무리지어 몰려온 민어들이 내지르는 우렁찬 울음소리가 그리울 따름이다.

우럭은 우리 나라에서 횟감이나 낚시 대상어로 첫손가락에 꼽히는 물고기다. 그런데 막상 우럭이 어떤 물고기인지 제대로 알고 있는 사람은 그리 많지 않은 것 같다. 이름 자체의 혼란이 이러한 결과를 낳은 것인지도 모르겠다. 농어과의 많은 물고기들이 우럭이라는 별명을 가지며 심지어 조개류 중에도 우럭이 있다. 볼락이라고 불리는 물고기도 그에 못지않게 종류가 많다. 게다가 우럭과 볼락이란 말은 서로 통용되기까지 한다. 사리 선착장에서 낚은 물고기 중에 조피볼락이라는 종류가 있었다. 조피볼락은 우럭으로 불리는 대표종이면서 이름에 볼락이란 말이 붙어 있다.

서유구의 『전어지』에는 울억어鬱抑魚라는 물고기가 등장한다.

서해에서 나며 몸은 둥글고 비늘은 잘다. 큰 놈은 1자 가량 된다. 등은 튀어나왔으며 빛깔이 검다. 배는 불룩하고 흑백의 무늬가 있다. 등에는 5개의 짧은 등가시가 있고, 꼬리 가까이에는 긴 지느러미가 있으며 살은

● **조피볼락** 사리 선착장에서 낚은 물고기 중에 조피볼락이라는 종류가 있었다. 조피볼락은 우럭으로 불리는 대표종이면서 이름에 볼락이란 말이 붙어 있다.

＊ 횟집에서 우럭이라고 부르는 볼락류의 대부분은 조피볼락이다. 조피볼락은 우럭 외에 조피·똥새기 등의 이름으로도 불린다.

쫄깃하고 가시가 없어서 곰국을 만드는데 맛이 훌륭하다.

울억어는 우럭을 한자로 옮긴 말이 분명하다. 아마 서유구가 말한 우럭도 조피볼락이었겠지만, 다른 볼락류였을 가능성도 충분하다. 볼락류의 물고기들은 모양이 유사하여 구별이 쉽지 않기 때문이다. 정약전이 말한 '검처귀'도 조피볼락일 가능성이 많지만 불확실하기는 마찬가지다.

[검어黔魚 속명 검처귀黔處歸]

모양은 강항어(도미)를 닮았다. 큰 놈은 석 자 정도이다. 머리·입·눈이 모두 크고 몸은 둥글다. 비늘은 잘고 등이 검으며 지느러미 줄기가 매우 강하다. 맛은 농어와 비슷하고 살은 약간 단단한 편이다. 사철 볼 수 있다. 사람들이 등덕어登德魚라고 부르는 크기가 조금 작은 놈은 색이 검고 붉은 줄무늬가 있다. 맛은 검어보다 담박하다. 제일 작은 놈은 응자어應者魚라고 부른다. 응자어는 몸빛깔이 자흑색이고 맛이 담박하며 언제나 돌 틈에 노닐면서 멀리 헤엄쳐 나가지 않는다. 대체로 검어 종류는 모두 돌 틈에 서식한다.

정문기는 『한국어도보』에서 이 물고기를 쏨뱅이로 밝혀놓았다. 그러나 오늘날 검처귀라고 불리는 물고기들을 보면 양볼락과에 속하는 여러 종이 포함되어 있다는 사실을 알 수 있다. 아마도 검처귀라는 것은 비슷한 형태의 여러 가지 물고기를 동시에 가리키던 말인 것 같다.

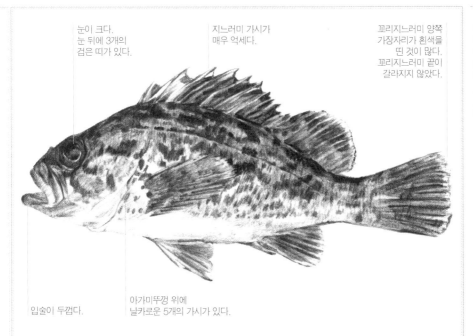

눈이 크다.
눈 뒤에 3개의
검은 띠가 있다.

지느러미 가시가
매우 억세다.

꼬리지느러미 양쪽
가장자리가 흰색을
띤 것이 많다.
꼬리지느러미 끝이
갈라지지 않았다.

입술이 두껍다.

아가미뚜껑 위에
날카로운 5개의 가시가 있다.

　　정약전은 검처귀와 비슷한 종류로 정어 · 박순어 · 적박순어를 들고 있는
데, 이 중에서 검처귀와 정어, 그리고 박순어와 적박순어의 모습이 비슷하
다고 설명했다. 박순어나 적박순어라는 이름과 본문의 내용을 고려해볼 때
이 두 무리를 묶을 수 있는 가장 큰 기준은 입술의 두께다. 입술이 비교적
두꺼운 종류를 검처귀와 정어, 입술이 얇은 종류를 박순어와 적박순어로 나
누어놓은 것이다. 박판균 씨는 살살치 · 우럭볼락 · 흰꼬리볼락 · 개볼락 ·
조피볼락 · 누루시볼락 · 띠볼락 등 비교적 입술이 두꺼운 종류를 모두 검처
구라고 부르고, 볼락 · 황볼락 · 불볼락 · 도화볼락 등 입술이 얇은 종류들을

● 조피볼락 *Sebastes schlegeli* Hilgendorf

볼락이라고 지적하여 이러한 추측을 뒷받침했다.

박도순 씨는 검처귀의 대표종으로 조피볼락을 꼽았다.

"이게(조피볼락) 확실히 검처구네요. 가두리 양식 하는 사람들은 검처구 새끼 치어 뜨려 다니기도 하지라. 최근에는 우럭이라고 부르지만 옛날에는 모두 검처구라고 했어라. 지금도 할머니, 어머니들은 검처구라고 부릅니다."

박판균 씨 역시 조피볼락을 검처귀의 대표종으로 보았다.

"우럭 같은 거는 다 검처구라 그라지요. 검처기라고 부르기도 하고. 조피가 진짜 검처구. 이거(누루시볼락)는 직생이, 이거(띠볼락)는 잉태, 이거(우럭볼락)는 똥뽁지라고도 하고 신뽈락이라고도 하고."

검처귀라는 이름의 뜻은 무엇일까? 정약전은 이 물고기를 '黔魚'라고 표기했다. '黔'이 검다는 뜻으로 쓰였다고 본다면, 黔魚는 검어로 읽고 뜻은 '검은 물고기'로 풀이할 수 있다.* '검처귀'도 마찬가지다. 꺽저구, 꾹저구 등의 물고기 이름에 들어가는 '저구'라는 말이 검다는 뜻의 '검' 뒤에 붙어 검저구, 즉 검처귀가 되었다고 생각하면 무리가 없다. 박도순 씨의 의견도 마찬가지였다.

"워낙 검으니께 검처구라 그러는 거겠제."

검처귀는 몸빛깔이 검은 조피볼락을 기본종으로 하고, 박순어나 적박순어와는 달리 입이 크고 입술이 두꺼운 볼락 종류들을 두루 가리켰던 말로 보는 것이 가장 적절하리라 생각된다. 그렇다면 흑산 근해에서 볼 수 있는 여러 종류의 볼락들이 검처귀의 후보가 될 수 있을 것이다.

● 조피볼락 새끼 "가두리 양식하는 사람들은 검처구 새끼 치어 뜨려 다니기도 하지라."

＊ 조피볼락은 일본에서 '구로소이〔黑曹以〕'라고 불린다. 역시 몸빛깔이 검기 때문에 붙여진 이름이다.

조피볼락과
또 다른 검처귀들

조피볼락은 흑산 근해에서 많이 나는 데다 정약전이 말한 검처귀의 조건들을 두루 갖추고 있다. 도미를 닮은 둥글넓적한 체형에 커다란 머리·입·눈, 잔 비늘과 검은 체색, 등지느러미의 단단하고 날카로운 가시 등이 모두 이 물고기의 특징이다.

조피볼락은 연안 얕은 바다의 암초가 잘 발달한 곳에 주로 서식한다.[*] 야간에는 물의 표층이나 중층에 떠올라 그다지 이동하지 않지만 낮 동안에는 군집을 이루어 활발히 운동하며, 특히 아침, 저녁에 활동이 뚜렷하다. 조피볼락은 작은 물고기, 새우나 게 등의 갑각류, 오징어나 낙지류 등을 잡아먹고 사는 육식성 물고기다. 그리고 알 대신 새끼를 낳는 난태생 어종이기도 하다. 5~6월 초순 성숙한 조피볼락 암놈의 배를 눌러보면 조그만 새끼들이 튀어나오는 모습을 눈으로 확인할 수 있다. 맛과 향이 뛰어나서 회나 매운탕 재료로 인기가 있으며, 우리 나라에서 가장 많이 양식되는 물고기 중의 하나이다.

---

* 이러한 성질 때문에 영미권에서는 조피볼락을 Rock fish라고 부른다.

정약전이 조금 작으며 빛깔이 검고 붉은 띠가 있다고 묘사한 등덕어는 황점볼락일 가능성이 있다. 방언으로 꺽더구, 검서구, 검강구 등이 있어 검처귀의 조건에 합당할 뿐만 아니라 몸에 붉은 띠를 두르고 있기 때문이다. 장복연 씨는 검처구 종류 중에 응더리라는 것이 있다고 했다.

"응더리는 쏨뱅이라 그러는 사람도 있고, 북저구라 그러는 사람도 있고, 하여튼 그런 걸 응더리라 그래."

응더리는 응자어와 같은 이름임이 분명하다. 응더리가 음운 변화를 일으켜 응저리로 불리던 것을 정약전이 응자어라고 옮겼다고 보면 크게 무리가 없다. 정약전은 본문에서 응저리가 자흑색을 띤다고 했는데, 장복연 씨도 응더리가 붉은색 계통을 띠고 있다고 하여 의견의 일치를 보였다.

볼락 종류는 구별하기가 쉽지 않고 지금도 사람에 따라 다른 이름으로 부르는 경우가 많다. 예전 사람들도 이들을 색깔과 크기에 따라 대충 나누어 불렀을 가능성이 크므로 더 이상 세분하는 일은 무의미할 것으로 생각된다.

북제귀의 정체

"북제귀, 북저구라는 물고기 아십니까? 볼락 종류인데."

"북저구 알죠. 옛날에는 많이 났제. 가에서는 까만 게 잘 물고 멀리 가면 빨간 게 잘 물어라."

"이게 북저구 맞아요?"

"이거 맞어. 어디 보자. 쏨뱅이하고 붉은쏨뱅이, 이게 다 북저구여."

너무나 쉽게 답이 나왔다. 정약전이 정어, 북제귀라고 기록한 종의 정체가 밝혀진 것이다.

[정어頳魚 속명 북제귀北諸歸]

모양은 검어와 비슷하다. 매우 큰 눈이 앞으로 툭 튀어나와 있다. 색은 빨갛고, 맛은 검어를 닮아 담박하다.

북제귀란 말은 붉다는 뜻의 '붉'에 물고기를 나타내는 접미어 '제귀'가

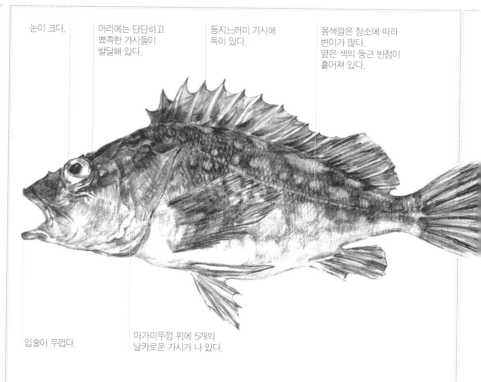

눈이 크다.

머리에는 단단하고 뾰족한 가시들이 발달해 있다.

등지느러미 가시에 독이 있다.

몸색깔은 장소에 따라 변이가 많다. 옅은 색의 둥근 반점이 흩어져 있다.

입술이 두껍다.

아가미뚜껑 위에 5개의 날카로운 가시가 나 있다.

붙은 형태이며, 검처귀와 같은 조어법으로 이루어져 있다. 검처귀가 검은 색깔에 기원을 둔 말이라는 생각이 굳어진다. 사리의 박정국 씨 말은 이 같은 추론에 힘을 실어준다.

"검실검실하니 검처구, 불긋불긋하니 북저구라 그러는 게지요."

정약전은 북제귀의 모습이 검처귀와 유사하며 눈이 특별히 크다고 했다. 이러한 조건을 만족시키면서 색이 붉은 물고기로는 쏨뱅이, 붉감펭, 점감

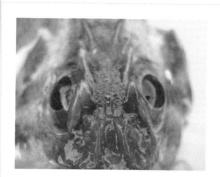

◉ 쏨뱅이 *Sebastiscus marmoratus* (Cuvier)

◉ 쏨뱅이의 얼굴 쏨뱅이의 머리 위쪽에는 날카로운 가시들이 늘어서 있다.

펭, 홍감펭 등의 볼락류들을 들 수 있다. 검처귀가 조피볼락과 유사한 여러 종을 포함하듯이 북제귀도 한 종만을 가리킨 것이 아닐지도 모른다. 그러나 위의 설명에 가장 잘 부합하는 것은 역시 쏨뱅이다. 정문기도『한국어도보』에서 쏨뱅이를 북제귀로 보았다.

실제로 쏨뱅이는 조피볼락 등과 매우 닮은 모습을 하고 있다. 정약전은 검처귀의 가장 큰 특징으로 두꺼운 입술과 큰 눈을 들었는데, 쏨뱅이도 역시 두꺼운 입술과 큰 눈을 가지고 있다. 박도순 씨는 쏨뱅이의 튀어나온 눈에 대한 재미있는 이야기를 들려주었다.

"여기서는 북저구라고 하는데 진도에선 쏨뱅이라 그러더라구. 북저구는 눈이 툭 튀어나와 있어요. 그래서 눈 톡 볼가진 사람들을 보구 북저구 같은 놈의 새끼라고 부르지라."

북조개, 북저구, 쫌배, 쫀뱅이, 삼뱅이, 쑤쑤감펭이, 자우레기, 수염어, 쑤염어 등은 모두 쏨뱅이를 가리키는 말이다. 북조개나 북저구 같은 경우는 색깔 때문에 붙은 이름이 분명하지만, 나머지 대부분은 쏨뱅이의 쏘는 특성을 빗대어 붙인 이름인 것 같다. 영어권에서도 쏨뱅이를 scorpion fish, 즉 전갈물고기라고 부른다.

쏨뱅이류는 등지느러미에 독선이 있는 경우가 많기 때문에 손으로 잡다가 찔리면 심한 통증을 느끼게 된다. 이러한 위험에도 불구하고 많은 사람들이 쏨뱅이 낚시를 즐긴다. 맛이 있는 물고기이기 때문이다. 쏨뱅이는 살이 단단하고 맛이 담백하여 회로도, 국으로도 상당히 좋은 맛을 낸다.

● **쏨뱅이와 조피볼락** 쏨뱅이는 조피볼락 등과 매우 닮은 모습을 하고 있다. 정약전은 검처귀의 가장 큰 특징으로 두꺼운 입술과 큰 눈을 들었는데, 쏨뱅이도 역시 두꺼운 입술과 큰 눈을 가지고 있다. 사진 위는 쏨뱅이, 아래는 조피볼락.

두꺼운 입술과
엷은 입술

검처구는 몰라도 볼락이란 이름을 들어본 사람은 많을 것이다. 그만큼 볼락
은 대중적인 낚시 대상어다. 경제어종 중에서 어부들보다 낚시꾼들에 의해
잡히는 양이 더 많은 유일한 물고기라는 말까지 있을 정도니 그 인기를 짐
작할 만하다. 일반적으로 볼락낚시는 11월부터 이듬해 2월까지 배를 타고
깊은 바다로 나가서 잡는 외줄낚시와, 꽃대가 올라오기 시작하는 이른 봄부
터 5~6월 보리누름 때까지 해안의 방파제나 갯바위에서 행하는 밤낚시의
두 가지 방식으로 이루어진다.

볼락은 경계심이 매우 강하다. 이것은 눈이 큰 물고기들의 공통적인 특징
이기도 하다. 조그만 자극에도 언제 거기 있었냐는 듯 자취를 감추는 일이
다반사며, 날씨에도 민감해서 달빛이 조금만 밝아도, 바람이 조금만 불어도
입질이 뚝 끊겨 구경하기조차 힘들다. 볼락을 '날씨 박사'라고 부르거나
"볼락은 천기를 미리본다"라고 말하는 이유도 이 때문이다. 그러나 볼락은
호기심과 먹이에 대한 공격성이 무척 강하여 조건만 잘 맞으면 미끼를 덥석

덥석 물어주는 경향이 있다. 따라서 한 마리가 바늘에 걸려들면 다른 놈들도 덩달아서 미끼를 물기 때문에 무리가 흩어지지 않도록 조심하면 한 번에 네댓 마리 이상씩 주렁주렁 낚아올릴 수도 있다. 낚시꾼들은 이를 '볼락꽃이 폈다'라고 표현한다.

그러나 이제는 볼락자원도 다른 연근해 어족 자원들과 함께 고갈되어가고 있어 옛날만큼 재미를 보기가 쉽지 않다. 박도순 씨도 볼락 낚시를 다녔던 기억을 떠올리며 아쉬워했다.

"옛날에는 볼락이 많았는데. 낚시로 많이 잡았제. 요새는 없어라."

정약전이 말하는 발락어는 볼락의 음을 한자로 옮긴 것이 분명하다.

[박순어薄脣魚 속명 발락어發落魚]

모양은 검어를 닮았지만 크기는 추어鯫魚, 즉 석수어石首魚 정도이다. 색은 검푸르고 입이 작으며, 입술과 아가미는 매우 엷다. 맛은 검어와 같다. 낮에는 먼바다에서 머무르다가 밤이 되면 바위 구멍 사이로 되돌아온다.

볼락은 우리 나라 연안에서 암초가 형성된 곳이면 어디에서나 볼 수 있는 흔한 물고기다. 몸길이는 대략 20~30센티미터 정도이며, 몸꼴은 조피볼락·쏨뱅이 등의 검처귀 종류와 거의 비슷하지만 좀더 부드럽고 연약한 느낌이다. 입술 또한 엷어서 정약전이 지은 박순어라는 이름과 잘 부합한다.

조선시대 중기 이전의 문헌에는 볼락으로 인정할 만한 물고기의 이름이 눈이 매우 크다.

몸빛깔은 생활하는 곳과
물 깊이에 따라 변화가 심하다.

조피볼락에 비해
입이 작은 편이고,
입술이 얇다.

전체적인 생김새가
조피볼락과 비슷하지만
다소 연약한 느낌이 든다.

나오지 않다가 조선조 말기의 어보류에 비로소 이름이 등장하기 시작한다. 김려의 『우해이어보』에는 볼락이 매우 자세하게 소개되어 있다.

　　보라어甫羅魚는 모양이 호서*에서 나는 황석어와 유사하나 크기가 매우 작고 빛깔은 옅은 자주빛이다. 본토박이들은 이 물고기를 보락甫鮥 혹은 볼락어乶犖魚라고 부른다. 우리 나라 방언으로 옅은 자줏빛을 보라甫羅라고 한다. 보甫가 아름답다는 뜻이니 보라는 아름다운 비단과 같은 말이다. 보라라는 이름은 여기에서 비롯된 것이 틀림없다. 이곳 진해의 어부들은 때

● 볼락 *Sebastes inermis* Cuvier

※ 지금의 충청남 · 북도 지방을 말한다.

때로 그물로 잡긴 하지만 많이 잡지는 않는다. 매년 거제도 사람이 볼락을 잡아 젓갈로 담근 것을 수백 단지나 배에 싣고 와서 팔고 생삼(生麻)과 바꾸어간다.

김려의 글을 통해 볼락이란 이름의 유래와 어획량, 가공 방법에 대한 정보들을 얻을 수 있다.

흔히 새끼를 낳는 물고기라고 하면 망상어를 떠올리지만, 볼락도 조피볼락·쏨뱅이 등과 함께 대표적인 난태생 어류에 속한다. 이들의 교미는 늦가을에 이루어진다. 암수 두 마리가 연안 바위 틈 사이로 천천히 헤엄치다가 마주 선 자세로 배를 맞대고 교미를 시작하는데, 수컷은 암컷의 항문 뒤쪽에 있는 생식공에 교미기를 삽입한다. 암컷의 몸속에 들어간 정자는 1개월 정도 미숙한 난자가 성숙하기를 기다렸다가 수정에 참가하게 된다. 수정 후 다시 1개월이 더 지나면 무색 투명한 새끼 볼락이 은빛 눈을 반짝이며 태어난다.

어린 새끼고기가 어른 손바닥만큼 자라려면 보통 3년 가까이 걸리는데 큰 볼락은 감성돔보다 더 값지게 알아준다고 한다. 큰 볼락은 등에 엷은 칼집을 낸 다음 소금을 뿌려 숯불에 구워 먹으면 좋고, 매운탕을 끓여도 진한 맛이 우러난다. 작은 볼락도 어촌에서는 인기가 높다. 김치 담그는 데 함께 버무려 담가두면 뼈가 연해지면서 통째로 씹어 먹을 수 있게 되는데, 고소한 맛이 일품이기 때문이다.

붉은 볼락, 불볼락

볼락은 보호색이 잘 발달해 있다. 볼락 중에서 암초에서 사는 놈은 색깔이 검고, 우뭇가사리 등 해초 사이에서 사는 놈은 붉은색을 띠고 있는 경우가 많다. 볼락의 붉은 형 외에도 붉은색을 가진 볼락류들이 많은데, 불볼락·도화볼락 등이 그 대표적인 예다. 검은색을 검처구, 붉은색을 북저구라 부르듯 사리 마을에서는 붉은색을 띠고 있는 볼락 무리를 모두 불볼락이라고 부르고 있었다.

"볼락 중에 불그레한 거는 다 불볼락이라고 해요. 흑산도에서는 뻘건 게 많지라."

박판균 씨가 말하는 불볼락은 적박순어로 추측된다.

[적박순어赤薄脣魚 속명 맹춘어孟春魚]
박순어와 같으나 색이 붉다는 점이 다르다.

눈이 매우 크며,
홍채가 황금색을 띠고 있다.

5개의 갈색 띠가 있다.

아래턱이
위턱보다
길다.
입이 작고,
입술은 엷다.

전체적인 생김새가
볼락과 거의 유사하다.

꼬리지느러미 끝부분이
약간 오목하다.

　실제로 불볼락이라는 이름을 가진 종류가 있다. 남해안에서 열기라고 부르는 종이 바로 불볼락이다. 그러나 박판균 씨가 말한 불볼락이나 정약전이 말한 적박순어에는 여러 종류의 볼락류가 포함되어 있다고 보는 것이 옳을 것 같다.＊

　맹춘어라는 속명은 지금도 쓰이고 있다. 조복기 씨는 맹춘어를 맹촐래미라고 부르며 불볼락과 똑같은 말이라고 했다.

● 불볼락 *Sebastes thompsoni* (Jordan et Hubbs)

＊ 박판균 씨는 도화볼락도 불볼락의 일종이라고 지적했다. 도화볼락은 흑산 근해에서 많이 잡히며, 볼락과 같은 형태에 붉은 빛을 띠고 있어 충분히 적박순어의 후보가 될 수 있다.

쏘는 물고기,
손치어

검어 항목의 맨 마지막을 장식하는 것은 강한 독을 가진 물고기다.

[석어鮖魚 속명 손치어遜峙魚]

　모양과 크기가 작은 검처귀와 유사하다. 등지느러미에 강한 독이 있다. 성이 나면 고슴도치처럼 되고, 적이 가까이 가면 찌른다. 사람도 이것에 찔리면 견디기 어려울 정도로 아프다. 솔잎을 넣고 달인 물에 이 물고기에게 찔린 부위를 담그면 신통한 효험이 있다.

　정문기의 『한국어도보』에서는 손치어를 쑤기미로 보았다. 쑤기미는 영어명과 일어명이 모두 악마나 귀신을 뜻할 만큼 흉측하게 생겼다. 그러나 맛이 뛰어나 회·구이·튀김으로 먹으며, 일본에서는 양식까지 하고 있다. 쑤기미는 일반인들에게 범치라는 이름으로 많이 알려져 있는데, 이 밖에도 쑥쑤기미·쐬미·창쑤기미·바다쑤기미·미역치·범치 등의 다양한 이름으로

● 쑤기미 정문기의 『한국어도보』에서는 손치어를 쑤기미로 보았다. 쑤기미는 영어명과 일어명이 모두 악마나 귀신을 뜻할 만큼 흉측하게 생겼다.

불린다. 쑤기미의 등지느러미에는 강한 독이 있어 찔리면 격심한 통증을 느끼게 된다. 노약자나 어린이들의 경우 위급한 상황을 맞을 수도 있으며, 몇 해 전 서해안에서는 휴양객이 쑤기미에 쏘여 119구급대가 출동한 일도 있다.

석어의 속명으로 적혀 있는 손치어는 '쏠치'를 한자로 옮긴 말로 보인다. 석어의 '석螫'이 '쏘다'라는 뜻이라는 것만 봐도 짐작할 수 있는 내용이다. 쑤기미는 지역에 따라 쏠치라고 불리기도 하므로 손치어의 후보로 손색이 없다. 그러나 쑤기미를 손치어로 확정하기에는 웬지 망설여지는 부분이 있다. 쑤기미는 검처귀와 같은 양볼락과 물고기이지만, '검처귀와 유사하다'라고 판단하기에는 그 모습이 너무 독특해서 과연 정약전이 이 둘을 같은 종류로 보았을까 의심스러울 정도이기 때문이다.

쑤기미 외의 다른 물고기 중에서 석어의 후보를 찾는다면 미역치가 가장 먼저 떠오른다. 미역치는 모양이 검처귀와 유사하고 역시 쏘는 것으로 유명한 물고기다. 몸길이가 약 11센티미터 정도로 작은 데 비해 체형은 검처귀와 유사해서 이 종류의 새끼처럼 보이기도 한다. 몸빛깔은 붉은 기운이 강하며, 옆구리·등·가슴 및 꼬리지느러미에 각기 불규칙한 흑갈색의 작은 반문이 있다. 이 복잡한 무늬들은 보호색으로 작용한다. 미역치는 해조류가 우거진 바위 틈에 많이 사는데, 그 이름도 서식처와 관련 있어 보인다.

미역치는 낚시꾼들에게는 성가신 잡어 중의 하나다. 해변에서 낚시를 하다 보면 깔짝대는 입질로 미끼만 따먹으면서 사람을 감질나게 하다가 낚았다 싶어 끌어올려 보면 새끼손가락만 한 미역치가 매달려 있어 황당해 하는 경우가 있다. 화가 나긴 하지만 함부로 떼어내려고 하다가는 독가시에 찔려 곤욕을 치르게 된다. 손을 갖다대면 등지느러미를 고슴도치처럼 바짝 세우면서 위협을 하는 것이 정약전의 묘사를 떠올리게 한다.

박판균 씨는 미역치를 많이 보긴 했지만 쏠치라는 이름은 들어보지 못했다고 했다.

"미역밭에 보니까 많이 살던데. 쏠치? 그런 말은 못 들어봤어요."

그러나 미역치와 유사하게 생긴 어종으로 알락쏠치, 퉁쏠치 등이 있고, 실제로 미역치를 쏠치라고 부르는 곳도 있다는 점을 생각한다면 예전의 흑산도에서 미역치를 쏠치라고 불렀을 가능성도 충분해보인다.

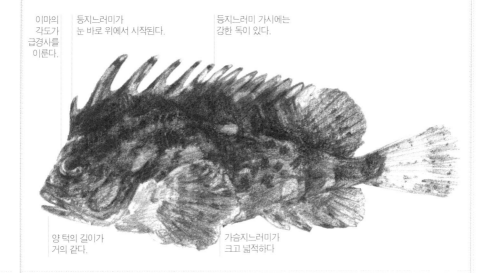

이마의 각도가 급경사를 이룬다.

등지느러미가 눈 바로 위에서 시작된다.

등지느러미 가시에는 강한 독이 있다.

양 턱의 길이가 거의 같다.

가슴지느러미가 크고 넓적하다

● **미역치** *Hypodytes rubripinnis* (Temminck et Schlegel)

뱀을 닮은 고둥

박판균 씨네 아이들은 처음 보는 노트북 컴퓨터가 신기한지 대화 내내 옆에서 계속 들여다보고 있었다. 시간이 지나자 용기가 생겼는지 키보드를 건드리며 장난을 쳐댄다. 말려도 막무가내다. 한번 툭 건드리고는 서로 웃고 뒤집어지고 난리법석이다.

섬마을 아이들에게는 만화책도, 전자오락기나 최신 장난감도 없다. 아이들은 대자연을 바라보며 그 속에서 즐기는 법을 터득해야 하고, 또 쉽게 적응해간다. 갯가를 쏘다니고, 조개를 줍고 낚시를 하는 동안 어버이로부터 자식으로, 큰아이로부터 작은아이로 오랜 세월에 걸쳐 쌓여왔지만 어느 곳에도 기록되지 않은 소중한 정보들이 전달된다. 아이들은 이렇게 하나씩 배워가며 섬소년에서 섬청년으로, 그리고 바다에 대해서라면 모르는 것이 없는 노련하고 경험 많은 섬노인으로 성장하게 되는 것이다.

그러나 오늘날에는 가치관이 변하고 생활 여건이 달라진 탓에 이 같은 전통이 단절될 위기에 처해 있다. 사람들은 뭍으로만 몰려가고 몇 해 동안 생활하며 도시의 삶에 찌들어가면 어린 시절의 기억들이 가물가물 사라져간다. 이젠 물려줄 지식도, 지식을 물려받을 아이들도 없다. 물질적 풍요가 정신적 풍요로 반드시 연결되지 않는다는 것이 이미 확실해지고 있다. 이제 섬에서 보낸 어린 시절을 아름답게 생각하고 그 가치를 새로이 바라봐야 할 때가 된 것은 아닐까?

'석사'에 대한 질문을 했을 때 답을 해준 것은 일상 생활에 찌든 어른들이 아니라 맘껏 갯가를 쏘다니는 아이들이었다.

[석사石蛇]

크기나 꼬불꼬불하게 몸을 사리고 있는 모양이 작은 뱀과 같다. 몸은 굴 같은데 대나무처럼 껍질 속이 비어 있다. 몸속에는 콧물 같기도 하고 가래침 같기도 한 것이 들어 있으며, 빛깔은 약간 붉다. 깊은 물속의 바위 위에 붙어 있다. 쓰임새는 아직 들은 바가 없다.

"돌 위에 붙어 있는데 꾸불꾸불하게 생긴 것, 이렇게 생긴 거 봤어요?"

내가 보여준 사진은 큰뱀고둥의 사진이었다. 큰뱀고둥은 뱀이 몸을 사리고 앉은 모양을 하고 바위에 붙어 있으며, 조간대의 하부에 주로 분포한다는 점에서 본문의 설명과 잘 일치하는 동물이다. 박판균 씨는 이를 본 적이 없다고 했지만, 아이들은 자신 있게 보았다고 대답했다.

"봤어요. 요만해요. 구멍에 손대니까 할머니가 독 있다고 그랬어요."

● 석사 크기나 꼬불꼬불하게 몸을 사리고 있는 모양이 작은 뱀과 같다. 몸은 굴 같은데 대나무처럼 껍질 속이 비어 있다. 몸속에는 콧물 같기도 하고 가래침 같기도 한 것이 들어 있으며, 빛깔은 약간 붉다. 깊은 물속의 바위 위에 붙어 있다.

"어디서 봤어?"

"물 빠지고 나서 쭉 들어가면 바위 사이에 있어요."

박도순 씨에게 뱀처럼 사리고 있는 고둥을 물었을 때는 또 다른 답이 나왔다.

"아, 그것도 고둥인가요? 깊은 데도 있고 얕은 데도 있습니다. 조개 껍다구 같은 데 보면…"

"꽤 굵은데요."

"굵진 않아요. 그럼 다른 건가?"

박도순 씨가 말한 것은 석회관갯지렁이 종류였다. 석회관갯지렁이는 석회질의 집을 짓고 사는 갯지렁이의 일종인데 사리 해변에서도 많이 볼 수 있다. 형태가 정약전의 설명과 비슷하긴 하지만, 굵기가 너무 가늘고 속에

콧물 같은 몸체가 들어 있다는 표현과도 어울리지 않는다. 역시 석사는 뱀고둥류를 말한 것이 틀림없다.

큰뱀고둥은 재미있는 생물이다. 아주 어릴 때는 보통고둥과 같은 모습이지만 1밀리미터 정도의 크기가 되면 바위나 조개껍질 등의 단단한 물체에 달라붙어 정착 생활을 시작한다. 큰뱀고둥은 다른 고둥들처럼 나선형으로 성장하는 것이 아니라 뱀이 또아리를 틀 듯 바깥쪽

● **석회관갯지렁이** 박도순 씨가 말한 것은 석회관갯지렁이 종류였다. 석회관갯지렁이는 석회질의 집을 짓고 사는 갯지렁이의 일종인데 사리 해변에서도 많이 볼 수 있다.

입에서 거미줄 같은
점액질의 실이 나온다.

껍질이 나선형으로
꼬여 있다.
껍질에는 굵은 세로 홈이
줄지어 늘어서 있다.

아랫부분은 납작하게 변형되어
바위에 달라붙는다.

으로 빙글빙글 돌아나가며 자란다. 껍질의 바위에 접하는 면은 편평하고 위쪽은 둥글다. 껍질의 위쪽에는 길이 방향을 따라 굵은 세로 홈이 죽 늘어서 있다. 큰뱀고둥이 먹이를 사냥하는 방법은 더욱 재미있다. 주둥이로부터 거미줄과 같은 끈끈한 점액질의 실을 내어 물속으로 퍼뜨린 다음 플랑크톤이나 유기물이 달라붙으면 껍질 속으로 끌어당겨 잡아먹는다. 그래서 어떤 이는 뱀고둥을 '바다의 거미' 라고 부르기도 한다.

큰뱀고둥은 넓은 암반 전체를 꽉 덮어 군락을 이루고 있을 때도 있지만, 일반적으로는 드문드문 흩어져 있는 데다 해조류가 몸 전체를 덮고 있는 경우가 많아 찾아내기가 쉽지 않다. 그런데 경남 거제도에 속한 연대도라는

● 큰뱀고둥 *Serpulorbis imbricatus* (Dunker)

섬에서 엄청난 수의 큰뱀고둥과 마주친 일이 있다. 이곳 해변의 모래사장에는 갖가지 조개껍질이 밀려 올라와 있어 한참 동안 이를 주우면서 시간을 보냈다. 큰뱀고둥의 껍질들을 발견한 것은 바로 그때였다. 얼마나 많던지 모래사장 한쪽이 온통 하얀 마카로니를 쏟아놓은 것처럼 보일 정도였다. 물속에 들어가서 살아 있는 개체를 확인해보고 싶은 마음이 간절했지만 아쉽게도 실행에 옮기지는 못했다. 그 뒤 사량도라는 섬에서 살아 있는 뱀고둥을 직접 관찰할 수 있었다. 물안경을 쓰고 물속으로 들어갔더니 책에서처럼 거미줄을 뽑아내고 있는 모습이 보였다. 감동적인 장면이었다.

정약전은 석사의 용도를 알 수 없다고 했지만, 큰뱀고둥을 식용하는 지방도 있다. 먹어본 사람들의 말에 의하면 맛이 꽤 달다고 한다. 지방에 따라 뱀고둥을 또아리고둥 , 해삼똥, 호롱이, 호래기, 홍굴 등의 이름으로 부르기도 한다. 신지도의 송문석 씨는 뱀고둥의 또 다른 이름을 알려주었다.

"뱀고둥은 도로뱅이, 도로배기라 그라제. 또로로 말렸다고 해서 그라나 보제."

도감을 보이며 이것저것 물어보자 아이들은 경쟁이라도 하듯 자기가 본 생물들에 대한 이야기를 늘어놓기 시작했다.

※ 대둔도의 장복연 씨도 뱀고둥을 굴 종류라고 했다. 이곳 사람들은 바위 위에 부착해서 사는 생물들을 대부분 굴로 파악하고 있었다. 이는 정약전의 견해와도 일치하는 바다.

낚
싯
대
를

드
리
우
고

2

수제비와 해파리

다시 낚싯대를 들고 해변으로 나섰다. 여전히 파도가 으르렁거리고 있었다. 이번에는 반대쪽 선착장 깊숙이 들어가 자리를 잡았다. 갯지렁이의 신선도가 많이 떨어져 있었지만 그냥 적당히 끼워 낚시를 드리웠다. 배를 묶는 쇠말뚝과 밧줄에 낚싯대를 고정시켜 놓고, 선착장 가장자리에 걸터앉아 가만히 수면을 내려다보았다. 물은 마음을 편안하게 한다. 아직 태아였던 시절 양수 속에서의 기억 때문일까. 갖가지 근심거리들이 짙푸른 수면 위로 엷게 퍼져나가 완전히 희석되어 버리는 것 같다. 정약전은 수도 없이 바다를 바라보았을 것이다. 견딜 수 없이 답답해질 때면 해변으로 내려와 일렁이는 수면을 내려다보며 아픈 마음을 달랬을 것이다.

짙푸른 바닷물 속에서 뭔가 하얀 덩어리 같은 것이 떠올랐다. 해파리였다. 크고 작은 해파리들이 무수히 떠다니고 있었다. 어떤 것들은 온전했지만, 어떤 것들은 거센 파도에 완전히 부서진 채였다. 해파리가 갯가에 몰리면 닻을 내리라는 말이 있다. 폭풍이 불어올 징조이니 배를 단단히 고정시키라는 뜻이다. 바닷가에 사는 사람들은 해파리가 물가로 모여들면 폭풍이 불어올 징조라고 하여 날씨가 나빠질 것을 두려워한다. 그렇지 않아도 파도가 센 흑산도에서 폭풍의 사신이라면 달갑게 여겨질 리가 없다.

해파리가 폭풍의 전조라는 주장에는 어느 정도 과학적인 근거가 있다. 해파리는 몸을 수축하고 이완하는 동작을 반복하며 자신이 원하는 방향으로 몸을 움직일 수 있지만, 헤엄치는 힘이 약해서 주로 해류와 바람에 떠다니는 경우가 많다. 가까운 곳에 폭풍이 몰려오면 바람이 거세어지면서 해파리를 해변으로 밀어붙이게 된다. 사람들은 이것을 보고 머지않아 폭풍우가 밀려올 것을 예견하는 것이다. 어떤 학자들은 해파리가 폭풍우의 접근을 탐지하는 능력을 가졌다고 생각한다. 폭풍우가 접근하기 전에 발생하여 수중으로 전해져오는 초음파를 해파리가 미리 감지하고 연안 쪽의 안전한 곳으로 이동한다는 것이 그들의 주장이다.※

해파리는 하얀 포말과 함께 바다를 뒤덮어가고 있었다.

해타

[해타海鮀 속명 해팔어海八魚]

큰 놈은 길이 5~6자이며 너비도 이와 같다. 머리와 꼬리가 없고 얼굴도 눈도 없다. 몸은 연하게 엉겨 있어 타락죽과 같고, 모양은 중이 삿갓을 쓴 것과 같다. 허리에는 치마를 달고 발을 늘어뜨린 채 물속을 떠다닌다. 갓양태 안쪽에는 매우 가늘고 수제비 가락처럼 생긴 머리털이 무수히 많이 달려 있다. 물론 진짜 머리털은 아니다. 그

※ 실제로 해파리류는 몸 가장자리에 빛을 느끼는 안점과 몸의 균형을 유지하는 평형기가 있어 만만치 않은 감각 능력을 자랑한다.

아래는 목같이 생겼고 갑자기 넓어져서 어깨처럼 된다. 어깨 아래는 네 갈래의 다리로 갈라져 있는데 앞으로 나아갈 때에는 그 다리를 하나로 붙여 모은다. 다리는 몸 가운데에 있다. 다리의 위아래와 안팎에는 머리털이 무수히 나 있는데, 긴 것은 수장丈에 이르는 것도 있다. 짧은 것은 7~8치 정도이며 빛깔은 검다. 길고 짧은 것은 일정하지 않은데 큰 놈은 노끈(條) 같고 가는 놈은 머리털(髮) 같다.

　나아갈 때에는 질퍽질퍽 휘청거리는 것이 우산을 떠올리게 하는 바가 있다. 그 성질과 빛깔은 해동海凍과 흡사하다. 해동은 우뭇가사리를 쪄서 만든 기름이 엉키어 굳은 것을 말한다. 강항어(도미)가 해파리를 만나면 두부처럼 빨아 마셔버린다. 조수를 따라 항구로 들어왔다가 조수가 밀려나가면 땅바닥에 늘어붙어 움직이지 못하고 죽는다. 육지 사람들은 이것을 익혀 먹거나 혹은 회로 만들어 먹기도 한다. 해파리를 찌게 되면 타락죽처럼 연하던 것이 굳어져서 질기고 거칠게 되며 커다란 몸체도 작게 쪼그라든다. 창대가 예전에 해파리의 배를 한 번 갈라보았더니 호박의 썩은 속과 같았다고 한다.

이청의 주　리鮀는 차蛇로 통한다. 『이아익爾雅翼』에서는 "차蛇는 동해에서 난다. 순백색이며 몽글몽글한 물거품 덩어리 같기도 하고 피가 엉긴 것 같기도 하다. 가로와 세로가 두어 자 가량 된다. 생각하는 힘은 있으나 머리와 눈이 없어 사람을 피할 줄 모른다. 새우 떼가 모여 붙어서 동서로 따라다닌다"라고 했다. 『옥편』에서는 모양이 삿갓을 덮어놓은 것 같고, 항상 물 흐름에 따라 떠다닌다고 했다. 곽박은 「강부」의 '수모목하水母目蝦'에 대한 주에서 수모가 사람들이 말하는 해설海舌과 같은 것이라고 했다. 『박물지』에서는 동해에 생물이 있는데 모양이 피가 엉긴 것 같아 자어鮓魚라고 부른다고 했다. 『본초강목』에서는 해하를 수모, 저포어樗蒲魚라고 했다. 이시진은 "남인南人이 이를 해절海蜇 혹은 사자蜡鮮라고 불렀는데 이는 잘못이다. 민인閩人은 차蛀라고 했고, 광인廣人은 수모水母라고 했다. 『이원異苑』에서는 석경石鏡이라고 불렀고, 『강희자전康熙字典』에서는 차蛀가 수모, 일명 분鱝인데, 그 모양이 양의 위와 같다고 했다. 이 모두가 지금의 해파리를 일컫는 말이다. 수모는 모가 없이 둥글둥글하게 엉긴 것 같은 모양을 하고 있으며 그 빛깔은 홍자색이다. 배 밑에 늘어져 매달린 것이 있는데 새우 떼는 여기에 달라붙어 그 연한 것을 빨아먹는다. 해파리를 잡으면 그 혈즙을 없애고 먹어야 한다"라고 했다.

대개 해파리의 몸속에는 혈즙이 있다. 바닷가 사람들은 해파리의 뱃속에는 피를 저장하는 주머니가 있는데 때때로 큰 물고기를 만나면 그 피를 토하여 상대를 어지럽히는 것이 오징어가 먹을 뿜는 것 같다고 말한다.

해파리에 대한 정약전의 묘사는 생동감이 넘친다. 타락죽, 삿갓, 치마, 수제비와 머리칼까지 등장시켜가며 우리에게 해파리의 모습을 그려주고 있다.

해파리는 자포동물문 해파리강에 속하는 동물들을 총칭하는 이름이다. 때로는 계통이 다른 히드로충류나, 빗해파리류를 포함하기도 하는데, 이들이 모두 해파리처럼 물 위에 떠다니는 습성이 있기 때문에 같은 이름으로 묶어 부르는 것이다. 해파리는 산호나 히드라, 말미잘과 가까운 동물이다. 히드라나 말미잘의 몸뚱이를 거꾸로 했을 때 해파리의 모양과 비슷해진다

● **흑산도에서 촬영한 해파리** 해파리에 대한 정약전의 묘사는 생동감이 넘친다. 타락죽, 삿갓, 치마, 수제비와 머리칼까지 등장시켜가며 우리에게 해파리의 모습을 그려주고 있다.

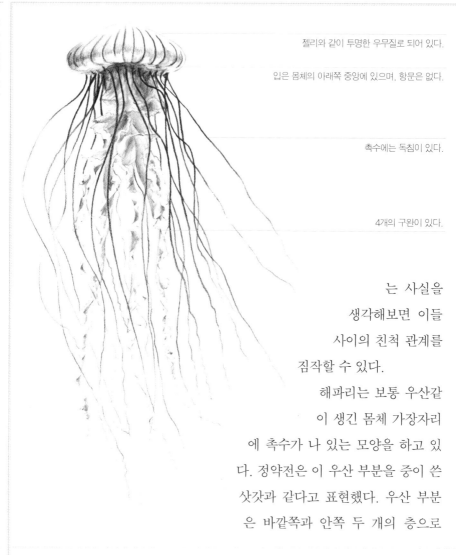

젤리와 같이 투명한 우무질로 되어 있다.

입은 몸체의 아래쪽 중앙에 있으며, 항문은 없다.

촉수에는 독침이 있다.

4개의 구완이 있다.

는 사실을
생각해보면 이들
사이의 친척 관계를
짐작할 수 있다.
　해파리는 보통 우산같
이 생긴 몸체 가장자리
에 촉수가 나 있는 모양을 하고 있
다. 정약전은 이 우산 부분을 중이 쓴
삿갓과 같다고 표현했다. 우산 부분
은 바깥쪽과 안쪽 두 개의 층으로

나누어져 있는데, 모두 속이 우무질로 되어 있어 정약전이 타락죽 같다고 표현한 특성을 나타낸다. 바깥쪽 층은 아래로 늘어져 있는데 정약전은 이를 치마라고 표현했다. 입은 안쪽 층의 중간에 있다. 우산 모양의 중간 부분에는 아래쪽으로 늘어진 줄기가 있고 이 줄기는 다시 4개의 구완口腕으로 나눠지는데, 종류에 따라 8개로 나눠진 것도 있다. 어깨라고 표현한 부분은 구완의 윗부분으로, 구완이 서로 합쳐지는 곳을 말한다. 해파리의 우산 아래쪽에는 잘 발달한 촉수들이 늘어져 있다. 정약전은 이를 무수한 장발이라고 표현하며 수제비에 비유했다. 흐느적거리는 해파리의 촉수를 보니 정말 수제비 같다는 생각도 든다. 정약전은 해파리를 바라보면서 바다라는 커다란 냄비 속에 둥둥 떠다니는 밀가루 수제비를 떠올렸던 것일까?

정약전은 몸길이가 5~6자에 이르는 대형 해파리에 대해 언급하고 있다. 환산하면 지름이 1미터가 넘는다. 과연 이렇게 큰 해파리가 있을까? 박도순 씨는 이런 해파리를 "윷 놀 때 쓰는 큰 방석만 하다"라고 표현했다. 나도 마산 외곽의 덕동이란 마을에서 큰 해파리를 본 적이 있다. 파도에 밀려 갯가로 떠내려왔는데 그 엄청난 크기에 압도당하고 말았다. 피부가 매우 두꺼워 친구와 둘이서 올라타고 쿵쿵거렸는데도 끄떡없을 정도였다.

옛 문헌에는 해파리가 다양한 이름으로 소개되어 있다. 『본초강목』에서는 해파리를 해차海蛇, 수모水母, 저포어樗蒲魚, 석경石鏡으로 기록했다. 『재물보』에서도 『본초강목』에 나오는 이름들을 그대로 옮기고, "동해에 나며 모양이 선지피와 비슷하고, 눈이 없으며 배 밑에 솜뭉치 같은 것이 있는데, 새우가

※ 정약전이 관찰했던 해파리는 구완이 4개이고 비교적 흔하게 관찰할 수 있는 기구해파리류였을 가능성이 높다.

여기에 붙어 침과 거품을 빨아먹는다"라고 설명했다. 『물명고』에서는 해파리를 히파리, 수모라고 기록했으며, 『전어지』에서는 이에 덧붙여 물알이라는 한글 이름을 소개하고 있다. 그리고 『동국여지승람』에서 "우도에서 난다. 바다 가운데 있을 때는 부드럽고 연하여 물을 따라 올라갔다 내려갔다하고, 물 밖으로 나오면 굳어서 단단해진다"라고 설명한 무회목無灰木도 해파리를 말한 것으로 보인다.

● 수모 옛 문헌에는 해파리가 다양한 이름으로 소개되어 있다. 『본초강목』에서는 해파리를 해차, 수모, 저포어, 석경으로 기록했다.

위험한 해파리

선착장에 나타난 해파리는 몸체와 촉수에 방사상으로 빨간 줄이 그어져 있는 종류였다. 중국 문헌에서 언급한 '혈즙'은 해파리 촉수의 빨간 부분을 가리킨 것이다. 이청은 섬사람들의 말을 옮겨 해파리가 오징어처럼 혈즙을 뿜어 적을 방비한다고 했지만, 이것은 전혀 근거가 없는 이야기다. 또 이시진은 해파리를 먹을 때 혈즙을 빼고 먹어야 한다며 혈즙에 독이 있다는 식으로 말했는데, 이 또한 정확한 설명이 아니다.

해파리의 독은 눈에 보이지 않으며, 적에게 내뿜을 수 있는 것도 아니다. 해파리의 독은 촉수 표면에 있는 자사포라는 독침에서 나온다. 자사포는 종에 따라 사람을 죽일 만큼 강력한 경우도 있는데, 특히 호주 연안에 많이 분포하는 상자해파리는 독성이 매우 강한 것으로 유명하다. 이 해파리의 길게 펼쳐진 촉수에 살짝 스치기만 해도 격심한 통증을 느끼게 되며, 피부에는 발진이나 수포가 생기고 불에 덴 것 같은 흉측한 상처가 남는다. 심할 경우에는 생

◉ 상자해파리 호주 연안에 많이 분포하는 상자해파리는 독성이 매우 강한 것으로 유명하다.

명을 잃을 수도 있다. 일단 쏘이고 난 후에는 적절한 응급 처치가 필요한데, 독침에 찔리는 횟수가 많을수록 피해가 커지므로, 처음 쏘였을 때 빨리 몸으로부터 해파리를 떼어놓는 것이 중요하다. 예전에는 암모니아수나 알코올로 응급처치를 했지만, 다행히 1970년대 초에 해독제가 개발되어 큰 효과를 보고 있다. 그러나 지금도 치료가 늦어지면 위험하다는 사실에는 변함이 없다.

그러나 정약전은 해파리의 독성에 대해서는 크게 언급하지 않았다. 아마도 직접 쏘여본 일이 없었기 때문이리라. 그러나 해파리에 한번 쏘여본 사람이라면 누구나 해파리의 독성을 경계하게 마련이다. 장승포 사람들은 오방망태라는 해파리가 매우 위험하다고 말한다. 해녀들 사이에서는 '니끼'라는 종류가 공포의 대상이다. '니끼'는 해파리의 일종인데 해녀들은 이 해파리를 총각이 죽은 귀신이라고 생각한다. 어쩌다 니끼에 쏘이게 되면 오한이 일고 걸음도 제대로 못 걷게 되는데, 한두 달 동안이나 통증이 지속된다고 한다. 때문에 이를 치료하기 위해 막걸리를 먹거나 남자와 잠자리를 함께하는 기묘한 풍습이 생겨나기도 했다.

그런데 해파리의 강한 독에도 끄떡없는 물고기들이 있다. 물렁돔·샛돔 등의 물고기들은 해파리의 갓 밑이나 촉수 사이를 안전한 서식처로 삼고 있다. 이 물고기들은 해파리가 먹다 남긴 찌꺼기들을 얻어먹기도 하고 해파리 촉수를 뜯어먹기도 한다. 그러나 때로는 다른 고기를 유인하여 주인에게 먹이를 제공하는 긍정적인 역할을 한다고 주장하는 학자들도 있다. 정약전은

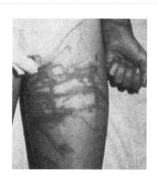

● 상자해파리에 쏘여서 생긴 상처 이 해파리의 길게 펼쳐진 촉수에 살짝 스치기만 해도 격심한 통증을 느끼게 되며, 피부에는 발진이나 수포가 생기고 불에 덴 것과 같은 흉측한 상처가 남는다. 심할 경우에는 생명을 잃을 수도 있다.

본문에서 도미가 해파리를 만나면 빨아먹어버린다고 했다. 실제로 해파리를 잘 먹는 돔들이 몇 종 알려져 있다. 박판균 씨도 이러한 사실을 알고 있었다.

"해파리 빨간 거는 도막으로 잘라서 돔 잇갑으로 써요."

이 밖에도 병어, 개복치 등이 해파리를 잘 먹는 물고기로 알려져 있다. 이청은 중국 문헌을 인용하여 새우와 해파리의 관계에 대해 이야기하고 있는데, 이것도 꽤 널리 알려져 있었던 내용인 것 같다. 실제로 새우와 해파리를 함께 그려놓은 옛 그림도 전해온다.

사리 마을 사람들은 해파리에 대해 그리 좋은 감정을 품고 있지 않았다. '어장이 안 되려니까 해파리만 들끓고, 집안이 망하려니까 생쥐가 춤을 춘다', '어장이 안 되려면 해파리만 끓는다', '해파리가 많으면 김 흉년든다.' 박도순 씨가 열거한 해파리 관련 속담만으로도 해파리가 얼마나 어민들에게 보기 싫은 존재인지 짐작할 수 있다.

"해파리 떼가 금년에 바다에 무지하게 많어라. 해파리한테 쏘이면 퉁퉁 붓고 그래서 접근을 안 하지라. 그물 치는 사람이 특히 싫어해요. 멸치하고 같이 들어오는데 조류 때문에 눌려서 껍질이 벗겨지고 상품가치가 없어지니께. 선도도 떨어지고."

방송 매체에서도 서남해의 해파리 이상번식에 대해 여러 번 보도하고 있다. 3~4년 전부터 늘어나기 시작한 해파리가 최근 들어 심각할 정도로 번성하여 어민들에게 큰 피해를 입히고 있다는 것이다. 해파리가 많으면 연근

● **해파리와 새우** 이청은 중국 문헌을 인용하여 새우와 해파리의 관계에 대해 이야기하고 있는데, 이것도 꽤 널리 알려져 있었던 내용인 것 같다. 실제로 새우와 해파리를 함께 그려놓은 옛 그림도 전해온다. 해파리 아래 새우를 그려놓은 것이 보인다.

해 어선 조업에 큰 지장을 초래한다. 해파리의 대군이 그물에 걸려들면 그 무게를 이기지 못해 그물이 찢어지는 경우가 많기 때문이다. 작은 해파리라도 그물에 많이 들면 물의 흐름을 막아 엄청난 힘을 받게 한다. 특히 새우나 실치잡이 어선들의 경우 그물눈이 작기 때문에 그 피해가 더욱 크다. 수백 킬로그램에서 많게는 1~2톤에 이르는 대형 해파리들이 바다에 쳐놓은 그물에 걸려 고기와 함께 올라오면 선원들이 일일이 분리작업을 해야 한다. 그 와중에 해파리에게 쏘여 피부염을 앓게 되는 경우 또한 다반사다. 때로는 직접 쏘이지 않고 해파리의 독에 중독되는 경우도 있다. 그물에 말라붙은 해파리로부터 떨어져나온 자사포가 바람에 날려서 눈이나 코로 들어가면 금방 점막이 부어오르게 되는 것이다.

　해파리가 증가하게 된 원인은 무엇일까? 국립수산진흥원에서는 이를 해양온난화와 육상 오폐수의 바다 유입으로 연안이 오염되면서 부영양화가 가속화되고 있기 때문이라고 분석하고 있다. 생태계는 극도로 민감해서 작은 변화에도 예측 불허의 결과를 내놓곤 한다. 인간의 무분별한 자연 훼손 행위가 크나큰 생태적 재앙을 몰고 올 수 있으며, 그 피해는 결국 자기 자신에게 돌아오게 된다는 사실을 명심해야 할 것이다. 이러한 사실을 잘 보여주는 사례가 호주에서 일어난 적이 있다. 앞에서도 언급한 상자해파리는 지독한 독을 가지고 있어 사람들에게 공포의 대상이 된다. 그런데 이 상자해파리가 갑자기 엄청난 수로 증가하여 해변으로 몰려들기 시작했던 것이다. 해수욕객들의 피해가 속출했다. 과학자들은 예전에는 별로 큰 문제를 일으키지 않던 상자해파리가 갑자기 증가하게 된 이유를 연구하기 시작했다. 그런데 이들의 연구 결과는 전혀 뜻밖의 것이었다. 상자해파리가 늘어나게 된 원인은 다름 아닌 사람들 자신이었다. 사람들이 해안 지대로 침투하면서 돼지를 방목했고, 돼지는 해변을 뒤지고 다니면서 바다거북이 땅속에 낳아놓은 알을 마구 파먹었다. 자연히 바다거북의 개체수는 급속도로 줄어들게 되었다. 그런데 알고 보니 바다거북은 상자해파리의 가장 큰 천적이었다. 천적이 사라지니 먹이였던 해파리가 늘어날 수밖에 없었던 것이다.

정약전은 해파리를 삶거나 회로 먹는다고 했다. 식용으로 썼다는 것이다. 영어로는 해파리를 'jelly fish'라고 부른다. 몸이 한천질로 되어 있기 때문에 붙여진 이름이다. 한천질 자체가 열량이 없는 데다 몸 전체의 90% 이상이 수분이므로 해파리는 영양가 있는 음식물이 아니다. 그러나 씹을 때의 독특한 감촉 때문에 인기가 높으며, 특히 중국요리의 재료로 많이 쓰인다.

지금은 해수산이 주종이지만 과거 중국에서는 담수해파리를 도화선桃花扇*이라고 부르며 즐겨 먹었다고 한다. 우리 나라에서는 영산강 하류의 몽탄과 전남 영암군 일대가 해파리의 명산지였다. 예전에는 이곳에서 잡은 해파리를 통에 넣거나 병조림하여 '조선 전남 몽탄특산, 진미가효, 천하일품 수월水月**'이라는 상표명으로 일본에 수출하기도 했다.

해파리는 약리 작용도 하는데 고혈압과 기침에 좋다고 알려져 있으며, 한의학에서는 해파리를 해철海蜇이라고 부르면서 예로부터 강장해독약으로 사용해왔다. 해파리는 이 밖에도 변비가 있는 사람이나 기침, 가래가 심한

* 해파리 떼가 복숭아꽃이 필 때 몰려든다고 해서 붙여진 이름이다.
** 수월은 해파리의 다른 이름이다.

사람들에게 효과가 있다고 한다.

사리 마을에서도 해파리를 많이 먹던 때가 있었다고 한다.

"요샌 잘 안 먹지만 옛날엔 많이 먹었제. 아무 해파리나 다 먹는데, 해파리 큰 놈을 사서 소금에 염장해서 팔기도 했어라."

그러나 지금은 해파리를 잡는 사람들이 거의 없다. 해파리를 내다 팔려면 소금에 절여 수분을 빼는 작업이 필수적인데, 이때 들이는 노동력에 비해 돈벌이가 얼마 되지 않기 때문이다. 지금 국내에 유통되는 해파리도 거의 중국산이라고 보면 된다.

최초의 강태공

갯지렁이가 상해서일까. 더 이상 입질이 오지 않는다. 그러나 실망하지는 않았다. 낚시의 묘미는 기다림이다. 물고기가 낚여 올라올 때의 가슴 뛰는 손맛도 일품이지만, 가만히 해변에 앉아 일렁이는 수면을 바라보거나 부드러운 산들바람을 음미하며 흘러가는 흰구름을 좇다보면 더없이 평화롭고 여유로운 기분에 젖어들게 된다. 그야말로 세월을 낚는 것이다.

인류가 낚시를 해온 역사는 길다. 지금이야 낚시에도 첨단 열풍이 불어오고 있지만, 가장 기본적인 형태의 낚시는 낚싯줄과 바늘로 이루어진 것이며 최초의 낚시 도구도 아마 이런 형태였을 것이다. 그중에서도 낚싯바늘은 핵심적인 부품이다. 창이나 작살, 활 등의 도구로 물고기를 잡던 고대인들은 점차 사슴뿔, 뼈, 조개껍질 또는 돌을 사용해서 낚싯바늘을 만들기 시작했다. 신석기시대에 접어들면서 오늘날과 유사한 형태의 낚싯바늘이 만들어졌고, 기원전 5000년경부터는 청동과 철제 낚싯바늘이 제작되었다. 청동기시대 초기에 인간이 청동으로 가장 먼저 만든 것 중의 하나가 낚싯바늘이었다는 사실은 낚시가 옛사람들에게 있어 얼마나 중요한 생활수단이었는지를 잘 보여준다.

우리 선조들이 낚시를 해온 역사도 상당히 오래된 것 같다. 부산 동삼동 패총에서 발견된 낚싯바늘은 프랑스나 유프라테스강 유역에서 발견된 낚싯바늘과 동시대 혹은 그보다 이른 시기의 것이었으며, 이 밖에도 전국 곳곳의 고대 유적지에서 짐승의 뼈나 돌로 만든 낚싯바늘이 출토된 바 있다. 전남 영암에서는 청동기시대의 낚싯바늘 거푸집이 출토되었는데, 이로써 당시에 이미 청동제의 낚싯바늘이 대량으로 만들어지고 있었음을 알 수 있다. 그리고 기원후 1세기 이후에는 전국 각 지역에서 철제 낚싯바늘이 출토되기 시작한다.

옛날에는 닥나무나 삼 같은 식물성 섬유를 이용해서 낚싯줄을 만드는 경우가 많았다. 섬유소를 많이 포함한 식물의 껍질을 벗겨 물에 넣고 삶은 다음 이를 말려서 가늘게 찢은 후 실을 뽑는데, 용도에 따라 두 가닥 세 가닥을 합쳐서 꼬았다. 마지막으로 풋감즙이나 팽나무 열매의 즙과 솥 밑의 그을음을 잘 섞어서 찧은 다음 여기에 낚싯줄을 담갔다가 볕에 말리는 작업을 여러 번 반복하면 검은색의 강한 낚싯줄이 완성된다. 그러나 시간이 흐름에 따라 식물성 낚싯줄은 점차 명주실로 만든 동물성 낚싯줄로 대체되었다. 정약전이 살던 시대에는 중국에서 수입된 천잠사가 널리 퍼져 있었다. 천잠사는 자연산 멧누에에서 뽑아낸 천연 명주실로, 가볍고 질겨서 낚싯줄로 쓰기에 좋은 재료였다. 『전어지』에서도 이를 낚싯줄로 이용했다는 기록을 찾아

● **우리 나라에서 출토된 낚싯바늘** 전국 곳곳의 고대 유적지에서 짐승의 뼈나 돌로 만든 낚싯바늘이 출토된 바 있으며, 전남 영암에서는 청동기시대의 낚싯바늘 거푸집이 출토되었다. 그리고 기원후 1세기 이후에는 전국 각 지역에서 철제 낚싯바늘이 출토되기 시작한다.

볼 수 있다. 명주실이나 천잠사는 1940~1950년대 초까지도 낚싯줄로 사용되었다.

약천 남구만南九萬(1629~1711)은 자신의 개인 문집인 『약천집藥泉集』에 「조설釣說」이라는 낚시 수필을 함께 실어놓았다. 이 글 속에는 낚싯바늘의 생김새에 따른 장단점, 낚싯바늘과 물고기의 관계, 찌의 사용법, 미끼의 사용법, 챔질 등에 대한 과학적이고도 합리적인 이론들이 자세히 소개되어 있어 당시 우리 나라의 낚시 수준이 상당히 높았음을 보여준다. 『현산어보』나 『우해이어보』, 『전어지』 등을 살펴보면 19세기를 전후한 시기에 이미 상어나 잿방어 등의 대형 어종들까지 낚시로 잡아내고 있었다는 사실을 알 수 있다. 그리고 오늘날에는 낚시 기술이 더욱 발달해서 낚시로 잡아내지 못하는 물고기가 없다고까지 주장할 정도에 이르렀다.

그런데 인류의 오랜 낚시 역사를 비웃으며 저 깊은 바다 속에 웅크리고 앉아 아득한 옛날부터 고패질을 계속해온 낚시꾼이 있다. 정약전이 말한 낚시하는 물고기 '조사어' 가 바로 그 주인공이다.

[조사어釣絲魚 속명 아구어餓口魚]

큰 놈은 두 자 정도이다. 모양은 올챙이를 닮았다. 입이 매우 커서 입을 열면 몸 전

● 어초문답도 약천 남구만은 자신의 개인 문집인 『약천집』에 「조설」이라는 낚시 수필을 함께 실어놓았다. 이 글 속에는 낚싯바늘의 생김새에 따른 장단점, 낚싯바늘과 물고기의 관계, 찌의 사용법, 미끼의 사용법, 챔질 등에 대한 과학적이고도 합리적인 이론들이 자세히 소개되어 있어 당시 우리 나라의 낚시 수준이 상당히 높았음을 보여준다.

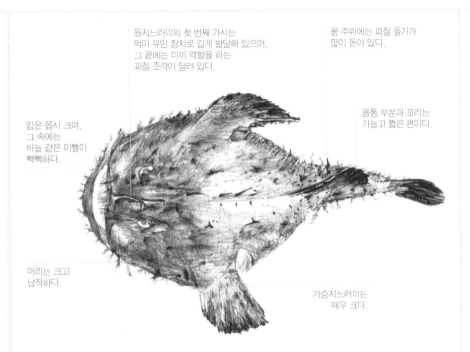

등지느러미의 첫 번째 가시는
먹이 유인 장치로 길게 발달해 있으며,
그 끝에는 미끼 역할을 하는
피질 조각이 달려 있다.

몸 주위에는 피질 돌기가
많이 돋아 있다.

입은 몹시 크며,
그 속에는
바늘 같은 이빨이
빽빽하다.

몸통 부분과 꼬리는
가늘고 짧은 편이다.

머리는 크고
납작하다.

가슴지느러미는
매우 크다.

체가 입처럼 보일 정도이다. 몸빛깔은 빨갛고 입술 끝에 의사가 쓰는 침만 한 낚싯대가 2개 있다. 길이는 4~5치 정도이다. 낚싯대 끝에는 말총 같은 낚싯줄이 달려 있다. 낚싯줄 끝에 밥알만 한 하얀 미끼가 달려 있는데, 다른 물고기가 이것을 먹으려고 다가오면 확 달려들어 잡아먹는다.

● 아귀 *Lophiomus setigerus* (Vahl)

악마의 물고기

아귀*는 바위가 많거나 해조류가 무성한 해저에 서식하는데 마치 지옥에서 올라온 악마처럼 흉악한 몰골을 하고 있다. 실제로 유럽이나 미국 등지에서는 아귀를 악마의 물고기(devil fish)라고 부르기도 한다. 몸통에 비해서 큰 머리는 위에서 짓눌린 것처럼 넓적하고, 입은 매우 커서 몸통의 대부분을 차지한다. 입속에는 날카로운 이빨이 줄지어 있어 한번 붙잡은 먹이는 절대로 놓치지 않는다.

아귀는 사악한 지혜까지 갖춘 죽음의 사신이다. 아귀의 몸 표면은 바탕색이 칙칙한 데다 피부 곳곳에 털 모양의 가는 가시나 돌기가 나 있어 가만히 앉아 있으면 전혀 상대방의 눈에 띄지 않는다. 아귀는 꼼짝하지 않고 바닥에 웅크리고 앉아 상대방의 경계심을 누그러뜨린 후 먹이 사냥에 돌입한다. 낚시질이 시작되는 것이다. 아귀 등지느러미의 앞줄기는 길게 늘어져 자유롭게 움직이는 낚싯대처럼 변형되어 있고, 그 끝에는 부드러운 피막이 달려 있어 낚시 미끼와 같은 역할을 한다. 낚싯대를 움직여 미끼를 흔드는 모습

---

* 아귀는 아꾸, 망청어, 물꿩, 반성어, 귀임이, 꺽정이, 망챙어 등의 다양한 방언으로 불리기도 한다. 그러나 방송매체의 영향인지 이제는 역시 아귀라는 이름이 가장 일반적으로 사용되고 있다.

은 마치 사람이 하는 행동인 양 영악하기 그지없다. 가짜 미끼에 유혹된 사냥감이 사정권 내에 접근하면 순식간에 상황은 끝나고 만다. 이미 아귀는 그 커다란 입으로 물과 함께 물고기를 통째로 삼켜버린 후인 것이다. 그리고는 언제 그런 일이 있었냐는 듯 같은 자리에서 미끼를 흔들며 다음 먹이를 기다린다.

아귀는 커다란 입으로 무엇이든 닥치는 대로 먹어치운다. 아귀의 식성은 대단해서 자신보다 큰 상어를 두 동강 내어서 먹은 것이 위 속에서 발견되었다는 이야기가 전해올 정도다. 우이도의 박동수 씨도 아귀의 먹성이 인상적이었던 모양이다.

"아구가 새우 같은 거 먹습니다. 내장을 보면 새우가 원 없이 들어 있어. 원 없이 먹습니다."

아귀라는 이름도 입이 크고 먹을 것을 밝히는 속성이 지옥의 아귀를 닮았다고 해서 붙여진 것이라고 한다. '아귀'란 말은 입을 뜻하기도 한다. 그렇다면 아귀는 큰 입을 가진 물고기라는 뜻이 된다. 어느 쪽이 되었든 아귀가 이 물고기의 특성을 잘 나타낸 이름이라는 사실만은 분명해보인다.

"옛말에 아구가 아구지를 와 벌리면 고기가 아구에 저절로 들어온다고…"

박판균 씨의 말은 아귀의 특징이 역시 큰 입과 게걸스러운 먹성에 있다는 사실을 잘 보여준다.

정약전은 본문에서 아구의 사냥 모습을 정확히 묘사하고 있다. 그

● 감로탱 아귀는 불가에서 계율을 어겨 아귀도에 떨어진 귀신을 말하는데 몸이 앙상하게 마르고 목구멍이 바늘구멍 같아서 음식을 삼킬 수 없으므로 항상 굶주림에 지쳐 있다고 한다(제단의 아래쪽에 큰 몸집과 얼굴을 하고 있는 아귀가 보인다).

런데 한가지 의문이 떠오른다. 아귀는 심해에서 사는 물고기인데 어떻게 아귀가 사냥하는 모습을 볼 수 있었던 것일까? 정약전이 이 이야기를 전해들었다 해도 마찬가지다. 그에게 이러한 사실을 전해주었던 이들은 또 어떻게 아귀의 생태적 습성을 알아내었단 말인가? 분명히 아귀의 낚싯대처럼 생긴 돌기만 보고 추측해내었다고 생각하기는 힘들다. 박판균 씨에게 이런 질문을 해보았다.

"아구가 낚시하는 거 아십니까?"

"알지요. 머리에 대가 서 갖고… 까딱까딱하지라."

"직접 보셨나요?"

"아, 보죠. 잡아놓고 건드리면 서죠."

"물속에서 그러는 것도 보셨어요?"

"못 봤는데. 입이 크니까 그런 줄 아는 게지. 방송에도 가끔씩 나오고."

결국 박판균 씨도 아귀가 낚시질하는 장면은 보지 못했던 것이다. 오히려 정약전의 글을 보여주자 감탄사를 연발했다. 정약전은 물고기들을 관찰하기 위해 커다란 수족관이라도 갖추고 있었던 것일까?

어쩌면 이 문제는 상상외로 쉽게 풀릴지도 모른다. 아귀는 심해어로 분류되지만 때에 따라 얕은 곳으로 헤엄쳐나오기도 한다. 박판균 씨도 아귀가 얕은 곳까지 나올 때 많이 잡는다고 했다.

"아구야 깊은 데 살죠. 상어 잡히는 데. 그리고 이것이 음력 6월쯤 되면 물가로 나와 그물에 걸려요. 이렇게 가까운 데도. 대둔도에서 많이 잡히는

데 그물 쳐놓으면 걸리지라. 한 수심 7~8미터까지도 온다니께."

박동수 씨는 아귀가 얕은 모래밭에 치는 후릿그물에도 가끔 걸려나온다고 증언했다. 또 아귀는 겨울철 바다 밑에 먹이가 적을 때 연안 부근 얕은 곳으로 이동해오는 경우가 있으며, 수면 가까이까지 떠올라 헤엄치는 물고기를 잡아먹거나 심지어 물 위에 떠서 쉬고 있는 갈매기를 습격하는 일도 있다고 한다. 그렇다면 얕은 곳에서 아귀가 사냥하는 모습을 직접 관찰하는 것도 불가능한 일은 아니었을 것이다. 그리고 물질을 하던 해녀들이 이런 모습을 목격하고 정보를 알려주었을 가능성도 생각해볼 수 있을 것 같다.

정약전은 아귀를 식용으로 한다는 사실을 기록하지 않았다. 사실 우리 나라 사람들이 아귀를 먹기 시작한 지는 얼마 되지 않았다. 예전에는 험상궂은 모습 때문인지 아귀를 잡아도 먹는 사람이 없었다고 한다. 인천 지방에서는 아귀를 물텀벙이라고 불렀다. 그물에 아귀가 걸려들면 쓸모 없는 고기라고 하여 배 밖으로 던져버렸는데, 물에 빠지면서 텀벙텀벙 소리를 낸다고 해서 이런 이름이 붙여졌다는 것이다. 아귀는 육지로 올라와서도 찬밥 신세이긴 마찬가지였다. 어부들은 힘들여 잡은 아귀를 거름용으로밖에 쓰지 못한다고 해서 바닷가에 그대로 쌓아두곤 했다.

이토록 천대받던 아귀가 오늘날처럼 인기 있는 요리가 된 데에는 재미있는 사연이 전한다. 경남 마산에 한 할머니가 살았는데, 해변에서 바짝 말라 아무렇게나 굴러다니는 아귀가 너무나 아깝게 여겨졌다. 어떻게 먹을 수 없을까 궁리하던 끝에 콩나물, 미나리, 된장, 파, 고추장을 듬뿍 넣고 맵게 조리했더니 의외로 맛이 있었고, 어부나 인부들도 매우 좋아했다. 이렇게 해

●아귀 아귀는 육지로 올라와서도 찬밥 신세이긴 마찬가지였다. 어부들은 힘들여 잡은 아귀를 거름용으로밖에 쓰지 못한다고 해서 바닷가에 그대로 쌓아두곤 했다.

서 본격적으로 팔기 시작한 것이 오늘날의 아구찜이라는 것이다. 마산, 그 중에서도 오래된 술집이 즐비한 오동동 네거리 일대는 지금까지도 아구찜의 중심지로 남아 있다.*

마산의 토속 음식이던 아구찜은 이제 전국으로 퍼져나가 사람들의 입맛을 당기고 있다. 싸구려 대중 음식이었던 아구찜이 다양한 양념과 값비싼 생아귀로 무장하여 고급 요리화되는 경향까지 나타난다.

아구찜은 매운 것이 특징이다. 먹다보면 이마에 송글송글 땀이 맺히고 뜨거운 입김을 내뿜으며 물을 찾게 된다. 고통스러워하면서도 젓가락을 멈출 수 없는 것이 매운 음식의 마력이다. 또한 아구찜에는 아귀보다 콩나물이 더 많이 들어간다. 이름은 아구찜이지만 실상은 콩나물찜이나 마찬가지다. 아구찜에는 미더덕도 빼놓을 수 없다.** 멍게를 떠올리게 하는 독특한 맛과 향은 아귀의 비린내를 깨끗이 없애준다. 아구찜은 술안주나 술 마신 후의 속풀이용으로 일품이며, 찜을 먹고 남은 양념에 밥을 비벼 먹어도 별미다.

●아구찜 마산의 토속 음식이던 아구찜은 이제 전국으로 퍼져나가 사람들의 입맛을 당기고 있다.

＊ 이런 이야기까지 늘어놓지 않더라도 우리 나라에 고추가 들어온 것이 임진왜란 전후라고 보면 아귀가 지금의 아구찜과 같은 요리의 재료로 정착한 것은 그리 오래되지 않은 때의 일임이 분명하다. 고추가 들어가지 않은 아구찜은 의미가 없기 때문이다.
＊＊ 마산은 미더덕의 주산지이기도 하다.

보들레기 이야기

'토로록' 하는 가느다란 입질이 왔다. 베도라치였다. 간만에 온 입질인데 얼른 낚시를 감아올렸다. 다행히 입질만 할 뿐 물지는 않았다. 채비도 다 떨어졌는데 안도의 한숨이 흘러나왔다. 낚시꾼들을 가장 성가시게 하는 물고기로 흔히 복어와 베도라치를 꼽는다. 복어는 미끼 따먹기의 명수이다. 작은 입으로 바늘은 물지 않고 미끼만 톡톡 따먹어버린다. 베도라치란 놈은 더욱 성가시다. 비교적 큰 덩치에 걸맞지 않게 '토로록 토로록' 촐랑대는 입질과 함께 미끼를 덥석 물어 삼켜버리는데, 아차 하고 끌어올렸을 땐 이미 늦었다. 바늘은 벌써 목구멍 깊숙이 삼켜져 인두 부근에 걸려 있거나 창자로 넘어가는 도중이다. 귀한 낚싯바늘 하나가 또 못쓰게 된 것이다. 게다가 이놈은 식성도 만만치 않아서 미끼를 달지 않은 바늘에도 꾸역꾸역 잘 낚여 올라온다. 그래서 갯바위나 방파제 근처에 가보면 온몸이 난도질 당한 채 햇볕에 꼬들꼬들하게 말라가고 있는 베도라치의 사체를 자주 볼 수 있다.

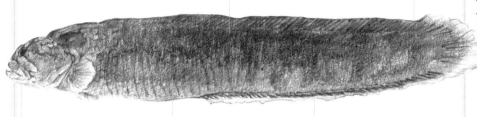

몸은 검푸른 빛을 띤
갈색이다.

등지느러미와 뒷지느러미는
꼬리지느러미에 이어져 있다.

주둥이가 짧고,
입술이 두껍다.

몸 옆면에
그물 무늬가 있다.

몸은 납작한
뱀장어형이다.

흔히 베도라치라고 부르기는 하지만 좀더 정확히 말하면 몸이 시커먼 이
놈의 이름은 '그물베도라치'다. 그물베도라치는 암초가 있는 내만의 돌 틈
에서 살아가는데, 몸이 길고 납작한 모양이며 약 35센티미터 정도까지 자
란다.

그물베도라치는 징그러운 모습 때문에 오랜 세월 동안 사람들로부터 외
면을 당해왔다. 그러나 류시화 시인은 그물베도라치에 관심을 갖고 이를 주
인공으로 한 (아마도 최초의) 수필을 남겼다. 〈다시 찾은 날들〉의 일부를
옮겨 본다.

바다는 돌 밑에서 출렁거리며 밀려왔다가 다시 밀려갔다. 그 틈에서 푸

● 그물베도라치 *Dictyosoma burgeri* Van der Hoeven

른 바닷말 하나가 물의 이동에 따라 누웠다가 다시 일어서곤 했다. 동쪽 바다로 얼굴을 돌리면 수면이 아침해를 튕겨내면서 마치 어떤 음악소리가 들리는 듯했다. 태양광선의 활과 바다의 현이 만나 연주해내는 음악이었다. 조금 전 그 남자는 여전히 돌 위에 앉아서 몸을 구부린 채 미동도 하지 않고 물속을 들여다보고 있었다.

가까이 다가가서야 나는 그가 낚시를 하고 있음을 알았다. 1미터도 안 되는 가느다란 철사 끝에 그 절반 길이의 낚싯줄을 매달아 돌 틈에 집어넣고 마냥 앉아 있는 것이었다. 내가 무엇을 잡는 거냐고 물어도 그는 나를 힐끗 쳐다보기만 할 뿐 아무런 대꾸가 없었다.

    …

그때였다. 돌 틈에 기울이고 있던 철사줄이 눈에 띄게 휘어졌다. 그 순간을 놓치지 않고 남자는 재빨리 낚아채었다. 그랬더니 검은색 몸뚱이를 가진, 장어처럼 미끈거리는 놈이 낚싯바늘에 입이 꿰인 채 딸려나왔다. 길이는 손바닥만 했지만, 어찌나 힘이 좋은지 낚싯줄이 끊어질 것만 같았다. 구경하고 있는 나까지도 흥분이 되었다.

제주도의 한 해변에서 류시화 시인과 벙어리 노인을 흥분시킨 것은 '보들레기' 라는 물고기였다. 두 사람은 낚시를 하고 회를 뜨고 술잔을 나누며 보들레기에 대한 기억을 숙성시킨다. 이 글의 마지막에서는 보들레기를 봄에 비유하기조차 한다.

● **그물베도라치** 암초가 있는 내만의 돌 틈에서 살아가는데, 몸이 길고 납작한 모양이며 약 35센티미터 정도까지 자란다.

'보, 보, 보!(보들레기를 외치려 함)'

나에게는 그 말이 마치 '봄, 봄, 봄!' 하고 외치는 것처럼 들렸다.

그런데 이 보들레기가 바로 그물베도라치였다. 그토록 천대받던 물고기가 이 글에서는 사람을 흥분시키는 훌륭한 낚시 대상어가 된 것이다.

알을 품는 물고기

정약전은 그물베도라치의 이미지를 다시 한번 친근하게 바꾸어놓고 있다.

[포도점葡萄鮎 속명을 그대로 따름]

큰 놈은 한 자 남짓 된다. 모양은 홍점을 닮았다. 눈은 툭 튀어나와 있고 몸빛깔은 검다. 알은 녹두와 같은데, 많은 수가 등글게 모여 있는 모습이 마치 닭이 품는 알 무더기와 같다. 암수가 돌 틈에 숨어 함께 알을 품는데 알이 깨어나면 새끼가 된다. 어린아이가 입에서 침을 흘릴 때 구워 먹이면 효험이 있다.

포도점은 여러 가지 면에서 그물베도라치로 추정된다. 우선 그 형태가 길쭉한 메기형일 뿐만 아니라,* 생태 또한 본문의 설명과 잘 부합한다. 베도라치류는 그 징글맞은 생김새나 먹을 것을 밝히는 습성과는 달리 새끼를 보살피는 데는 지극한 정성을 기울인다. 그물베도라치는 산란 후 부화될 때까지 수컷이 알을 지키는데, 알 덩어리를 몸으로 감싼 채 무슨 일이 있어도 곁

● 알 품는 모습 그물베도라치는 산란 후 부화될 때까지 수컷이 알을 지키는데 알덩어리를 몸으로 감싼 채 무슨 일이 있어도 곁을 떠나지 않고 적들로부터 보호한다(옆의 그림은 베도라치이지만, 그물베도라치도 같은 습성을 가진 것으로 알려져 있다).

* 정약전은 이 물고기를 메기[鮎]류로 분류했다.

을 떠나지 않고 적들로부터 보호한다. 적은 수의 알을 낳고 보다 강력히 보호함으로써 생존 확률을 높이는 전략을 선택한 것이다. 정약전이 그물베도라치의 산란 습성에 대해 상세한 묘사를 할 수 있었던 것은 직접 관찰했기 때문일 것이다. 그물베도라치 암수가 교미하거나 알을 품어 보호하는 모습은 어촌 사람들도 접하기 힘든 장면이다. 정약전의 뛰어난 관찰력을 다시 한번 실감하게 된다.

정약전은 포도점이란 이름이 속명을 그대로 옮긴 것이라고 했다. '점'은 메기 종류라는 뜻에서 붙인 말이 분명하다. '포도'는 베도라치의 '베도'를 옮긴 말로 볼 수 있다. 그물베도라치는 괴또라지, 뽀도락지, 뻬드라치 등의 이름으로도 불리는데, 이 중 뽀도락지의 뽀도는 포도와 발음이 매우 유사하다. 류시화 시인이 말한 보들레기의 '보들' 역시 포도로 연결된다.

우연한 기회에 포도점이 그물베도라치라는 것에 대한 보다 확실한 증거를 찾아낼 수 있었다. 경남 거제군 비진도라는 섬에서 경험했던 일이다. 민박집에서 3박 4일을 묵는 동안 집주인과 여러 가지 이야기를 나누었다. 하루는 커다란 그물베도라치 한 마리를 낚았는데 민박집 주인에게 여기서는 이놈을 뭐라고 부르는지 넌지시 물어보았다.

"진대'라고 하지."

"저흰 베도라치라고 부르는데…"

"여기서도 그렇게 불러."

"여기선 베도라치를 먹기도 하나요?"

❖ 진대라는 이름은 얼마 후 방문한 전남의 선유도에서도 통용되고 있었다. 사실 '진대'는 뱀이나 구렁이를 가리키는 말이다. 뱀처럼 생긴 기다란 물고기라고 해서 뱀장어란 이름이 생겨난 것처럼, 진대라는 이름도 그물베도라치의 모습이 뱀과 유사하다고 해서 붙여진 것일 가능성이 높다.

"옛날에는 이걸 구워다가 어린아이들 밤에 잘 때 침 많이 흘리면 멕였지."

"침 흘리는 어린애에게 구워서 먹이면 약효가 있다." 정약전의 설명과 정확히 일치하는 말이었다. 박도순 씨도 같은 말을 했다.

"여기서는 보리짱뚱어라고 하지라. 애들 침 흘릴 때, 입치름 흐르는 데 먹이요."

보리짱뚱어와
홍달수

베도라치에는 여러 종류가 있다. 색깔이 검다고 한 점이나 여러 가지 정황으로 보아 포도점은 비교적 흔한 종인 그물베도라치일 가능성이 가장 높았지만, 그물베도라치와 매우 닮은 베도라치를 말할 가능성도 전혀 배제할 수 없었다. 이를 정확히 확인하기 위해 박판균 씨에게 그물베도라치의 사진을 보여 주었다.

"여기 이거(그물베도라치) 맞네요. 보리짱뚱어는 낚시 잘 물지라."

여전히 의심스러워 이번에는 베도라치의 사진을 보였더니 대뜸 생각지도 못한 한마디가 튀어나왔다.

"이거는 홍달수구먼."

홍달수라면 해점어 항목에 등장하는 '홍달어'와 같은 물고기가 틀림없었다. 그런데 박판균 씨는 전혀 뜻밖에도 베도라치를 홍달어로 짚어내었던 것이다. 다음 질문에 대한 대답에서 모든 의심은 풀렸다.

"홍달수하고 보리짱뚱어하고 어떻게 다르죠?"

"다르요. 홍달수는 노란 게 홍달수지요. 보리짱뚱어는 납작하고 홍달수는 동글동글해요."

박판균 씨는 세세한 부분까지 베도라치와 그물베도라치를 구분하고 있었다. 베도라치를 떠올리며 본문을 다시 읽어보니 실제로 베도라치의 크기, 몸꼴, 색깔은 정약전이 묘사한 것과 놀라울 정도로 일치하고 있었다.

[홍점紅鮎 속명 홍달어紅達魚]

큰 놈은 두 자가 조금 못 된다. 머리가 짧으며 꼬리는 뾰족하지 않다. 몸은 높고 좁으며 빛깔은 붉다. 맛은 감미롭고 구이에 좋으며 해점어보다 낫다.

그렇다면 포도점이 그물베도라치, 홍달어가 그냥 베도라치가 되어 홍점과 포도점이 유사하다는 말도 쉽게 이해할 수 있게 된다. 베도라치는 장갱이과에 속하는 그물베도라치과는 달리 황줄베도라치과에 속하는 물고기이지만 거의 유사한 외형을 하고 있다. 조수가 괸 곳이나 간조선 부근의 암초지대에 서식하면서 작은 물고기나 무척추동물들을 닥치는 대로 잡아먹는 식성도 그물베도라치와 비슷하다. 박판균 씨는 베도라치가 그물베도라치보다는 좀더 깊은 곳에서 잡힌다고 했다. 이로써 보통 사람들이 베도라치보다 그물베도라치에 익숙한 이유가 설명된다. 대둔도의 장복연 씨는 이 물고기에 가시가 많음을 강조했다.

"홍달수. 머리부터 저 꼬리까지 모두 가시여."

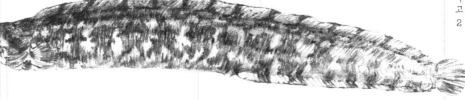

등지느러미에 검은 반점이 줄지어 늘어서 있다.

등지느러미가 매우 길다.

머리와 눈이 매우 작다.

몸은 납작한 뱀장어형이다.

　정약전은 베도라치를 구워 먹으면 맛이 좋다고 했지만, 요즘 사람들은 베도라치를 먹는 경우가 극히 드물다. 그러나 베도라치의 치어는 많은 사람들이 좋아하는 음식이다. 밥반찬이나 술안주로 즐겨 먹는 뱅어포가 바로 베도라치의 치어를 말려서 만든 것이다. 봄철의 별미로 유명한 국수 같은 실치회도 역시 베도라치의 치어로 만든 것이다. 베도라치는 변태를 하는 물고기다. 변태 직전에는 몸이 거의 투명한 흰색이어서 어미와는 전혀 다른 모습을 하고 있기 때문에 사람들이 알아보지 못하는 것이다.

● 베도라치 *Pholis nebulosa* (Temminck et Schlegel)

골망어의 정체

"골망어, 골망이, 골맹이… 이런 이름을 들어보신 적이 있으세요?"

큰 기대를 하지 않고 던진 질문이었는데 박판균 씨는 의외로 쉽게 답을 했다.

"골망딩이 말하는 건가?"

"맞는 것 같네요. 혹시 이것 아닙니까?"

박판균 씨에게 내놓은 사진은 장갱이였다. 장갱이는 농어목 장갱이과의 바닷물고기로 베도라치와 비슷한 체형에 몸이 길어 장점, 즉 골망어의 후보로 생각하고 있던 종이었다.[*]

[장점長鮎 속명 골망어骨望魚]

큰 놈은 두 자 남짓 된다. 몸은 야위었고 기다랗다. 입이 약간 크다. 맛이 담박하고 좋지 않다.

장갱이는 길고 납작한 체형을 하고 있는데, 몸길이가 약 60센티미터에 이

---

[*] 장갱이는 베도라치의 방언이기도 하다.

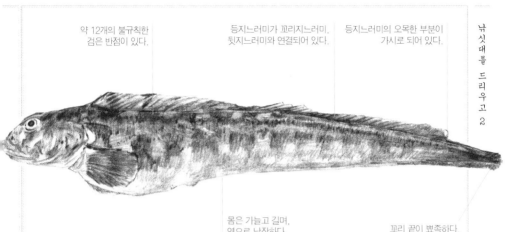

약 12개의 불규칙한
검은 반점이 있다.

등지느러미가 꼬리지느러미,
뒷지느러미와 연결되어 있다.

등지느러미의 오목한 부분이
가시로 되어 있다.

몸은 가늘고 길며,
옆으로 납작하다.

꼬리 끝이 뾰족하다.

른다. 입이 크고 아래턱이 위턱보다 길다. 고기맛은 그리 좋지 않지만 속살
이 희고 단단해서 어묵의 원료가 된다. 여러 가지 조건으로 보아 장갱이는
골망어의 후보로 손색이 없었다. 그러나 박판균 씨는 고개를 내저었다.

"골망딩이, 골망딩이… 미기 비슷한데."

다른 도감을 몇 권 내놓았다. 그런데 박판균 씨는 도감을 쭉 살펴보더니
전혀 뜻밖의 물고기를 골망어로 지목했다.

"이게 골망딩이여. 잘 잡히지는 않고 그물에 가끔 잡혀요. 머리가 크고…
이거 확실해요. 색깔도 딱 이래."

박판균 씨가 가리킨 물고기는 등가시치라는 이름의 처음 보는 물고기였다.

등가시치는 등가시치과에 속하는 물고기로 우리 나라 전 연안에 분포한

◉ 등가시치 *Zoarces gilli* Jordan et Starks

다. 베도라치처럼 기다란 체형을 하고 있으며, 머리와 배 쪽은 다소 뚱뚱하지만 꼬리 쪽으로 갈수록 급격히 날씬해져서 정약전의 말처럼 길고 여윈 느낌을 준다. 옆구리에는 12개의 크고 분명하지 않은 검은색 반점이 있고, 등지느러미 앞쪽에는 윤곽이 뚜렷한 검은 반점이 있다.

외눈박이 물고기의 사랑

베도라치의 입질을 받은 후 낚시를 좀더 멀리까지 던져보기로 했다. 마을 쪽으로는 모자반 같은 해조대가 발달해 있어 선착장 앞의 배가 떠 있는 쪽으로 던졌는데 얼마 지나지 않아 강한 입질이 전해져왔다. 릴을 감는데 꽤 묵직했다. 별다른 요동이 없어 그냥 또 해초에 걸렸나 생각했는데 가까이 끌어당기자 웬 넓적한 놈이 몸부림을 치기 시작한다. 30센티미터에 가까운 꽤 큰 놈이었다. 눈이 오른쪽에 붙은 걸 보니 광어는 아니고 몸이 길쭉한 것이 도다리도 아니었다. 광어나 도다리, 가자미 등으로 불리는 물고기들은 모두 비슷한 외형을 하고 있어 구별하기가 힘들다. 나중에 찍은 사진과 도감을 대조해보고 이 종이 문치가자미라는 것을 알아낼 수 있었다.

전설상의 물고기 '비목'을 소재로 하여 남녀간의 깊은 사랑을 노래해 많은 사랑을 받고 있는 시가 있다. 류시화 시인의 〈외눈박이 물고기의 사랑〉이라는 시다.

● **문치가자미** 릴을 감는데 꽤 묵직했다. 별다른 요동이 없어 그냥 또 해초에 걸렸나 생각했는데 가까이 끌어당기자 웬 넓적한 놈이 몸부림을 치기 시작한다. 30센티미터에 가까운 꽤 큰 놈이었다.

외눈박이 물고기처럼 살고 싶다.
외눈박이 물고기처럼
사랑하고 싶다
두눈박이 물고기처럼 세상을 살기 위해
평생을 두 마리가 함께 붙어다녔다는
외눈박이 물고기 비목처럼
사랑하고 싶다

우리에게 시간은 충분했다 그러나
우리는 그만큼 사랑하지 않았을 뿐
외눈박이 물고기처럼
그렇게 살고 싶다
혼자 있으면
그 혼자 있음이 금방 들켜버리는
외눈박이 물고기 비목처럼
목숨을 다해 사랑하고 싶다

　그런데 이 낭만적인 시의 주인공이 실재하는 물고기라는 사실을 아는 사람은 얼마 되지 않을 것이다. 놀랍게도 우리가 즐겨 먹는 바다회의 대명사인 광어나 가자미 종류가 바로 외눈박이 물고기 비목이다. 이청은 『이아』, 『오

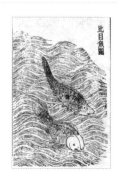

● 비목어 우리가 즐겨 먹는 바다회의 대명사인 광어나 가자미 종류가 바로 외눈박이 물고기 비목이다. 이청은 『이아』, 『오도부』 등 다양한 중국 문헌을 인용하며 비목어가 가자미류임을 밝히고 있다.

도부』 등 다양한 중국 문헌을 인용하며 비목어가 가자미류임을 밝히고 있다.

접어

[접어鰈魚* 속명 광어廣魚**]

큰 놈은 길이가 4~5자, 나비가 두 자 정도이다. 몸은 넓고 엷으며 두 눈이 몸의 왼쪽에 치우쳐 있다. 입은 세로로 찢어졌으며 그 끝은 입 아래쪽에 있다. 장은 지갑과 같이 두 개의 방으로 되어 있고, 알이 들어 있는 두 개의 주머니는 가슴에서부터 등뼈 사이를 따라 꼬리에까지 이어져 있다. 등은 검고 배는 희며 비늘은 매우 잘다. 맛은 달고 진하다.

이청의 주 우리 나라를 접역鰈域이라고 한다. 접鰈은 동방의 물고기다. 『후한서』「변양전邊讓傳」의 주에서는 "비목어比目魚는 일명 접이라고 한다. 지금 강동江東에서 판어板魚라고 부르는 종류이다"라고 했다. 또한 『이물지』에는 약엽어箬葉魚·혜저어鞋底魚, 『임해지臨海志』에는 비사어婢屣魚, 『풍토기風土記』에는 노각어奴屩魚로 기록되어 있다. 이 물고기는 몸이 반쪽만으로 이루어져 있으므로 그 모양에 따라 이처럼 여러 가지 이름으로 부르게 된 것이다.

지금 우리 나라의 바다에서는 크고 작은 여러 종류의 접어가 나며, 사람들은 이를 각기 다른 이름으로 부른다. 이들 접어류는 모두 짝을 이루는 것이 아니라 홀로 움직이며, 암수가 따로 있다. 두 눈이 한쪽에 치우쳐 붙어 있고, 입은 세로로 찢어져 있다. 얼핏 보면 외짝만으로는 가기 어려운 것 같지만 실제로 관찰해보면 두 쪽이 서로 나

---

* 접어는 가자미류 물고기가 헤엄치는 모습이 나비와 같다고 해서 붙여진 이름이다. 납작한 몸을 파도치는 식으로 움직이며 떠다니는 것을 보면 과연 나비를 떠올리게 하는 면이 있다.
** 정약전은 접어의 속명을 광어로 기록했다. 이로써 광어라는 이름도 꽤 유래가 깊다는 사실을 알 수 있다. 광어의 표준명은 넓적한 물고기란 뜻의 넙치지만, 지금도 많은 사람들은 넙치를 광어라고 부르기를 더 좋아한다.

란히 가는 것이 아니라는 사실을 알 수 있다.

『이아』에는 "동방에 비목어가 있는데 두 짝이 나란히 합쳐지지 않으면 나아가지 못한다. 그 이름을 접이라 한다"라고 기록되어 있다. 곽박은 이에 대해 "모양은 소의 비장을 닮았다. 비늘은 잘고 검보랏빛이다. 눈이 하나뿐이므로 두 짝이 서로 합쳐져야만 나아갈 수 있다. 지금도 물속에 이 물고기가 살고 있다"라고 주석을 달았다. 좌사가 쓴 『오도부』의 '조양개鰈兩鮯'에 대한 주에서는 "개鮯는 좌우에 눈이 하나인데 곧 비목어를 말한다"라고 했다. 사마상여가 지은 『상림부上林賦』의 '우우허남禺禺鱋魶'에 대한 주에서는 "허鱋는 허魜라고도 쓰며 비목어와 같은 말이다. 모양은 소의 비장을 닮았고 두 짝이 서로 합해야 나아갈 수 있다"라고 했다. 이시진은 "비比는 나란히 하는 것을 뜻하는데, 이 물고기는 눈이 하나여서 서로 나란히 합쳐져야 나아갈 수 있다"라고 했다. 그리고 단씨段氏의 『북호록北戶錄』을 인용하여 "이것(비목어)을 겸鰜이라고 부른다. 겸鰜은 곧 겸鎌이다"라고 밝혔다. 그리고 "두 짝이 서로 합해지는데 그 달라붙는 면은 편평하고 비늘이 없다"라고 설명했다.

대체로 이 설들은 접어의 모양을 보지 못하고 상상으로만 풀이하고 있다. 지금의 접어는 분명히 한 마리에 눈이 둘 있고 홀로 움직인다. 아래가 배이고 위는 등인데 한 마리가 완전한 몸을 이루는 것이지 다른 쪽과 합쳐져서 나란히 가는 것은 아니다. 이시진은 남의 말을 듣고 "합한 곳의 반쪽은 편평하고 비늘이 없다. 여기에 눈과 같은 것을 본 사람이 있다"라고 했다. 그러나 그가 실제로 본 것은 아니다. 『회계지會稽志』에서는 "월왕越王이 물고기를 먹을 때 다 먹지 않고 반쯤 버렸다. 그 반쪽이 물속에서 변하여 다시 물고기가 되었는데 한쪽 면이 없으므로 반면어半面魚라고 불렀다"라고 했다. 이것은 곧 접어를 말한 것이다. 그러나 역시 그 반면은 홀로 가는 것이지 나란히 가는 것은 아니다. 곽박은 『이아』의 주에서 접을 왕여어王餘魚라 했고, 『이어찬異魚贊』에서는 비목의 비늘을 별도로 왕여王餘라고 부른다고 하면서 두 짝이 있다고 하지만 실상은 한 마리의 물고기라고 했다. 그러나 왕여어는 뱅어〔鱠殘魚〕이지 접어〔鰈〕가 아니다. 곽박이 잘못 말한 것이다. 『정자통』에서는 비목어의 이름이 판어版魚인데 사람들이 고쳐 불러서 반어〔魬〕가 되었다고 했다.

이청 이전에도 이미 많은 사람들이 가자미류가 비목이며 우리 나라에서 산출된다는 사실을 알고 있었다. 본문에서 "우리 나라를 접역鰈域이라고 한다. 접鰈은 동방의 물고기다"라고 한 대목은 17세기 초에 씌어진 이수광의 『지봉유설』에도 나오는 내용이다. 김려는 『우해이어보』에서 "『주서』에서 말하기를 비목어가 동해에서 나는데 그 이름이 겸이다. 옛 선비들이 겸을 접이라 하였는데 지금 보니 그 종류가 매우 많다"라고 하여 우리 나라가 가자미류의 산지임을 밝힌 바 있다. 서유구도 『전어지』에서 가자미는 동해에서 나며 서·남해에도 있는데, 동해에 많이 나는 것과는 다르다고 했다. 아마 이들과 동시대를 살았고 박물학에 관심이 많았던 정약전도 이러한 사실을 잘 알고 있었을 것이다.

정약전은 접어의 속명을 광어라고 밝혔다. 본문의 내용을 보아도 광어, 즉 넙치를 설명한 것이 분명하다. 그러나 애초에 접鰈이나 비목比目이란 말 자체가 여러 종류의 가자미류를 통칭해서 부르는 이름이었고, 정약전도 소

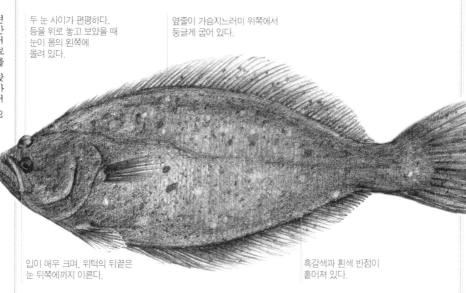

두 눈 사이가 편평하다.
등을 위로 놓고 보았을 때
눈이 몸의 왼쪽에
몰려 있다.

옆줄이 가슴지느러미 위쪽에서
둥글게 굽어 있다.

입이 매우 크며, 위턱의 뒤끝은
눈 뒤쪽에까지 이른다.

흑갈색과 흰색 반점이
흩어져 있다.

접小鰈, 장접長鰈, 전접癲鰈, 수접瘦鰈, 우설접牛舌鰈, 금미접金尾鰈, 박접薄鰈 등 여러 가자미류의 이름 끝에 모두 '접鰈'자를 붙여놓은 것으로 보아 접어가 꼭 광어 한 종만을 지칭하는 이름이라고는 생각하지 않았던 것 같다. 다른 문헌들을 보아도 접어가 한 가지 물고기를 가리키는 이름이 아님을 쉽게 짐작할 수 있다. 이수광은 『지봉유설』에서 광어와 서대류를 모두 접류로 분류한 바 있고, 정약용도 『혼돈록』에서 접어 가운데 큰 것을 광어, 작은 것을 가자미라고 부른다고 하여 두 종 모두가 접어류에 속한다는 생각을 밝힌 바 있다.*

● 넙치 *Paralichthys olivaceus* (Temminck et Schlegel)

* 접어 외에도 화제어華臍魚, 판어版魚, 비목어比目魚, 혜저어鞋底魚, 겸鰜, 개魪, 좌개左介, 노종어奴從魚, 비사어婢屣魚 등이 모두 가자미류를 통칭해서 나타내는 이름들이다.

비목어를 부정하다

가자미류는 우리 나라 전 연안 어디에서나 볼 수 있는 매우 흔한 물고기다. 이 무리에는 가자미목에 속하는 넙치류, 가자미류, 서대류까지 모두 포함되는데, 이들은 다음과 같은 공통점을 가진다. 몸이 옆으로 납작하고, 2개의 눈이 머리의 한쪽에 몰려 있다. 비늘은 잘고 등지느러미와 뒷지느러미가 몸 길이의 많은 부분에 걸쳐 있다. 물 밑바닥에서 살아가는데, 바닥에 닿는 쪽은 색소가 없어 흰색인 데 비해서 그 반대쪽은 짙은 색을 띠고 있다. 정약전은 본문에서 이러한 특징들 대부분을 언급하고 있다.

가자미류의 가장 큰 특징은 한쪽으로 쏠려 있는 눈이다. 그래서 부모님들은 자식이 눈을 흘겨보면 '가재미눈깔이 된다' 라며 나무랐다. 그런데 이청이 언급한 문헌들을 보면 중국 사람들은 가자미류의 눈이 하나인 것으로 생각했던 것 같다. "눈이 하나뿐이므로 두 짝이 서로 합해야만 나아갈 수 있다", "한 쌍이 아니면 나아가지 못한다"라는 등의 표현들이 이러한 사실을 잘 보여준다. 비목어比目魚라는 이름도 여기에서 유래했다. 비목어는 두 짝이 붙어 '눈〔目〕'을 '나란히〔比〕' 해야 제대로 운동할 수 있는 물고기라는 뜻이다. 중국에서는 왜 이런 생각들이 성행하게 되었던 것일까?

예로부터 중국 문화의 중심은 내륙이었다. 내륙에 살고 있던 사람들은 바다에서 나는 산물을 풍문으로만 전해 듣는 경우가 많았고, 가끔 바다를 찾는다 하더라도 바다 생물들을 정확하게 관찰할 기회가 별로 없었다. 가자미류를 처음 본 사람들은 눈이 몸의 한편에만 그것도 한쪽으로 치우쳐 있다는 사실에 큰 혼란을 느꼈을 것이다. 그런데 소문이란 사람의 입을 거칠 때마다 왜곡되고 과장되게 마련이다. 눈이 한쪽으로 쏠려 있다는 말은 곧 눈이 한쪽에만 있다는 식으로 와전되었으리라. 눈이 있는 쪽의 색깔이 짙은 데 비해 반대쪽은 흰색을 띠고 있다는 점도 놀라웠을 것이다. 흰 부분은 매끄러운 데다 딱딱한 비늘이 없고 근육이 그대로 비쳐 보일 정도로 투명해서 이 물고기를 처음 본 사람들에게 나머지 반쪽이 떨어져 나간 것이라는 오해를 불러일으키기에 충분했을 것이다.* 결국 물고기의 특이한 생김새와 이를 관찰한 사람들의 부정확한 내용 전달이 비목어라는 전설상의 물고기를 탄생시키게 된 것이다.

이청은 이러한 중국 사람들의 주장을 통쾌하게 반박하고 있다. 이청은 강진 출신이었기에 어려서부터 넙치를 수도 없이 접해보았을 것이다. 그리고 『현산어보』를 편집하면서 넙치의 형태와 운동 방식을 다시 한 번 세심하게 관찰하는 기회를 가졌을 것이다. 그 결과 그는 광어도 다른 물고기와 마찬가지로 암수가 있고, 두 짝이 합쳐야만 헤엄칠 수 있는 것도 아니라는 결론

● 문치가자미(배쪽) 눈이 있는 쪽의 색깔이 짙은 데 비해 반대쪽은 흰색을 띠고 있다는 점도 놀라웠을 것이다. 흰 부분은 매끄러운 데다 딱딱한 비늘이 없고 근육이 그대로 비쳐 보일 정도로 투명해서 이 물고기를 처음 본 사람들에게 나머지 반쪽이 떨어져 나간 것이라는 오해를 불러일으키기에 충분했을 것이다.

* 실제로 넙치 두 마리를 놓고 봤을 때, 배를 마주하여 겹쳐 놓는 것이 더 정상적인 물고기에 가까운 모습일 것이다.

을 이끌어낼 수 있었다. 어부들이 잡아올린 넙치를 커다란 동이에다 담아 놓고 움직임을 관찰하는 모습이 눈에 선하다.

또 한 가지 재미있는 것은 『이어찬』에서 비목을 뱅어와 혼동하고 있다는 사실이다. 이 책에서는 "비목의 비늘을 별도로 왕여王餘라고 부른다. 두 짝 이 있다고 하나 실상은 한 마리의 물고기다"라고 설명했다. 그런데 '왕여 어'는 뱅어의 별명이다. 이러한 실수는 이청이 제대로 판단한 것처럼 뱅어 에 관한 전설과 혼동했기 때문에 일어난 것으로 보인다. 중국의 학자들은 실제로 관찰하거나 확인하는 일 없이 다른 문헌들만을 참조하여 글을 쓰다 보니 이런 실수를 하게 되었던 것이다.

＊ 정약용도 『혼돈록』에서 이청과 같은 주장을 편 바 있다.

눈이 한쪽으로 몰린 이유

넙치의 눈이 태어날 때부터 한쪽으로 쏠려 있었던 것은 아니다. 보통 넙치의 산란은 봄철 얕은 바다에서 수차례에 걸쳐 일어난다. 막 깨어난 새끼는 다른 어류와 마찬가지로 눈이 몸의 양쪽에 각각 하나씩 있으며, 헤엄을 칠 때도 몸을 꼿꼿이 세우고 정상적으로 다닌다. 그러나 성장하면서 점점 눈의 이동이 시작되는데, 부화 후 약 3주일 정도면 한쪽 눈이 다른 한쪽 눈 옆으로 완전히 이동한다. 눈이 이동하는 이유는 이때부터 물 밑바닥에 바짝 붙어 다니는 생활이 시작되기 때문이다.*

눈뿐만 아니라 몸의 다른 부분도 저서 생활에 맞게 변해간다. 등 쪽 면은 바다의 진흙이나 모래와 잘 어울리는 짙은 색을 띠게 되고, 눈으로 주위 환경을 재빨리 파악한 후 순간적으로 몸색깔을 변화시키는 능력이 발달한다. 이러한 능력은 적의 공격으로부터 자신을 보호하거나 먹이를 사냥하는 데 큰 도움을 준다. 식성도 변한다. 어릴 때는 물 위에 떠다니는 플랑크톤을 먹지만 저서 생활에 적응해감에 따라 점차 물 밑바닥의 조개나 갯지렁이, 작

---

* 한쪽 눈이 이동하지 않고 아랫면에 있어봐야 아무런 쓸모가 없을 것이다.

은 물고기들을 잡아먹게 되며, 이에 따라 이빨도 눈이 없는 몸 아래쪽의 것이 더 크고 강하게 발달하게 된다.

　향토색 짙은 서정시를 많이 남긴 백석 시인은 〈가재미와 넙치〉라는 시에서 가자미와 넙치의 눈이 한쪽으로 돌아간 이유를 재미있게 풀어내고 있다.

　　옛날도 옛날 바다나라에
　　사납고 심술궂은 임금 하나 살았네
　　하루는 이 임금 가재미를 불렀네
　　가재미를 불러서 이런 말 했네
　　가재미야 가재미야 하루 동안에
　　은어 삼백 마리 잡아 바쳐라
　　이 말 들은 가재미 어이없었네
　　은어 삼백 마리 어떻게 잡나
　　하루 낮, 하루 밤이 다 지나가자
　　임금은 가재미를 다시 불렀네
　　은어 삼백 마리 어찌 되었나
　　이 말에 가재미 능청맞게 말했네
　　은어들을 잡으러 달려갔더니
　　그것들 미리 알고 다 달아났습니다.
　　이 말 듣자 임금은 독같이 성이 나

　●　백석 〈고향〉, 〈통영〉, 〈적막강산〉 등 향토색 짙은 서정시를 많이 남긴 것으로 유명하다.

가재미의 왼뺨을 후려갈겼네

임금의 주먹바람 어떻게나 셌던지

가재미의 왼눈 날아 바른쪽에 가 붙었네

가재미는 얼빠진 듯 물 밑 깊이 달아나

모래 파고 들어 박혀 숨어 버렸네

사납고 심술궂은 바다나라 임금은

이리저리 가재미를 찾고 찾으나

가재미는 꼭꼭 숨어 보이지 않았네

다음날 임금은 넙치를 불렀네

넙치를 불러서 이런 말 했네

넙치야, 넙치야 하루 동안에

장치 삼백 마리 잡아 바쳐라

이 말 들은 넙치 어이없었네

장치 삼백 마리 어떻게 잡나

하루 낮, 하루 밤이 다 지나가자

임금은 넙치를 다시 불렀네

장치 삼백 마리 어찌 되었나

이 말에 넙치는 능청맞게 말했네

장치들을 잡으러 달려갔더니

그것들 미리 알고 다 달아났습니다

이 말 듣자 임금은 독같이 성이 나
넙치의 바른 뺨을 후려 갈겼네
임금의 주먹바람 어떻게나 셌던지
넙치의 바른 눈 날아 왼쪽에 가 붙었네
넙치는 얼빠진 듯 물 밑 깊이 달아나
모래 파고 들어 박혀 숨어버렸네

이 시에서 백석은 가자미의 눈이 오른쪽에 붙고, 넙치의 눈이 왼쪽에 붙은 이유를 설명하고 있다. 실제로 많은 사람들이 이렇게 눈이 돌아가는 방향으로 넙치와 가자미를 구별한다.* 하지만 이는 대략적인 구별법일 뿐이다. 실제로는 눈이 넙치와 같은 방향인 종류만 해도 별넙치, 점넙치, 별목탁가자미, 흰비늘가자미, 넙치가자미 등 여럿이므로 눈의 위치에 따라 넙치를 구별하는 것은 불가능하다.

---

* '좌광우도'라는 말이 있다. 등 쪽을 위로 해놓고 볼 때 눈이 오른쪽에 있는 것은 도다리, 왼쪽에 있는 것이 넙치라는 것이다. '삼삼둘둘'이라는 구별법도 있는데 '오른눈 가자미, 왼눈 광어'로 오른눈과 가자미가 각각 세 글자, 왼눈과 광어가 두 글자라는 점에 착안한 것이다.

최
고
의

횟
감

서유구는 『전어지』에서 넙치를 다음과 같이 설명하고 있다.

동해와 남해에서 나며, 모양이 가자미와 비슷하나 그 크기는 배나 된다. 어부들은 넙치를 잡으면 등뼈를 빼내고 잘 편 다음, 햇볕에 말려 포를 만든다. 차진 것과 메진 것의 두 가지가 있다. 메진 것은 살이 거칠고 맛이 얕으며, 차진 것은 살지고 기름기가 흐르는데 쫄깃하고 맛이 좋다.

그리고 다음은 정약용이 지은 시의 한 구절이다.

금년엔 비목마저 구하기 어렵구나
잡는 족족 건어 말려 관청에 바쳤으니

서유구와 정약용의 이야기를 들어보면 예전에는 넙치를 포로 만들어 먹었다는 사실을 알 수 있다. 그러나 정약전의 의견은 조금 다르다.

　이상에 든 여러 가지 접어는 모두 국을 만들어도 좋고 구워 먹어도 좋다. 그러나 말려서 포를 만들면 좋지 않다. 이들 접어 무리는 동해산에 비하여 맛이 떨어진다.

　정약전은 넙치로 포를 만드는 것보다는 직접 국을 끓이거나 구워 먹는 것이 좋다고 밝혔다. 해변에 살면서 언제나 신선한 재료를 쉽게 구할 수 있었던 정약전의 입장에서는 넙치를 잡은 즉시 그대로 요리해 먹는 쪽이 훨씬 맛있었을 것이다.

　넙치는 국이나 탕, 구이, 튀김 등 어떻게 요리해도 맛이 있는 물고기지만, 요즘에는 회로 먹는 경우가 가장 많다. 넙치회는 항상 횟집 메뉴의 상단을 차지하고 있으며, 상처를 아물게 하는 효과가 있다고 하여 수술환자들이 가장 많이 찾는 음식 중의 하나이기도 하다. 넙치회의 맛은 '달고 진하다'라고 표현한 정약전의 한마디로 요약된다.* 일반적으로 배와 꼬리 부분이 가장 먹기에 좋으며, 일식집에서 단골 손님에게 요리사가 서비스로 한두 점 얹어주는 날갯살은 회 중에서도 진미로 친다. 날갯살은 광어의 등지느러미와 뒷지느러미 밑의 지느러미줄기를 받치고 있는 담기골살을 말하는데, 이 부분에는 콘드로이틴이라는 다당류가 많이 함유되어 있어 감칠맛을 내며 뛰어난 강장 효과를 보인다고 한다.**

* 넙치는 특히 지방이 축적되는 겨울철에 맛이 좋다. 그러나 '3월 넙치는 개도 먹지 않는다'라는 속담처럼 날씨가 따뜻해지면 갑자기 맛이 떨어지게 된다.
** 어자원이 줄어들면서 시중에는 주로 양식산 광어가 유통되고 있다. 예외가 있기도 하지만 양식산은 체색이 다소 검고 바닥 쪽에 붙어 있는 흰 부분에 검은 얼룩무늬가 있다는 점으로 자연산과 구별할 수 있다. 그러나 우리나라의 양식산 광어는 최근에 일본에서 수입을 요청할 정도로 품질이 뛰어나다고 하니 특별히 자연산을 찾을 필요는 없을 것 같다.

식
해
와
식
혜

내 고향에서는 농사철이 되면 식해라는 것을 만들어 먹었다. 쌀과 명태를 섞어 발효시키고, 고추장과 섞어 매콤하게 만든 것이었는데, 차게 해서 먹으면 맛이 기막혔다. 그런데 언제부턴가 갑자기 식혜란 것이 깡통음료로 개발되어 나오면서 인기를 끌기 시작했다. 나는 그 이름을 받아들이기가 어렵고 혼돈스럽기만 했다.* 깡통 음료 식혜는 식해와 달리 단술이라고 불리던 전혀 다른 음료였기 때문이다. 사전을 뒤적여 보고서야 두 단어가 다른 한자로 되어 있다는 것을 알았다. '혜醯'와 '해醢'는 엄연히 다른 글자였던 것이다.

염장문화가 발달한 우리 민족의 독특한 식문화 중의 하나가 식해다. 오징어식해, 가자미식해 등 여러 가지 식해가 있지만 그중에서도 가장 유명한 것이 함경도 향토 음식의 하나인 가자미식해다.** 『오주연문장전산고』에서도 우리 나라 동녘땅 갯가 사람들이 가자미식해를 만들어 먹는다고 이야기한 바 있으니 가자미식해의 기원은 꽤 오래된 것 같다.

정약전은 동해안 쪽의 특산인 가자미식해를 직접 맛보지는 못했을 것이

* 식해와 식혜는 거의 같은 발음으로 들린다.
** 함경도 사람들은 동해안 맑은 물에서 잡히는 영양 많은 가자미와 북관 지역의 좁쌀을 이용하여 가자미식해를 만들었다. 가자미식해를 만드는 법은 식혜를 만드는 방법과 크게 다르지 않다. 깨끗한 물에 가자미와 조밥, 소금, 고춧가루, 엿기름을 섞어주면, 엿기름의 작용으로 조밥의 녹말이 당화되어 단맛이 생기게 된다. 이를 차게 보관해두었다가 밥반찬 또는 술안주로 쓰는 것이다.

다. 그러나 가자미식해의 재료가 되는 가자미는 넙치와 다른 별개의 종으로 분명히 파악하고 있었던 것 같다.

[소접小鰈 속명 가잠어加簪魚]

큰 놈은 두 자 정도이다. 모양은 광어를 닮았지만 몸이 더 넓고 두터우며 등에는 점이 흩어져 있다. 점이 없는 놈도 있다.

이청의 주 『역어유해』에서는 이것을 경자어鏡子魚라고 했다.

우리 나라 시장에 많이 나오는 가자미 종류로는 붕넙치과에 속하는 참가자미, 문치가자미, 용가자미, 줄가자미, 돌가자미, 범가자미, 도다리 등을 들 수 있다. 종에 따라 모양, 색깔, 맛의 차이가 있지만 대부분의 사람들은 이를 따로 구분하지 못하고, 가자미나 도다리라는 이름으로 뭉뚱그려 부르는 경우가 많다. 정약전이 말한 소접도 이들 중의 하나이거나 혹은 몇 종을 함께 묶어서 부르는 이름이었을 것으로 짐작된다. 그러나 가자미라는 이름은 통칭이라 어쩔 수 없다고 하더라도, 도다리는 어엿한 한 종의 이름이므로 다른 종과 정확히 구분해서 불러주는 편이 좋을 것 같다.

도다리는 몸이 마름모꼴이고 두 눈 사이에 돌기가 있는 것이 특징이다. 몸빛깔은 회색 또는 황갈색이며, 크고 작은 반점이 몸 전체에 흩어져 있다. 도다리는 산란기가 되면 생식소를 발달시키는 데 온몸의 영양분을 소모하

몸 전체에 암갈색 반점이 흩어져 있다.

눈과 눈 사이에는 날카로운 돌기가 있다.

눈은 몸의 오른편에 치우쳐 있다.

옆줄은 거의 직선이다.

몸이 마름모꼴에 가깝다.

주둥이가 매우 짧다.

므로 산란기를 넘기고 새롭게 생장하기 시작하는 봄에 가장 맛이 좋아진다. 이 무렵에는 도다리가 고급 어종으로 분류되어 광어를 능가할 정도로 높은 가격에 거래된다. '봄도다리 가을전어' 란 말은 이를 잘 표현한 것이다.

● **도다리** *Pleuronichthys cornutus* (Temminck et Schlegel)

새끼를 낳는 물고기

조피볼락과 쥐노래미 몇 마리가 더 걸려들었지만, 크기도 신통치 않았을 뿐만 아니라 목적이 다른 데 있었기에 잡은 즉시 놓아주었다. 7년 전 사리 마을을 찾았을 때에도 바로 이 자리에서 낚시를 했다. 모처럼 흑산도에 왔으니 섬이나 한번 둘러보자는 생각으로 버스를 탔고, 비포장도로를 한 시간 남짓 달려 도착한 곳이 사리 마을이었다. 정차한 버스가 다시 출발하기까지 30분 정도 여유가 있어 선착장에서 장난 삼아 낚싯대를 드리웠다. 고패질을 시작한 지 10여 초나 흘렀을까 바로 입질이 왔다. 살짝 당겨보니 망상어였다. 그런데 이게 끝이 아니었다. 낚싯대를 담그는 족족 물려 올라와 한 5분여 만에 십여 수를 낚을 수 있었다. 시간이 다 되어 아쉬움 속에 버스로 돌아가야 했던 기억이 생생하다. 그래서 사리를 생각할 때면 언제나 망상어를 떠올리게 된다.

　박도순 씨는 지금도 망상어가 많이 잡힌다고 했다. 아마 200년 전의 사리 마을에서도 망상어는 흔하디 흔한 물고기였을 것이다. 정약전은 망상어를

'소구어'라는 이름으로 소개하고, 그 형태와 습성을 다음과 같이 밝히고
있다.

[소구어小口魚 속명 망치어望峙魚]
큰 놈은 한 자 정도이다. 모양은 강항어(도미)를 닮았으나 몸이 더 높은 편이다. 입
이 작고 빛깔은 희다. 태에서 새끼를 낳는다. 살이 연하고 맛이 달다.

망상어는 보통 수심 10미터 내외의 비교적 얕은 바다에서 서식하는 연안
성의 물고기다. 따뜻한 물을 좋아하므로 주로 남부 지방에 많이 분포하며,
외해보다는 해조류가 무성한 내만을 좋아한다. 크기는 보통 20~25센티미
터 정도까지 자란다. 망상어의 형태는 붕어나 납자루와 비슷하다는 말로
설명할 수 있는데, 정약전은 망상어를 같은 바닷물고기인 도미에 비유하고
있다.

정약전은 망상어에게 '소구어小口魚', 즉 입이 작은 물고기라는 이름을 붙
여주었다. 아마도 그에게는 망상어의 작은 입이 가장 인상적으로 느껴졌던
모양이다. 그러나 정약전은 "태에서 새끼를 낳는다"라고 하여 망상어가 새
끼를 낳는 물고기라는 사실을 밝히는 것도 잊지 않았다. 박도순 씨도 망상
어의 새끼를 낳는 습성을 잘 알고 있었다.

"망상어는 망치라고 하지라. 망치는 작아요. 커봐야 20센티미터, 15센티
미터나 될까. 회로도 먹고 간장에 절여도 먹어요. 망상어 새끼 많죠. 요새

이마 부분이 약간
오목하게 들어가 있다.

눈이 크다.

꼬리지느러미는
깊숙이 갈라진다.

입은 작고, 윗입술을 길게
내밀 수 있는 구조로 되어 있다.

납자루와 유사한
몸꼴을 하고 있다.

새끼 배고 있어요."

　망상어를 낚다보면 가끔 어미가 뿜어내듯 새끼를 몸 밖으로 내보내는 모습을 목격할 때가 있다. 이는 죽음에 다다른 시점에서도 새끼를 보호하려는 어미의 본능적인 행동인 것 같다. 자신은 이미 잡힌 몸이지만 새끼들만이라도 살려보겠다는 의도인 것이다. 박도순 씨나 정약전도 이 같은 경험을 통해 망상어의 습성을 알게 되었을 것이다.

　망상어는 수놈이 암놈보다 성적으로 훨씬 빨리 성숙한다. 여름의 번식기를 맞으면 성숙한 망상어 수놈은 아직 성숙하지 않은 암놈과 교미를 한다. 수놈의 뒷지느러미는 교미관으로 변형되어 있는데, 이를 암놈의 몸속으로 밀어넣는 방식으로 교미가 이루어진다. 암놈의 난소는 수놈보다 늦은 겨울

● 망상어 *Ditrema temmincki* Bleeker

철에 성숙한다. 따라서 암놈의 몸속으로 들어간 정자는 몇 개월 동안을 휴면 상태로 기다리다가 난자가 완전히 성숙하고 나서야 비로소 수정에 참여하게 된다.

수정 이후의 과정도 독특하기는 마찬가지다. 암놈의 수란관은 새끼가 성장함에 따라 크게 팽창하여 자궁과 같은 역할을 하게 되는데, 새끼들은 이곳에서 어미가 분비하는 여러 가지 영양 물질들을 받아먹으며 5개월 동안 성장한 다음, 이듬해 봄에 손가락만 한 크기로 태어나게 된다. 한 번에 태어나는 새끼의 수는 보통 10마리에서 30마리 정도이다.

옛날부터 임산부는 망상어를 먹으면 안 된다는 재미있는 금기가 전해내려온다. 망상어를 먹으면 난산하기 때문이라는 것이다. 망상어의 새끼는 태어날 때 꼬리 쪽부터 나온다. 그런데 이러한 모습이 난산을 떠올리게 했던 모양이다.* 그러나 지방에 따라서는 망상어를 먹으면 순산하게 된다며 오히려 임산부에게 권하는 경우가 있는데, 이는 아마도 망상어가 많은 새끼를 쑥쑥 잘 낳는다는 점에 주목했기 때문인 것 같다. 똑같은 사실을 두고도 시간과 지역에 따라 풍습은 다양하게 발달한다.

---

* 아기를 낳을 때 다리부터 거꾸로 나오게 되면 태아와 산모 모두가 위험해진다.

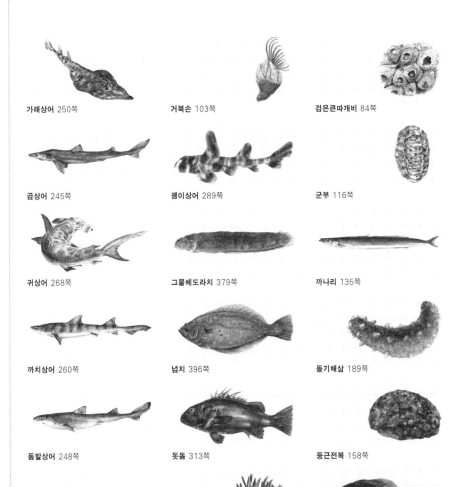

찾아보기

가래상어 250쪽

곱상어 245쪽

귀상어 268쪽

까치상어 260쪽

돔발상어 248쪽

등가시치 389쪽

거북손 103쪽

괭이상어 289쪽

그물베도라치 379쪽

넙치 396쪽

돗돔 313쪽

뜸부기 45쪽

검은큰따개비 84쪽

군부 116쪽

까나리 135쪽

돌기해삼 189쪽

둥근전복 158쪽

망상어 411쪽

멸치 122쪽

미역치 346쪽

민어 323쪽

반지 141쪽

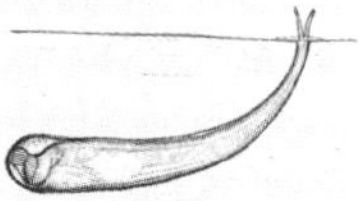

배좀벌레조개 96쪽

백상아리 277쪽

밴댕이 140쪽

베도라치 387쪽

별불가사리 172쪽

별상어 253쪽

볼락 340쪽

불볼락 343쪽

삼천발이 183쪽

새발 48쪽

쏨뱅이 336쪽

쑤기미 344쪽

아귀 371쪽

아무르불가사리 173쪽

악상어 273쪽

왜문어 214쪽

웅어 146쪽

은상어 294쪽

전자리상어 285쪽

정어리 131쪽

조피볼락 331쪽

철갑상어 300쪽

칠성상어 257쪽

큰뱀고둥 350쪽

톱상어 264쪽

풀가사리 46쪽

해파리 358쪽

환도상어 297쪽